금빛 슈발리에

키아르네
장편소설

금빛 슈발리에 1

초판 1쇄 인쇄 2018년 7월 24일
초판 1쇄 발행 2018년 8월 13일

지은이 키아르네
발행인 오영배
기획 박성인
책임편집 김수현, 김소빈
디자인 권지연
제작 조하늬

펴낸 곳 (주)삼양출판사 · 피오렛
주소 서울시 강북구 도봉로 173
대표 전화 02-980-2112 **팩스** / 02-983-0660
편집부 전화 02-980-2116 **팩스** / 02-983-8201
블로그 blog.naver.com/dan_gul
출판등록 1999년 3월 11일 제9-00046호

ISBN 979-11-283-9507-9 (04810) / 979-11-283-9506-2 (세트)

+ 이 도서의 국립중앙도서관 출판시도서목록(CIP)은 서지정보유통지원시스템홈페이지(http://seoji.nl.go.kr)와 국가자료공동목록시스템(http://www.nl.go.kr/kolisnet)에서 이용하실 수 있습니다. (CIP제어번호: 2018022445)

fiøret 은 (주)삼양출판사의 로맨스 판타지 문학 브랜드입니다.

금빛 슈발리에

1

키아르네 장편소설

fioret

Contents

I

회귀

이럴 줄 알았다면 그때 기사단을 그만두지 말 걸 그랬다고, 세이레나는 생각했다. 그랬다면 이렇게 되지는 않았을 텐데.

가지고 있는 재능을 재능이라고 생각하지 않았던 잘못이다. 손에 쥔 것을 소중하게 여기지 않았다.

작위, 가족, 그리고 재능.

왕비가 되지 말았어야 했다.

아니, 어쩌면 그건 그녀가 어찌할 수 있는 게 아니었을 것이다. 그렇다면 적어도 검을 그만두지 말았어야 했다. 그랬다면 이 검으로 눈앞의 남자를 찔러 죽일 수 있었을 텐데!

세이레나의 눈이 증오를 품고 자신의 앞에 있는 남자를 응시했다.

하지만 그럴 수 없다. 세이레나는 힘이 없어 들어 올릴 수도 없는 자신의 손을 내려다보았다.

한때 고왔던, 앙상하게 마르고 흉터로 보기 흉해진 손이 보였다.

누가 이 손을 왕비의 손이라고 생각할까.

손뿐만이 아니다. 어느 누구도 지금의 그녀를 왕비로 생각할 수 없을 것이다.

세이레나의 나이는 고작 스물아홉. 하지만 지금 그녀는 하얗게 센 머리카락과 뼈밖에 남지 않은 몸으로 쉰 살도 넘어 보였다.

그나마 다행인 건 그녀가 감금된 이곳에 거울이 없어 자신의 얼굴을 확인할 수 없다는 점일 것이다.

"한 번쯤은 쓸모 있는 일을 하거라."

한때 그녀를 아낀다고 생각했던 남자, 숙부의 말에 적의에 불타던 세이레나의 표정이 멍해졌다. 쓸모없는 것.

그녀는 쓸모가 없었다. 다른 여자들보다 특히 더 아름답지도 않았고 영리하지도 않았다.

팔 년 전, 숙부는 그녀를 그녀의 죽은 아버지보다 나이가 많은 왕에게 시집보내며 자신에게 감사하라고 말했다.

"여자가 얻을 수 있는 최고의 지위란다."

그때는 믿었다. 그의 말을.

숙부가 그녀를 아낀다고 생각했다.

부모님을 모두 잃고 동생과 함께 천애 고아가 된 그녀를 돌봐 줄 거라 생각했다.

그래서 믿고 따랐다. 믿을 수 있는 사람이 숙부밖에 없었으니까.

"그러게 내가 왕의 아이라도 낳으라고 했잖느냐."

마치 안타깝다는 말에 세이레나는 고개를 번쩍 들었다. 가죽만 남은 그녀의 얼굴에서 붉어진 눈동자만 형형하게 빛나기 시작했다.

"왜? 당신이 죽이려고?"

세이레나의 말에 헌터 백작은 입을 다물었다. 문 뒤에 선 병사가 들을 가능성은 없지만 그는 감히 세이레나가 자신에게 덤비는 게 불쾌했다.

말은 그렇게 했지만 그는 세이레나와 죽은 왕 사이에 자식이 없어서 다행이라고 생각했다. 그랬다면 그녀의 딸이 왕자비가 되어 왕비가 되는 게 좀 더 골치 아파졌을 수도 있다.

구 년. 구 년이나 걸렸다.

구 년 전, 세이레나의 아버지이자 그의 형님인 헌터 백작이 죽은 건 그에게 천재일우였다.

"내 손은 더럽히지 않으려 했건만."

세이레나가 자결할 것처럼 보이지 않자 백작은 쯧 하고 혀를 차며 단검을 집어 들었다. 여기서 세이레나가 자결해 줘야 헌터 가문이 편해진다.

그가 세이레나를 왕에게 바치고 얻어 낸 신임으로 그의 딸은 이 왕자와 결혼했다.

하지만 그가 원한 건 고작 왕자비가 아니다. 그는 그의 딸이 왕비가 되길 원했다.

헌터 백작은 일 왕자와 왕비 세이레나가 내통하고 이 왕자를 죽이려 했다고 계략을 꾸며 두 사람을 모함했다.

일 왕자와 왕자비, 그리고 세이레나는 빠르게 감금되었고 내일 세 번째 재판을 앞두고 있었다.

세 번째 재판은 이 왕자 살해 혐의에 대한 재판이다. 백작은 세이레나가 재판에 서기 전에 죽기를 바랐다. 그녀는 재판정에 서 있어서는 안 된다.

"양아들과 간통할 정도로 남자에 미친 사치스러운 왕비라는 소릴 들으며 평생 살아갈 생각인가."

백작은 그렇게 말하며 징그럽게 미소 지었다. 세이레나의 몸이 얼어붙었다.

남자에 미친 탕녀. 사치로 국고를 탕진한 계집. 전부 거짓말이다. 하지만 모두 그렇게 믿고 있다.

세이레나는 지난 두 번의 재판에서 받았던 모욕을 떠올리며 가볍게 몸을 떨었다.

"당신 짓이잖아."

가늘게 떨리는 목소리가 세이레나의 입에서 흘러나왔다.

알고 있었나? 헌터 백작은 훗하고 웃음을 흘렸지만 아무 말도 하지 않았다. 쓸모없는 계집이지만 그동안은 나름 쓸모가 있었다. 덕분에 그가 왕에게 신임을 받을 수 있었으니까. 그가 빼돌린 국고의 돈을 뒤집어씌울 수 있었으니까.

하지만…….

"쓸모없는 건 버려야지."

백작의 말에 세이레나의 눈이 커졌다.

아니, 말 때문이 아니었다. 백작은 그녀를 끌어안을 것처럼 접근했다가 마치 그녀가 더럽기라도 한 것처럼 재빨리 물러났다.

세이레나의 고개가 천천히 떨어졌다. 그녀의 시선이 단검이 꽂힌 자신의 복부에 닿았다.

"간수!"

백작은 피가 손에 묻었을까 봐 걱정하면서 문을 두드렸다. 그는 세이레나가 사람을 부르기 전에 재빨리 열린 문밖으로 나가 버렸다.

"젠장."

몇 년 동안 한 번도 입에 올린 적 없는 욕이 세이레나의 입에서 희미하게 흘러나왔다.

철저하게 이용당했고 철저하게 배신당했다.

그리고 철저하게 버림받았다.

너무 울어서 더 이상 눈물이 나오지 않을 거라 생각했는데 눈시울이 붉어졌다.

믿었다. 고작 스무 살. 부모님을 한날한시에 잃고 천애 고아가 된 세이레나 앞에 숙부가 나타났다. 모르는 사이도 아니었다. 오히려 숙부와는 사이가 좋았다.

숙부와 아버지의 사이도 좋았다. 그래서 당연히 숙부가 세이레나와 아직 어린 에즈라의 후견인이 되었다.

세이레나가 스물한 살이 되면 모든 것을 그대로 물려주겠다던 그는 그녀의 신뢰를 이용해 집안을 집어삼켰다.

믿었다. 그녀를 사랑해 줄 거라고. 아버지처럼은 아니어도 숙부니까.

똑똑.

눈앞이 흐려지려는 순간 문밖에서 누군가 문을 두드렸다.

세이레나는 재빨리 몸을 추슬렀다.

복부에 꽂힌 검은 그대로 남아 있었다. 저걸 뽑으면 피가 더 빨리 빠져나간다는 것을, 세이레나는 십 년 전 기사로서의 경험으로 기억하고 있었다.

"들어와요."

세이레나의 목소리는 간신히 무너지지 않았다. 이번에 올 사람이 누군지 안다.

애초에 그녀가 기다리고 있던 건 숙부가 아니었다.

그녀의 말에 간수가 문을 열고 후드를 뒤집어쓴 사람이 안으로 들어왔다.

"어서 와요."

세이레나는 검이 보이지 않도록 소맷자락으로 복부를 가리며 억지로 미소 지었다.

상대는 마법사. 약점을 보여선 안 된다는 걸 알고 있다.

"부르셨습니까, 왕비님."

더 이상 왕비가 아님에도 마법사는 세이레나를 왕비라고 불렀다.

비웃음일까. 세이레나는 마법사의 표정을 읽으려 애썼지만 그녀는 숙부가 말했던 것처럼 사람을 읽는데 영 '쓸모가 없다'.

"부탁이 있어서 불렀어요."

다행히도 마법사는 그녀의 말에 비웃는 표정을 짓지 않았다. 그것만이라도 다행이라고 세이레나는 생각했다.

사람들의 경멸, 무시. 그런 것들은 그녀를 빠르게 파괴시켰다.

"말씀하세요."

마법사의 말에 세이레나는 자세를 고쳤다. 복부를 가린 소매가 축축하게 젖는 게 느껴졌다.

피비린내가 훅하고 끼쳤지만 마법사는 모르는 척 서 있었다.

그녀는 이 젊은 왕비의 생명이 꺼져 가는 것을 지켜보고 있었다.

음탕하고 사치스러운 악녀. 모든 사람은 왕비를 그렇게 불렀다.

왕이 죽은 뒤 매일 밤마다 남자를 바꿔 가며 몸을 섞는다는 소문과, 매일 다이아몬드 목걸이를 버리고 새로 산다는 소문을 떠올리며 마법사는 세이레나에게 약간의 동정심을 품었다.

"전에 말했죠. 젊음을 돌릴 수 있는 마법을 연구 중이라고요."

세이레나의 말에 마법사는 잠시 품었던 동정심이 가시는 것을 느꼈다. 죽음 앞에서도 고작 원하는 게 젊음이란 말인가.

그녀는 고개를 저으며 차갑게 말했다.

"아니요. 젊음이 아니라 시간입니다. 정확히 말하면 과거로 돌아가는 거죠."

그래, 그거. 세이레나는 희미하게 미소를 지었다.

복부를 가린 팔에 힘이 떨어져 팔이 자꾸만 미끄러졌다. 하지만 그럼에도 그녀는 마지막까지 마법사에게 상처를 가리려 애썼다.

"시간을 돌리, 돌리고 싶어요. 내, 내 영혼을 원한다면……."

"아니요, 왕비님."

마법사는 세이레나의 말을 자르며 입을 열었다. 그녀는 이 죽어 가는 왕비가 뭘 원하는지 깨달았다.

시간을 돌려 잡히기 전에 달아나고 싶은 거겠지.

그게 아니라면 글쎄. 그녀는 고개를 저었다.

관심 없다. 마법은 대가가 있어야 한다. 그리고 이 왕비가 줄 수 있는 대가는 하나도 없었다.

"영혼은 필요 없어요. 당신은 이미 죽어 가고 있으니까요."

마법사의 말에 세이레나의 눈동자가 커졌다. 마법사는 쉰 살은 넘어 보이는 이십 대의 왕비가 놀라는 것을 천천히 지켜봤다.

한때 아름답게 빛나던 금발은 하얗게 세어 버렸고 대륙에서 가장 비싼 자수정이라 불리던 눈동자는 흉측하게 핏발이 서 있었다.

이게 바로 가장 아름답다 칭송받았던 왕비의 최후일까.

"하지만 당신은, 언젠가 나를 돕겠다고 했잖아요."

화를 참는 건지, 울음을 참는 건지 알 수 없는 목소리가 세이레나의 입에서 흘러나왔다.

마법사는 여전히 속을 알 수 없는 무표정으로 말했다.

"그래요, 왕비님. 언젠가 당신을 돕겠다고 했어요. 하지만 그건 당신이 대가를 지불할 수 있을 때의 이야기죠."

"당신은, 대가를 받지 않겠다고……."

힘이 달리는지 세이레나의 입에서 헉헉대는 숨이 터져 나왔다.

마법사는 새빨갛게 젖은 왕비의 복부와 소맷자락을 쳐다보고 한숨을 내쉬었다.

마법을 쓰기 위한 대가는 두 가지가 있다.

마법을 사용하는 마법사에게 치르는 대가. 그리고 마법으로 바뀌는 세계에게 치르는 대가.

일반적인 마법이라면 후자의 대가는 마법사가 치른다. 대신 마법사가 의뢰인에게 그만큼의 대가를 더 받으면 된다.

하지만 이건, 세이레나가 원하는 마법은 그럴 수 없다.

"당신은 세계에 줄 수 있는 게 없어요."

이미 죽어 가는 사람이 세계에 뭔가를 줄 수 있을 리가 없다. 그 말을 끝으로 마법사는 그대로 몸을 돌려 세이레나가 감금된 방을 나가 버렸다.

"젠장."

두 번째로 욕을 뱉어 내며 세이레나는 눈을 감았다. 호흡하는 게 더욱더 힘들어져서 색색거리는 숨소리가 거슬릴 정도다.

죽고 싶지 않아. 죽고 싶지 않았다.

후회가 물밀 듯 몰려왔다.

기사단을 그만두지 말걸. 에즈라에게 사랑한다고 말할걸. 어차피 집안의 모든 것을 빼앗길 줄 알았다면 부모님의 장례를 화려하게 치를걸.

그리고 그 사람에게도…….

다음 순간, 세이레나는 눈을 번쩍 떴다.

복부에서 느껴지던 고통이 사라지고 없었다. 팔의 감각이 돌아와서 그녀는 손을 들었다.

좋은 향기가, 좋은 감촉이 제일 먼저 다가왔다. 그리고 다음 순간 그녀는 그것이 그녀가 누워 있는 침대라는 것을 깨달았다.

"어?"

갈라지지 않은 목소리가 흘러나왔다. 조금 잠겨 있긴 하지만 괜찮았다.

세이레나는 놀라서 벌떡 일어나 앉았다.

몇 달간 햇빛을 보지 못하고 제대로 먹지 못해 허약해진 몸이 너무나 가볍게 느껴졌다.

"뭐지, 이건?"

어디선가 새 울음소리가 들려왔다.

세이레나는 침대 밖으로 발을 내밀었다가 발바닥에 느껴지는 푹신한 감각에 눈을 크게 떴다.

그리고 일어났다.

일어나는 것조차 힘들던 몸이 아니었다. 가벼웠고 힘이 넘쳐흘렀다.

그녀의 손이 자신의 복부를 더듬었다. 부드럽고 매끄러운 천의 감촉이 손끝에 생생하게 느껴졌다.

무엇보다 고통이 없었다.

"거짓말."

세이레나는 슬리퍼를 찾아 신었다. 감금되어 있던 몇 달 동안 잊어버렸던 푹신하고 보드라운 감촉에 그녀는 잠시 멍하니 서 있었다.

커다란 침대. 쿠키가 담긴 유리병과 꽃병이 놓인 엔드테이블.

방은 그녀가 감금되었던 방도, 왕비의 방도 아니었다.

낯설면서도 낯익은 광경에 세이레나는 반사적으로 창문을 향해 뛰어갔다.

촤악 하고 커튼이 양옆으로 열렸다. 커튼을 고정시킨 고리 몇 개가 그녀의 힘을 이기지 못하고 뜯겨져 나가는 소리에 세이레나는 놀라서 멈췄다.

그녀는 이렇게 힘이 세지 않다. 특히나 최근엔 제대로 먹지 못해 머리를 빗기 위해 팔을 드는 것도 힘들 정도였다.

이상할 정도로 힘이 넘쳤다.

"설마."

세이레나는 창문으로 시선을 던졌다. 아주 오래된 창틀. 이제는 여는 법조차 잊어버린 그녀는 잠시 고생하다가 간신히 창문을 열었다.

벌컥 하고 창문이 열린 순간 살이 에일 정도로 차가운 바람이 거칠게 흘러들어 왔다.

겨울이다. 타인머스의 수도 할렉에 추운 겨울이 다가오고 있었다.

하지만 그보다.

"집?"

꿈에 그리던 광경에 세이레나는 믿을 수 없어서 입을 딱 벌렸다.

집이었다.

팔 년 전, 그녀가 왕비가 되기 전까지 살던 집. 수도 할렉에 있는 헌터 백작의 저택.

천천히 세이레나는 자신의 팔을 내려다봤다. 적당히 근육이 붙은, 날렵하고 생기가 있는 팔.

다시 천천히 그녀의 손이 자신의 뺨을 감쌌다. 매끄럽고 부드러운 피부가 느껴졌다.

그녀는 그대로 고개를 돌려 이제는 어둠 속에 익숙해진 눈으로 방 안을 살폈다. 검은 옷이 안락의자 위에 걸쳐져 있었다.

검은 드레스.

세이레나는 상복을 들어 올렸다. 구 년 전, 부모님이 돌아가셨을 때 입은 옷이 뭐였는지 생각나지 않는다. 그때 그녀는 갑자기 부모를 잃고 넋이 빠져 있었다.

하녀들이 입혀 주는 대로 입고 숙부가 시키는 대로 했다.

하지만 이 방. 이 옷. 그리고 그녀의 몸 상태.

세이레나는 드레스를 끌어안은 채 믿을 수 없다는 듯 중얼거렸다.

"돌아왔어? 정말?"

*　　*　　*

헌터 백작가의 하녀 애나는 세이레나 아가씨의 문을 두드리기 전에 가볍게 심호흡을 했다.

이틀 전 갑자기 주인 부부가 마차 사고로 사망하자 두 사람의 딸인 세이레나는 우느라 자기 방에 틀어박혀 나오지 않았다.

장례식 준비조차 제대로 할 상황이 아니어서 부랴부랴 시골에 있는 헌터 백작의 동생에게 연락을 취해야 했다.

"가여워라."

애나는 세이레나 앞에서라면 차마 할 수 없는 말을 가볍게 읊조렸다.

고작 스물. 아니, 아직 스물이 채 되지 않았다.

세이레나 아가씨는 스물이 되려면 한 달이 남았다. 기사단에 있다고는 하나, 스무 살이 채 되지 않은 젊은 아가씨다. 부모님의 사망에 크게 슬퍼하는 게 당연했다.

"하지만……."

애나의 시선이 복도 저편의 다른 문을 향했다. 이제 열세 살인 에즈라 도련님의 방이다.

세이레나와 마찬가지로 에즈라도 자기 방에서 나오지 않았다. 이제 고작 열세 살과 열아홉 살. 둘 중 한 명이 정신을 차린다면 그건 후자가 되어야 한다. 그게 어려울 거라는 걸 알아서 애나는 한숨을 내쉬었다.

세이레나 아가씨는 마음이 약하다. 좋게 말하면 그렇고 나쁘게 말하면 의지가 약하다.

"검술에 재능이 있다지."

그렇게 들었다. 세이레나 아가씨는 검술에 재능이 있다고.

어린 시절, 헌터 백작가의 여식을 가르치기 위해 온 교사들이 하나같이 혀를 내둘렀다고 했다. 하지만 그 재능도 의지가 없다면 아무 소용이 없다.

세이레나는 검술을 단련하는 데 관심이 없었고 훌륭한 기사가 되는 것보다 느긋하게 사는 백작 영애이고 싶어 했다.
그녀가 기사단을 다니는 건 오로지 아버지인 백작의 명령 때문이었으니 어쩌면 곧 기사단을 그만둘지도 모른다.
"불쌍한 도련님."
애나는 다시 한숨을 내쉬며 문을 두드렸다.
어쩌면 아가씨가 부모를 잃은 어린 동생을 위해 도련님의 기사단 입단을 미루고 자신이 일 년 더 기사단에 다닐지도 모른다.
하지만 세이레나 아가씨는 그 정도로 의지가 강한 사람이 아니다. 부모님의 죽음에 동생이 연루돼 있다는 이유로 동생을 쳐다보지도 않은 사람이다. 상실감을 동생을 미워하는 것으로 채우려는 사람이다. 그런 사람이 앞으로 당차게 헌터 백작가를 이끌어 나갈 수 있을까.
"들어와요."
놀랍게도 안쪽 방에서 깨끗한 목소리가 흘러나왔다.
어라? 애나는 고개를 갸웃하며 문고리를 잡아 돌렸다.
어쩌면 하루 종일 울고 나니 자신이 정신을 차려야 한다는 걸 깨달은 건지도 모른다.
그녀는 희망을 품으며 문을 열었다.
"안녕히 주무셨어요, 아가씨?"
세이레나는 이미 일어나 있었다. 그녀는 침대에 기대 앉아 밤새 이게 어떻게 된 일인지 생각했다.
분명 그녀는 그 감옥에서 죽어 가고 있었다. 씹어 죽여도 시원치 않을 숙부가 그녀를 칼로 찌르고 도망갔다.

비겁한 자식. 자기가 찌른 조카가 죽는 것도 볼 용기가 없었던 모양이지.

냉소적인 미소가 그녀의 입술에 걸렸다 사라졌다.

그리고 마법사. 마법사는 시간을 돌려 달라는 그녀의 요청을 거부했다. 그녀가 지불할 대가가 없다는 이유였다.

그렇다면 어떻게 돌아온 걸까.

“잘 잤어, 애나?”

세이레나는 애나를 향해 미소 지으며 인사를 건넸다. 그녀와 친했던 하녀인데 팔 년이나 만난 적이 없어서 이름이 가물가물했다. 다행히 하녀의 얼굴을 보자 이름이 떠올랐다.

“애나가 있는 걸 보니 확실히 돌아온 모양이네.”

저도 모르게 흘러나온 세이레나의 말에 애나가 “네?” 하고 되물었다. 돌아오기 전 인생에서 애나는 세이레나가 왕비가 되어 입궁할 때 하녀로 따라가겠다고 졸랐었다.

하지만 숙부가 막는 바람에 세이레나는 아는 사람 하나 없이 혼자 입궁해야 했다.

“아무것도 아니야. 나 옷 입는 걸 도와줄래?”

그것도 숙부의 계획이었던 거다. 세이레나를 고립시켜 자신에게만 의탁하도록 하는.

손쉬운 방법이다. 그리고 그걸 당할 만큼 그녀가 멍청했다는 의미이기도 했다.

애나는 그 후 퇴직금도 없이 쫓겨나서 고향으로 돌아갔다고 들었다.

처음엔 미안해했지만 세이레나는 몇 년 후 애나가 쫓겨나서 다행이라고 생각했다.

숙부는 그녀와 가까웠던 사람들을 가만두지 않았으니까.

"괜찮으세요, 아가씨?"

어제 밤까지 펑펑 울던 세이레나가 멀끔한 얼굴로 미소까지 짓고 있자 오히려 당황한 건 애나였다. 그녀는 들고 있던 차와 비스킷이 든 쟁반을 테이블에 내려놓고 다가왔다.

세이레나는 평범한 귀족 아가씨였다. 노는 것을 좋아하고 마음 약한.

애나의 걱정을 알 것 같아서 세이레나는 가볍게 한숨을 내쉬었다. 철없고 순진한, 평범한 귀족 아가씨였다. 그게 그녀의 잘못이었다.

철이 없었다는 것.

순진했다는 것.

그리고 아는 것도, 할 줄 아는 것도 없었다는 것.

하지만 지금은 다르다. 최소한 세이레나는 아는 게 하나 있었다. 숙부가 곧 그녀의 후견인이 되어 헌터 백작가를 집어삼키고 그녀를 미친 왕에게 제물로 바치리라는 것.

"난 괜찮아, 애나."

세이레나는 자리에서 일어나며 말을 이었다. 그녀의 손짓에 따라 애나가 검은 드레스를 가져왔다.

"내가 정신을 차려야 한다고 생각했을 뿐이야. 이 집의 주인은 나잖아. 에즈라도 내가 돌봐 줘야 하고."

에즈라.

세이레나는 돌아오기 전, 스무 살의 나이로 죽은 동생을 떠올렸다.

불쌍한 내 동생.

그녀가 지켜 줬어야 했다. 그녀도 어렸지만 에즈라는 더 어렸다.

애나의 생각대로 세이레나 역시 열아홉과 열셋 중 정신을 차린다면 그녀가 돼야 한다고 생각했다.

"간단하게 차와 비스킷을 가져왔는데요."

애나의 말에 세이레나의 시선이 테이블로 향했다. 두 조각의 비스킷과 차 한 잔. 그녀는 그게 왕비가 되기 전 자신의 아침이었다는 것을 떠올렸다.

왜 그런 멍청한 짓을 했을까.

돌아오기 전, 마지막으로 먹은 건 멀건 죽이었다.

음식은 잘 먹어야 한다. 검술 훈련을 하기 위해서라도.

"아니, 식당에서 먹을래. 계란이 먹고 싶어. 햄도."

느닷없는 세이레나의 말에 애나의 입이 딱 벌어졌다.

세이레나는 단 한 번도 아침을 거하게 먹은 적이 없다. 기사단에 있지만 훈련을 제대로 하지 않는 그녀는 몸매를 관리하기 위해 다른 귀족 아가씨처럼 새 모이만큼 먹었다.

애나의 표정에서 '아가씨, 미친 거 아니죠?'라는 뜻이 명백하게 보여서 세이레나는 하마터면 웃음을 터트릴 뻔했다.

그래, 어쩌면 미친 것인지도 모른다. 사실은 그녀는 그 감옥에서 죽어 가고 있고, 이건 그녀의 죽어 가는 영혼이 보는 가장 행복한 순간의 환상인지도 모른다.

하지만 그러기엔 그 행복한 순간이라는 게 하필이면 부모님의 사망 이틀 뒤의 날이라는 게 말이 안 되지.

세이레나는 검은 드레스를 입으며 한숨을 내쉬었다.

부모님의 사망. 구 년 전에는 정말 슬펐다. 이대로 그녀가 죽었으면 좋겠다고 생각했다.

지금도 슬프지 않은 건 아니다. 그저, 돌아오기 전처럼 슬퍼하기만 해서는 어떤 인생이 기다리는지 아는 것뿐이다.

겉은 화려하지만 속은 곪아 가다가 결국은 버림받는 비참한 인생.

"잘 잤어요?"

세이레나는 식당으로 내려가 기다리고 있던 집사에게 인사를 건넸다.

애나가 먼저 나가 알렸는지 식당에는 부랴부랴 준비한 아침 식사가 준비돼 있었다.

집사는 이틀 전 부모를 잃은 아가씨에게 무슨 아침 인사를 해야 할지 몰라 가볍게 고개를 끄덕이고 늘 그녀가 앉던 의자를 당겼다.

"아."

실수했다. 세이레나는 아차 하고 행동을 멈췄다. 팔 년간 왕비로 살면서 그녀는 늘 왕비의 자리에 앉았다. 그게 이 식당에서는 백작 부인의 자리였다.

그녀는 안타까운 마음에 어머니의 의자를 한 번 쓸고 집사가 당겨 준 자신의 의자에 앉았다.

마법사가 그녀를 돌려보내 준 걸까. 그렇다면 어째서 지금일까. 일주일만 더 먼저로 보내 줬다면 부모님을 살릴 수 있었을지도 모르는데.

속상한 마음에 그녀의 표정이 굳자 식당 안에 정적이 내려앉았다.

"괜찮으십니까?"

집사가 물었다. 다행히 그는 세이레나가 백작 부인의 자리를 자신의 자리로 착각한 게 아니라 부모님을 그리워한 거라고 생각했다.

"아, 네. 괜찮아요. 에즈라는 어때요?"

세이레나의 입에서 하나뿐인 동생의 이름이 나왔다.

다행이군. 집사는 안도했다.

이틀 전 부모님의 사망 소식을 들은 세이레나는 에즈라를 용서하지 않겠다는 표정으로 쳐다보고 방으로 들어갔다.

부모님의 사망을 동생의 탓으로 돌리려는 건 아닌지 걱정했는데 기우였던 모양이다.

그는 나직하게 말했다.

"방에서 나오지 않으십니다."

"그래요."

에즈라도 힘들었던 거다. 한 번 겪고 난 일이라 세이레나는 좀 여유 있게 돌아볼 수 있었다.

똑같이 부모님을 잃었다고 해도 그녀는 곧 스물이 된다. 하지만 에즈라는 이제 겨우 열셋. 열셋의 소년에게 부모님의 사망은 열아홉의 소녀보다 더 힘겨운 일일 것이다.

"아침 먹고 내가 올라가 볼게요. 그 애가 굶지 않게 해 줘요."

세이레나답지 않은 어른스러운 말에 집사는 잠시 놀랐다.

세이레나 아가씨는 하룻밤 사이에 달라져 있었다. 철없고 마음이 약했던 아가씨가 오늘은 마치 십 년은 나이를 먹은 것처럼 어른스러운 말을 했다.

부모님을 잃고 갑자기 철이라도 든 걸까. 집사는 그렇게 생각하고 대답했다.

"알겠습니다."

"아, 그리고."

햄과 버섯을 가득 넣은 오믈렛을 먹으며 세이레나가 생각났다는 듯 입을 열었다.

오랜만에 먹는 따듯한 음식이다. 몇 달간 감옥에 갇혀 먹은 건 다 식은 멀건 죽과 이가 들어가지 않을 정도로 딱딱한 빵이었다.

아무리 사악한 왕비라 해도 그런 대우는 말도 안 된다. 살인을 저지른 귀족이 감금될지언정 괜찮은 식사와 가구를 제공받았던 것을 기억하는 세이레나는 그게 전부 숙부의 짓이라는 것을 알았다.

"헌터 경에게는 아직 연락하지 마세요."

"헌터 경이요?"

집사의 눈이 동그래졌다. 지금 세이레나 아가씨가 자기 숙부를 헌터 경이라고 부른 건가?

그는 믿을 수 없는 세이레나의 단어 선택에 놀라 다시 물었다.

"아가씨의 숙부님을 말씀하시는 겁니까?"

"그래요. 제 숙부가 헌터 경 말고 또 있나요?"

후견인이 또 있으면 곤란한데. 가볍게 인상을 쓰는 세이레나의 표정에 집사는 당황해서 말을 잇지 못했다.

세이레나는 숙부를 좋아했다. 죽은 헌터 백작은 동생과 사이가 좋았고 동생이 가문의 가장 좋은 저택을 쓸 수 있도록 배려해 줄 정도였다.

숙부의 딸이자 세이레나의 사촌인 아드리아나는 세이레나와 아주 친한 건 아니었다. 하지만 세이레나가 숙부를 워낙 좋아한 덕분에 그녀는 매년 수도에서 유행하는 물건을 아드리아나에게 보내곤 했다.

"헌터 경께는 이미 연락을 드렸습니다만……."

그래서 집사는 세이레나가 당연히 숙부에게 연락하길 바랄

줄 알았다.

아니었나? 당혹한 표정을 애써 감추는 집사의 눈에 세이레나가 깜짝 놀라는 게 보였다.

"연락했다고요? 언제? 누구 마음대로?"

"제, 제가 연락드렸습니다. 장례식 때문에……."

"장례식 때문에 헌터 경에게 연락을 했다고요? 내가 있는데?"

화가 나서 벌떡 일어난 세이레나는 다시 아차 했다. 이렇게 화내서는 안 된다. 집사는 그가 해야 할 일을 했다.

과거의 세이레나는 하루 종일 울기만 했다. 누구를 만나지도, 이야기를 듣지도 않았다.

집사의 행동이 월권에 가깝기는 했지만 그는 철없는 세이레나가 부모님의 장례를 치르기엔 역부족이라 판단했을 것이다.

"……죄송합니다."

집사는 재빨리 사과했다. 그 사과에 세이레나도 다시 의자에 앉았다.

숙부에게 연락을 했다. 젠장. 그가 오면 분명 세이레나의 후견인이 되려 할 것이다.

모든 귀족은 스물한 살이 되기 전까지는 부모나 후견인 밑에 있어야 한다. 이걸 피할 방법을 찾기 전까지 숙부에게는 부모님의 사망을 알리지 않을 생각이었는데.

가장 좋은 건 세이레나가 스물한 살이 되는 내년 겨울까지 숙부에게 연락하지 않는 것이다.

하지만 헌터 백작 부부의 사망 소식이 일 년이나 숙부의 귀에 들어가지 않을 리가 없다.

숙부가 여기까지 오는데 얼마나 걸리지? 눈이 내린다면 보름이겠지만 아직 눈이 내릴 만큼 춥지는 않았다.

그렇다면 일주일이겠군. 세이레나는 자신에게 주어진 시간을 재빨리 계산하고 집사에게 말했다.

"이 집의 주인은 나예요. 모든 일은 내게 물어보고 진행하세요."

"죄송합니다."

다시 한 번 집사가 용서를 구했다. 세이레나는 음식을 밀어 놓고 자리에서 일어났다.

일주일.

일주일이라면 서둘러 방법을 찾아야 한다. 그래야 그녀가 산다. 그리고 에즈라도 구할 수 있다.

누가 그녀를 되돌려 준 것인지는 모르지만, 그녀는 일을 바로잡을 기회를 얻었다. 그 기회를 준 게 마왕이라 해도 세이레나는 감사했다.

그녀가 선택했던 수많은 바보 같고 멍청한 선택을 되돌릴 수 있을 테니까.

"마차 준비해 주세요."

"마차요?"

옷을 갈아입으러 올라가는데 집사가 되물었다.

웬 마차냐는 듯한 표정에 세이레나는 멈칫했다. 뭐지? 내가 뭘 또 실수했지?

집사가 다시 물었다.

"기사단으로 가시는 게 아닙니까?"

아, 젠장. 세이레나는 자신의 실수를 깨달았다. 왕비가 되기 전 그녀는 마차보다는 말을 즐겨 탔다. 그녀는 기사였고 기사단에 마차를 타고 다니는 기사는 없었기 때문이다.

"맞아요. 말을 준비해 주세요."

말, 탈 수 있을까. 그렇게 고민하며 세이레나는 옷을 갈아입었다.

마지막으로 말을 탄 지 팔 년이던가 구 년이던가. 그렇게 따지면 기사복도 마찬가지다.

"집에 더 있으시지."

애나가 걱정된다는 듯 말했다.

세이레나는 거울에 서서 멍하니 자기 모습을 지켜보고 있었다. 팔 년, 아니, 구 년 만에 입는 기사복이다. 입을 때마다 지긋지긋했는데 이게 그리워질 줄은 몰랐다.

그리고 그녀의 몸. 아무 상처도 없는 매끄러운 피부에 다시 한번 실감이 들었다.

돌아왔다. 세이레나는 말 안장에 올라타며 생각했다.

* * *

타인머스국은 기사의 나라다.

전설에 의하면 다섯 명의 기사가 드래곤을 물리치고 그 땅에 나라를 세웠다고 한다.

다섯 명 중 가장 강한 기사가 왕이 되었고 다른 네 명의 기사는 나라를 수호하기로 맹세했다.

그래서 타인머스국의 귀족은 모두 기사단에서 이 년 이상 기사로 나라를 수호해야 한다. 생도 기간을 포함하면 최소 오 년이다.

나쁘지 않다고, 말을 타고 가며 세이레나는 생각했다. 예전엔 지긋지긋하다고 생각했다. 기사단에서 벗어나고 싶었다.

하지만 지금은 아니다. 그녀가 어떤 인생을 살게 되는지 알게 된 지금, 기사단은 또 다른 인생을 살게 할 수 있는 고마운 기회였다.

"어머, 세이레나?"

기사단에 도착한 세이레나가 말을 마구간에 맡기고 나오는데 낯익은 얼굴이 그녀를 반겼다.

기사단에서 친하게 지냈던 기사였다. 이름이…….

"모아나."

떠올랐다.

세이레나는 안도의 한숨을 내쉬었다. 돌아오기 전, 기사단을 그만둔 세이레나가 그녀를 마지막으로 본 건 두 번째 재판이었다.

왕비 세이레나는 밤마다 남자를 방으로 끌어들였다는 죄목으로 재판을 받고 있었다.

그녀가 방에 끌어들였다는 남자 중에는 죽은 동생 에즈라도 있었다.

말도 안 되는 죄목에 세이레나가 멍하니 앉아 있을 때, 참관인석에서 몇 명이 일어나 소리쳤다.

"거짓말이야!"

모아나는 그중 하나였다. 어디 갖다 붙일 죄목이 없어서 근친상간을 갖다 붙이냐고, 길길이 날뛰던 그녀의 모습이 떠올랐다.

신기한 일이다.

세이레나가 왕비가 되기 전 어떤 사건 때문에 기사단의 여기사는 거의 사라졌다.

모아나 역시 그때 기사단을 그만뒀다고 들었다. 그리고 그 재판이 열리기 전까지 모아나와 세이레나가 만나는 일은 없었다.

팔 년. 최소 팔 년은 만나지 못한 친구를 위해 모아나는 재판정에서 격분해서 길길이 날뛰었다.

결국, 후에 법정 모독으로 벌을 받았다고 들었다.

"괜찮아?"

모아나가 세이레나의 손을 잡으며 물었다. 괜찮냐고 묻는 얼굴이 앳되다.

세이레나는 멍하니 모아나의 얼굴을 쳐다봤다.

재판정에서의 일이 떠오른 탓에 세이레나는 그녀가 무엇을 괜찮냐고 묻는지 재빨리 떠올리지 못했다.

"어제 가 봤는데 집사가 다음에 와 달라고 하더라."

이어진 모아나의 말에 세이레나는 그녀가 부모님이 돌아가신 이튿날 자신을 찾아왔었다는 것을 알았다. 그녀는 부모를 잃은 친구를 걱정한 것이다.

모아나는 그 후로도 계속 찾아왔다. 하지만 세이레나는 왕비가 될 때까지 그녀의 방문을 한 번도 받지 못했다.

어째서일까.

숙부가 막은 걸까.

그럴지도 모른다. 세이레나는 돌아오기 전의 자신이 얼마나 멍청했는지 다시 깨닫고 입술을 깨물었다.

"그랬구나. 와 줘서 고마워."

"당연히 가야지. 괜찮아?"

괜찮지 않다.

하지만 괜찮았다.

괜찮을 것이다.

그래야 한다.

세이레나는 고개를 끄덕이며 말했다.

"응. 뭐."

평소와 달리 세이레나의 말이 짧았다.

이런 친구가 아닌데? 모아나는 세이레나의 얼굴을 쳐다보고 거기 담긴 수심을 발견했다.

하루아침에 부모님을 잃었으니 충격이 큰 것이리라. 모아나는 세이레나의 손을 잡은 손에 꽉 힘을 주며 애써 밝게 물었다.

"그런데, 기사단에는 무슨 일이야? 휴가받은 줄 알았는데."

부모의 상은 이 주일의 휴가를 받을 수 있다. 하지만 세이레나는 휴가를 받으려는 게 아니다.

그녀는 고개를 저으며 말했다.

"휴가는 안 받을 거야. 기사단에 확인할 게 있어서. 너는?"

"아, 기사단에 소식을 대신 알려야 할 거 같아서."

소식?

세이레나는 무슨 소린가 하다가 곧 모아나가 기사단에 알리려는 소식이 헌터 백작 부부의 사망 소식이라는 것을 깨달았다.

좋은 친구를 뒀었구나, 세이레나 헌터.

세이레나는 씁쓸하게 웃으며 물었다.

"같이 갈래?"

"업무 때문에 온 거 아니었어?"

부모상이니 업무는 빠질 수 있을 것이다. 그보다 기사단에 확인할 게 있다.

세이레나는 고개를 젓고 모아나와 함께 기사단 본 건물을 향해 걷기 시작했다.

* * *

타인머스국의 기사단인 라고말리 기사단은 그냥 기사단이 아니다. 기사단이면서 동시에 교육의 장이기도 했다.

타인머스의 귀족은 남자와 여자를 가리지 않고 평생의 이 년이라는 시간을 라고말리 기사단에서 기사로 살아야 했고 그러기 위해 열세 살이 되면 기사단의 생도로 들어가 삼 년간의 기사 교육을 마쳐야 했다.

때문에 타인머스의 귀족에게 검술은 호신 수단이 아니라 귀족으로서 갖춰야 할 기본적인 소양이었다.

입단 시험에서 떨어진다는 건 가문의 수치였기 때문에 모든 귀족은 자식을 낳으면 반드시 검술을 가르쳤다. 그건 타인머스 귀족들의 검술 실력을 주변의 다른 나라 귀족들보다 훨씬 높은 수준으로 만들어 주었다.

"들었어?"

데니스는 맞은편 복도에서 걸어오는 검은 머리의 남자를 발견하고 말을 걸었다. 그만큼이나 키가 큰 사람은 일반인뿐 아니라 기사단에서도 흔치 않아서 눈에 쉽게 띄었다.

"뭐가?"

검은 눈동자가 데니스를 향했다. 훤칠한 키와 탄탄한 몸만큼이나 조각처럼 단정한 얼굴이 드러났다.

데니스는 상사인 애쉬 그레이윈드의 어깨에 격의 없이 팔을 올리며 말했다.

"헌터 백작 부부가 사망했다더군."

헌터 백작 부부. 애쉬의 눈이 가늘어졌다.

"언제?"

"이틀 전에. 마차 사고였대."

이틀 전이면 생도 입학 시험이 있던 날이다. 애쉬는 무거운 표정으로 말했다.

"헌터 백작가의 누군가가 페이지로 들어온 건가?"

라고말리 기사단의 생도는 삼 년간 기사단에서 기사들과 생활하며 교육을 받는다. 검술과 기사도를 배우고 기사들의 시중을 들어야 한다. 이삼 년이라는 기간을 페이지 기간이라고 했고 생도들을 페이지라고 불렀다.

"응. 에즈라 헌터. 열세 살이라더군."

낯익은 이름이다. 애쉬는 들고 있던 서류를 들춰 이름을 찾았다. 에즈라 헌터.

방금 페이지 시험 결과를 살펴보고 있었다.

"간신히 합격했군."

애쉬의 말에 데니스는 고개를 들어 애쉬의 손에 들린 서류를 살폈다. 그의 말대로 간신히 합격했다는 말이 맞았다. 에즈라 헌터는 오십 명 중에 오십 번째로 합격했다.

"누이와는 다른 모양이지."

데니스의 말에 애쉬의 머리에 자연스럽게 세이레나 헌터가 떠올랐다.

허리까지 오는 구불거리는 금발. 자수정 같은 눈동자.

여성으로 치면 보통 키지만 워낙 큰 남자들만 있는 기사단 속에서 세이레나는 자그마하게 보였다.

"그렇군."

애쉬는 세이레나의 입학 성적을 떠올리며 고개를 끄덕였다.

칠 년 전 세이레나의 입학 성적은 육십 명 중 첫 번째였다.

"신이 모든 재능을 누이에게 몰아준 모양이야."

데니스는 그렇게 말하며 씩 웃었다. 세이레나가 처음 기사단에 들어왔을 때 다들 요정이 들어왔다고 시끄러웠던 게 기억났다. 요정이라고 불릴 만큼 아름다운 외모. 그리고 그 외모만큼이나 아름다운 재능.

애쉬의 눈이 다시 가늘어졌다. 육십 명 중 첫 번째. 도저히 그 작고 가냘픈 몸에서 나오는 거라 믿기 힘든 실력에 그는 세이레나가 훌륭한 기사가 될 거라 기대했다.

어쩌면 슈발리에도.

아니, 슈발리에가 아니어도 상관없다. 그는 오 년이면 그녀가 기사단 상위로 치고 올라올 거라 생각했다.

"재능은 아무 쓸모가 없어."

애쉬는 냉정하게 말하고 서류를 덮었다.

세이레나 헌터에게는 재능이 있다. 하지만 그녀는 그 재능을 전혀 갈고닦지 않았다.

라고말리 기사단은 모두 스무 개의 분대로 이루어져 있다. 일 분대에서 이십 분대까지.

기사들은 실력에 따라 분대로 나누어지고 분대의 숫자가 작을수록 실력 있는 기사가 책정된다.

"헌터의 분대는 십이 분대였지."

데니스가 애쉬의 어깨에서 팔을 치우며 말했다.

십이 분대. 애쉬의 눈이 못마땅하다는 듯 가늘어졌다. 그의 기대대로였다면 세이레나는 지금쯤 최소한 오 분대에 있어야 한다.

하지만 세이레나는 검술 훈련을 전혀 하지 않았고 자신의 재능을 썩혀 버렸다.

"뭐, 백작 영애니까."

데니스는 그렇게 말하며 건들건들 복도를 걷기 시작했다.

애쉬는 그게 마음에 들지 않았다. 검술이 귀족의 기본 소양이기는 하지만 세이레나는 재능을 가지고 있다. 그는 신에게 받은 재능을 썩혀 버리는 그녀의 게으름이 못마땅했다.

"백작 부부가 사망했다면 기사단도 그만두겠군."

어딘지 홀가분한 듯한 목소리였다. 데니스는 놀라서 애쉬를 쳐다보며 물었다.

"왜? 헌터가 기사단에 있는 게 싫어?"

"그런 재능을 가진 기사가 게으름을 피우는 건 기사단 전체에 좋지 않으니까."

그럼 그렇지. 어쩐 일로 여자에게 관심을 갖나 했다. 여자에게 갖는 관심이 아니라 기사로서 갖는 관심이었던 모양이다.

"헌터도 있고 싶어서 있는 건 아니었을걸."

데니스는 좀 가벼운 어조로 말했다.

모든 귀족은 기사 서임을 받고 최소 이 년 이상 기사로 봉사해야 한다. 대부분의 귀족은 이 법을 싫어할 것이다.

특히나 땀 흘리고 검을 휘두르는 걸 싫어하는 사람에게 페이지 기간 삼 년과 기사 기간 이 년을 더한 오 년은 끔찍한 시간일 것이다.

세이레나 헌터는 그 사실을 상기시키는 가장 대표적인 사람이었다. 재능이 있지만 그 재능에 본인은 관심이 없다. 평범한 귀족 영애. 그 말이 딱 맞았다.

검술 훈련은 기사가 된 후로 한 번도 하지 않았고 업무가 끝나면 재빨리 기사단을 뛰쳐나갔다. 그런 주제에 살이 찔까 봐 음식은 조금만 먹는다고 했다.

애쉬에게는 어이가 없는 이야기지만 데니스는 어깨를 으쓱해 보이고 말았다.

어차피 헌터 백작가의 장녀. 적당히 작위 없는 남자와 결혼해 백작이 될 것이다.

그녀가 기사단에 남아 있는 건 오직.

"맹세 때문이지."

애쉬가 한숨 쉬듯 말했다. 그도 알고 있다. 세이레나 헌터가 어쩔 수 없이 기사단에 남아 있다는 것과 그 이유를.

이것 봐라? 데니스는 그런 애쉬를 힐끔 쳐다봤다.

애쉬는 엄청난 재능을 가진 세이레나가 그 재능을 썩히는 게 싫어서 세이레나를 기억하고 있는 것처럼 말했지만 지금 애쉬가 보이는 관심은 그 정도를 넘어서는 것처럼 보인다.

헌터 백작가는 대대로 내려오는 기사 집안이고 건국 전설에 나오는 기사 중 한 명의 피를 이어받았다고 주장하는 집안이다. 어느 집안은 아니겠느냐만은.

초대 헌터 백작이 왕에게 한 맹세.

"기사단에 헌터라는 이름이 지워지는 날은 없을 것입니다."

그 맹세에 따라 헌터 백작가에서는 반드시 누군가 한 명이 기사단에 남아 있어야 했다.

세이레나가 태어나서 열세 살이 되기 전까지는 죽은 헌터 백작의 동생이 기사단에 있었다. 그리고 세이레나가 열세 살이 되자마자 그녀는 바로 페이지 생활을 시작했다.

세이레나가 기사단을 나갈 수 있는 방법은 그녀의 여섯 살 어린 남동생이 페이지로 들어오는 것뿐이다.

이틀 전, 세이레나 헌터의 동생 에즈라 헌터는 입단 시험을 봤고 꼴찌지만 합격했다.

백작 부부가 전부 사망했으니 세이레나가 기사단을 나가 백작이 될 것이라는 것은 어렵지 않은 추측이었다.

"도와드릴 방법이 없겠네요, 헌터 경."

기사단 행정실 앞에 도착하자 행정 기사의 목소리가 애쉬와 데니스의 귀에 들려왔다.

헌터 경? 두 사람의 시선이 부딪쳤다.

헌터 백작 부부는 사망했고 에즈라는 아직 페이지니 그 집안에 경이라 불릴 수 있는 사람은 세이레나뿐이다.

"벌써 그만두러 온 건가."

애쉬는 조금 못마땅하다는 어조로 말했다. 그렇게 기사단이 싫은 걸까. 백작 부부의 장례식을 치르기도 전에 그만둘 정도로?

"후견인은 왜?"

누군가의 목소리가 이어서 들려왔다.

발소리가 행정실 밖으로 나오려는 모양이라 애쉬와 데니스는 문 앞에서 멈춰 섰다.

"안녕하십니까, 쿨린 경. 헌터 경."

문이 열리자마자 데니스는 행정실에서 빠져나오는 두 여자를 향해 인사를 건넸다.

모아나 쿨린이 데니스와 애쉬를 발견하고 미소 지었다.

"안녕하세요, 단장님. 부단장님."

세이레나의 시선이 데니스와 애쉬를 향했다. 두 사람 다, 이 예쁘장한 백작 영애의 미소를 볼 것이라 믿어 의심치 않았다.

세이레나는 노는 것을 좋아했고 백작 영애답게 기본적으로 예의 바르고 친절했다. 수줍음이 있어서 기사단 사람들과 특별히 친하지는 않아도 적당히 잘 지냈다.

"안녕하세요, 부단장님."

세이레나가 인사를 건넨 건 데니스에게만이었다.

애쉬와 데니스, 모아나는 세이레나가 당연히 애쉬에게 따로 인사를 건넬 것이라고 생각했다. 하지만 그녀는 곧 표정을 구기더니 하는 수 없다는 듯 쥐어짠 목소리로 말했다.

"그리고 단장님."

방금 무슨 일이 일어난 거지?

데니스는 세이레나를 끌고 도망치듯 떠나는 모아나를 멍하니 쳐다보다가 애쉬에게 물었다.

"단장님, 헌터 경에게 뭐 잘못한 거 있습니까?"

애쉬의 시선이 데니스를 향했다. 어지간한 일로는 꿈쩍도 안 하는 그도 꽤 놀란 모양인지 굳은 표정이었다.

"그럴 리가 없잖아. 그리고 이럴 때만 존댓말 하지 마."

단장과 부단장.

애쉬가 상사긴 하지만 데니스가 나이는 더 많다. 평소에는 반말로 하면서 이럴 때만 존댓말이다.

애쉬의 핀잔에 데니스는 머리를 긁적이며 말했다.

"그럼 헌터 경이 왜 저러는 건데?"

"나야 모르지."

애쉬는 그대로 열린 문을 통해 안으로 들어갔다. 그는 모든 사람이 자신을 좋아할 거라고 믿을 정도로 멍청하지 않았다. 하지만 세이레나 헌터는 지금까지 그를 싫어하는 티를 내지 않았다.

오히려 상사를 향한 호감이면 호감이었지.

"벨몬트 경. 방금 나간 헌터 경이 무슨 도움을 요청했지?"

애쉬는 행정 기사에게 다가가 물었다.

문밖의 상황을 모르는 기사는 고개를 갸웃하더니 말했다.

"후견인을 거부할 수 있는 방법이 없느냐고 묻더군요."

"후견인을 거부해?"

이건 또 무슨 소리야? 애쉬의 눈이 가늘어졌다.

뒤따라 들어온 데니스가 애쉬의 어깨에 팔을 얹으며 휘파람을 불고 말했다.

"헌터 경은 숙부와 사이가 좋을 텐데?"

"숙부?"

애쉬의 시선이 데니스를 향했다.

데니스는 팔을 내리고 어깨를 으쓱하며 말했다.

"헌터 경은 이제 스무 살이잖아. 스무 살이 됐던가, 안 됐던가. 어쨌든 아직 스물한 살이 아니고 백작 부부가 사망했으니 후견인이 있어야 할 테지."

아직 스무 살이었군.

애쉬는 그녀가 기사단에 들어온 게 언제였는지 기억을 더듬었다. 그가 페이지 기간이 끝나고 기사가 된 해였다.

작은 체구에 요정같이 생겼는데 엄청난 실력이라 놀랐던 기억이 난다.

그 실력이 퇴보하지나 않았으면 좋겠는데. 안타까운 한숨을 흘리며 애쉬는 다시 행정 기사에게 물었다.

"기사는 후견인이 필요 없다는 법이라도 있나?"

"아니요. 없습니다. 그래서 도와드릴 수 없다고 했고요."

그렇다면 기사단을 나가려는 건 아닌 모양이다.

애쉬는 미간에 주름을 만들며 돌아섰다. 자신은 세이레나가 기사단을 나가길 바라는 걸까, 나가지 않길 바라는 걸까.

알 수 없다. 어차피 그와는 상관없는 사람이다.

애쉬는 곧 세이레나의 일을 생각 저 멀리 치워 버렸다. 아니, 치워 버리려 했다.

"방금 뭐였어?"

깜짝 놀라서 세이레나를 끌고 건물 밖으로 걸어 나온 모아나가 물었다.

세이레나는 입술을 잘근잘근 씹고 있었다.

"뭐가?"

애써 딴청 피우는 모습에 모아나는 어이가 없어서 팔짱을 끼며 물었다.

"방금 인사 말이야."

"인사가 왜?"

"너 완전 이상했어. 진짜 이상했다고. 와아아아아안전 이상했어."

세이레나도 안다.

그녀는 눈동자를 굴리다가 솔직하게 말했다.

"나도 몰라."

"몰라? 뭐가?"

"그냥, 갑자기 기분이 나빴어."

"뭐가 기분 나빠? 단장님이?"

응. 세이레나는 고개를 끄덕였다.

그녀도 모르겠다. 단장을 보는 순간 기분이 불쾌해졌다.

애쉬 그레이윈드.

기가 막힌 이름의 이 주인공에게는 몇 개의 형용사가 붙는다.

천재.

최연소.

마스터.

왕위 계승 3위.

공작.

그리고 라고말리 기사단의 단장.

그를 싫어할 수 있는 여자는 그리 많지 않을 것이다. 훤칠한 키에 검술로 단련된 탄탄한 몸. 조각 같은 외모. 검은 머리카락과 검은 눈동자는 마치 거대한 흑표범을 연상케 한다.

왕자가 둘이나 있기 때문에 유명무실한 조건이긴 해도 왕의 조카라는 점은 그를 더욱 매력적으로 만들었다.

사교계뿐 아니라 기사단에 있는 여기사들도 한 번쯤은 그레이윈드 공작 부인이 되는 것을 상상해 봤을 것이다.

"갑자기 단장님이 싫어졌다고?"

모아나는 믿을 수 없어서 물었다.

세이레나는 누굴 그다지 싫어하거나 미워하지 않았다. 기사단에서 두어 명을 제외하면 그리 어울리는 사람도 없는 대신 누군가와 다툰 적도 없기 때문이다.

오히려 며칠 전까지만 해도 세이레나는 애쉬 그레이윈드를 좋아하는 편이었다.

그를 수식하는 수많은 형용사만 보더라도 귀족 영애가 애쉬에게 호감을 품는 것은 당연한 일일 것이다.

"나도 모르겠네. 나 원래 단장을 좀 싫어하지 않았어?"

세이레나의 말에 모아나는 눈을 크게 떴다. 원래 싫어했다고? 얘가 무슨 소리야?

그녀는 "허." 하고 신음을 내뱉더니 말했다.

"원래 싫어했으면 그전까지 연기를 엄청 잘했다는 건데."

"응? 그래?"

"방금 전 네 표정, 엄청났다고. 진짜 싫어 죽겠다는 표정이었는걸."

그 전까지는 티를 내지 않았다는 건가?

세이레나는 고개를 갸웃했다.

이상하다. 그녀는 지금, 애쉬가 싫었다. 얼굴을 보자마자 불쾌해졌다. 목소리를 들었다면 더 기분 나빴을 것이다.

그러고 보니 그 인간, 정작 자기는 인사도 안 했네. 그게 더 재수 없게 느껴졌다.

모아나는 생각에 빠진 세이레나를 쳐다보고 있었다. 무슨 생각을 하는지 몰라도 심각한 표정이었다가 고개를 갸웃하더니 이번에는 기분 나쁘다는 듯 미간에 주름을 만들고 있었다.

흠. 부모님의 사망으로 충격이 커서 그런 걸까. 갑자기 누군가를 싫어하게 될 수도 있나?

그보다…….

그녀는 세이레나에게 물었다.

"근데 후견인을 거부하고 싶다는 건 무슨 소리야?"

"말 그대로야."

"네 후견인이라면 헌터 경이지? 네 숙부."

세이레나의 표정이 굳었다.

어라. 모아나는 무슨 일인가 하고 눈을 동그랗게 떴다.

그녀가 알기로 세이레나와 숙부의 관계는 좋았다.

재산 싸움으로 사이가 나쁜 귀족도 있지만 헌터 백작가는 사이가 좋은 편이었다.

"아직 후견인 아니야."

그렇긴 한데……. 모아나는 세이레나의 말에 아무 말도 하지 않았다.

당연히 아직은 아니다. 헌터 백작 부부가 사망한 지 고작 이틀째니까 헌터 경이 사망 소식을 듣지도 못했을 것이다.

하지만 소식을 듣는다면 헌터 경은 당장 수도로 올라올 것이고 후견인 조건에 따라 세이레나와 에즈라의 후견인이 될 것이다.

"왜 그래?"

모아나는 결국 참지 못하고 물었다. 세이레나는 아무 말도 없이 서 있었다.

무슨 말을 할 수 있을까.

그녀가 사실은 스물아홉까지 살았다고?

숙부가 후견인이 되었고 자신은 기사단을 그만두고 왕비가 되었다고?

그리고 온갖 더러운 음모와 계략에 음탕한 탕녀, 사치스러운 악녀라는 소리를 듣고 일 왕자와 함께 이 왕자를 죽이려 했다는 누명을 쓰고 재판받기 직전에 돌아왔다고?

말할 수 없다. 아무도 믿지 않을 것이다. 심지어 그녀조차도 그녀가 어떻게 돌아왔는지 몰랐다.

마법사는 그녀가 줄 수 있는 대가가 없다고 했다. 마법을 사용하기 위해서는 대가가 필요하다. 그렇다면 세이레나는 어떻게 돌아온 걸까.

"아니야, 그냥."

세이레나는 잠시 고민하다가 거짓말을 하기로 했다.

"일 년이잖아. 고작 일 년만 있으면 되는데 숙부가 후견인이 되면 숙부도 귀찮으실 거 아니야."

귀찮을 리가 없다. 그는 아주 좋아하겠지.

하지만 거짓말하는 상대가 모아나라 세이레나의 양심이 따끔따끔했다.

모아나는 무슨 소린가 하고 듣다가 말했다.

"귀찮기는. 오히려 더 좋아하지 않겠어?"

"어?"

모아나의 말에 세이레나의 눈이 커졌다. 모아나는 어깨를 으쓱하고 말했다.

"네 그 사촌 말이야. 수도에 오고 싶어서 안달이었잖아. 덕분에 네 후견인으로 사교계에서 딸을 소개할 기회인데 귀찮아 할 리가 없지."

예전이라면 그렇지 않다고 말했을 것이다.

세이레나는 쓰게 웃었다. 사촌 아드리아나는 좋은 아이다. 좋은 아이라고 생각했다. 그녀보다 한 살 어린 사촌과 그리 친하진 않았지만, 사촌으로서 좋아했다. 그래, 그녀가 하는 말과 행동이 악의가 있다고 생각하지 않았다.

모아나는 아무 말 없이 쓰게 웃는 세이레나를 보고 다시 눈을 동그랗게 떴다.

왜 이래? 평소라면 세이레나는 자신의 사촌은 그런 애가 아니라고 반박했을 것이다.

하지만 어쩐 일인지 이번에는 수긍하는 것처럼 쓰게 웃고 있었다.

"너, 괜찮은 거야?"

"응? 뭐가?"

"어디 아픈 거 아니냐고. 열이 난다거나."

모아나의 손이 세이레나의 이마에 닿았다. 열은 없다. 그녀가 왜 그러는지 이해가 돼서 세이레나는 모아나의 손을 자신의 이마에서 떼어 내며 말했다.

"아픈 거 아니야. 그냥……."

뭐라고 해야 할까.

"내 인생을 다른 각도로 생각하게 됐달까."

더더욱 이상한 소리에 모아나의 눈이 커졌다.

인생을 생각한다고?

세이레나가 자기 인생을 생각하는 건 처음 봤다. 그녀는 에즈라가 열세 살이 돼서 기사단에 나오기만을 고대하는 것 외에 그다지 미래를 생각하지 않았다.

"어떻게 생각하게 됐는데?"

어쩌면 부모님의 사망으로 이런저런 생각이 많아진 건지도 모르지.

모아나의 질문에 세이레나는 마구간을 향해 걸으며 말했다.

"기사가 될 거야."

"세이레나, 우린 이미 기사야."

그건 그렇지. 모든 귀족은 기사 생활을 해야 한다. 그 말은 작위를 받는 모든 사람은 작위를 받기 전에 기사 작위를 받아야 한다는 말이다. 작위를 받지 못하는 귀족의 자식이 기사단에 들어오는 경우도 있다.

하지만 세이레나는 백작의 장녀고 그 작위는 부모님이 사망했으니 그녀에게 돌아올 것이다. 그녀의 숙부가 그녀를 왕에게 진상하고 작위를 가로채지 않는다면.

"그거 말고. 슈발리에 말이야."

세이레나의 말에 모아나의 걸음이 잠시 멈췄다가 다시 걷기 시작했다.

슈발리에. 기사의 최정점을 뜻한다.

기사단에 입단하는 사람은 모두 페이지 기간을 갖고 시험을 봐서 기사 작위를 받아 기사가 된다.

대부분의 귀족은 여기서 만족한다. 더 위로 올라가려는 사람은 최고의 검사가 되기를 꿈꾸거나 작위를 바라는 사람뿐이다.

슈발리에. 기사가 공을 세우거나 마스터가 되면 슈발리에의 칭호를 받는다. 그리고 슈발리에에게는 모두 자작의 작위가 내려온다. 남작과 자작은 영지가 없다는 것을 생각하면 영지를 소유한 귀족에게는 그리 메리트 있는 게 아니다.

하지만 작위를 바라는 평민이거나 작위를 얻을 수 없는 귀족가의 자식은 슈발리에가 되길 원하고 그를 목표로 자신을 단련했다.

"뭐, 에즈라보다는 네가 슈발리에가 될 가능성이 높겠지."

모아나는 고개를 끄덕이며 말했다.

세이레나는 검술에 재능이 있다. 그녀 자신이 갈고닦을 생각이 없어서 그렇지.

"백작이자 슈발리에라. 여자로서는 처음이겠네."

모아나의 이어진 말에 세이레나는 아무 말 없이 웃었다.

백작은 되지 않을 것이다.

지난밤, 돌아왔다는 것을 확인하면서 세이레나는 곰곰이 생각했다.

그녀는 백작이 되지 않을 것이다. 그렇다고 숙부에게 넘길 생각도 없다. 백작 위는 에즈라의 것이다.

돌아오기 전의 인생에서 에즈라는 스무 살이 되던 해에 마부의 가족을 살해하고 살인범으로 사형을 당했다.

동생을 보호하기는커녕 아무것도 해 주지 못했다는 사실에 세이레나는 한 달 동안 울었다.

어린 동생이 기사단에도 적응하지 못했다는 것을 재판 기록을 보고 나서야 알았다.

세이레나의 부모님은 아마 세이레나가 백작이 되고 에즈라가 슈발리에가 되어 자작이 되길 바랐을 것이다. 하지만 에즈라는 검에 재능이 없다.

왕비였을 때, 그녀가 살펴본 기록에서 에즈라는 페이지 기간만 오 년을 했다고 나와 있었다.

몰랐다. 그렇게 아무 이야기도 듣지 못할 수 있다는 것을 처음 알았다.

숙부는 그런 그녀에게 말했다.

"다 널 보호하려 한 거란다."

개소리 집어치우라고 말할 수 있었다면 좋았을 텐데.

모아나와 헤어지고 말에 올라탄 세이레나는 저도 모르게 이를 갈았다.

"보호? 엿 먹으라고 해."

아무도 그녀를 보호해 주지 않았다. 그건 그녀의 잘못이다. 누군가가 그녀를 보호해 주기를 바랐던 순진하고 멍청한 마음.

에즈라는 그녀의 책임이었다. 그녀가 보호하고 그녀가 지켰어야 했다. 보호하고 지켰어야 할 사람이 멍청하게도 보호받으려 했으니 그런 참혹한 일이 일어난 거다.

"아무도 날 지킬 수 없어."

아무도, 감히 그녀를 보호해 주겠다는 말을 하게 하지 않을 것이다. 누구도 그녀에게 접근하지 못하도록 가장 강한 기사가 될 거다.

세이레나는 말고삐를 쥔 손에 힘을 주었다. 애나가 반묶음으로 묶어 준 그녀의 금발이 바람에 따라 흔들렸다.

건물에서 나온 애쉬는 말을 타고 달려 나가는 세이레나를 발견했다.

세이레나의 금발이 바람결에 나부꼈다.

"요정이라."

애쉬는 눈을 가늘게 뜨며 중얼거렸다.

기사단의 요정. 세이레나는 그렇게 불렸다. 그는 그게 마음에 들지 않았다.

기사단에 요정은 필요 없다.

* * *

"다녀오셨습니까."

집사의 인사를 받으며 집으로 들어온 세이레나는 어수선한 분위기에 고개를 두리번거렸다.

하인들은 가구니 그림이니를 옮기고 있었고 하녀들은 커튼과 시트를 벗겨 세탁하기 위해 옮기고 있었다.

"뭐죠?"

세이레나가 날카롭게 물었다.

이 어수선함은 뭐지?

설명하라는 그녀의 태도에 집사는 당황했다. 세이레나는 집안일에 그다지 관심이 없었다. 집안에 오는 손님을 맞이하기보다는 친구와 연극을 보러 가는 것을 좋아했다.

"곧 헌터 경이 오실 테니까요."

"그런데요?"

세이레나의 미간에 주름이 생겼다.

집사는 날카로운 그녀의 태도에 크흠 하고 헛기침한 뒤 설명했다.

"손님방을 준비하고 있습니다."

헌터 경과 그의 딸이 올 테니 두 사람이 쓸 방을 준비한다는 뜻이다.

의미를 깨달은 세이레나의 표정이 험악해졌다.

"내가 그 두 사람이 이 집에서 머무는 걸 허락했나요?"

"네?"

집사는 당황해서 눈을 크게 떴다.

세이레나는 손을 들어 사용인들의 움직임을 멈췄다. 그 고풍스러운 태도에 사용인들 모두 그대로 굳었다.

손을 들어 사용인을 부리는 것은 나이 많은 귀족이나 하는 행동이다. 혹은 왕이나 왕비쯤 되는 아주 높은 귀족들.

스무 살의 백작 영애가 할 행동은 아니다.

"내가 아침에 분명 이 집의 주인은 나라고 하고 나갔을 텐데요. 거드윈."

이번에도 간신히 이름이 기억났다. 고립되어 있던 시간 동안 잊혀졌던 이름들이 많았다.

세이레나의 표정과 말에 집사는 저도 모르게 고개를 숙였다.

"그런데 내 허락도 없이 상중인 집에 손님을 받겠다고?"

이번에는 아예 말이 짧아졌다.

하지만 집사는 놀랍게도 그게 불만스럽지 않았다. 늘 철없는 아가씨라 생각했는데 이런 면이 있다는 게 놀라웠다.

"죄송합니다, 아가씨."

"두 번이에요, 거드윈. 날 세 번 실망시키지 마세요."

세이레나가 그렇게만 말하고 이 층으로 올라갔다.

집사는 올라가는 그녀의 모습을 보고 사람들에게 말했다.

"가구는 그대로 두게. 시트와 커튼도."

"그럼 손님은 어디로 가시죠?"

하인이 물었다.

집사는 다시 한 번 이 층을 쳐다보고 말했다.

"헌터 경이 늘 오시면 사용하시는 집이 있잖은가. 가서 그 집을 청소하라고 하게."

하인들의 시선이 부딪쳤다. 거긴 여름에 사용하는 곳이라 외풍이 있다.

하지만 세이레나의 말도 틀리지 않았다. 상중에 손님을 들이는 건 예의가 아니다. 그리고 그 말은 세이레나가 헌터 경과 그의 딸을 가족이 아니라 손님으로 대하겠다는 말이기도 했다.

세이레나의 태도로 사용인들은 그들이 헌터 경과 그의 가족을 어떻게 대해야 하는지 알아차렸다. 손님.

"부르셨습니까, 아가씨."

저녁 식사 후, 집사는 세이레나의 부름을 받아 서재에 들어갔다.

서재에 있다고?

처음 애나에게 아가씨가 서재에서 부른다는 말을 들었을 때 거드윈은 믿지 못했다.

세이레나는 서재에 들어온 적이 없다. 헌터 백작이 그녀를 꾸짖기 위해 부를 때가 아니면.

"네. 이리 오세요."

세이레나는 집사를 쳐다보지도 않고 말했다.

그는 책상 가까이 다가가서야 그녀가 오후 내내 바빴던 이유를 깨달았다.

세이레나는 헌터 백작가의 장부를 살펴보고 있었다.

아가씨가 장부를 살필 줄 아나?

그런 의문이 그의 머릿속을 스쳐 지나갔다.

"하루 빨리 장례식 준비를 해야 할 것 같아요. 날이 춥다고 해도 부모님의 시신을 그대로 둘 수는 없으니까요."

이게 아가씨의 말이 맞나? 똑 부러지는 말에 집사는 멍하니 서 있었다.

세이레나는 집사의 태도에 아랑곳하지 않고 말을 이었다.

"장례식에 돈을 얼마나 쓸 수 있죠?"

그제야 집사는 정신을 차리고 세이레나에게 다가갔다. 그는 그녀가 보는 장부를 잠시 살펴보고 숫자를 가리키며 말했다.

"이게 여윳돈입니다."

생각보다 얼마 되지 않는다. 세이레나의 미간에 주름이 생겼다.

팔 년이나 왕비로 살았지만 오히려 그렇기 때문에 세이레나는 장부를 살필 줄 몰랐다.

누군가에게 배워야겠군. 그렇게 생각하며 그녀는 집사를 쳐다봤다.

그를 믿을 수 있을까. 돌아오기 전 인생에서 집사는 믿을 수 없는 존재였을지도 모른다는 생각이 들었다.

"무리하면 얼마나 더 가능하죠?"

"무리하면요?"

집사의 얼굴에 의외라는 표정이 어렸다. 그는 잠시 세이레나의 표정을 살피고 다시 숫자를 가리키며 말했다.

"이 금액이 주인님께서 헌터 경께 매달 지원해 주던 금액입니다."

이만큼이나?

놀라는 세이레네에게 집사가 말을 이었다.

"이번 달은 주인님의 상이니 이번 달 정도는 지원을 하지 않아도 숙부님께서는 이해하실 겁니다."

"이해?"

세이레나는 어이없다는 듯 웃었다.

숙부와 아드리아나는 고작 둘이서 시골에 살았다. 그러면서 세이레나의 가족 네 명이 수도에서 한 달 동안 사용하는 금액과 똑같은 돈을 매달 받고 있었다.

"시골에 사는 두 명이 수도에 사는 네 명분의 돈을 사용하고 있다는 건가요? 다음 달부터 사분지 일로 줄이세요."

"네? 하지만 그건 의무……."

"제가 제 숙부를 먹여 살려야 하나요?"

세이레나의 차가운 말에 집사는 자세를 바로 했다.

귀족은 자기 형제를 돌봐야 할 의무가 있다. 아주 부유한 귀족이라면 형제뿐 아니라 먼 친척도 돕겠지만 헌터 백작가는 아니다.

그는 조심스럽게 말했다.

"헌터 경께서 아가씨의 후견인이 되실 겁니다. 당장 돈을 줄이는 걸 알면 헌터 경도 가만히 있지는 않을 겁니다."

집사의 말이 맞다.

세이레나는 고개를 끄덕였다. 당장 돈이 들어오지 않는다는 것을 알면 숙부가 어떻게 나올지 모른다. 하지만 그건 그녀도 생각한 부분이다.

"괜찮아요. 어차피 그도 곧 받을 돈이 없다는 걸 알 테니까요."

그? 숙부를 지칭하기엔 건방진 단어에 집사의 눈이 커졌다.

세이레나는 여윳돈과 저금을 모두 확인한 뒤 금액을 적으며 말했다.

"장례식과 추모식에 전부 쓸 거예요."

"하지만 아가씨, 이건 아가씨의 결혼 자금입니다."

세이레나가 태어난 날부터 헌터 백작 부부가 그녀를 위해 저금한 돈이다.

상당한 금액이 모여 있었다. 하지만 돌아오기 전의 세이레나는 사용하지 못했다. 역시 숙부가 손을 댔던 거다.

세이레나는 조용했던 자신의 결혼식을 떠올렸다.

세이레나는 세 번째 왕비였고 그녀의 숙부는 왕이 조용히 결혼하길 원한다고 말했다.

왕이라고 해도 그녀의 할아버지뻘이었고, 왕비라고 해도 후처 자리였다. 행복하기 어려운 조건이다.

게다가 왕은…….

세이레나는 미간을 문지르며 생각하기를 멈추고 말했다.

"부모님의 장례식이에요. 제가 해 드릴 수 있는 건 이것뿐이겠죠."

집사는 알겠다는 듯 고개를 끄덕였다.

세이레나는 말을 이었다.

"그리고 추모식을 주관하는 건 저예요. 아시겠어요?"

추모를 하러 손님이 와도 맞이하는 건 숙부가 아니라 세이레나라는 말이다.

집사는 나직하게 알겠다고 대답하고 물러났다.

집사를 내보낸 세이레나는 아버지의 의자에 몸을 파묻고 눈을 감았다.

아버지는 정말로 숙부를 사랑하셨구나. 매달 숙부에게 보낸 금액이 그 증거였다.

그리고 숙부가 그녀를 왕비로 만든 뒤 국고에 손을 댄 이유도 알았다. 헌터 백작가는 그리 부유하지 않았다. 숙부가 새삼 괘씸했다.

하지만 그보다…….

"몰랐어."

전혀 몰랐다.

세이레나는 두 손으로 얼굴을 감쌌다. 아버지와 어머니가 오래 사실 줄 알았다. 두 분도 그렇게 생각하셨을 테지.

장부 보는 법을 배워야겠다는 생각이 강하게 들었다. 하지만 누가 믿을 수 있는 사람이지?

모아나는, 믿을 수 있다.

세이레나는 책상에 팔꿈치를 대고 생각했다. 하지만 그녀가 장부 보는 법을 알까? 걱정이 많아지자 피곤해져서 세이레나는 자리에서 일어났다.

잘 시간이다. 내일 아침부터 일찍 일어나서 검술 연습을 할 생각이었다.

그녀의 몸이 자연스레 침실로 향했다. 그러다가 문득 에즈라와 대화해야 한다는 생각이 들었다.

"에즈라."

세이레나는 에즈라의 방문 앞에 서서 가볍게 동생을 불렀다.

잠시 기다렸지만 아무 소리도 들리지 않았다.

자는 걸까.

문득 세이레나의 머릿속에 마지막으로 봤던 에즈라의 얼굴이 떠올랐다.

증오에 찬 눈동자.

그 증오는 명백하게 누나를 향하고 있었다. 그 기억이 에즈라의 방문을 한 번 더 두드리는 것을 막았다.

"자나 봐."

세이레나는 누구에게랄 것도 없이 속삭였다. 그녀가 미워서 문을 열지 않는 게 아닐 것이다. 그저 시간이 늦어서 잠자리에 들었을 것이다.

내일, 내일 대화하자.

* * *

애쉬 그레이윈드 공작의 기사단 출근은 일렀다.

연말이기 때문이기도 했지만 다음 달로 다가온 승단 시험을 위해 훈련을 봐 달라는 요청을 받았다.

12월은 늘 이렇게 바쁘다.

애쉬는 시종에게 말을 맡기고 건물 안으로 들어갔다.

그가 기사단 본 건물에 들어서자마자 마치 기다렸다는 듯 데니스가 다가왔다.

"놀라지 마."

뭐야? 애쉬의 검정색 눈이 가늘어졌다.

"내게 할당된 이번 달 치 놀람은 어제로 다 차 버렸는데."

농담 같지 않은 농담에 데니스가 "뭐?" 하고 어리둥절해 하더니 픽 웃으며 말했다.

"헌터 경의 태도가 놀랄 거리긴 했구만?"

"상사에게 그 정도로 건방지게 인사하는 부하는 놀라기에 충분하지."

건방지긴 건방지지. 하지만 그걸 아직까지 신경 쓰고 있었다니. 역시 애쉬는 헌터 경에게 관심이 아주 많은 모양이다.

과연 어떤 관심일까…… 데니스는 그렇게 중얼거리며 애쉬의 뒤를 따르다가 아차 하고 말했다.

"그것보다 더 놀라운 일이 있어."

"뭔데?"

"가서 직접 보는 게 더 좋을 거야. 말해도 못 믿을 테니까."

그럼 뭐 하러 여기까지 나온 거야?

못마땅한 애쉬의 표정에도 아랑곳하지 않고 데니스는 킬킬대며 그를 사무실이 아닌 훈련장으로 끌고 갔다.

훈련장이라면 어차피 갈 거다.

하지만 애쉬가 출근 확인부터 하고 가겠다고 해도 데니스는 막무가내였다.

그는 반드시! 지금! 당장! 훈련장을 가야 한다고 우겼다.

"재미없으면 네가 재미있어질 각오를 해야 할 거야."

애쉬의 협박에도 데니스는 아랑곳하지 않았다. 그는 훈련장 앞에 서서 문고리를 잡더니 애쉬를 보고 씩 웃었다.

"이번 달 치가 아니라 내년 치 놀람까지 채워 주지."

뭔데 그래? 빈정거리려던 애쉬는 훈련장 안의 기색이 심상치 않은 것을 깨달았다.

이맘때쯤이면 늘 들리던 연습하는 소리가 현저하게 적었다.

데니스가 벌컥 문을 열자 애쉬가 느낀 것은 확실해졌다.

훈련하러 온 기사들은 훈련보다 다른 것에 정신이 팔려 있었다.

"무슨……."

무슨 일이냐는 말은 애쉬의 입에서 다 이어지지 못하고 끊어졌다.

훈련장 한쪽에서 작은 여자가 검을 휘두르고 있었다. 하나로 묶은 금발이 그녀가 움직일 때마다 흔들렸다.

"헌터?"

세이레나는 사람들이 자신을 쳐다본다는 것을 알고 있었다. 그야 놀랍기도 하겠지. 그녀는 페이지 기간이 끝난 뒤 이곳에 온 적이 한 번도 없었다.

그러니까 몇 년 만이지? 그녀에게는 돌아오기 전 시간까지 합쳐서 십삼, 사 년쯤 된다. 그러니 다른 사람들에게는 사오 년쯤 될 거다.

"헌터?" 하고 누군가 그녀를 불렀을 때에야 세이레나는 누군가가 그녀의 뒤로 다가왔다는 것을 알아차렸다.

"어."

발소리는커녕 기척도 없었다.

뭐야, 이 남자.

세이레나는 반사적으로 뒤를 돌아봤다가 기분 나쁜 얼굴에 저도 모르게 얼굴을 구기면서 신음을 내뱉었다.

"윽."

윽? 윽이라고 했어?

애쉬와 데니스의 표정이 볼만해졌다. 애쉬는 어이없다는 듯 입을 벌렸고 데니스는 기대했다는 것처럼 소리 없이 킬킬대기 시작했다.

"인사치곤 짧군."

애쉬가 냉담하게 말했다.

세이레나는 "나도 알아, 이 자식아."라고 속으로만 중얼거린 뒤 인사했다.

"……안녕하세요, 단장님."

내키지 않는다는 어조에 애쉬의 눈이 가늘어졌다. 그때 한참을 웃고 난 데니스가 다가와서 말했다.

"오랜만이네, 헌터."

"안녕하세요, 부단장님."

이것 봐라?

애쉬는 자신과는 사뭇 다른 데니스를 향한 태도에 입을 벌렸다가 다물었다. 뭐라고 말하고 싶지만 뭐라고 말해야 할지 모르겠다.

데니스는 재미있다는 듯 킬킬대며 다시 세이레나에게 말했다.

"연습 중?"

"네."

대답하는 세이레나의 얼굴은 진지했다.

언제부터 와서 훈련하고 있었던 걸까. 애쉬는 그녀가 검을 가지고 다닌다는 것조차 신기했다.

"빈 검집만 들고 다닐 줄 알았는데."

무겁다고 검을 빼놓고 다니는 줄 알았다. 빈정이 아니라 순수한 감상이었지만 안타깝게도 그의 말은 세이레나에게 순수하게 들리지 않은 모양이었다.

"기대에 부응하지 못해 죄송하군요."

뾰족한 대답에 애쉬는 자신의 실수를 깨달았다.

"아니, 난……."

저도 모르게 변명하려 입을 연 그는 곧 한숨을 내쉬고 다시 말했다.

"승단 시험 보려고?"

이 시기에 이런 이른 시간부터 훈련장에서 땀 빼는 사람은 대부분 승단 시험이 목표다.

하지만 세이레나는 무슨 소린지 모르겠다는 표정을 지었다.

"네?"

보다 못한 데니스가 끼어들었다.

"내년 1월에 보는 승단 시험 말이야. 헌터 경은 지금 십이 분단이지? 더 위로 올라가려는 거 아니야?"

승단 시험은 생각도 안 했다. 그녀가 원한 건 슈발리에가 되는 것이다. 하지만 어차피 슈발리에가 되면 상위 분단으로 가게 되니 결국 틀린 말은 아니다.

세이레나는 데니스를 멍하니 쳐다보다가 떨떠름하게 고개를 끄덕였다.

"네, 뭐. 그렇죠."

"잘 생각했어."

데니스는 세이레나의 어깨를 툭툭 치며 말을 이었다.

"위로 올라갈수록 봉급도 높아진다고."

데니스의 격의 없는 태도에 움찔하던 세이레나가 봉급이 올라간다는 소리에 눈을 동그랗게 떴다.

"어, 그래요?"

그건 몰랐다. 관심이 없으니 알 턱이 있나.

하지만 그녀가 관심을 보이자 오히려 데니스는 당황해서 애쉬를 쳐다봤다. 농담처럼 한 말이었는데?

애쉬 역시 눈을 가늘게 떴다. 헌터 백작가가 곤궁했나? 그런 티는 나지 않았다. 오히려 헌터 백작은 동생에게 아낌없이 주고 있다는 소문이 돌았다.

하기야, 어느 누가 자신 집안의 경제 사정을 알리고 싶어 할까만은.

"그럼. 봉급이 올라간다고."

데니스는 재빨리 장난스럽게 말했다.

봉급이 올라가는구나. 세이레나는 고개를 끄덕였다.

그건 좋은 소식이다.

스물한 살이 되기 전까지 일 년. 그 일 년 동안 숙부가 헌터 백작가에 아무것도 얻을 게 없다고 생각하게 만들어야 했다.

그리고 일 년이 지나 그녀가 작위를 이어받게 되면 세이레나는 작위와 함께 재산을 고스란히 에즈라에게 넘겨줄 생각이었다.

그러니 스물한 살부터 에즈라가 스물한 살이 되는 스물일곱 살까지 세이레나는 다시 집안의 재정 상태를 제대로 돌려놓을 수단이 필요했다.

슈발리에가 돼야 하는 또 다른 이유가 생겼군. 세이레나는 그렇게 생각하며 물었다.

"얼마나 올라가나요?"

어어? 데니스와 애쉬의 시선이 부딪쳤다.

헌터 백작가가 그 정도로 곤궁했나? 부모를 잃은 영애가 바로 돈을 생각해야 할 정도로?

그렇게 생각한 건 두 사람만이 아니었다. 세 사람의 대화를 힐끔힐끔 엿듣고 있던 기사들도 두셋씩 모여 수군거리기 시작했다.

“헌터 백작가의 경제 사정이 좋지 않나?”

“그런 티는 안 났는데.”

“이 바보들아, 그런 걸 누가 티 내냐?”

의외로 부모의 갑작스러운 사망 후 지금을 확인해 보면 빚뿐인 경우가 많다. 귀족은 특히 더 그랬다. 품위 유지비라는 건 생각보다 많이 든다. 특히 형제자매를 돌봐야 하는 의무가 있는 작위 소지자들에게는 더 그랬다.

“헌터 백작이 동생에게 지원을 아끼지 않는다는 말이 있던데.”

“용돈을 많이 준다는 소리야?”

“용돈 정도가 아니었을걸? 헌터 경의 사업비가 백작에게서 나온다고 들었거든.”

헉. 훈련장이 술렁이기 시작했다.

그래서였군. 세이레나의 표정이 굳었다.

어쩐지 금액이 너무 크다고 생각했다. 아마 숙부가 한다던 사업은 전부 망했거나 거짓말일 것이다. 그녀는 한 번도 숙부가 무슨 일을 한다는 걸 들어 본 적이 없으니까.

“궁금하면 훈련 끝나고 사무실로 오게.”

훈련장의 분위기가 어수선해지자 애쉬가 이야기를 잘라 냈다.

세이레나는 그의 말에 인상을 찌푸리더니 하는 수 없다는 듯 고개를 끄덕였다.

"소문이 진짜였나 본데?"

사무실을 향해 걸어가며 데니스가 말했다.

헌터 백작이 동생의 사업 자금을 전부 대 주고 있다는 소문. 그렇다고는 해도 헌터 경이나 백작이나 아무 말도 하지 않았고 남의 일이라 다들 크게 상관하지 않았던 이야기다.

그것이, 헌터 백작의 사망 이후 후계자가 재정을 걱정하는 모습을 보이니 터져 나온 것이다.

어쩌면 헌터 경이 형의 돈으로 헛짓을 하고 있는 게 아니냐는.

"그렇군."

애쉬는 건성으로 고개를 끄덕였다. 그는 그보다 데니스를 대하는 세이레나의 태도가 걸렸다. 대화를 할 때는 평범했는데 데니스가 그녀의 어깨를 툭 쳤을 때의 태도.

어딘지 불편해 보였다.

애쉬의 머릿속에 데니스의 손을 피하려는 것처럼 움찔하던 세이레나의 태도가 계속해서 떠올랐다.

"헌터입니다."

세이레나가 애쉬를 찾은 것은 훈련뿐 아니라 업무까지 끝난 다음의 일이었다.

세이레나는 상중이라 업무에서 제외해 줬다는 것을 생각하면 일부러 질질 끌다가 이제야 왔다는 결론이 나온다.

어지간히 오기 싫었던 모양이라고 생각하며 애쉬는 자리에서 일어났다.

"들어와."

세이레나는 들어오라는 말에 문을 열었다가 문 앞에 서 있는 애쉬를 발견하고 움찔했다.

바로 눈앞에서 맞닥트리니 그녀의 키가 그의 어깨까지밖에 오지 않는다.

뭘 처먹고 이렇게 큰 거야? 세이레나는 슬쩍 물러나며 말했다.

"들어가도 되나요?"

"들어오라고 했잖아."

애쉬는 몸을 약간 틀어 보였다. 그 틈으로 세이레나가 들어갈 수 있을 거 같긴 하다. 서로의 몸이 닿겠지만.

세이레나의 얼굴이 일그러졌다.

"비켜 주시죠."

"비켰잖아."

애쉬는 그렇게 말하며 슬쩍 몸을 틀었지만 다시 원래대로 돌아왔다.

왜 이러는 걸까.

세이레나는 그의 얼굴을 쳐다보고 나서야 그가 자신의 행동을 지켜보고 있다는 것을 깨달았다.

"장난이라면 재미없는데요."

"내가 장난하는 걸로 보이나, 헌터 경?"

애쉬는 다음 순간 세이레나의 입에서 터져 나온 헛기침이 욕이라고 확신했다. 그녀는 못마땅하다는 표정을 짓더니 애쉬가 만들어 낸 틈으로 들어왔다.

세이레나의 어깨가 애쉬의 가슴에 닿았다. 다시 한 번 애쉬는 그녀의 작게 욕을 내뱉는 것을 들었다.

작군. 애쉬는 세이레나의 머리 꼭대기를 내려다보고 뒤로 물러났다.

세이레나는 전혀 작지 않다. 하지만 애쉬가 보기엔 충분히 작았다. 머릿속에 그가 수행해야 하지만 그리 신경 쓰지 않는 기사도의 문구 하나가 떠올랐다.

약자를 지키고 정의를 수호하며.

기사단의 단장이지만 애쉬는 그리 신경 쓰지 않았다. 약자를 지켜야 한다면 그는 모든 사람을 지켜야 하기 때문이다.

이 나라에 그보다 강한 사람은 없다. 후 하고 한숨을 내쉰 세이레나가 적의가 담긴 눈으로 돌아섰다.

애쉬는 이제 안 그러겠다는 의미로 두 팔을 들어 보이고 물러났다.

"승단 시험을 보겠다고?"

애쉬가 세이레나에게 의자를 가리키며 물었다. 그녀는 의자에 앉기 전에 문을 살짝 열어 놓고 돌아섰다.

솔직히 말하면 승단 시험의 존재 자체를 잊고 있었다.

기사단을 나간 지 구 년이나 지났다. 기사단에 있을 때도 그녀는 승단에는 관심 없었기 때문에 승단 시험이 있다는 것도, 매년 1월이면 시험을 친다는 것도 잊고 있었다.

당연히 상위 분단으로 가면 봉급이 올라간다는 것도 몰랐다.

"네."

애쉬는 문을 살짝 열어 놓는 세이레나의 행동에 한쪽 눈썹을 들어 올렸다. 남녀가 한방에 있을 때는 문을 살짝 열어 놓는 게 예의긴 하다.

문제는 고루한 예의라는 점이다.

자신의 평판에 아주 많이 신경 쓰는 부인들은 아직도 남자와 단둘이 있을 때 문을 열어 둔다. 하지만 애쉬 같은 젊은 사람들은 크게 신경 쓰지 않았고 그가 보고 들었던 세이레나도 신경 쓰는 타입이 아니었다.

그는 그녀가 돌아서자 다시 무표정한 얼굴로 돌아오며 중얼거렸다.

"할머니 같은 짓을 하는군."

"네?"

애쉬의 중얼거림에 세이레나가 반문했다. 아니야, 아무것도. 그는 고개를 저은 뒤 종이를 한 장 세이레나 쪽으로 밀며 말했다.

"그럼 여기 신청서."

신청서도 써야 하는구나. 몰랐다.

세이레나는 신청서를 쳐다보다가 다시 애쉬를 쳐다봤다. 다행히 그는 그녀가 뭘 원하는지 알았다. 이번에는 펜이 그녀의 앞으로 밀려왔다.

"감사합니다."

작게 인사하고 세이레나가 신청서를 채우기 시작했다. 그 모습을 지켜보면서 턱을 괸 애쉬가 말했다.

"감사 인사 같은 건 안 할 줄 알았는데."

"놀랍게도 사과도 할 줄 안답니다."

"빈정거릴 줄도 알고."

아차.

세이레나는 저도 모르게 힐끔 애쉬의 얼굴을 살폈다. 그가 싫지만 그래도 단장이다. 예전의 세이레나라면 곧 기사단을 나갈 테니 상관없지만 지금은 다르다. 아니, 그때는 이렇게 대화할 일도 없었을 테지.

어쨌거나 지금의 그녀는 계속 다녀야 한다. 게다가 상대는 공작. 후견인이 필요한 백작 영애가 함부로 빈정거릴 상대가 아니다.

"죄송합니다."

사과할 줄 안다는 건 사실이었군. 애쉬는 턱을 괸 채 세이레나를 쳐다봤다. 그녀는 이 상황이 못마땅한지 입을 꾹 다물고 신청서를 채워 가고 있었다.

그는 그녀가 시험 신청은 어디까지나 신청자의 의지이며 거기에 누구의 압력도 들어가지 않았다는 항목에 체크했을 때 입을 열었다.

"그런데 헌터 경."

"……네."

그가 싫어서 대답이 늦은 걸까, 신청서를 작성하느라 반응이 늦은 걸까.

"남자가 무서운 거야, 검이 무서운 거야?"

세이레나는 고개를 번쩍 들었다. 보랏빛 눈동자에 놀라움이 담겨 있었다.

가장 고귀한 눈동자.

애쉬는 헌터 백작가의 핏줄에 고대 기사의 피가 흐른다는 게 사실일지도 모른다고 생각했다.

"무슨 말을 하시는지 모르겠네요."

그렇게 말하며 세이레나는 작성을 끝낸 신청서를 애쉬 쪽으로 밀었다.

누군가 눈치챌지도 모른다고 생각했다.

하지만 그게 이 남자일 줄은 몰랐지.

세이레나는 재수 없는 놈이 눈치도 좋다고 생각했다.

무섭지 않다.

아니, 무섭다.

아니, 무섭지 않다.

여러 가지 감정이 그녀의 안에서 소용돌이쳤다.

일어나지 않을 일이다. 그러니 무서워할 필요가 없다. 하지만 그래도 몸이 저도 모르게 움찔움찔하게 된다.

"흠."

더 이상 말하고 싶지 않다는 듯한 세이레나의 태도에 애쉬는 입을 다물었다.

물어본다고 알려 줄 것 같지도 않다. 그는 대신 신청서와 펜을 받아 들며 말했다.

"발자크 경이 말했지만 상위 분단으로 갈수록 봉급이 올라가. 지금은 십이 분단이지?"

세이레나는 가볍게 고개를 끄덕였다. 더 캐물을 줄 알았는데 아니어서 다행이다. 안도하는 표정이 고스란히 드러났다가 순식간에 지워졌다.

"십이 분단이면 이 정도겠군."

애쉬가 빈 종이를 끌어다 숫자를 적었다.

저렇게 적었나?

세이레나는 금액을 보고 인상을 썼다. 얼마였는지 기억나지 않는다. 그녀가 기사단에 있는 건 돈을 벌기 위해서가 아니었으니까.

세이레나가 번 봉급은 전부 그녀의 저금으로 쌓였을 것이다. 돌아오기 전이라면 그것도 숙부가 썼겠지.

은행에 확인해 봐야겠군. 그렇게 생각하는 세이레나의 눈앞에서 애쉬가 다시 숫자를 적었다.

"이게 십일 분단."

"분단마다 봉급이 다르군요."

"그래."

대답하며 애쉬는 계속해서 숫자를 적어 나갔다.

"그리고 이게 오 분단."

지금 세이레나가 받는 금액의 세 배다. 그녀의 눈이 커졌다. 그것을 본 애쉬는 픽 웃고 다시 숫자를 적었다.

"이건 슈발리에가 되면 받는 봉급."

세이레나는 저도 모르게 입을 딱 벌렸다.

열 배.

딱 열 배였다.

애쉬는 펜을 놓고 깍지를 끼며 물었다.

"그 정도로 상태가 안 좋아?"

"뭐가요?"

"헌터 백작가 말이야."

숫자를 쳐다보던 세이레나의 고개가 휙 올라갔다.

'네가 무슨 상관인데?'라는 명백한 의도에 애쉬는 두 손을 들어 보였다.

"이건 내가 실수했군. 사과하지."

그가 상관할 바가 아니다.

세이레나는 벌떡 일어나며 말했다.

"이야기 끝났으면 가겠습니다."

"아, 잠깐."

애쉬 역시 자리에서 일어났다. 그는 책상을 빙 돌아 그녀 쪽으로 다가오며 물었다.

"후견인을 원하지 않는 것과 남자를 무서워하는 게 관계가 있어?"

헌터 백작에겐 남동생이 있다고 했다.

애쉬는 세이레나의 후견인이 된다면 헌터 경일 거라던 데니스의 말을 떠올렸다. 그녀가 훈련을 게을리했던 건 남자가 무섭기 때문이었을까.

애쉬의 생각은 엉뚱하게 이어졌다.

기사단은 남자가 많다. 남자와 여자의 비율을 보면 칠 대 삼이나 육 대 사 정도 된다.

그렇다면 남자 공포증—이런 게 있다면 말이지만—이 있는 세이레나에게는 어려운 장소였을 것이다.

어쩌면 세이레나의 게으름은 그녀가 의도한 게 아닐지도 모른다는 생각이 들었다.

"아니요."

세이레나는 어이없다는 듯 코웃음치며 대답했다.

애쉬의 엉뚱한 생각을 순식간에 무너트리는 대답이었다.

"그럼 검이 무서운 거야?"

"당신과 상관없는 일일 텐데요."

그렇다면.

애쉬는 세이레나 쪽으로 팔을 내밀었다. 두 사람의 거리가 가까워지자 그녀의 몸이 또다시 움찔했다.

"남자가 무서운 거군."

애쉬의 손이 문고리를 잡고 있었다. 그는 그저 세이레나를 위해 문을 열어 주려던 것뿐이다. 그 사실을 깨달은 세이레나의 얼굴이 달아올랐다.

"당신과 상관없는 일이라고 했을 텐데요."

건방진 말에 애쉬의 한쪽 눈썹이 올라갔다.

하지만 세이레나는 사과할 생각이 없었다. 그녀는 아무렇지 않다는 듯 문고리를 잡은 애쉬의 팔을 밀어내고 나가려 했다.

"상관있지."

애쉬는 세이레나에게로 몸을 기울였다. 이번에는 각오한 덕분에 세이레나는 몸을 움츠리지도, 눈을 감지도 않았다.

애쉬의 검정색 눈동자가 그녀와 같은 높이까지 내려왔다.

"검을 들고 그렇게 움찔거리다간 다쳐."

"안 움찔거렸는데요."

그렇게까지 말한다면야.

애쉬는 손을 떼고 물러났다.

다시 두 손을 들어 보이는 태도에 세이레나는 몸을 획 돌려 밖으로 빠져나갔다.

재수 없어. 작게 중얼거리는 소리가 그의 귀까지 들려서 애쉬는 픽 웃었다.

이유가 뭔지 몰라도 세이레나는 어쨌거나 자기 의지로 검술 훈련을 하기 위해 왔고 승단 시험을 보겠다고 했다.

그녀의 그런 변화가 애쉬는 마음에 들었다. 재능 있는 사람이 노력까지 한다면 그것보다 더 보기 좋은 일은 없다.

심지어 남자가 싫은데도 남자들로 가득한 기사단에 머무르며 훈련까지 한다? 그 정도 노력이라면 환영할 수밖에 없다.

애쉬는 문을 닫고 자신의 자리로 돌아오며 중얼거렸다.

"남자가 싫은데 그중에서 내가 가장 싫은 모양이군."

2

분기점

그날 후로 기사단 훈련장에 세이레나의 모습은 보이지 않았다.

애쉬는 그녀가 훈련장에 오지 않는 이유가 자기 때문인지 궁금했지만 굳이 확인할 생각은 들지 않았다.

"생각이 바뀌었을 수도 있지."

데니스가 검을 페이지에게 건네며 말했다.

애쉬 역시 검을 페이지에게 건네다가 무슨 소리냐는 듯 그를 쳐다봤다.

"한번 해 보니까 힘들어서 그만두자고 생각했을 수도 있잖아. 오랜만에 잡았으면 근육통도 장난 아닐 거고."

그럴까.

애쉬의 미간에 주름이 생겼다. 그가 처음 검을 잡은 날은 워낙 예전이라 근육통이 어땠는지 생각나지 않는다. 그가 떠올릴 수 있는 건 가벼운 뻐근함. 아니면 훈련을 거르는 바람에 느낀 찝찝함 정도였다.

데니스는 그의 태도에 픽 웃었다. 너 같은 괴물은 모르겠지. 그의 시선이 훈련장을 훑었다.

승단 시험을 위해 훈련장에 모인 기사들이 지친 기색으로 페이지들에게 검을 넘기고 있었다. 여기 있는 기사의 수는 페이지를 제외하고 백여 명.

데니스와 애쉬 단둘이 일일이 자세를 고쳐 주고 몇 합씩 검을 맞대 주었지만 지친 건 오히려 가르침 받는 쪽이었다.

"아니면 바쁠 수도 있고."

애쉬는 그렇게 말하며 돌아섰다.

훈련 끝.

자율적으로 훈련할 사람은 계속해도 좋다는 말에 대부분 우르르 훈련장을 빠져나갔다. 그 와중에도 다시 검을 잡은 몇몇이 있다.

저들은 합격할 것이다.

노력은 배신하지 않으니까.

데니스가 겉옷을 팔에 걸치며 그의 뒤를 따랐다.

"추모식, 갈 거야?"

이미 사교계에 말이 돌았다. 헌터 백작 부부의 추모식이 열린다고.

타인머스국은 장례식을 간단히 치르고 추모식을 연다. 아침부터 밤까지 사자(死者)를 위해 초를 켜 놓는다. 일가친척뿐 아니라 생전 고인을 아는 사람들이 방문할 수 있도록.

평민들은 신전에 약간의 돈을 내고 맡기지만 귀족이나 부유한 사람은 집에서 치른다.

방문객을 위한 다과와 음료, 밤새도록 저택을 환히 밝히는 초와 램프에는 상당한 금액이 들어가기 때문에 데니스는 과연 세이레나가 어떻게 추모식을 열지 궁금했다.

"가야지."

애쉬는 당연하다는 듯 말했다.

헌터 백작 부부의 추모식이다. 귀족 집안에서는 대표로 한 명씩 방문할 것이다.

애쉬는 그레이윈드 공작일 뿐 아니라 세이레나와 에즈라가 있는 기사단의 단장이기도 하니 당연히 가야 한다.

"아가씨, 숙부님 일행이 곧 도착한다고 합니다."

집사의 말에 세이레나는 휘두르던 검을 멈췄다. 후 하고 내쉬는 숨에 하얗게 김이 서렸다. 집사는 재빨리 그녀에게서 검을 받고 가운을 벌렸다.

"어디까지 왔죠?"

세이레나가 가운에 팔을 꿰며 물었다.

훈련장 가운데에 화로를 갖다 놓았지만 추웠다. 정원과 맞닿아 있던 벽 하나를 완전히 터서 바람이 들어오기 때문에 화로는 소용이 없다. 그래서 기사단의 훈련장으로 갔던 건데.

세이레나는 원치 않은 존재를 떠올리고 인상을 썼다. 기사단의 훈련장이니까 당연히 그 남자도 있겠지.

매일 기사단 훈련장에서 훈련하면 애쉬 그레이윈드를 맞닥트리게 된다. 그를 보면 기분이 나쁘다. 딱히 싸운 적도, 제대로 된 이야기를 한 적도 없지만 세이레나는 그가 기분 나빴다.

돌아오기 전, 왕비일 때도 그와 서먹했다.

왕비와 기사단장이니 가깝기도 어려울 테지만 그는 필요 이상으로 그녀에게 딱딱하게 굴었고 그녀도 필요 이상으로 그와 거리를 벌렸다.

잘생기고 젊은 공작과 늙은 남편을 잃은 젊은 왕비. 구설수에 오르기 좋은 관계다.

두 사람의 행동은 당연하다면 당연했다.

"수도에 도착했다고 합니다."

그렇다면 한 시간 정도면 도착할 것이다. 간단하게 몸을 닦고 옷을 갈아입기 위해서 세이레나는 집사의 말에 고개를 끄덕이며 위층으로 올라갔다.

"에즈라."

세이레나는 자기 방으로 가기 전에 에즈라의 방문을 두드렸다. 여전히 동생은 아무 반응도 없었다. 억지로 문을 열고 들어

갈까 하다가 다시 증오에 찬 에즈라의 눈동자가 떠올라 그녀는 한숨을 내쉬었다.

검을 휘두를 때는 머릿속이 깨끗했는데 검을 놓자마자 복잡한 상념들이 흘러들어 왔다. 그래서 더 최근 검에 집착하게 되기도 했다.

"숙부님이 오실 거야. 나오기 싫으면 나오지 않아도 돼."

그녀는 그렇게만 말하고 자기 방으로 돌아갔다. 에즈라가 숙부와 만나지 않아도 상관없다. 숙부는 그녀가 상대할 거다.

그가 후견인이 되지 않을 가능성은 없는 거나 마찬가지다. 특별한 상황이 아니라면 후견인은 가장 가까운 친척이 된다.

세이레나는 애나의 도움을 받아 몸을 닦고 옷을 갈아입으며 숙부가 헌터 백작가에 얻을 것이 없다는 것을 순수하게 인정하고 물러나기를 기도했다.

불가능할 테지만.

"세이레나."

저택에 도착한 게일 헌터는 계단으로 내려오는 세이레나를 발견하고 그녀를 불렀다. 가여운 조카. 순진하고, 철없는, 멍청한 계집. 그에게 오지 않을 거라 생각했던 기회가 눈앞에 있었다.

게일은 수도로 올라오는 내내 생각하고 생각한 계획을 다듬었다. 스물한 살이 되지 않은 귀족은 후견인이 필요하다. 후견인은 피후견인을 대신해 피후견인의 재산을 운용할 수 있다. 뿐만 아니라 피후견인의 결혼까지도.

여성은 작위를 이어받을 수 있는 스물한 살 전에 그녀가 받을 작위보다 높은 작위의 남자와 결혼하면 자동적으로 작위를 포기하게 된다.

게일은 세이레나를 끌어안으며 말했다.

"가여운 것."

어떻게 해서든 그녀가 스물한 살이 되기 전에 후작이나 공작과 결혼시켜야 한다.

"오셨어요."

세이레나는 희미하게 미소 지으며 숙부의 품에서 빠져나왔다. 아버지만큼이나 따듯하고 좋은 품이라고 생각했는데 역겨워서 견딜 수가 없었다.

"너도 왔구나, 아드리아나."

게일의 뒤에서 화려하게 입은 아드리아나가 고개를 내밀었다. 일주일간의 여행에 지친 탓에 그녀는 입술을 뾰족 내밀고 있었다.

뭐가 그리 급한지 아버지가 길을 서두른 탓이다. 저 표정을 보고도 반가워했었던 게 떠올라 세이레나는 피식 웃었다.

가족이라고 생각했다. 그녀가 그들을 사랑하는 것처럼 그들 역시 그녀를 사랑해 준다고 생각했다.

"괜찮으냐?"

게일은 다정하게 물었다.

최소한 돌아오기 전, 그가 그녀를 찌르지만 않았더라도 세이레나는 마음이 풀렸을지도 모른다. 아니, 그건 거짓말이다. 그녀는 그럴 리 없다고 다시 한 번 생각했다.

"네. 먼 길 오시느라 힘드셨겠네요."

"힘들긴. 걱정 마라. 이제 내가 다 처리해 주마. 나만 믿거라."

그래. 그 말.

세이레네는 경멸 어린 표정을 짓지 않으려 애썼다. 그 말에 속았다. 어렵고 힘든 건 숙부가 다 처리해 준다고 했다. 그만 믿으면 된다고 했다.

하지만 아니었다. 어려운 것도 힘든 것도, 전부 세이레나가 견뎌야 할 것들이었다. 그걸 몰랐기 때문에 그녀는 한 번 실패했다.

엄청난 실패였다.

"괜찮아요, 숙부님. 장례식 준비도 끝났고 추모식만 앞두고 있는 걸요. 아드리아나가 검정색 옷을 가져왔으면 좋겠네요."

응? 나? 세이레나의 말에 아드리아나가 눈을 깜빡였다.

세이레나는 지난 추모식 때 그녀가 검정색 옷을 가져오지 않는 바람에 새로 지었던 게 기억났다. 덕분에 장례식이 며칠 미뤄졌었다.

게일이 헛기침을 하고 말했다.

"가져왔을 거다. 그렇지, 아드리아나?"

게일의 질문에 아드리아나가 멍한 표정을 지었다. 검은 옷?

생각도 안 했다. 그녀는 수도의 유행하는 옷과 공연을 본다는 사실에 그저 흥분해 있었다. 장례식 따위는 부차적인 문제였다. 세이레나가 수도의 유행을 적은 편지를 보내 줄 때마다 얼마나 부러워했던가.

"숙부님과 아드리아나도 도착했으니 내일 아침에 장례를 할 수 있도록 신관을 불러야겠네요."

게일은 세이레나의 말에 눈을 동그랗게 떴다.

내일 아침? 그는 더듬거리며 물었다.

"내, 내일 아침? 너무 이르지 않을까?"

"이르긴요. 숙부님 오시기만을 일주일이나 기다렸는걸요."

"그래, 세이레나. 이제 내가 왔으니 내가……."

"숙부님."

세이레나는 재빨리 게일의 말을 가로챘다. 그가 뭘 원하는지 몰랐을 때는 속았다. 정말로 그녀를 위하는 거라고.

하지만 지금은 안다.

그녀는 억지로 미소 지으며 말했다.

"조금이라도 부모님의 시신이 멀쩡할 때 묻고 싶어요."

그렇다면 할 말이 없다.

게일은 헛기침하며 아드리아나를 돌아봤다. 그녀는 지루한 듯 몸을 꼬고 있다가 아버지의 시선을 받고 세이레나에게 물었다.

"내가 방 골라도 돼?"

"그럼. 당연하지."

세이레나는 빙그레 웃으며 말했다. 돌아오기 전에는 묻지도 않았다. 추모식도 없이 장례가 초라하게 끝난 다음에 보니 이미 아드리아나는 가장 좋은 방을 쓰고 있었다.

게일은 세이레나의 표정에 긴장을 풀었다. 그의 순진한 조카는 그가 생각하던 것과는 달랐다. 마지막으로 만난 게 올해 여름이었으니 반년도 채 지나지 않았는데 고작 반년 만에 조카는 어딘지 모르게 어른스러워져 있었다.

설마 부모님의 사망으로 갑자기 철이라도 든 걸까. 그럴 리 없다고 생각하면서도 게일은 세이레나의 태도에 저도 모르게 긴장하고 있었다.

그러던 것이 그녀가 아드리아나를 향해 예전처럼 웃자 긴장이 풀어진 것이다.

"얼마든지 골라도 돼. 거드윈."

세이레나는 말을 이으며 집사를 불렀다. 이미 기다리고 있던 집사가 다가와 현관을 향해 팔을 뻗었다.

"가시죠. 헌터 경. 그리고 헌터 양."

"가다니, 어딜?"

세이레나의 대답에 이미 계단을 오르고 있던 아드리아나가 고개를 돌렸다. 집사가 가리킨 현관을 향해 이미 하인들은 두 사람의 짐을 들고 나가고 있었다.

"내 가방! 어디로 가지고 가는 거야?"

아드리아나가 하인의 뒤를 쫓으며 소리쳤다.

집사가 말했다.

"헌터 하우스입니다."

"헌터 하우스? 누구 마음대로!"

게일이 소리치자 집사의 시선이 세이레나를 향했다. 그 시선을 따라 게일도 세이레나를 쳐다봤다. 아드리아나는 무슨 상황인지 모르겠다는 듯 집사와 게일을 번갈아 쳐다보고 있었다.

"세이레나, 네가 시킨 거냐? 나와 아드리아나를 헌터 하우스로 쫓아내라고?"

"쫓아내다뇨?"

세이레나는 놀란 척 눈을 동그랗게 떴다. 그 얼굴에 게일은 그녀의 짓이 아니라 집사의 단독 행동이라고 생각하고 안심했다.

세이레나는 모르는 척 말을 이었다.

"이 집은 상중이잖아요. 어떻게 손님을 받겠어요?"

"손님이라니, 우리가 왜 손님이야?"

게일의 말에 세이레나는 더더욱 모르겠다는 표정으로 말했다.

"하지만 숙부님과 아드리아나가 여기 사는 건 아니잖아요. 게다가 아버지가 살아 계실 땐 늘 거기서 묵으셨고요."

"하지만 아빠가 앞으로 여기서 지낼 거라고……."

"아드리아나!"

아드리아나의 실수에 게일에 재빨리 소리쳤다.

역시 그랬군. 세이레나는 못마땅한 표정으로 입을 다무는 아드리아나를 쳐다봤다. 마지막의 마지막까지 그녀는 게일과 아드리아나가 처음부터 노리고 온 건 아닐 거라고 생각하려 했다.

이 집에서 지내다 보니 마음이 변한 것뿐일 거라고. 원래는 좋은 사람들인데 그녀가 멍청하게 굴어서 그들이 나쁜 마음을 먹은 것뿐이라고. 그렇게 생각하려 했다.

"네 말이 맞다, 세이레나."

게일은 표정을 관리하며 말했다. 순진한 조카라 쉽게 넘어갈 줄 알았는데 아닌 모양이다. 그는 아드리아나의 어깨에 손을 얹으며 말을 이었다.

"내일 아침에 보자꾸나."

"네, 숙부님. 그리고 아드리아나."

게일과 달리 아드리아나는 표정 관리를 하지 못했다. 그녀는 못마땅한 표정으로 세이레나를 노려보다가 돌아섰다.

"거기 춥잖아요!"

투덜거리는 아드리아나의 목소리를 들으며 세이레나는 한숨을 내쉬었다. 한 걸음만 물러나서 보면 저렇게 잘 보이는데 몰랐었다. 자신의 멍청함에 화가 날 정도다.

집사는 하인을 시켜 게일과 아드리아나를 다시 마차에 태워 보낸 뒤 세이레나에게 다가왔다.

"차 한잔 드릴까요?"

"네. 그리고 목욕물도요."

따듯한 목욕이 필요하다.

세이레나는 지친 발걸음으로 위층으로 올라가며 인상을 썼다. 숙부 앞에서 억지로 아무렇지도 않은 척했지만 온몸이 비명을 지르고 있었다. 근육통 때문에 팔다리가 제대로 움직여지지 않을 정도다.

"치료사를 부를까요?"

애나의 질문에 욕조에 몸을 담근 세이레나는 쓰게 웃었다.

"근육통으로?"

"하지만 팔을 드는 것도 힘드시잖아요."

오늘 아침엔 포크를 떨어트렸다. 저택의 사용인들은 아침마다 그녀가 이를 악물고 일어난다는 것을 알았다.

"괜찮아."

"그러다 다치실까 봐 걱정돼요."

"죽는 것보단 나아."

네? 세이레나의 말에 애나가 깜짝 놀라는 게 보였지만 세이레나는 눈을 감았다.

죽는 것보단 낫다. 에즈라가 죽고, 친구를 잃고, 모든 죄를 뒤집어쓰고 불명예스럽게 죽는 것보다 훨씬 낫다. 이따위 고통은 죽어 가면서 그녀가 흘렸던 피눈물보다 훨씬 낫다.

* * *

"돈 좀 썼겠네."

이튿날, 헌터 백작 부부의 추모식을 위해 헌터 저택에 도착한 데니스가 애쉬에게 말했다.

기사단 정복을 입은 두 사람에게 시선이 쏟아졌지만 두 사람 다 눈썹 하나 까딱하지 않았다.

"그렇군."

애쉬는 무심한 표정으로 주변을 돌아보며 대답했다. 초와 램프로 저택을 환히 밝히고 있었다. 한쪽에 마련된 다과에 사람들이 삼삼오오 모여 있는 게 보인다.

세이레나의 모습은 보이지 않았다. 눈으로 그녀를 찾는 애쉬 앞에 남자가 다가왔다.

"게일 헌터입니다. 헌터 백작의 동생이죠. 라고말리 기사단에서 오셨습니까?"

보통 키와 보통 체격. 세이레나와는 닮지 않았다.

애쉬는 고개를 끄덕이며 말했다.

"애쉬 그레이윈드입니다."

"데니스 발자크입니다."

단장과 부단장이군. 게일의 시선이 애쉬를 향했다. 기사단장에 공작이라지. 왕의 조카기도 하고. 아드리아나가 여기 있었으면 소개해 줬을 텐데.

게일의 입맛이 썼다. 멍청한 것이 검정색 드레스를 쏙 빼고 왔다. 세이레나가 예전처럼 순진했다면 적당히 장례를 미루고 검정색 드레스를 만들었을 텐데 그럴 수가 없었다. 세이레나의 옷을 빌려 입는 것도 불가능했다. 그녀가 아드리아나보다 작고 가늘었기 때문이다.

게일은 두 사람과 악수를 한 뒤 말했다.

"와 주셔서 감사합니다."

"헌터 경은, 상주는 어디에 있습니까?"

데니스는 세이레나가 어디 있는지 물어보려다 눈앞의 헌터도 헌터 경이라는 것을 깨닫고 다시 물었다.

게일이 안쪽으로 몸을 돌리며 말했습니다.

"조카는 안쪽에 있습니다."

두 사람은 바로 고개를 까닥해 보이고 안쪽으로 들어갔다.

젠장. 게일은 두 사람의 뒷모습을 바라보며 속으로 혀를 찼다. 세이레나가 없었다면 그가 상주 역할을 할 수 있었을 텐데. 상주가 세이레나다보니 그녀가 있다는 걸 알게 되면 손님은 모두 그녀에게로 향했다.

"헌터 경."

데니스보다 먼저 애쉬가 세이레나를 발견하고 다가갔다. 그를 본 세이레나가 멈칫하더니 인사를 건넸다.

"와 주셔서 감사합니다."

"조의를 표합니다."

이어서 데니스가 말했다. 놀랍게도 애쉬를 보자마자 딱딱하게 굳었던 세이레나의 표정이 데니스를 보자 부드럽게 풀렸다.

"와 주셔서 감사합니다, 부단장님."

그 표정을 본 애쉬의 시선이 데니스를 향했다. 그의 속을 모르는 데니스는 싱글벙글 웃으며 세이레나에게 말했다.

"훌륭한 추모식이군요."

세이레나가 멈칫했다. 왕비일 때 칭찬이 칭찬이었던 적이 없었다. 누군가 그녀의 옷을 가지고 고풍스럽다고 칭찬하면 그건 고루하다는 뜻이었다. 그녀의 머리카락을 가지고 화려하다고 하면 그건 사치스럽다는 뜻이었다.

세이레나는 망설이다가 말했다.

"부모님께 해 드릴 수 있는 게 이것뿐이라서요."

"네가 자랑스러우실 거야."

애쉬가 말했다. 세이레나의 시선이 그를 향했다가 슬쩍 피했다.

"……감사합니다."

시선을 피할 것까진 없잖아. 애쉬는 문득 심술이 들었다. 데니스에게는 잘도 얼굴을 맞대고 말하면서 그만 피하는 이유가 뭐란 말인가. 하지만 그가 입을 열기 전에 데니스가 말했다.

"아까 보니 헌터 경이 와 계시던데. 그분이 후견인이 되겠네?"

게일 헌터.

애쉬와 세이레나의 시선이 동시에 바깥쪽을 향했다. 저 멀리 어슬렁거리며 사람들에게 인사를 건네는 게일이 보인다.

세이레나는 무표정한 얼굴로 말했다.

"그렇겠죠."

"별로 반기지 않는 얼굴이네."

애쉬의 말에 세이레나의 시선이 그를 향했다가 재빨리 데니스 쪽으로 움직였다.

"반기고 말고 할 것도 없지 않나요? 제 의지와 상관없이 일어나는 일인데요."

그녀의 의지로 결정할 수 있는 일이라면 거부하고 싶다는 표정에 애쉬와 데니스의 시선이 부딪쳤다. 소문이 진짜인 모양이군.

그 순간 세이레나의 표정이 환해졌다. 자수정 같은 눈동자가 부드럽게 휘더니 입꼬리가 부드럽게 올라갔다. 갑작스러운 변화에 애쉬는 저도 모르게 멈칫했다.

"모아나!"

세이레나의 말에 애쉬와 데니스는 저도 모르게 뒤를 돌아보았다. 검정색 드레스를 입은 모아나 쿨린이 그들을 향해 다가오고 있었다.

"괜찮아?"

모아나는 데니스와 애쉬에게 인사도 하지 않고 세이레나의 손을 잡으며 물었다.

모아나와 손을 맞잡은 세이레나가 빙그레 웃으며 고개를 끄덕이는 것을 애쉬는 눈을 가늘게 뜨고 쳐다보았다. 이런 표정도 지을 줄 아는군.

깜짝 놀랐다. 별생각 없이 검을 뽑았는데 모습을 드러낸 검이 세계에 단 한 자루밖에 없는 명검이었을 때라면 이런 기분이 들 것 같다.

추모식으로 우울함이 감돌던 방 안이 순식간에 밝아졌다. 처연하기만 했던 세이레나의 눈동자가 반짝이기 시작해서 그의 심장이 툭 떨어졌다.

"단장님. 그리고 부단장님."

세이레나의 안부를 먼저 물어본 모아나는 그제야 애쉬와 데니스를 향해 인사를 건넸다.

"쿨린 경."

애쉬는 가볍게 고개를 끄덕해 보였고 데니스는 팔짱을 끼며 장난스럽게 물었다.

"두 사람, 친했어?"

"그럼요. 입단 동기인걸요. 지금도 같은 십이 분단 소속이고요."

모아나의 대답에 데니스가 어라, 하고 머리를 긁으며 물었다.

"헌터 경이 시험을 포기한 건 친구와 함께 있고 싶어서야?"

"포기요?"

세이레나의 눈이 동그래졌다.

데니스는 고개를 갸웃하며 말했다.

"첫날 이후로 훈련장에 안 보여서, 난 또 포기했나 싶었지."

"무슨 말씀이에요. 세이레나가 얼마나 열심히 훈련하는데요."

"그래?"

"그럼요. 매일……."

"모아나."

친구의 자랑이 부끄러워서 세이레나는 저도 모르게 모아나의 말을 막았다. 하지만 이미 데니스와 애쉬의 시선은 그녀를 향해 있었다.

"매일 훈련한다고?"

데니스가 놀랍다는 듯 물었다.

"네, 뭐. 그냥……."

세이레나는 저도 모르게 웅얼웅얼 대답했다. 그녀는 절박해서 하는 것뿐이다. 그것밖에 없으니까. 누군가에게 이렇게 대단하다는 식으로 이야기를 듣고 그런 눈빛을 받을 거라고 생각하지 못했다.

"저택 훈련장에서 훈련하는 거야?"

애쉬가 물었다.

세이레나는 그를 쳐다보고 내키지 않는 것처럼 고개를 끄덕였다.

"대단한데?"

데니스의 말에 신이 난건 모아나였다. 그녀는 세이레나의 팔짱을 끼며 자기 일처럼 자랑했다.

"여기 훈련장이 얼마나 추운지 알아요? 벽 한쪽이 정원으로 탁 트여 있어서 봄여름엔 좋을지 몰라도 지금 같은 겨울엔 얼마나 추운데요. 거기서 매일 훈련을 한다니깐요."

"쿨린 경도 같이하나 봐?"

"한두 번은요. 으으. 난 그렇게 추운 건 질색이야."

"그러다가 헌터 경 혼자 승단하면 섭섭해할 거면서."

"에이, 친구가 잘되는데 섭섭할 게 뭐 있어요?"

데니스와 모아나가 킬킬거리며 세이레나를 주제로 대화하자 화제가 된 그녀는 어쩔 줄 몰라 하며 모아나 옆에 서 있었다. 부끄럽다. 그리고 민망했다. 그녀가 팔짱을 끼는 바람에 도망칠 수도 없었다.

오늘 새로운 모습을 많이 보는군. 애쉬는 그런 생각을 하며 안절부절못하는 세이레나를 빤히 쳐다보고 있었다.

"그런데 네 사촌은?"

문득 모아나가 물었다. 방금 들어오면서 세이레나의 숙부를 만나기는 했다. 하지만 그 옆에 아드리아나는 없었다.

세이레나는 덤덤하게 말했다.

"아, 응. 아드리아나는 검정색 옷이 없어서 추모식은 빠지기로 했어."

"뭐?"

모아나가 입을 딱 벌리는 것과 동시에 데니스도 어이없다는 표정을 지었다.

애쉬의 한쪽 눈썹이 올라갔다가 제자리로 돌아왔다.

"걔 너희 부모님 장례식 때문에 올라온 거 아니었어?"

"응, 뭐."

예전이었다면 아드리아나를 두둔해 줬을 것이다. 급했나 보지. 빨리 오느라 미처 못 챙겼나 봐. 그런 식으로. 하지만 지금의 세이레나는 두둔해 줄 생각이 없었다.

그렇다고 적극적으로 아드리아나의 욕을 할 생각도 들지 않아서 그녀는 긍정도 부정도 아닌 대답을 우물우물 내뱉었다.

"장례식 때문에 올라올 거면서 검정색 옷 하나 안 챙기고 뭐 했대?"

분통을 터트리는 모아나의 모습에 세이레나는 피식 웃었다. 누군가 그녀를 대신해서 화내 주는 사람이 있다는 건 참 즐거운 일이다. 너무 오랫동안 그걸 잊고 살았다.

데니스는 애쉬와 함께 슬쩍 물러났다. 사람들의 시선이 세이레나와 모아나를 향하기 시작했다.

'무슨 일이래?' 하고 수군거리는 소리를 들으며 데니스는 약간 떨어진 뒤 애쉬에게 말했다.

"안 그래도 재미있는 소문을 들었거든."

"뭔데?"

애쉬의 검정색 눈동자가 데니스를 향했다.

그는 이 이야기를 할까 말까 잠시 고민하다가 입을 열었다.

"너무 가십 같아서 말 안 하려고 했는데."

웃기시네. 데니스는 재미있는 일이라면 안 끼고는 못 배긴다. 대놓고 비웃는 듯한 애쉬의 표정에 데니스는 상처받은 표정을 지었다가 다시 입을 열었다.

"헌터 경과 그 딸 말이야. 올라오자마자 의상실로 달려갔다는 말을 들었거든."

애쉬의 한쪽 눈썹이 올라갔다. 그는 그대로 멀리 떨어진 세이레나와 모아나를 쳐다봤다. 시골에서 올라온 아가씨가 수도에서 유행하는 드레스를 맞춘다는 사실 자체는 그다지 특별한 게 아니다.

하지만 바로 얼마 전 후계자가 될 세이레나 헌터가 경제 사정에 고민하는 모습을 보였다. 그리고 모아나의 말대로 아드리아나 헌터가 수도에 올라온 이유는 어디까지나 백작 부부의 사망 때문이다.

"헌터 경이 숙부를 후견인으로 바라지 않는 이유를 알 것 같군."

애쉬는 몸을 돌려 게일을 쳐다보며 나직하게 말했다. 그가 세이레나라 해도 걱정될 것이다. 아버지의 돈을 야금야금 파먹던 숙부와 올라오자마자 의상실로 돌진하는 사촌.

"왜 갑자기 사람이 변했나 했더니."

데니스는 머리를 쓸어 넘기며 안됐다는 듯 말했다. 애쉬 역시 동감이라 고개를 끄덕였다. 세이레나가 갑자기 철이 든 이유를 알겠다. 이대로 가다간 헌터 백작가는 홀랑 망할지도 모른다.

"그렇다고 우리가 어떻게 할 수 있는 건 아니지."

애쉬는 조금 냉정하게 말하며 발걸음을 옮겼다. 후견인은 특별한 사정이 없는 한 가장 가까운 친인척이 맡게 된다.

세이레나와 게일은 그 특별한 사정이 없었다.

"어디 가?"

데니스가 멀어지는 애쉬를 향해 물었다. 애쉬는 돌아보지 않고 걸으며 말했다.

"훈련장. 얼마나 추운가 보려고."

하여간 검에 관해서라면 호기심이 많아진다니까. 데니스는 그렇게 중얼거리며 다과 쪽으로 향했다.

추모식임에도 다과는 훌륭했다. 간단한 샌드위치부터 한입 크기의 햄과 비스킷까지.

데니스가 가 본 추모식 중 가장 훌륭했다.

"과연."

애쉬는 어둑한 훈련장을 들여다보고 신음처럼 내뱉었다. 이렇게 추워서야 얼음장이나 다름이 없다. 여기서 매일 훈련을 했다고? 그는 훈련장 가운데까지 걸어가서 화로를 발견하고 내려다봤다.

타고 남은 재가 들어 있다. 하지만 이 정도 크기의 화로로 훈련장을 따듯하게 만들기엔 턱없이 부족하다.

어둠이 눈에 익자, 애쉬의 시야에 훈련장의 모습이 들어왔다.

오래됐다. 그리고 낡았다. 그는 구두 끝으로 돌바닥을 툭툭 치고 벽을 살폈다. 훈련장 자체의 크기는 꽤 컸다. 아마 선대 헌터 백작 중 누군가가 검술에 관심이 많았던 모양이다. 하지만 밑으로 내려오면서 누군가가 답답하다고 생각했는지 정원과 맞닿은 벽 하나를 허물어서 정원 구경을 할 수 있게 해 놓았다.

"좋지 않군."

그는 그렇게 내뱉으며 훈련장을 끝에서 끝까지 걸었다. 춥다. 눈이 오면 어마어마하게 추울 것이다.

애쉬의 머릿속에 세이레나의 작은 체구가 떠올랐다. 그가 이 정도로 춥다면 세이레나는 더 추울 것이다. 너무 추우면 감기에 걸리거나 근육에 좋지 않다. 그리고 그건 훈련에 좋지 않다. 세이레나는 여기가 아닌 다른 곳에서 훈련할 필요가 있었다.

애쉬가 그렇게 생각하며 정원 쪽으로 나올 때였다.

"괜찮니?"

누군가의 목소리가 들려왔다. 애쉬가 그 목소리의 주인을 떠올리기 전에 여자가 말했다.

"괜찮아요. 제 일인걸요."

헌터.

애쉬의 머릿속에 남자보다 여자의 이름이 떠올랐다. 세이레나 헌터.

그리고 처음 말을 건 건 게일 헌터다. 게일은 세이레의 곁에 있던 사람들이 멀어지기를 기다렸다가 그녀에게 다가왔다. 그는 그녀를 회유할 생각이었다.

"들어가서 쉬어도 된단다. 이 다음 일은 내가 알아서 하마."

다정한 숙부 같은 말에 세이레나는 입술을 비틀었다가 재빨리 표정을 고쳤다.

"제 일인데 제가 끝까지 해야죠. 숙부님이야말로 들어가세요. 아드리아나가 기다릴 거예요."

아드리아나의 이름에 게일이 헛기침을 했다. 이 자리에 딸이 있었어야 했는데. 그는 딸을 소개하고 싶었던 괜찮은 남자 귀족들을 떠올리며 속으로 혀를 찼다.

"그래. 그러면 나는 이만 들어가마."

게일의 손이 세이레나의 어깨를 가볍게 툭툭 치고 돌아갔다. 그는 다정하게 말을 이었다.

"다 잘될 거다. 걱정하지 마렴. 내가 너와 에즈라의 후견인이 되면 너는 이런 일에 신경 쓰지 않고 살아도 된다."

세이레나는 아무 말도 하지 않았다. 딱히 부정할 필요는 없다. 그렇다고 긍정하고 싶지도 않았다.

그녀는 게일이 손을 흔들고 멀어지는 것을 억지로 미소를 지은 채 지켜보고 있었다.

겉으로 보기엔 평범한 숙부와 조카의 대화였다.

애쉬는 세이레나가 떠나는 것을 기다리고 있었다. 굳이 자신을 드러내서 두 사람의 대화를 엿들었다는 것을 밝히고 싶지 않았다.

세이레나는 게일이 완전히 멀어진 다음에 그의 손이 닿은 어깨를 툭툭 털어 냈다. 마치 먼지가 묻은 것처럼. 그리고 툭 내뱉었다.

"더러워."

의도하지 않은 것을 알았군.

추모식 이튿날, 애쉬는 기사단으로 출근하며 그가 본 것을 다시 떠올렸다.

세이레나 헌터는 자기 숙부를 싫어한다. 싫어한다는 건 완곡한 표현일 정도다. 정확히 말하면 혐오에 가까울 것이다.

"나보다 더 싫어하는 남자가 있다는 걸 다행으로 여겨야 하나."

자신이 생각해도 어이가 없어서 애쉬는 픽 웃었다.

그를 발견하고 뒤따라온 데니스가 눈을 동그랗게 뜨며 물었다.

"뭐가?"

"응?"

"방금 혼자 중얼거렸잖아. 너보다 더 싫어하는 남자가 있다며?"

"아, 헌터 경 말이야."

"헌터 경?"

어느 쪽 헌터 경? 데니스의 표정에 애쉬는 씩 웃으며 덧붙였다.

"어린 쪽 헌터 경."

"아, 더 예쁜 쪽."

데니스의 말에 애쉬의 한쪽 눈썹이 올라갔다. '진심이야?'라고 묻는 듯한 표정에 데니스는 애쉬의 어깨에 손을 얹으며 농담처럼 말했다.

"아, 왜? 틀린 말은 아니잖아?"

진심이면 징그럽다. 애쉬는 어깨를 털어 데니스의 손을 털어내며 말했다.

"헌터 백작가도 복잡한 것 같아."

"그야 그렇겠지. 아직 스물한 살이 되지 않은 조카와 숙부라니. 게다가……."

데니스는 주변을 살펴보더니 목소리를 낮춰 말을 이었다.

"어제 추모식에서 잠깐 알아봤는데, 헌터 백작가의 경제 사정이 그리 좋지 않은 게 사실이더군."

"어쩌다?"

데니스는 재빨리 눈알을 굴렸다. 대부분의 빚은 게일 헌터가 진 것이었다. 그는 완곡하게 말했다.

"헌터 백작은 동생에게 물렸던 모양이야."

"아."

알 것도 같다. 애쉬는 고개를 끄덕였다. 추모식에서의 게일의 태도가 훌륭하게 뒷받침되어 주었다.

세이레나가 아니라 그가 상주처럼 굴려는 게 보였다. 그리고 숙부 부부가 사망했다는데 검정색 드레스조차 준비해 오지 않은 그의 딸.

아드리아나의 부재와 게일의 태도는 사람들이 헌터 백작이 동생에게 너무 물렀다는 것을 떠올리기에 충분했다.

"다들 게일 헌터가 후견인이 되면 조카를 바로 시집보내지 않겠느냐고 하더군."

데니스의 말에 애쉬의 얼굴이 가볍게 일그러졌다가 원래대로 돌아왔다. 그는 일부러 무심한 척 말했다.

"상위 귀족에게?"

"그렇겠지. 그럼 작위는 헌터 경의 동생에게 갈 테니까. 동생이 올해 열셋이니까 앞으로 팔 년은 더 후견인으로 있을 수 있을 테고……."

"헌터 백작가를 좌지우지할 수 있겠지."

특히 그 재산을.

애쉬는 데니스의 말을 이으며 지난밤 그가 본의 아니게 보고 말았던 세이레나의 모습을 떠올렸다. 게일이 떠난 뒤 그가 만진 어깨를 털어 내던 모습. 그리고 혐오스럽다는 듯 내뱉던 목소리.

"본의 아니게 여러 모습을 보게 되는군."

애쉬는 그렇게 중얼거리며 훈련장 문 손잡이를 잡았다. 승단 시험이 보름 앞으로 다가온 탓에 이른 아침부터 훈련장은 소란스러웠다. 뒤따라오던 데니스가 그의 말을 듣지 못하고 물었다.

"그러고 보니 훈련장을 살펴본 건 어떻게 됐어?"

지난밤에 애쉬가 헌터 저택의 훈련장을 보고 온다며 다녀온 것을 묻는 것이다.

애쉬는 어깨를 으쓱해 보이며 말했다.

"춥더군."

"벽 하나가 없다며? 진짜로?"

음. 애쉬는 고개를 끄덕이며 문을 열었다. 훅 하고 시종들이 가져다 놓은 화로와 훈련하는 기사들의 열기 때문에 따듯한 바람이 빠져나왔다.

"거기서 진짜 훈련을 했다고?"

데니스의 말에 훈련장을 들어가던 애쉬가 멈칫했다. 뒤따라가던 데니스도 그가 멈추자 따라 멈췄다. 뭔데? 나 뭐 잘못 말했어? 어리둥절해 하는 데니스에게 애쉬가 씩 웃으며 말했다.

"보면 알겠지."

훈련장에 세이레나가 있었다. 길게 땋아 묶은 머리카락을 등 뒤로 늘어트린 채 그녀는 검을 들고 한 기사와 대치하고 있었다.

데니스는 세이레나와 맞은편에 선 기사를 본 뒤 말했다.

"한쪽이 너무 불리한 거 아닌가?"

태클 거는 지점이 거기냐. 애쉬는 어이가 없어서 픽 웃었다.

상대는 유진 램버트 경. 그의 머릿속에 램버트 경에 대해 떠올렸다. 육 분단. 십오 분단에서 시작해서 차근차근 올라온 노력파다.

조부가 백작이지만 그의 아버지는 셋째였기 때문에 그에게까지 작위가 올 가능성은 낮았다.

작위는 첫째에게만 이어진다. 둘째부터는 그저 귀족의 자식

일 뿐이다. 그리고 그 둘째의 자식은 평민이다.

램버트 경은 평민으로 남기를 원하지 않았다. 그는 기사단에 들어왔고 기사가 되어 램버트 씨에서 램버트 경이 되었다.

* * *

"아가씨, 여긴 기사단 훈련장인데요."

그날 아침, 세이레나가 기사단의 훈련장을 찾았을 때 유진이 빙글빙글 웃으며 말을 걸었다.

누구더라? 그녀는 그를 기억하지 못했지만 그는 그녀를 알고 있었다. 그러니까 이건 빈정거림이다.

유진이 빈정거리는 거라는 걸 모르는 세이레나는 정직하게 대답했다.

"세이레나 헌터. 십이 분단의 기사입니다."

"아, 기사였군. 난 또 웬 아가씨가 놀러 왔나 했지."

이제는 세이레나도 그가 빈정거리는 걸 알았다. 세이레나가 피식 웃으며 말했다.

"웬 아가씨가 마음대로 들락날락할 수 있다면 기사단 기강을 다시 잡아야겠지."

'오, 꽤 하는데?' 하고 두 사람의 대화를 지켜보던 기사들이 감탄사를 내뱉었다.

누군가 유진을 향해 소리쳤다.

"그러게 왜 나서서 괜히 한 대 맞냐!"

동료에게 역으로 한소리 들은 유진의 표정이 일그러졌다. 그는 검을 고쳐 잡으며 말했다.

"그 기강 한번 잡아 보시지?"

"내가 왜?"

세이레나는 어깨를 으쓱해 보였다. 그녀는 슈발리에가 되면 된다. 기사단의 기강 따위는 알 바 아니다.

하지만 유진은 아니었다. 그는 물러나려는 세이레나에게 말했다.

"왜? 그 미모가 상할까 봐 걱정돼?"

세이레나는 움찔하고 멈췄다. 돌아오기 전 인생에서 감옥에 갇힌 세이레나에게 아드리아나가 한 번 찾아왔었다.

그녀는 망연자실한 세이레나를 내려다보며 빈정거렸다.

"쓸모 있는 건 외모밖에 없었는데 그것도 곧 망가지겠네."

그때 알았다. 왕비로 올라간 세 명의 후보 중 세이레나가 선택된 이유를.

왕은 그녀의 금발을 마음에 들어 했다.

"그건 네가 걱정할 일이 아닐걸?"

세이레나는 그렇게 말하며 유진을 향해 검을 뽑았다. 그녀가 먼저 공격해도 될까.

누군가와 대련한 게 너무 오래전이라 기억나지 않았다.

"먼저 와."

유진이 여유 있는 표정으로 손을 까닥했다.

육 분단인 그가 십이 분단인 세이레나에게 선공을 양보하는 게 예의긴 하다.

유진은 세이레나의 실력이 궁금했다. 입단 시험을 치를 때 일위로 들어왔다는 소문은 들었다.

하지만 페이지 시절 이후로 세이레나는 누군가와 대련하기는 커녕 검술 연습조차 한 적이 없다. 어차피 작위를 받을 거다, 이거지. 귀족 집안에서 자랐지만 작위를 받을 가능성이 없는 유진은 그게 못마땅했다.

헌터 백작가의 재정 상태가 좋지 않다는 소문은 최근에야 돌기 시작했기 때문에 아직 세이레나가 부유한 백작 영애라고 생각하는 유진은 그녀의 코를 눌러 줄 기회라고 생각했다.

그때, 데니스와 애쉬가 훈련장 안에 들어왔다.

"후우."

세이레나는 검을 들었다가 아래를 향해 뻗었다. 그녀의 발이 천천히 움직였다.

애쉬와 데니스는 막을 생각도 하지 않고 팔짱을 낀 채 구경하기 시작했다.

오라고 했으니까. 세이레나는 유진을 빤히 쳐다보며 앞으로 뛰어 나갔다.

이제는 익숙해진 근육통이 느껴졌다. 그녀의 검이 길게 호를 그렸다.

"캉!" 하고 검이 부딪쳤다. 유진이 들어 막은 것이다.

순식간에 훈련장 안에 정적이 내려앉았다.

세이레나가 몇 합이나 받아 낼 수 있을지 의견을 나누던 기사들의 표정에 어렸던 웃음이 사라졌다.

세이레나는 유진이 눌러 오자 반사적으로 버티려 했다. 하지만 기사단에서 가장 작은 그녀가 힘으로 유진을 이길 수 있을 리가 없다.

간신히 세이레나가 검을 떼어 내고 물러나자 유진은 히쭉 웃었다. 쉬운 상대다. 입단 시험을 좋은 성적으로 합격했다고는 하지만 그는 기사가 된 뒤 세이레나가 훈련하는 것을 본 적이 없다.

유진의 검이 세이레나의 등을 노리고 뻗었다.

데니스는 애쉬가 긴장하는 것을 느끼고 그를 쳐다봤다. 다시 한 번 "캉!" 하고 소리가 났다. 이어서 "그그극……."하고 검이 긁히는 소리가 났지만 이번에도 세이레나는 받아 냈다.

"바보 같긴."

애쉬는 저도 모르게 말했다. 체격 차는 힘의 차로 이어진다. 세이레나가 유진의 검을 받아 낼 수는 있어도 그걸 버틸 수 있을 리가 없다. 그가 세이레나라면 찌르고 빠질 것이다. 하지만 세이레나는 정직하게 받아 내고 있었다.

세이레나는 바보 같다는 애쉬의 말을 들었다. 역시 저 남자가 싫어. 그녀의 얼굴이 일그러졌다.

밤새 애쉬를 싫어하는 이유를 떠올리려 했지만 떠오르지 않았다. 자신이 뭘 잊어버린 게 아닐까 하고 기억을 더듬었지만 그녀는 애쉬와 부딪친 적이 없다.

오늘 보게 되면 너무 날카롭지 않게 반응해야지, 그렇게 생각하고 훈련장에 왔는데 엉겁결에 대련을 하게 돼 버렸다.

"아주 여유가 있으시군?"

유진이 세이레나의 집중이 흐트러진 것을 깨닫고 빈정거리며 찔러 들어왔다. 간발의 차로 세이레나가 몸을 틀어 검을 피했지만 팔에 가볍게 검이 스치고 지나갔다.

데니스는 다시 움찔하는 애쉬의 어깨를 잡았다. 기사에게 대련하다 다치는 건 일상적인 일이다. 그는 그게 세이레나라는 이유로 번번이 움찔거리는 애쉬의 행동이 신기하게 느껴졌다.

"움찔거리지 좀 마."

데니스는 검을 피해 한 바퀴 구르는 세이레나를 보며 애쉬에게 속삭였다. 세이레나의 옷과 머리에 먼지가 묻는 것을 보며 그는 청소를 다시 시켜야겠다고 생각했다.

애쉬는 저도 모르게 주먹을 쥐었다가 팔짱을 끼고 물러났다. 기사들이 대련하는 건 늘 일어나는 일이다. 이걸 막는다면 오히려 우스울 것이다. 하지만.

그의 시선이 세이레나의 팔뚝을 향했다. 그녀가 입은 셔츠가 피에 젖기 시작했다. 가벼운 상처라는 걸 안다. 검에 스치기만 했을 뿐이고 셔츠가 피로 물드는 바람에 더 심각하게 보이는 것 뿐이다. 그럼에도 애쉬는 남의 일처럼 구경하고 있을 수가 없었다.

"그럴 리가."

세이레나는 물러났다가 몸을 낮춰 유진의 품으로 파고들며 말했다.

뭐가? 유진은 그녀의 말이 여유 있다는 그의 빈정거림에 대한 대답이라는 것을 깨달았다.

"캉!" 하고 이번에는 유진이 아슬아슬하게 세이레나의 검을 막았다. 하지만 세이레나는 검이 부딪치자마자 뒤로 쏙 빠져 버렸다.

이것 봐라? 유진의 눈이 커졌다.

"알아차렸군."

데니스는 씩 웃으며 애쉬에게 속삭였다. 세이레나 헌터가 어떻게 공격해야 하는지 알아차린 거다.

애쉬는 조금 여유로워진 마음으로 나직하게 대답했다.

"재능이 있다고 했잖아."

검술에 대한 감.

세이레나는 그게 있었다.

그다음 이어진 건 몸을 낮춘 세이레나가 그대로 유진의 등 뒤로 굴러가 그의 어깨를 향해 검을 찔러 넣는 장면이었다.

“윽.”

유진은 검을 피하기 위해 몸을 틀다가 비틀거렸다. 세이레나는 기회를 놓치지 않았다. 그녀의 검이 빠르게 회수되더니 이번에는 낮게 호를 그렸다.

콰당 하고 넘어진 유진은 세이레나의 검을 피하기 위해 뒤로 기었다.

그가 고개를 들었을 때 보인 건 바로 그의 눈앞까지 다가온 세이레나의 검이었다.

세이레나의 머리카락이 흐트러져 있었다. 바닥을 구르면서 머리카락을 묶은 끈이 풀린 모양이다.

헐떡이는 세이레나와 유진을 중심에 두고 기사들은 굳어 있었다. 십이 분단의 헌터 경이 육 분단의 램버트 경을 이겼다.

그 순간 데니스가 박수를 치기 시작했다.

“좋은 대련이었어. 두 사람.”

애쉬가 말했다. 단장의 말에 가라앉았던 분위기가 밝아졌다. 구경하고 있던 기사들도 데니스를 따라 박수를 치기 시작했다.

세이레나는 넘어진 유진에게 손을 내밀었다.

“됐어.”

자존심 상한다. 유진은 세이레나의 손을 뿌리치고 자리에서 일어났다. 당연히 이길 거라고 생각했는데 짜증 난다. 방심했기 때문이다.

그가 짜증 내며 말을 이으려 하자 애쉬가 먼저 말했다.

"헌터 경, 앞으로 훈련을 하기 전에 머리를 단단히 묶는 게 좋겠군."

흐트러진 세이레나의 머리카락을 지적하는 것이다.

구경하던 기사들이 킬킬거리며 말했다.

"그래. 그 예쁜 머리카락이 잘린다고."

세이레나의 얼굴이 확 굳었다. 예쁜 머리카락이라는 말이 저주처럼 느껴졌다. 그녀는 검을 쥐고 있던 손을 들어 올렸다. 검날이 빛을 받아 허공에서 반짝하고 빛났다.

이어서 세이레나는 자신의 머리카락을 손으로 잡았다. 공중에서 호를 그린 검날이 그녀의 머리카락과 손 사이에 들어갔다.

서걱.

머리카락이 검에 잘리는 것과 동시에 마치 쏟아지는 것처럼 짧아진 세이레나의 머리카락이 그녀의 뺨을 감쌌다. 화려한 금발 사이로 보라색 눈동자가 강렬하게 빛났다.

엇 하고 훈련장에 정적이 내려앉았다.

"됐나요?"

세이레나는 자른 자신의 머리카락을 애쉬에게 내밀며 말했다.

애쉬의 눈이 동그래졌다가 가늘어졌다. 허리까지 닿던 세이레나의 치렁치렁한 금발은 목까지 깡총하니 짧아져 있었다.

굳은 표정.

도발하는 듯 치켜든 턱.

짧아진 머리카락 때문에 세이레나의 목은 훨씬 더 가늘어 보였다.

"아니."

그가 원한 건 그저 머리카락을 좀 더 단단히 묶는 것뿐이었다.

애쉬는 세이레나의 앞에 성큼 다가가 그녀의 손에 자신의 손을 얹었다.

"자르라고 한 건 아니었어."

"묶을 필요도 없어졌죠."

뾰족한 대답이 세이레나의 입에서 흘러나왔다. 대련 때문에 시작한 흥분이 가라앉지 않았다. 그리고 멍청한 인생을 살았던 자신에 대한 분노.

분노는 그대로 자신을 향한 혐오로 이어져, 그녀는 견딜 수가 없었다. 훈련장의 공기가 답답하게 느껴졌다.

세이레나는 애쉬의 손에 억지로 자신의 머리카락을 쥐어 주고 주변을 돌아봤다.

어디, 다시 말해 봐. 그런 의도가 보이는 태도에 기사들은 입을 다물었다.

"뭔가 실수했나 본데."

세이레나가 그대로 휙 하고 나가 버리자 데니스는 머리를 긁적이며 애쉬에게 다가와서 말했다.

유진과 기사들은 눈을 동그랗게 뜨고 세이레나가 나간 문을 쳐다보고 있었다.

애쉬는 손에 들어온 세이레나의 머리카락을 쳐다보다가 입을 열었다.

"램버트 경. 벌로 훈련장 청소를 한다."

뭐? 사람들의 시선에 애쉬를 향했다.

유진은 기분 나쁘다는 기색을 감추려 하지도 않고 말했다.

"패했기 때문입니까?"

"아니. 진검으로 대련했으니까."

아. 사람들의 시선이 유진의 검으로 향했다. 대련은 언제나 할 수 있다. 하지만 진검 대련은 허가를 받아야 한다.

세이레나와 유진은 갑자기 다투는 바람에 자기가 소지한 검으로 대련을 했다.

"그럼 헌터 경은……?"

유진이 아직 미련이 남은 것처럼 물었다.

혼자 혼나기는 싫다는 거겠지. 애쉬의 눈이 가늘어졌다.

"따로 벌을 내릴 거니 쓸데없는 걱정 마라."

차가운 대답에 유진은 고개를 푹 숙였다.

애쉬가 물러나자 지켜보고 있던 기사들이 낄낄대며 유진에게 다가와 핀잔했다.

"얌마, 내가 방심하지 말랬지?"

"그러게 왜 나대서."

싸움을 걸어 놓고 졌다는 사실에 부끄러워진 유진이 소리쳤다.

"두고 봐. 다음엔 코를 납작하게 눌러 줄 테니까."

훈련장을 청소하기 위해 유진이 기사들과 밖으로 나가자 데니스는 애쉬를 보며 피식 웃었다.

"글쎄."

애쉬 역시 차가운 눈으로 유진을 지켜보고 있었다. 다음이라. 두 사람은 어이없다는 듯 말했다.

"다음에 할 때는 더 크게 지겠지."

"그다음이 오기나 할까."

지금은 세이레나가 아슬아슬하게 이겼다. 하지만 두 사람은 봤다. 첫날 훈련장에 온 세이레나가 훈련하던 모습을.

"저게 재능의 차이라는 거군."

데니스는 쓰게 웃으며 말했다. 애쉬가 왜 그녀를 탐탁지 않아 했는지 알겠다. 그런 재능을 가진 사람이 노력도 하지 않고 빈둥거리는 걸 본다면 그가 애쉬라고 해도 못마땅했을 것이다.

데니스는 머리를 긁적이며 누구에게랄 것도 없이 말했다.

"그럼 갑자기 왜 정신을 차린 거지?"

"글쎄."

애쉬의 시선이 그의 손으로 떨어졌다. 꽤 묵직한 금발이 그의 손에 쥐어져 있었다. 갑자기 자기 머리카락을 자르기까지 했다. 그의 머릿속에 지난밤 세이레나의 모습이 떠올랐다.

"아까워라."

데니스는 애쉬의 손에 들린 금발을 내려다보며 한숨처럼 말했다. 꽤 길다. 그야 허리까지 왔으니 당연하다.

아깝지도 않나. 데니스는 자기 머리카락에 애착을 갖는 여자가 많다는 것을 떠올리며 말했다.

"팔면 돈 좀 될 텐데."

그 순간 애쉬가 그를 노려봤다. 섬뜩할 정도로 차가운 눈초리에 데니스는 당황해서 물었다.

"뭐, 왜?"

"그래서? 네가 팔기라도 하게?"

"아, 누가 내가 판대? 헌터 백작가의 재정이 안 좋으니 너한테 주느니 본인이 가져가서 파는 게 나았을 거라는 말이지."

"백작 영애가 자기 머리카락을 판다?"

애쉬는 말도 안 된다는 듯 웃었다. 머리카락을 판다는 건 빈곤의 상징이다. 그는 세이레나의 머리카락을 자신의 주머니에 소중하게 넣었다.

"아, 팔걸."

복도를 걸어가며 세이레나는 문득 생각났다는 듯 중얼거렸다.

아까워라. 허리까지 고이 길렀으니 팔면 돈 좀 나왔을 것이다. 그렇게 잘라 버릴 거면 차라리 팔걸. 집안의 재정을 생각하면 속이 쓰렸다.

"지금이라도 가서 달라고 할까?"

세이레나는 그렇게 중얼거리다가 고개를 저었다. 애쉬 그레이윈드라면 이미 버렸을 것이다.

깡총하게 짧아진 머리카락이 그녀가 고개를 젓자 뺨을 때렸다. 적어도 감고 말리는데 걸리는 시간은 줄어들겠군. 그렇게 생각하며 세이레나가 건물을 나설 때였다.

"세이레나?"

막 건물로 들어서던 모아나가 친구의 엄청난 모습을 보고 놀라서 소리쳤다. 한쪽 소매는 피범벅이고 머리카락은 목덜미가 시원하게 드러날 정도로 짧아져 있다.

모아나는 잠시 굳어 있다가 세이레나의 손을 잡으며 외쳤다.

"치료사!"

"어, 잠깐, 잠깐, 모아나."

"누워 있어, 세이레나. 세상에. 사람이 이렇게 피를 흘리는데 어떻게 아무도 치료사를 안 부를 수가 있어?"

모아나의 호들갑이 이어졌다.

세이레나는 치료사가 달려와 그녀의 소매를 찢고 상처를 살피는 것을 보며 떨떠름하게 말했다.

"괜찮다고 했잖아."

"어쩌다 이렇게 다친 건데? 머리카락은! 머리카락은 누가 잘라 갔어?"

"누가 잘라 간 건 아닌데, 아, 잘라 가긴 했지. 근데 그 사람이 자른 건 아니고."

"뭐라는 거야."

모아나가 세이레나의 멀쩡한 쪽 어깨를 탁 쳤다.

세이레나는 으음 하고 망설이다가 말했다.

"단장님이 머리를 묶으라길래."

"묶으라길래?"

모아나의 갈색 눈동자가 동그래졌다. 세이레나는 그녀의 시선을 피하며 말했다.

"잘라서 줬어."

갈색 눈동자가 굴러 떨어질 것 같다는 생각이 들 정도로 커졌다. 뭐? 모아나는 차마 말이 나오지 않는지 입을 딱 벌렸다가 숨을 한번 내쉬고 말했다.

"단장님이 네 머리카락을 잘랐어?"

아니, 그건 아닌데. 세이레나가 그게 아니라고 설명하려 했지만 이미 늦었다.

지나가던 시종과 기사들이 모아나의 말을 들어 버렸다. 소문은 순식간에 눈덩이처럼 불어났다.

* * *

좋았던 게일의 기분이 천천히 수직 낙하했다. 그는 믿을 수 없다는 듯 금고를 뒤졌다. 없다. 그가 생각했던 금은보화가.

금고는 텅 비어 있었다. 아니, 텅 빈 것이나 다름이 없었다. 있는 거라곤 토지와 집의 권리서뿐이었다.

"이건 아무 쓸모없잖아!"

게일은 화가 나서 권리서를 집어던졌다. 형의 금고에 당연히 금은보화가 있을 줄 알았다. 대대로 내려오는 유산 같은 것들. 하지만 금고에 있는 건 집과 토지에 대한 권리서뿐이다.

이걸 뭐에 쓴단 말인가. 아무리 그라고 해도 이걸 팔 수는 없는 노릇이다.

게일은 벌떡 일어나서 집사를 불렀다.

"거드윈! 잠깐 이리 오게!"

복도에서 정황을 살피던 거드윈은 나직하게 한숨을 내쉬었다. 추모식이 끝나자마자 게일은 새벽부터 이 집에 찾아와서 온 집을 쑤시고 돌아다녔다. 그리고 다정한 말로 세이레나를 회유하려 했다. 금고의 비밀번호를 알아내기 위해.

하지만 세이레나는 금고의 비밀번호는 모른다는 말을 남기고 기사단으로 출근해 버렸다. 결국, 그 아침부터 지금까지 게일은 형님의 금고를 열기 위해 끙끙거렸다.

"부르셨습니까."

백작의 서재에 들어간 거드윈은 활짝 열린 금고를 보고 아무 표정도 짓지 않으려 애썼다.

결국 열긴 열었군. 집요하기도 하다. 속으로 혀를 내두르는 그에게 게일이 소리쳤다.

"금고가 이거 말고 또 있지? 그렇지 않나?"

"글쎄요. 저는 주인님의 금고는 잘 모릅니다."

"있잖아. 어디 있어? 응? 침실? 침실에 있나?"

그렇게 말하며 게일은 백작 부부의 침실을 향해 뛰어가기 시작했다. 쿵쾅쿵쾅하는 소리에 사용인들이 무슨 일인가 하고 고개를 내밀었다.

"들어가서 일 보게."

거드윈은 그들은 자리로 돌려보내고 다시 게일의 뒤를 좇았다. 아가씨께서 불쾌해하실 텐데. 어느새 그는 세이레나의 눈치를 살피고 있었다.

"금고요?"

늦게 퇴근한 세이레나에게 게일이 제일 먼저 물어본 것은 그녀의 상처나 옷, 머리카락 따위가 아니었다. 금고였다.

세이레나는 무슨 소리냐는 표정을 지어 보였다.

"그래, 금고. 이 집에 또 다른 금고가 있지? 서재와 침실 말고 말이다."

그래, 이런 남자였다. 숙부는. 세이레나는 경멸을 감추기 위해 집사에게 시선을 돌렸다.

집사는 재빨리 세이레나에게 다가와 말했다.

"죄송합니다. 말리려 했는데."

"말리긴 뭘 말려? 내가 후견인인데. 이 집의 재산이 어느 정도인지 알아야 너와 에즈라의 미래를 위해 계산할 것 아니냐?"

"그렇군요."

미래는 무슨. 속으로 코웃음을 치며 세이레나는 집사에게 자신의 코트를 내밀었다. 코트를 받아 하인에게 넘기며 집사가 말했다.

"목욕물과 차를 준비해 놨습니다. 식사도 곧 준비하겠습니다."

"에즈라는요?"

"방에 있습니다."

아직도 방에서 나오지 않는다는 말이다. 그녀는 한숨을 내쉬다가 문득 아직도 게일이 그녀의 눈앞에 있다는 것을 깨닫고 물었다.

"숙부님은 저녁 식사하셨나요?"

"아직 아가씨의 허락이 없어서 드리지 않았습니다."

어라? 세이레나의 눈이 동그래졌다. 그녀는 집사를 쳐다보고 응접실을 뒤지는 숙부를 쳐다봤다. 예전의 집사였다면 세이레나가 말하기 전에 이미 숙부에게 식사를 내왔을 것이다.

바뀌었다.

세이레나는 그 사실을 깨달았다. 집사의 태도가, 이 저택에서 일하는 사람들의 태도가 바뀌었다. 그들은 숙부의 눈치가 아니라 그녀의 눈치를 살피고 있었다.

"세이레나, 혹시 네 방에 금고가 있니? 이만한 크기에……."

게일은 여전히 금고를 찾고 있었다. 한심하다. 그녀는 집사에게 물었다.

"숙부님께서 부모님 침실에 들어갔던 건가요?"

"그게……."

집사가 어쩔 줄 몰라 하며 고개를 숙이는 것을 보고 세이레나는 숙부가 부모님의 침실까지 들어갔다는 것을 알았다.

세이레나는 욕설을 겨우 삼켰다. 분노가 머리끝까지 치솟았다.

"부모님 침실의 금고는 어떻던가요? 뭐가 들어 있었나요?"

다행히 침착을 가장할 수 있었다.

세이레나의 질문에 게일이 카펫을 발끝으로 툭툭 건드리느라 건성으로 대답했다.

"아니, 텅 비었어. 네 어머니의 귀걸이 하나 없더구나."

"어머, 어머니의 귀걸이를 찾으시는 거였어요?"

세이레나의 말에 게일이 고개를 휙 돌렸다. 그래. 그런 걸 찾는 거였다. 팔아 치울 수 있는 귀금속. 그는 번들거리는 눈으로 세이레나에게 물었다.

"그래. 그거. 네 어머니의 귀금속 말이다. 어디에 뒀지? 내가 잘 보관해 놨다가 네가 시집갈 때 돌려주마."

지랄한다. 세이레나의 한쪽 입꼬리가 올라갔다. 아니, 이러면 안 되지. 그녀는 반대쪽 입꼬리도 억지로 올려 미소를 만들어 내며 말했다.

"다 팔았는데요."

"파, 팔아?"

"네. 부모님의 장례와 추모식을 열기 위해서요."

"그, 그걸 전부?"

"당장 급한 빚도 갚았고요."

게일의 눈이 커졌다.

빚?

그가 무슨 소리냐는 표정을 짓자 세이레나는 모르는 척 고개를 갸웃하며 말했다.

"아버지께서 숙부님의 사업 자금을 위해 융자받으신 게 있더라고요. 그걸 갚아 버렸죠. 아버지 이름으로 빚을 남겨 둘 수는 없으니까요."

원수가 무너지는 걸 보는 건 기분이 좋은 일이구나. 세이레나는 게일의 얼굴이 핼쑥해지는 것을 보며 생각했다.

게일은 부들부들 떨며 물었다.

"그, 그 빚은 혹시, 내 것도 있더냐?"

"모르겠는데요. 숙부님 빚진 것 있으세요?"

"아, 아니, 그건 아닌데. 혹시나 해서."

"전 아버지 이름의 빚만 갚아서요. 숙부님 것은 확인하질 않았어요. 필요하면, 확인해 드릴까요?"

"아, 아니. 아니다. 에헴. 시간이 많이 늦었구나. 피곤할 테니 어서 쉬거라."

집사와 세이레나는 게일이 허둥지둥 저택을 나가는 것을 아무 말 없이 지켜봤다.

멍청한 자식. 세이레나의 얼굴에 경멸 어린 표정이 번졌다. 그리고 그 경멸은 곧 자기 자신을 향했다.

저런 멍청하고 저열한 남자에게 속았었다. 숙부라서. 아버지처럼 그녀를 돌봐 주겠다고 해서.

멍청한 세이레나. 그녀는 자조적으로 중얼거리며 계단을 오르기 시작했다.

"아가씨, 치료사를 부를까요?"

그녀의 뒤에서 집사가 물었다.

아, 치료사. 오늘 치료사 부른다는 사람이 많다. 세이레나는 뒤돌아보지 않고 손을 흔들며 말했다.

"이미 치료받았어요. 걱정 마세요."

모아나가 한창 난리 친 덕분에 치료사가 치료해 준데다 약까지 주고 갔다. 피곤하다. 그녀는 당장 뜨거운 욕조에 몸을 담그고 싶었다.

"아가씨, 다녀오셨, 어머나!"

하지만 사람들은 그녀를 가만히 놔두지 않았다. 애나는 세이레나의 피를 애써 지웠지만 얼룩이 지고 찢어진 소매를 보고 깜짝 놀라서 소리를 꽥 질렀다.

"괘, 괜찮으세요? 괜찮으신 거예요?"

"나 멀쩡해. 애나."

세이레나는 치료가 끝난 팔을 들어 보이며 말을 이었다.

"치료 끝, 관리 끝."

마지막 관리는 머리카락을 가리키며 하는 말이다. 피 묻은 옷에 놀랐던 애나의 시선이 이번에는 세이레나의 머리카락을 향하더니 입을 딱 벌렸다.

"아가씨, 머, 머리, 머리카락, 머리카락이……."

"아, 관리 끝났어."

모아나가 자기 집으로 데려가서 머리카락을 다듬어 주었다. 실력 좋은 하녀가 자신이 엉망으로 잘라 낸 머리카락을 보기 좋게 다듬어 주었다. 세이레나는 깔끔하게 다듬어진 머리카락을 쓸며 말했다.

"나 목욕해도 돼?"

애나는 눈물이 그렁그렁한 얼굴로 고개를 끄덕였다. 세상에서 가장 고왔던 그녀의 아가씨가 이런 선머슴 같은 모습으로 돌아오다니. 당장 이 자리에서 졸도하고 싶은 심정이었다.

"머, 머리는 어쩌다 이렇게 되신 거예요오."

욕조에 몸을 담근 세이레나의 곁에서 애나가 그녀의 머리카락을 만지며 울상을 지었다. 매일 아침 그 결 좋은 금발을 어떻게 묶을지 고민하는 게 행복한 일과였는데.

하지만 정작 세이레나는 속이 시원했다. 이걸로 왕이 그녀를 마음에 들어 할 리가 없어졌다. 그녀는 젖은 손으로 머리카락을 쓸어 넘기며 장난스럽게 말했다.

"뭐, 단장님이 잘라 갔다고나 할까."

3

계약

“여. 머리카락 강탈자.”

이른 아침, 훈련장으로 향하는 애쉬의 어깨에 팔을 올리며 데니스가 말했다.

뭐? 애쉬는 한쪽 눈썹을 들어 올리며 그를 돌아봤다.

“뭘 강탈해?”

“머리카락 말이야.”

“머리카락을 강탈해? 누가?”

데니스는 “흐.” 하고 기분 나쁜 미소를 지어 보였다.

뭔데? 불길한 기분에 애쉬의 눈이 가늘어졌다.

데니스는 그의 어깨에 팔을 얹은 채 걸음을 옮기며 말했다.

“애쉬 그레이윈드 공작. 이상 성욕을 참지 못하고 부하의 머리카락을 잘라 내다."

"미친놈."

뜬금없는 소리에 애쉬는 데니스의 손을 털어 냈다.

그럴 줄 알았다. 데니스는 접착제라도 바른 것처럼 애쉬의 어깨에 팔을 두른 채 다시 말했다.

"아니면 이건 어때? 헌터 백작 부부의 사망 뒤에 사실은 그레이윈드 공작이 있다."

이건 또 무슨 소리야? 애쉬는 부하이자 친구인 그가 미친 게 아닌지 진지하게 생각하기 시작했다. 그럼 곤란한데. 부단장을 새로 뽑아야 한다. 그리고 친구도 갈아야 하나.

눈치 빠르게도 데니스는 심상치 않은 기색을 느끼고 슬쩍 그에게서 떨어지며 말했다.

"아, 아니이. 그런 말이 있다고."

"무슨 말?"

데니스는 머리를 긁적였다. 이걸 어떻게 설명해야 하나. 방금 전까지만 해도 재미있다고 가져왔는데 설명하자니 복잡했다.

그는 팔짱을 끼고 차근차근 설명하기 시작했다.

"궁 내에 소문이 몇 개 났는데 네가 주인공이거든."

애쉬의 눈이 가늘어졌다. 그를 주인공으로 한 소문은 많다. 누구라도 채 서른이 되지도 않았는데 공작이면 소문이 무성할 것이다. 게다가 그는 왕의 조카. 신체 건강한 왕자가 둘이나 있으니 유명무실한 순위긴 하지만 왕위 후계 3위이기도 하다.

뿐만이랴. 군중 속에서도 단연 돋보이는 훤칠한 키와 당당한 자세. 여자라면 누구나 한 번쯤 다시 돌아보게 만드는 잘생긴 외모는 그를 둘러싼 소문을 더욱 흥미진진하게 만들기에 충분했다.

그래서 애쉬는 소문의 주인공이 되는 것에 익숙했다. 그를 연모하다가 상사병에 시름시름 앓는 여자가 있다는 소문을 그가 스물한 살이 된 이후로 세어도 손가락 열 개가 넘어간다.

그 여자 중에는 유부녀도 있을 정도니 말 다 했다.

"너와 헌터 경의 관계 말이야."

익숙한 이름에 애쉬가 저도 모르게 데니스를 돌아봤다.

아, 그 이름에는 반응한다 이거지? 데니스는 씩 웃으며 덧붙였다.

"미리 말하지만 더 예쁜 쪽이다?"

다시 한 번, 애쉬가 미쳤냐는 표정을 지어 보였다.

데니스는 신경 쓰지 않고 말을 이었다.

"일 번. 네가 헌터 백작 부부의 사망에 얽혀 있어서 헌터 경이 너를 원수로 생각하고 있다."

뭐? 애쉬는 어이없다는 듯 입을 벌렸다. 뭐라고 한마디 하려는 그에게 데니스가 검지를 들어 보이며 말했다.

"아, 기다려 봐. 이 번. 네가 이상 성욕자라 금발만 보면 눈이 회까닥하는데 마침 헌터 경의 금발이 마음에 들어서……."

"그만."

말도 안 되는 개소리다. 애쉬는 이따위 헛소리도 재미있다고 가져온 친구의 머리를 때려서 고쳐야 할지, 지금까지처럼 무시해야 할지 고민했다.

"아아. 기다려 봐. 하나 더 있으니까."

더 있다고? 애쉬는 믿을 수 없다는 듯 데니스를 돌아봤다.

이게 가장 재미있는 소문이다. 데니스는 주변을 살펴 아무도 없는 것을 확인한 뒤 나직하게 말했다.

"헌터 백작 부부을 죽인 범인이 애쉬 그레이윈드 공작이라는 것을 헌터 경이 알아차렸고, 범행을 감추기 위해 그레이윈드 공작이 헌터 경을 죽이려다 머리카락만 자르고 실패했다는 말도 있지."

"미쳤군."

애쉬는 손으로 이마를 짚었다. 그는 한숨을 내쉰 뒤 데니스에게 물었다.

"어디에 이런 소문이 퍼졌다고?"

"궁 내에."

"넌 누구한테 들었는데?"

데니스의 눈동자가 옆으로 굴렀다. 애쉬는 다시 한숨을 쉬며 말했다.

"설마 왕궁 시녀를 건드린 건 아니겠지?"

"아니거든."

"왕궁 시녀는 건드리지 마라."

"아, 내가 건드리나?"

그녀들이 날 건드리지.

대꾸할 가치도 없는 말에 애쉬는 다시 훈련장을 향해 걸음을 옮기기 시작했다.

어어? 데니스가 그를 따라오며 물었다.

"그냥 있을 거야?"

"그냥 안 있으면?"

"야, 네가 헌터 백작의 살인범으로 소문이 났다니까?"

"그건 사고였잖아."

"근데 소문은 그렇게 났잖아."

어쩌라고.

애쉬는 눈을 가늘게 떴다. 그가 어떻게 할 수 있는 종류의 소문이 아니다. 살면서 그는 별의별 소문을 다 겪어 봤다. 그를 보는 사람들은 두 종류로 나뉜다.

남자와 여자.

남자는 그를 질투하거나 친구가 되려 했다. 여자는 결혼하고 싶어 하거나 정부가 되고 싶어 했다. 물론 후자 쪽은 유부녀의 비율이 많다.

애쉬를 질투하는 남자들. 그리고 그에게 거절당한 여자들은 때때로 헛소문을 퍼트리곤 했다. 그가 손버릇이 나쁘다거나, 이유도 없이 사람을 죽이려 한다거나. 사실은 게이라거나, 성불구자라거나.

전부 그레이윈드 공작가는 무대응으로 지나갔고 그 대응이 주효했다. 지금은 아무도 그 소문을 기억하지 못하니까.

"기다리면 사그라들어."

애쉬는 냉정하게 말하며 훈련장 문을 열었다. 후끈한 공기가 밖으로 쏟아져 나왔다.

"소문의 주인공이 또 있네."

그의 뒤를 따라오던 데니스가 중얼거렸다.

한쪽에서 검을 휘두르는 세이레나가 보였다. 목덜미가 훤하게 보이는 짧은 금발은 그녀가 몸을 움직일 때마다 여전히 애쉬의 시선을 끄는 것처럼 흔들렸다.

공기가 달라졌다. 세이레나는 신선한 공기가 들어온 것을 깨달았다. 훈련장 안에 사람이 너무 많아서 바짝 긴장한 채로 있느라 피곤했다. 그래도 여기가 났다.

오늘도 숙부는 이른 아침부터 찾아와서 그녀를 귀찮게 굴었다. 그제야 그녀의 머리카락이 짧아진 것을 알아차린 그는 여자애 머리가 그게 뭐냐고 한바탕 난리를 피웠다. 그 꼴을 보자 조금이나마 고소했다.

이제 자신이 왔으니 기사단도 그만두고 시집가야 하지 않겠냐고 어르는 모습에 세이레나는 담담하게 말했다.

"결혼 자금도 없는데 무슨 결혼이에요."

게일의 눈이 커지는 것을 다시 떠올리며 세이레나는 희미하게 웃었다. 결혼하기 위해 모아 둔 저금까지 전부 써 버렸다는 말에 입에 거품을 물고 뒤로 넘어질 것 같았던 그를 뒤로하고 그녀는 재빨리 저택을 빠져나왔다.

허공을 가르는 검의 궤도가 좀 더 깔끔해졌다. 욱신욱신하던 근육통이 잦아들자 근력이 올라갔다는 게 느껴졌다.

돌아오기 전, 죽어 가던 자신의 몸을 생각하면 훨씬 강하고 생기 있는 몸이 기분 좋아서 세이레나는 팔이 올라오지 않을 때까지 검을 휘둘렀다.

"헌터."

갑자기 누군가 등 뒤에서 그녀를 불렀다. 깜짝 놀란 세이레나는 반사적으로 검을 휘둘렀다. 아차. 자신의 실수를 깨달았지만 이미 늦었다.

큰일 났다고 생각한 순간, 탕 하고 그녀의 검이 뭔가에 가로막혔다.

"헉."

세이레나의 입에서 신음이 새어 나왔다. 큰일 날 뻔했다.

검집으로 세이레나의 검을 막은 애쉬의 눈과 그녀의 눈이 마주쳤다.

애쉬는 커다랗게 부풀어 오른 세이레나의 눈동자를 보고 숨을 들이켰다. 뭔지 몰라도 공포에 질려 있었다. 뒤에서 누군가에게 공격당한 적이라도 있는 걸까. 그는 손을 뻗어 세이레나의 검을 치우며 말했다.

"날 죽이려면 사람이 없는 곳에서 하는 게 좋을 텐데."

무슨 소린지 이해하지 못한 세이레나의 얼굴에 의문이 떠올랐다가 곧 확 하고 붉게 달아올랐다. 그녀는 허겁지겁 검을 치운 뒤 고개를 숙였다.

"죄송합니다."

"아니, 갑자기 부른 내 잘못도 있으니까."

그래. 그의 잘못이다. 세이레나는 고개를 숙인 채 이를 갈았다. 이 남자는 기척도 없다. 뒤에서 다가오는데 전혀 몰랐다. 게다가 훈련장에 워낙 사람이 들어차 있어서 깨닫지 못했다.

"집에 돌아가기 전에 잠깐 내 방으로 와."

"왜죠?"

세이레나가 고개를 번쩍 들며 물었다. 얼굴에 어린 경계에 애쉬는 저도 모르게 쓰게 웃었다. 지난번 일 때문에 경계하는 게 분명하다.

그는 팔짱을 끼며 말했다.

"진검 대련했잖아. 헌터 경도 벌을 받아야 하니까."

뭐? 세이레나의 눈이 동그래졌다. 진검 대련하면 벌 받아야 해?

어리둥절해 하는 그녀를 위해 애쉬가 말했다.

"램버트 경. 무슨 벌을 받았지?"

"한 달간 훈련장 청소입니다."

한 달간? 훈련장을? 세이레나는 당황해서 저도 모르게 물었다.

"혼자?"

그래. 혼자서 훈련장을 청소했다는 뿌듯함과 부끄러움이 혼재된 표정으로 유진이 고개를 끄덕였다.

그렇구나. 세이레나 역시 고개를 끄덕였다. 몰랐다. 대련하면 안 되는구나. 그녀는 애쉬를 쳐다보며 말했다.

"알겠습니다."

무슨 벌을 받을까? 기사들이 수군거리기 시작했다.

둘이 대련을 했다 해도 유진이 시비를 걸었고 세이레나는 이겼다. 그녀의 벌이 좀 더 강도가 약할 것이라는 것은 예상할 수 있었다.

"왜 손이 멈춰 있어?"

이어서 데니스가 허리에 손을 얹으며 소리쳤다.

"너희 훈련하러 온 거 아니야?"

그의 말에 기사들이 다시 검을 들어 올렸다. 자세를 잡고, 검을 휘두른다. 그것을 애쉬와 데니스가 돌아다니며 자세를 고쳐 주기 시작했다.

"세이레나 헌터입니다."

그날, 집으로 돌아가기 전에 세이레나는 애쉬의 사무실을 찾았다.

행정 기사들은 거의 퇴근한 다음이었고 데니스 역시 자리를 비웠는지 보이지 않았다.

어디 갔나? 세이레나는 단장실의 문을 가볍게 두드렸다.

“어.”

제대로 닫지 않았는지 문은 그녀의 손이 닿자마자 열려 버렸다.

안에 없나? 세이레나는 고개를 안쪽으로 넣으며 물었다.

“헌터입니다. 벌, 받으러 왔습니다.”

페이지 때로 돌아간 기분이 들었다.

페이지에게 기사단은 일종의 학교고, 기사들은 전부 교사가 된다.

세이레나는 페이지 때도 훈련을 게을리하는 바람에 당시 단장에게 불려 온 적이 있었다.

“그때 훈련을 좀 더 열심히 할걸.”

세이레나는 뻐근한 팔 근육을 주무르며 안으로 발을 내디뎠다.

언젠가, 누군가 그녀에게 재능이 있다고 말했었다. 그게 언제였더라. 아마 그녀가 왕비였을 때의 일일 거다. 그녀는 왕비가 된 뒤로 자신의 재능을 완전히 잊어버리고 있었다.

사실, 왕비가 되기 전에도 자신이 가진 재능을 그리 생각하지 않기도 했다. 하지만 누군가 그녀에게 그렇게 말한 순간, 세이레나는 처음으로 회한이라는 것을 느꼈다.

그래. 그녀에게는 재능이 있다.

다들 그녀가 소드 마스터가 될 것이라고 말했었다. 하지만 지금까지 세이레나는 소드 마스터 따위는 관심이 없었고 기사단이 싫었다. 매일 검을 휘둘러야 한다는 게, 몬스터가 나타나면 달려가서 싸워야 한다는 게 싫었다.

아마 지금 당장 세이레나가 승단 시험을 봐도 그녀는 어렵지 않게 팔 분단까지는 올라갈 수 있을 것이다. 하지만 지금까지 그녀가 그러지 않았던 건, 일부러 십이 분단에 남아 있었던 건, 그러면 몬스터와 싸워야 하기 때문이다.

검을 휘두르는 게, 달리고, 구르고, 뭔가를 찌르고 죽여야 한다는 게, 그리고 그녀 자신이 다친다는 게 싫었다.

하지만 지금은 아니다. 지금 다치지 않으면, 한번 크게 깨졌다가 다시 일어나지 않으면 저 처참한 미래가 기다리고 있다는 것을 안다.

"당신은, 재능이 있습니다."

세이레나는 다시 한 번 누군가의 말을 떠올렸다. 그 말이 어딘지 모르게 위로가 되었고 희망이 되었다. 기억나지도 않는 누군가가 그녀에게 한 말이.

역시 기사단을 그만두지 않길 잘했다고, 세이레나는 생각했다.

감옥에 갇혔을 때 그녀는 자신의 인생을 어디서부터 잘못 선택했던 건지 계속해서 고민했었다. 부모님의 사망은 그녀가 선택할 수 있는 게 아니었다. 게일이 그녀의 후견인이 되는 것도 마찬가지였다.

하지만 기사단은 그녀가 선택할 수 있는 거다. 기사단을 그만두느냐, 아니면 열심히 다녀서 능력이 있는 기사가, 슈발리에가 되느냐라는 선택지.

기사단을 그만두지 말자. 그러면 새로운 인생을 살 수 있다.

그런 희망이 들었다.

"누구였을까?"

그녀에게 재능이 있다고 말해 줬던 사람이 누구였을까. 남자였던 것 같다. 아니, 여자인가.

모르겠다. 세이레나는 그 말을 한 사람이 누군지 떠올리다가 고개를 흔들었다.

왕비가 된 그녀는 주변에 사람이 아무도 없었다. 숙부와 아드리아나뿐. 그래서 세이레나는 두 사람의 말밖에 들을 수 있는 게 없었고 두 사람에게 의지했다.

그래서 누군가 그녀에게 검에 재능이 있다고 말한다면 분명 기억에 남아야 하는데 이상하게도 그게 누구인지 기억나지 않았다.

"마법사가 무슨 짓을 한 걸까."

세이레나는 그렇게 중얼거렸다. 그녀를 되돌려 준 마법사. 마법사는 되돌려 줄 수 없다고 했다. 그녀가 지불할 수 있는 대가가 없기 때문에.

그건 틀린 말이 아닐 것이다. 마법사는 대가를 요구한다. 마법을 사용하기 위해 대부분 돈이나 보석 같은 물질적인 것을 요구했다. 하지만 때때로 다른 것을 요구하기도 했다. 수명. 미모. 사랑 같은 것들.

돌아오기 직전의 그녀에게는 아무것도 없었다. 보석이나 돈은커녕 외모도, 수명도. 아무것도 없었다.

"뭘 가져간 걸까."

세이레나는 자기 손을 내려다보며 골똘히 생각했다. 돌아온 뒤부터 틈날 때마다 생각했는데 아무리 생각해도 떠오르는 게 없었다.

그녀는 여전히 젊었고 생기 있었다. 여전히 그녀의 하나뿐인 가족인 에즈라는 살아 있었고 친구인 모아나도 그대로 그 자리에 남아 있었다.

헌터가의 재정. 그건 원래 파탄 나 있으니 마법사가 가져가기란 어려울 것이다. 없는 것을 가져갈 수는 없는 노릇이니까.

그렇다면…….

"아, 와 있었군."

세이레나의 생각은 애쉬의 말에 의해 이어지지 못하고 끊어졌다. 오는 줄도 몰랐다. 기척 없이 다가온 그의 목소리에 세이레나는 깜짝 놀라서 몸을 돌렸다.

"이런."

애쉬는 그의 턱을 향해 정통으로 날아오는 주먹을 잡았다. 아무래도 이 여자는 놀라면 상대를 공격하는 버릇이 있는 모양이다. 그녀의 주먹은 작아서 그의 손에 쏙 들어왔다.

이걸로 맞아 봐야 얼마나 아프겠느냐마는 날아오는 속도나 위치로 보건대, 호락호락하지는 않을 것 같았다.

"검 다음은 주먹이야?"

애쉬의 말에 세이레나는 헐떡이던 숨을 멈췄다. 놀랐는지 그녀의 눈이 커져 있었다. 진짜로 누군가에게 뒤에서 습격이라도 받았던 것 아닐까.

그렇게 생각하는 애쉬에게 세이레나가 말했다.

"뒤에서 접근하지 마세요."

"아니, 난 평범하게 내 사무실에 들어가던 것뿐이라고."

애쉬는 그렇게 말하며 그녀의 손을 놓았다. 그때까지도 자신의 주먹이 애쉬의 손 안에 들어 있었다는 것을 깨달은 세이레나는 깜짝 놀란 것처럼 손을 회수해 반대쪽 손으로 감쌌다.

"늦어서 미안. 일이 좀 있어서."

상관없다. 세이레나는 고개를 저었다. 어차피 집으로 돌아가도 숙부가 저택을 휘젓고 있을 것이다. 다행히 그는 에즈라에게는 관심이 없다.

에즈라는 여전히 방 밖으로 나오지도, 세이레나의 부름에 답하지도 않고 있었다.

"자, 헌터 경. 선택지가 두 개 있어."

애쉬의 말에 세이레나는 굳은 표정을 지었다. 무슨 벌일까. 두 가지 중에 선택할 수 있다는 말이렷다.

마음 같아서는 더 약한 벌을 선택하고 싶지만 그래도 될지 확신이 서지 않아서 그녀는 마음의 준비를 단단히 했다.

"나와 결혼하는 것과 약혼하는 거. 어느 쪽을 선택할래?"

"……네?"

세이레나의 얼굴에 의문이 떠올랐다. 이 남자가 지금 뭐라고 한 거지? 그녀는 그가 농담을 하는 건가 싶어 애쉬의 얼굴을 쳐다봤다.

만약 농담이라면 진심으로 화낼 생각이었다. 이따위 더러운 농담에 어울려 줄 생각이 없었다.

"난 약혼이 나을 것 같아. 헌터 경은 아직 스물한 살이 안 됐고, 안타깝게도 난 공작이라. 결혼하면 작위를 포기해야 하니까 말이야."

안타까운 건 이쪽이다. 세이레나는 애쉬가 농담하는 게 아니라는 것을 깨닫고 얼굴을 일그러트렸다.

이게 벌인가? 정말? 어째서? 여러 가지 생각이 그녀의 머릿속에 혼란스럽게 흩어졌다.

그녀와 애쉬 그레이윈드 공작이 결혼해서 그에게 무슨 이득이 있지?

그는 어떤 여자를 골라잡아도 되는 위치에 있는 남자다. 그에 비하면 세이레나는 파산 직전의 백작 영애.

스물한 살이 되면 백작 위를 받을 수 있다지만 그것도 애쉬와 결혼하면 다 쓸모없어진다.

뭐지? 세이레나는 의심스럽다는 표정을 지었다. 이거, 무슨 속임수나 함정 같은 게 아닐까.

"돌아가서 천천히 생각해도 돼. 아무래도 갑작스러운 일일 테니까. 하지만 올해가 가기 전에는 발표했으면 좋겠어."

일그러진 세이레나의 표정을 본 애쉬가 말했다. 약혼이든 결혼이든 그에게는 똑같다. 하지만 약혼이라는 선택지를 준 건, 세이레나가 작위를 포기하지 않게 하기 위해서였다.

문득 세이레나는 애쉬가 매우 싫다는 것은 둘째치고, 그와 결혼하면 왕과의 결혼이 물 건너간다는 사실을 깨달았다.

왕비는 반드시 초혼이어야 한다. 파혼조차도 왕비가 되는데 흠이 된다.

"당신과 약혼하면, 왕비가 되는 건 불가능하겠죠?"

세이레나는 대뜸 그렇게 물었다. 결혼할 생각이 없으니 약혼하고 무슨 핑계를 대서라도 파혼하면 된다. 그러면 왕비가 될 일은 더더욱 요원해진다.

하지만 느닷없는 그녀의 질문을 애쉬는 전혀 다르게 받아들였다. 그는 깜짝 놀랐다가 곧 눈을 가늘게 뜨며 말했다.

"헌터 경이 왕비가 되고 싶어 하는 줄은 몰랐는데."

아니, 되고 싶은 게 아니다. 세이레나가 그게 아니라고 말하려 했지만 그보다 먼저 애쉬가 말을 이었다.

"하지만 안타깝게도 지금 폐하의 곁에는 왕비님이 계시지. 아니면 설마, 일 왕자를 노리는 건가? 일 왕자에게도 왕자비가 있다고."

뭐? 세이레나는 뜻밖의 사실에 깜짝 놀라서 눈을 크게 떴다.

왕비가 살아 있어? 그녀는 반사적으로 애쉬에게 바짝 다가가며 물었다.

"왕비님이 살아 있어요?"

"뭐?"

이번에 당황한 건 애쉬였다. 그는 점점 더 영문을 알 수 없는 세이레나의 질문에 고개를 기울였다. 뭐지? 그는 턱을 쓰다듬으며 말했다.

"대단히 불충한 질문 같은데."

그제야 세이레나는 자신이 얼마나 이상해 보였는지 깨달았다.

젠장. 그녀는 재빨리 애쉬에게서 물러났다. 왕비가 살아 있다. 어떻게? 돌아오기 전 그녀의 인생은 왕비가 죽었기 때문에 세이레나가 왕비가 되었다.

언제, 언제 죽었지?

세이레나는 재빨리 기억을 더듬었다. 분명 왕비가 죽고 국모의 자리를 공석으로 비워 둬서는 안 된다는 이유로 일 년이 지나자마자 왕비 후보를 뽑았었다.

일 년.

세이레나는 고개를 번쩍 들었다. 그녀가 왕비가 된 건 스물한 살이었다. 왕비가 죽은 건 그녀가 스무 살 때라는 말이 된다.

"내년이다!"

"뭐?"

느닷없는 세이레나의 말에 애쉬가 한쪽 눈썹을 들어 올렸다. 뭐가 내년이라는 거지? 하지만 세이레나는 애쉬를 무시한 채 골똘히 생각에 잠겨 있었다.

내년. 왕비는 내년에 죽는다. 왜 죽지? 기사단에서 사고가 있었다고 했다. 그리고 눈앞에 기사단의 행사를 결정하는 남자가 있다.

"내년, 내년 초에 예정된 행사가 있어요?"

세이레나는 자신의 행동이 얼마나 이상할지 생각도 하지 않고 물었다.

왕비를 구하면 왕은 새로운 왕비를 뽑지 않으려 할 것이고, 숙부는 그녀를 왕비로 바치지 못할 것이다. 그렇다면 세이레나는 다른 인생을 살 수 있다.

애쉬는 휙휙 바뀌는 세이레나의 태도에 눈을 가늘게 뜨고 그녀를 지켜보다가 말했다.

"어떤 종류의 행사?"

"왕비님이 오실 만한 행사요."

"설마 왕비님을……."

살해하려는 건 아니겠지? 차마 질문을 끝맺지 못하는 애쉬에게 세이레나가 간절하게 말했다.

"내 인생이 걸려 있어요!"

인생? 애쉬는 세이레나에게서 물러나 책상에 엉덩이를 대고 기댔다. 자신과 결혼하기 싫어서 미친 척하려는 건 아니겠지.

그는 자그마한 여기사가 두 손을 맞잡고 간절한 표정으로 그를 쳐다보는 것을 보고 한숨을 내쉬었다.

"알고 하는 거라면 아주 영리한데."

표정이, 몸짓이, 알려 주지 않을 수가 없었다. 세이레나의 질문이 이상하다는 생각만큼이나 그녀의 간절한 표정이 그의 마음을 흔들었다.

"다음 달 승단 시험에 왕비님이 여기사들을 독려하기 위해 참관하시기로 했어."

그거다.

세이레나의 표정이 밝아졌다. 왕비는 그날 죽는다. 사고였다고 했다.

그래서였구나. 세이레나는 그녀가 왕비가 됐을 때, 라고말리 기사단에 여기사의 수가 확 줄어 버린 이유를 깨달았다.

기사단 행사에 참석한 왕비가 사고로 사망했고 그녀를 지켜야 했던 여기사들은 문책을 당했다.

가장 가까이 있었던 여기사들은 해고당했다고 들었다.

기사단의 분위기는 침체됐고 견디지 못한 여기사들이 하나둘 기사단을 그만두면서 게일이 그녀도 그만두는 게 어떠냐고 권했던 것이다.

모아나도 그때 그만뒀던 게 분명했다. 그 이후로 왕비가 된 세이레나가 기사단을 찾았지만 모아나의 모습은 보이지 않았으니까.

"헌터 경, 설마 이상한 생각을 하는 건 아니겠지?"

애쉬는 심상치 않은 세이레나의 모습에 가볍게 경고처럼 말했다.

하지만 그제야 애쉬의 존재를 깨달은 세이레나는 무슨 소리냐는 듯 그를 쳐다보다가 생각났다는 듯 말했다.

"아, 벌이요. 네. 약혼이 좋겠어요."

벌? 무슨 벌? 애쉬가 어리둥절해서 물었다.

"벌이라니, 뭐가?"

"네? 결혼하거나 약혼하거나요. 대련해서 받는 벌 아니에요?"

"뭐?"

애쉬의 얼굴이 일그러졌다. 그는 믿을 수 없다는 듯 세이레나를 쳐다봤다.

그러니까 지금 이 여자는 그와 결혼하는 게 벌이라고 생각했다는 건가?

"자존심 상하는데."

애쉬는 세이레나의 손을 잡으며 말했다. 반지라도 끼워 주려고 그러나? 세이레나는 그가 자신의 손을 잡고 들어 올리는 것을 멀뚱멀뚱 쳐다보고 있었다.

"나와의 약혼이 벌이란 말이지."

"어, 아니에요?"

애쉬는 손을 쫙 펴고 세이레나의 손과 손바닥을 겹쳤다. 작은 손이 그의 손 안에 쏙 들어왔다.

"아닌데."

씩 웃으며 그가 말했다.

검은 눈동자가 휘어지는 것을 본 세이레나가 저도 모르게 뒤로 물러났지만 잡힌 손 때문에 그럴 수가 없었다.

"폐하의 명령이다. 헌터 경. 나와 약혼하거나, 결혼해야 한다."

"폐, 폐하의 명령이요?"

어째서? 세이레나의 얼굴에 의문이 떠올랐다.

왕이 그녀를 애쉬와 결혼하라고 했다고? 그럴 사람이 아니다. 집요한 미치광이.

거기까지 생각한 그녀는 지금은 왕이 그녀의 존재조차 모른다는 것을 깨달았다.

"소문 때문에 그렇게 됐어."

애쉬는 세이레나의 손에 자기 손을 깍지 끼우며 말했다.

소문? 무슨 소문? 그녀가 여전히 모르겠다는 표정을 짓자 그는 그럴 줄 알았다는 듯 웃었다.

"내가 네 부모님을 살해하고 너를 죽이려 했다는 소문."

"네?"

말도 안 되는 소리에 세이레나의 눈이 커졌다. 하지만 곧이어 더 말도 안 되는 소문이 애쉬의 입에서 흘러나왔다.

"혹은 내가 네게 집착해서 네 부모님을 죽였다는 소문."

"미쳤군요."

말도 안 되는 소리다. 침착을 되찾은 세이레나의 냉정한 평가에 애쉬는 웃음을 흘렸다.

그래. 그도 미친 소리라고 생각했다. 몇 시간 전, 왕이 그를 불러 꾸짖기 전까지.

헌터 백작 부부가 사망했고 그 장녀인 세이레나 헌터가 갑자기 단장인 애쉬 그레이윈드를 적대시하기 시작했다. 그건 궁 내에 이상한 소문을 만들어 내기에 충분했고 곧 궁 밖으로도 퍼져 나갈 게 분명했다.

그레이윈드라는 성은 왕족에게 주어지는 성. 그들에게 헛소문은 늘 따라붙는 것이지만 이번에는 달랐다.

충분히 근거로 보일 만한 일들이 일어났다. 세이레나가 애쉬에게 검을 휘둘렀고 그녀의 금발이 기사단 앞에서 짧게 잘라져 애쉬의 손으로 들어갔다.

왕은 조카에게 소문을 잠재우기 위해 부모를 잃은 백작 영애와의 결혼을 명했다.

"그걸 내가 약혼으로 낮춰 주십사 부탁드렸다는 거지."

애쉬의 설명에 세이레나는 멍하니 그의 얼굴을 쳐다봤다. 일이 어떻게 흘러가는 거지? 돌아와서 자신의 인생을 바꿀 거라고 결심하긴 했지만 이렇게 바뀔 줄은 몰랐다.

애쉬는 멍한 표정의 세이레나에게 다시 말했다.

"네가 날 싫어하는 건 알아, 헌터 경. 너는 남자를 다 싫어하지."

다 싫어하는 건 아니다. 세이레나가 변명하기도 전에 애쉬가 말을 이었다.

“하지만 우린 선택지가 없어. 너는 나와 약혼해야 해. 내년이 오기 전에.”

내년이 오기 전에…… 세이레나의 눈이 커졌다. 내년이라니. 열흘도 채 남지 않았다.

“너, 너무 급해요!”

세이레나는 애쉬의 손에서 자신의 손을 빼려 애쓰며 소리쳤다. 말도 안 된다. 약혼이라고? 그녀는 어느 누구와도 결혼할 생각이 없는데?

“할 수 없다니까. 결혼보다는 낫잖아. 우리가 결정만 하면 왕궁에서 공식적으로 알리기로 했어.”

뭘? 벗어나려고 발버둥 치던 세이레나가 멈추자 애쉬는 씩 웃으며 말했다.

“약혼 말이야.”

“우선 전 결혼할 생각 없어요.”

“바꿔.”

바꿀 생각 없다.

세이레나는 애쉬를 노려보며 말했다.

“싫습니다. 결혼 따위는 하지 않을 거예요. 당신이 무슨 핑계를 대도 좋아요. 내 탓을 해도 좋아요. 그러니 반드시 약혼을 해야 한다면 내가 스물한 살이 되면 파혼해 주세요.”

애쉬의 눈이 가늘어졌다. 왕궁에서 공식적으로 알린 약혼이다. 그걸 파혼하겠다고? 그것도 자신의 탓으로 파혼했다고 알리더라도? 마음에 둔 남자가 있는 걸까.

알 수 없는 질투심에 애쉬의 마음이 일그러졌다. 그는 세이레나의 손을 잡아당기며 나직하게 물었다.

"왕궁에서 선포한 약혼을 파혼하고 다른 남자와 결혼하기는 어려울 텐데?"

남자 따윈 없다.

세이레나는 위협적인 애쉬의 태도에 어디 해보란 듯이 턱을 들어 올리며 말했다.

"아무와도 결혼할 생각 없어요."

"그럼 그냥 해도 되잖아? 어차피 결혼 따위, 마음에 두는 사람이 없다면 말이야."

귀족의 결혼은 사업에 가깝다. 더 이득을 보기 위한 비즈니스적인 관계.

애쉬는 자식을 셋이나 낳고도 각자 정부를 두는 부부를 알고 있다. 그에게 애인이 되고 싶다며 접근하는 여자들의 대부분은 유부녀다.

애쉬는 누구와 결혼해도 상관없지만 세이레나와 한다면 재미있을 것 같다고 생각했다. 언젠가 그녀의 검술 실력이 그만큼 좋아지면 대련을 하고 싶다고도 생각했다.

하지만 세이레나는 그에게 말한 대로 결혼할 생각이 없었다. 여러 가지 이유가 있지만 가장 큰 이유를 꼽으라면 돌아오기 전

왕과의 결혼 생활이 너무 끔찍했기 때문일 것이다. 그렇다고 그걸 말할 수는 없다.

세이레나는 망설이다가 입을 열었다.

"남자와 피부가 닿는 게 싫어요."

애쉬의 시선이 꽉 잡은 두 사람의 손을 향했다. 일방적으로 그가 그녀의 손을 잡고 깍지를 끼고 있었다.

"아, 그래."

그는 재빨리 세이레나의 손을 놓아 주며 말했다.

"알았어. 네가 스물한 살이 되면 파혼해 줄게."

* * *

이튿날 아침, 애쉬는 자신의 사무실 앞에서 기다리고 있는 남자를 발견하고 걸음을 멈췄다.

애쉬만큼이나 훤칠한 키와 체격.

기사복의 재킷뿐 아니라 셔츠의 단추까지 위에 두 개를 풀어 둔 데니스는 기사단장실 벽에 기대고 서서 지나가는 여자 시종들에게 추파를 던지고 있었다.

"안녕, 허번트 양. 오늘 머리 예쁘네."

허번트 양이라고 불린 시종이 픽 웃으며 능숙하게 그의 추파를 받아넘겼다.

"부단장님도 오늘 잘생겼어요."

"나야 늘 잘생겼지."

잘도 논다. 애쉬는 시종이 지나갈 때까지 기다렸다가 데니스에게 물었다.

"뭔데?"

"응?"

"할 말이 뭐냐고."

"에이, 부단장이 단장실 앞에 있을 수도 있지. 안 그래?"

웃기는군. 애쉬는 코웃음 치며 단장실의 문을 열었다.

"너 여기 오는 거 싫어하잖아."

덤덤한 공격에 데니스는 머리를 긁적였다. 애쉬의 말대로 그는 단장실 근처는 얼쩡거리지 않는다. 그는 데니스가 나이 많은 귀족을 만나기 싫어서 단장실 근처에 오래 머물지 않는다는 걸 알고 있었다.

"괜히 얼쩡거렸다가 귀족들 만날까 봐."

애쉬는 어이가 없어서 데니스를 힐끔 쳐다봤다.

"너도 귀족이라는 걸 잊지 마."

"나랑은 다르지."

데니스는 다시 머리를 긁적였다. 부단장에 슈발리에라고는 하나 그는 평민 출신이다. 슈발리에가 되면 자작 위를 받지만 단승 작위. 영지도 없고 자식에게 물려줄 수도 없다. 그는 자신이 평민이라고 생각했다.

"내가 말하는 건 꼰대들 말이야."

안다. 애쉬는 말없이 문을 열고 안으로 들어갔다. 사무실은 어제 세이레나가 왔다 간 그대로 남아 있었다. 즉, 변한 게 없다는 소리다.

"어제 다녀온 건 어떻게 됐어?"

데니스가 의자를 드륵 하고 잡아당기더니 앉으며 물었다. 국왕이 부른 것을 말하는 것이다.

애쉬는 코트를 벗어 옷걸이에 건 다음 돌아섰다.

"그냥."

"그냥 뭐? 혼났어?"

혼났다는 건 너무 완곡한 표현일 것이다. 뭐라 설명할 방법이 없어서 애쉬는 자기 턱을 쓰다듬었다.

"벌 받았어? 설마 근신은 아니지?"

아무 말도 하지 않는 애쉬의 태도에 데니스는 깜짝 놀라서 일어났다. 그의 움직임에 밀려 의자가 덜컹이며 뒤로 밀려났다.

"그랬으면 오늘 날 못 봤겠지."

근신이면 기사단에 출근했을 리가 없다.

애쉬의 말에 데니스는 아, 하고 다시 의자를 끌어다 앉았다.

그럼 뭔데? 어리둥절해 하는 그에게 애쉬가 나직하게 말했다.

"결혼하라고 하시더군."

누구에게? 데니스는 잠시 어리둥절해 하다가 눈을 깜빡이며 물었다.

"누구와?"

"헌터 경과."

잠시 침묵이 흘렀다.

헌터 경? 데니스는 조심스럽게 물었다.

"더 예쁜 쪽?"

죽여 버릴까 진짜.

친구의 눈에 떠오른 살기에 데니스는 농담이 아니라는 것을 깨달았다. 진짜? 그는 입을 딱 벌렸다가 다시 물었다.

"너보고 헌터 경과 결혼하라고 했다고?"

"그래."

"왕이?"

"그래."

"미쳤냐?"

애쉬의 한쪽 눈썹이 올라갔다. 마음 같아서는 어느 쪽을 미쳤냐고 묻는 건지 묻고 싶지만 그는 친구의 목숨을 위해 참았다.

하지만 데니스는 아니었다. 그는 두 손을 깍지 껴서 머리에 대며 말했다.

"와, 미쳤네. 진짜. 폐하는 왜 널 싫어하시냐?"

애쉬는 아무 말 없이 턱을 괸 채 앉아 있었다. 국왕은 그를 싫어한다. 하나뿐인 조카를.

사실 이건 그리 이해가 안 가는 것도 아니다. 그는 왕위 후계 3위의 공작이고 기사단 단장이다. 마스터 검사고 슈발리에기도 하다. 왕자를 둘 가진 왕에게는 위협적으로 느껴질 수도 있다.

애쉬 그레이윈드 공작이 아직도 결혼은커녕 약혼자도 없는 이유는 그것 때문이었다. 왕은 애쉬를 경계했고 그가 더 이상의 힘을 갖는 것을 원하지 않았다.

거기에는 어미가 다른 두 왕자의 외가 쪽이 전부 힘이 약한 집안인 것과 달리 애쉬의 어머니인 그레이윈드 공작 부인의 친정이 힘 있는 후작 집안이라는 것도 한몫했다.

"헌터 경이 나쁜 상대는 아니지."

애쉬는 저도 모르게 말했다. 세이레나 헌터는 미인이고 재능 있는 기사다. 그에게는 별 의미 없지만 스물한 살이 되면 백작이라는 작위도 이어받게 된다.

하지만 데니스는 콧방귀를 뀌며 말했다.

"몰락하기 직전의 백작 영애가?"

헌터 백작가의 가세가 기울었다는 이야기는 이제 궁 내에 완전히 퍼져 있었다.

헌터 백작 부부의 사망과 함께 장녀인 세이레나 헌터가 값어치 있는 것을 전부 팔아 치워 빚을 갚았다. 덕분에 그녀에게 결혼 자금이 남아 있지 않다는 소문이 퍼져 있다.

결혼 자금이 없는 이름뿐인 백작 영애. 세이레나가 자신의 결혼에서 홍정할 수 있는 건 스물한 살이 되면 받을 백작 위뿐이다.

"헌터 백작가는 훌륭한 가문이야. 기사단에 유구하게 내려오는 전통을 가지고 있고."

전통? 데니스는 어리둥절해 하다가 곧 애쉬가 무슨 말을 하는

지 깨달았다.

기사단에 헌터라는 이름이 지워지지 않게 하겠다는 맹세. 그 맹세대로 세이레나 헌터와 에즈라 헌터는 열세 살이 되자마자 기사단에 들어왔다.

"나한테라면 몰라도 너한테는 한참 부족한 상대지."

"가세 때문에?"

"그래."

글쎄. 애쉬는 턱을 쓰다듬으며 웃었다. 그는 그렇게 생각하지 않는다.

그레이윈드 공작가는 대대로 왕의 형제에게 주어지는 성이다. 당연히 무엇 하나 빠지는 게 없다.

다른 집안이라면 모자란 것을 채우기 위해, 혹은 세력을 키우기 위해 결혼할 테지만 애쉬는 그럴 필요가 없었다. 부와 명예. 모든 것을 가지고 있기 때문에 상대방의 집안은 조건을 그리 따지지 않아도 된다는 게 장점이라면 장점이다.

물론 언제든지 왕을 위협할 수 있다는 측면에서 스스로 머리를 숙이고 있어야 한다는 것도 빼놓을 수 없는 단점이겠지만.

"폐하께서는 그렇기 때문에 헌터 경이 내게 안성맞춤이라고 생각하신 거겠지."

애쉬는 그렇게 말하며 자리에서 일어났다.

데니스 역시 못마땅하다는 듯 머리카락을 쓸어 넘겼지만 아무 말도 하지 않았다. 그는 대신 애쉬와 함께 훈련장으로 걸어가며 다른 것을 물었다.

"헌터 경에게는 말했어? 결혼해야 한다고?"

"아, 으음. 결혼보다는 약혼 쪽이지만."

무슨 소리야? 데니스는 고개를 갸웃하며 물었다.

"두 개가 달라?"

다르지 않다. 하지만 세이레나에게는 달랐다.

애쉬는 쓰게 웃었다. 귀족에게 약혼은 결혼이다. 작위를 물려받기 위해 약혼 기간을 늘리는 경우가 있기는 하지만 약혼이나 결혼이나 다를 게 없다. 그렇기 때문에 그 역시 세이레나에게 선택하라고 했던 거다.

'어차피 할 거면 올해 안에 발표하고 내년에 결혼할래, 아니면 내후년에 백작이 되고 나서 할래?' 정도의 그런 의도였다.

"약혼하겠대."

"무슨 차인데? 죽을 때까지 약혼만 하겠다는 건 아닐 거 아니야?"

두 사람은 복도를 성큼성큼 걸어가며 대화했다. 둘 다 키가 커서 걸어가면서 대화를 해도 다른 사람이 엿듣기 어렵다는 이점 덕분에 그들은 이런 비밀스러운 이야기를 아무렇지도 않게 했다.

"죽을 때까지는 아니고. 스물한 살까지만."

애쉬의 말에 데니스는 머리를 쓸어 넘기며 말했다.

"그야 누구라도 헌터 경의 입장이면 스물한 살에 백작이 되고 나서 결혼하겠지."

"으음. 아닐걸."

마치 남의 일을 이야기하는 것 같은 태도에 데니스는 눈을 크게 떴다. 뭔데? 그가 애쉬를 쳐다보자 애쉬는 턱을 쓰다듬으며 덤덤하게 말했다.

"스물한 살이 되면 파혼해 달라더군."

"뭐?"

미쳤냐는 말은 다행히 입 밖으로 튀어나오지 않았다. 데니스는 어이가 없어서 멈추는 바람에 뒤처진 거리를 재빨리 따라잡으며 말했다.

"너보고 나쁜 놈이 되라는 거잖아?"

아무 이유 없이 파혼하면 지위가 더 높은 쪽이나 남자가 나쁜 소문이 나게 마련이다. 애쉬와 세이레나의 약혼에서 더 높은 쪽은 애쉬고.

애쉬는 고개를 저으며 말했다.

"아, 아니야. 자기 탓이라고 소문내도 상관없대."

데니스의 미간에 주름이 생겼다. 이건 또 무슨 소리야? 그는 이해가 안 돼서 거칠게 머리를 쓸어 넘기며 물었다.

"그러니까 스물한 살이 되면 자기가 나빴다는 소문을 내고 파혼해 달라고 했다고? 헌터 경이?"

"그래."

"어째서? 그랬다간 아무하고도 결혼하기 어려울 텐데?"

파혼하면 불리해지는 건 남자보다는 여자 쪽이다. 그렇기 때문에 피치 못 할 사정으로 파혼할 경우 남자 쪽에서 자신의 문제라고 소문내 주는 게 일종의 예의기도 했다.

그걸 세이레나 헌터는 포기하는 한이 있어도 파혼하겠다는 거다.

이해할 수 없다는 데니스에게 애쉬는 담담하게 말했다.

"결혼할 생각이 없다는군."

"어째서?"

평생 결혼하지 않고 사는 사람도 있기는 하다. 하지만 세이레나 헌터는 집안을 위해서라도 부유하고 지위가 낮은 남자를 남편으로 들여야 할 의무가 있었다.

애쉬는 지난밤, 자신과 대화하던 세이레나의 표정을 떠올리며 말했다.

"남자가 싫대."

"그렇다고 여자랑 결혼할 수는 없을 거 아니야?"

그 순간, 애쉬의 시선이 맞은편 복도를 향했다.

타이밍 좋게도 세이레나가 모아나와 나란히 출근하던 차였다.

"설마."

신음처럼 흘리는 데니스에게 모아나가 인사를 건넸다.

"안녕하세요, 단장님. 부단장님."

"좋은 커플, 아니, 좋은 아침입니다."

다행히 모아나는 데니스가 농담한다고 생각했는지 킬킬대며 몸을 돌렸다. 그 뒤를 따라 세이레나가 고개를 꾸벅하고 지나갔다.

"지금 저거……."

데니스가 무슨 생각을 하는지 알겠다. 애쉬는 차가운 시선으로 친구를 쳐다보며 말했다.

"왜 생각이 그쪽으로 튀냐."

"남자가 싫다며? 그럼 여자가 좋……."

"남자가 싫으면 여자가 좋은 거야? 그럼 너는 여자가 좋으니 남자가 싫겠군."

"굳이 따지면 그렇지."

얼씨구. 애쉬의 차가운 시선이 이어지자 데니스는 머리를 긁적이며 말했다.

"싫은 건 아니지만. 어쨌든 헌터 경은 남자가 싫다며? 그래서 파혼해 달라고 했다며?"

"정확히 말하면 남자와 피부가 닿는 게 싫대."

"허."

데니스의 표정이 진지해졌다.

"설마, 그거."

차마 말을 잇지 못하는 그에게 애쉬는 못마땅한 표정으로 말했다.

"헌터 경이 공격을 당했다는 기록은 없어."

"백작가에서 그런 걸 기록으로 남겨 둘 리가 없잖아."

"헌터 경은 기사야. 호락호락하게 당했을 리도 없지."

남자에게 나쁜 짓을 당했다면 상대는 세이레나보다 훨씬 강한 남자였다는 말이 된다.

두 사람의 머릿속에 그녀보다 훨씬 강한 남자들이 떠올랐다가 사라졌다.

"딱히 남자를 피하는 기색도 없었지 않나?"

문득 데니스가 생각났다는 듯 말했다. 세이레나가 남자들과 평범하게 대화를 나누는 걸 몇 번 봤다.

부모님이 돌아가시고 나서 애쉬에 대한 태도가 변하긴 했지만 그 전에는 다른 여자들과 비슷한 호감을 보였었다.

"글쎄."

애쉬는 모르는 척 말했다. 세이레나는 지난 달까지만 해도 다른 사람들과 평범하게 대화했다. 그에게도 그의 기준으로 평범하게 대했다.

세이레나가 돌아간 뒤, 그는 이번 달 들어서 세이레나의 신상에 어떤 변화가 생겼는지 확인했다. 하지만 그가 찾은 건 모든 사람이 아는 이야기뿐이다.

헌터 백작 부부의 사망.

철이 들었는지 훈련에 몰두하는 세이레나.

"설마 너랑 결혼하기 싫어서 거짓말을 하는 건가?"

애쉬와 같은 결론에 도달한 데니스가 저도 모르게 힐끔 그의 눈치를 살폈다.

"글쎄."

애쉬는 기분이 울컥 나빠지는 것을 눌러 참으며 관심 없는 척 말했다. 그런 사람도 있을 수 있지. 잘생기고 젊은 슈발리에이자 기사단장인 공작과 결혼하기 싫어하는 사람.

"아니면 네 관심을 끌려고 하는 걸 수도 있고."

데니스가 위로처럼 말했지만 애쉬는 그럴 리 없다고 생각했다. 그럴 거라면 파혼해 달라는 말을 하지 않았을 것이다. 게다가 그런 걸로 끌어질 그의 관심이 아니다.

"내 관심을 끌고 싶었다면 차라리 훈련에 열중하는 게 나을 텐데."

애쉬는 그렇게 말하며 훈련장을 둘러봤다. 오늘도 시합을 위해 이른 아침부터 기사들이 훈련하고 있었다. 그는 검을 사랑했다. 그리고 검에 재능 있는 사람에게 관심이 있었다.

입단 시험에서 뛰어난 성적을 거둔다거나.

그런 면에서 세이레나는 이미 애쉬의 관심을 끌었다. 그의 시선에 한쪽에서 검을 휘두르는 자그마한 금발 머리 여기사에게 닿았다.

4

첫 번째 전투

"약혼?"

모아나는 친구의 말에 깜짝 놀라 저도 모르게 소리를 질렀다. 하지만 지나가던 시종이 무슨 일인가 하고 돌아보는 것을 깨달은 다음에는 입을 다물고 발걸음을 부지런히 옮겼다. 이른 아침부터 찾아와서 같이 출근하자더니 느닷없이 하는 말이 이거다.

모아나는 시종이 멀어진 다음에야 걸음을 멈추고 세이레나에게 물었다.

"약혼? 너랑? 단장님이랑?"

"음."

긍정인지 부정인지 모를 말이 세이레나의 입에서 흘러나왔다. 혹은 신음이거나.

신음인가? 모아나는 흥분해서 팔짝팔짝 뛰려다 세이레나의 표정을 보고 멈췄다.

"뭐야? 표정이 왜 그래? 농담이었어?"

"뭐? 아, 아니야. 진짜야. 그레이윈드 공작과 약혼하게 됐어."

"어쩌다가? 잠깐, 좋은 일 아니야?"

어째 세이레나의 표정이 좋지 않다.

모아나는 이 소식의 어디가 나쁜 부분인지 잠시 생각했다. 그레이윈드 공작이라면 젊고 유능하고 잘생겼다. 그의 앞에 붙는 수식어만으로도 수많은 여자들이 욕심낼 만한 남자다. 게다가 여자에게 도통 관심을 주지 않으니 결혼 후에 바람피울 염려도 없으리라.

하지만 세이레나의 표정은 좋지 않았다. 그러고 보니…… 모아나는 세이레나가 공작을 좋아하지 않는다는 사실을 깨달았다.

부모님이 돌아가시고 나서 세이레나는 여러 가지 면에서 변했다. 갑자기 검술 훈련에 열중했고 예전보다 단호해졌다. 그리고 무엇보다 애써 그레이윈드 공작을 싫어하기 시작했다.

"너 진짜 단장이랑 무슨 일 있는 거 아니야?"

"응? 무슨 일?"

"갑자기 단장을 싫어하는 것도 그렇고, 약혼하는 것도 그렇고. 설마!"

모아나의 얼굴이 하얗게 질렸다. 갑자기 싫어하더니 이제는 갑자기 약혼을 한댄다. 여기서 그녀가 도출해 낼 수 있는 결론은 딱 하나뿐이다.

"그놈이 너한테 무슨 짓 했어?"

"뭐?"

"네가 갑자기 그 자식을 싫어하는 것도 그렇고, 머리카락도 그렇고. 갑자기 약혼을 한다며? 했지? 그놈이 너한테 약혼해야 할 짓을 한 거지?"

세이레나는 갑작스러운 친구의 변화에 눈을 동그랗게 뜨고 모아나를 쳐다봤다. 얘가 지금 뭐라고 하는 거야? 하지만 모아나는 자신의 생각이 맞다고 확신하기 시작했다.

이제야 퍼즐이 맞춰진다. 세이레나는 누군가를 갑자기 싫어할 애가 아니다. 부족한 것 없이 사랑받고 자란 귀족 영애, 그 자체인 세이레나는 사람을 쉽게 믿었고 힘든 일을 하기 싫어했다. 나쁘게 말하면 철이 없었고 좋게 말하면 온실 속의 아가씨였다.

그러던 애가 갑자기 그레이윈드 공작을 싫어하기 시작하더니 애지중지하던 자기 머리카락을 잘랐다. 뿐만이랴. 그 머리카락을 바로 그 그레이윈드 공작에게 줬다.

땀 흘리는 걸 질색하던 애가 매일 아침, 저녁으로 팔다리가 후들거릴 정도로 검을 휘둘렀고 램버트 경과 대련까지 했다.

"그 자식이 너한테 무슨 짓을 한 거야. 그래서 갑자기 검술 훈련에 매달리는 거잖아! 강해지기 위해서! 안 그래?"

아니. 아닌데. 세이레나는 입을 딱 벌리고 친구의 그럴듯한 추론을 듣고 있었다.

강해지기 위해서 검술 훈련을 하는 건 맞지만 단장에게 무슨 짓을 당한 건 아니다. 굳이 따지면 그녀는 왕과 숙부에게 이용당할 미래를 바꾸기 위해서다.

"잠깐, 잠깐. 모아나."

세이레나는 친구가 폭주해서 애쉬에게 달려가기 전에 그녀의 팔을 붙잡았다.

실제로 모아나는 그녀가 조금만 늦게 붙잡았다면 단장에게 달려가 삿대질을 하려던 차였다.

"아니야, 그런 거. 나 단장한테는 아무 짓도 안 당했어."

"단장한테는?"

"아직은."

"아직은?"

말하자면 복잡하다. 그리고 전부 설명할 수도 없다.

세이레나는 한숨을 내쉬고 다시 차근차근 이야기했다.

"네가 생각하는, 그런 거 아니야. 단장은 나한테 손끝 하나 안 댔고 우리는 그런 거 때문에 약혼하는 거 아니야."

손끝 하나 안 댔다는 건 거짓말이다. 말이 끝나자마자 세이레나는 애쉬가 그녀의 손을 잡은 것을 떠올렸지만 그건 이미 손끝 하나 대지 않았다고 말한 다음이었다.

"그럼 갑자기 왜 약혼하는 건데?"

모아나의 얼굴에 의문이 떠올랐다. 그러더니 그녀는 재빨리 손을 들어 올리며 정정했다.

“아, 물론 단장님은 좋은 신랑감 후보긴 해. 공작이고 폐하의 조카에, 최연소 마스터고, 기사단 단장이잖아. 게다가 잘생겼고.”

그래. 그래. 세이레나는 쓰게 웃었다. 어느새 모아나의 애쉬를 향한 호칭은 그놈이나 그 자식이 아니라 단장님이 되어 있었다.

“폐하의 명령이야.”

폐하라는 단어가 너무 작아서 들리지 않았지만 모아나는 그게 폐하라는 것을 가까스로 이해했다. 폐하의 명령이라고? 왜? 다시 눈을 동그랗게 뜨는 그녀에게 세이레나가 설명했다.

“그, 분이 그레이윈드 공작에게 나와 약혼하라고 했대. 우리가 아니, 내가 한 짓 때문에.”

“네가 한 짓?”

“머리카락 말이야.”

모아나의 시선이 세이레나의 얼굴에서 짧아진 그녀의 머리카락으로 향했다. 머리카락? 무슨 소린가 하던 그녀는 곧 ‘어라?’ 하고 말했다.

“네가 머리카락을 잘라서 단장님께 준 것 때문에?”

“음. 그것도 있고. 내가 공격도 했거든.”

“고오옹겨억? 네가?”

세이레나는 담담하게 고개를 끄덕였다. 애쉬 그레이윈드 공작은 놀라울 정도로 기척이 없었다. 그녀는 솔직하게 말했다.

“뒤에서 갑자기 나타나서, 당황해서 들고 있던 검으로…….”

“찔렀어?”

"찌른 건 아니고, 그냥 좀 휘둘렀다고나 할까."

그게 더 나쁘다. 모아나는 입을 딱 벌렸다가 물었다.

"그래서, 네가 단장님을 죽이기 전에 결혼하라는 명이 내려온 거야?"

그렇다기보다는…… 세이레나는 어깨를 으쓱해 보이고 말했다.

"소문이 너무 안 좋게 퍼져서, 소문을 잠재우기 위해 약혼하라고 했대."

"허. 소문을 잠재우기 위해 결혼하라는 거잖아."

"음, 하지만 약혼은 파혼하면 되니까."

"파호온? 미쳤니, 세이레나 헌터?"

모아나의 입에서 세이레나의 성까지 흘러나왔다. 미쳤다고? 왜? 어리둥절해 하는 세이레나에게 모아나가 침착하게 말했다.

"파혼을 왜 해? 그레이윈드 공작이면 최고잖아. 이보다 더 좋은 신랑감이 어딨어?"

남자로서나 집안으로서나 애쉬는 여자가 선택할 수 있는 가장 좋은 선택지일 것이다. 물론 그가 선택지 안에 들어온다면 말이지만.

세이레나는 "으음." 하고 말을 늘이며 머리카락을 만지작거렸다. 갑자기 짧아진 탓에 자꾸만 만지작거리게 된다.

"난 결혼할 생각이 없어서."

"뭐? 왜?"

"음, 뭐. 하고 싶지 않다고나 할까."

얘 왜 이래? 모아나의 입이 다시 딱 벌어졌다. 변했다, 변했다 했는데 이런 부분까지 변해 버렸다.

"너, 지난달에 나한테 드레스에 베일 쓰고 싶다고 했잖아!"

"어? 그랬어?"

"그래!"

모아나는 어리둥절해 하는 세이레나의 태도에 미치고 팔짝 뛰고 싶어졌다. 얘 진짜 왜 이래? 세이레나는 기억도 안 난다는 듯 고개를 갸웃거리고 있었다.

세이레나에게는 기억나지 않는 옛날이야기이긴 하다. 거의 십 년 전에 친구와 나누던 가벼운 수다에 가까우니까.

내가 그랬나? 잠깐 생각한 그녀는 피식 웃었다. 그랬을 거다. 예전의 그녀라면 결혼식이라거나 로맨스 같은 걸 꿈꿨다. 언젠가 잘생긴 남자를 만나 멋진 사랑을 나누는, 그런 꿈을 꿨다. 예를 들면 애쉬 그레이윈드 공작 같은 남자.

머릿속에 애쉬의 얼굴이 떠오르자 세이레나는 인상을 찌푸리며 손을 휘휘 저어 머릿속의 애쉬를 지워 버렸다.

왜 하필 이 남자가 떠오른담.

"상황이 변했잖아."

세이레나는 씁쓸하게 말했다. 너무 많은 게 바뀌어 버렸다. 믿었던, 그녀를 사랑한다고 생각했던 숙부와 아드리아나가 그녀를 이용했고 배신했다. 그녀가 자기 연민에 빠져 모든 것을 숙부에게 맡긴 사이 친구도 잃었고 하나뿐인 동생도 잃었다. 그 모든 것을 경험하고 다시 원래 자리로 돌아왔다.

"뭐, 그렇긴 하지."

모아나는 세이레나의 부모님이 사망한 것을 떠올리며 수긍했다. 백작 부부의 사망과 함께 헌터 백작가는 이제 세이레나의 어깨에 올라왔다. 그녀는 갑작스럽게 철이 든 친구의 모습이 가슴 아팠다.

"그래서 결혼을 안 한다는 거야?"

"음. 뭐. 에즈라를 지켜야 하니까."

지켜? 어울리지 않는 단어에 모아나는 무슨 소린가 하고 고개를 갸웃했다. 에즈라가 목숨의 위협이라도 받고 있나?

그녀의 표정을 본 세이레나는 씁쓸하게 웃으며 말했다.

"내가 결혼하면 에즈라는 숙부랑 함께 살아야 하니까."

"아, 그건. 음. 그러네."

모아나가 고개를 끄덕였다. 게일 헌터 때문에 헌터 백작가의 재정이 흔들리고 있다는 건 이제 아는 사람은 다 아는 소문이 되었다.

그녀는 갑자기 부모님을 잃고 가문의 가주가 된 것으로 부족해서 그런 자를 후견인으로 두게 된 친구를 동정하며 물었다.

"내가 뭐 도와줄 거 없어?"

"장부 볼 줄 알아?"

장부? 모아나의 눈동자가 데굴데굴 굴렀다.

"아니. 모르는데."

"그럼 됐어."

세이레나는 한숨을 내쉬었다. 요 며칠 끙끙대며 장부를 보고 있지만, 아직도 모르는 것투성이다.

그런 그녀에게 모아나가 말했다.

"아, 부탁할 수 있는 사람이 있다."

"누구?"

그 순간, 두 사람은 복도 맞은편에서 걸어오고 있던 애쉬와 데니스를 발견했다.

"윽." 하고 입을 다무는 세이레나와 달리 모아나는 가볍게 인사를 건넸다.

"안녕하세요, 단장님. 부단장님."

"좋은 커플, 아니, 좋은 아침입니다."

부단장인 데니스가 평소처럼 헛소리 같은 인사를 건넸다.

웃기는 남자야. 모아나는 킬킬대며 코너를 돌아 훈련장 안으로 들어갔다.

세이레나 역시 두 남자에게 고개를 꾸벅하고 모아나의 뒤를 따랐다.

"가장 가까운 곳에 있잖아."

훈련장으로 들어가자마자 모아나는 재킷을 벗어 벽에 걸며 말했다.

누군데?

세이레나의 눈이 동그래졌다.

모아나는 후후후 하고 웃으며 나직하게 말했다.

“네 약혼자 말이야.”

“나한테 약혼자가 어딨…….”

그 순간 세이레나의 눈이 훈련장 안으로 들어서는 두 남자를 향했다.

정확하게는 두 남자 중 애쉬에게.

애쉬의 검정색 눈동자가 세이레나를 스치고 지나갔다. 저 남자, 지금 날 본 건가? 그녀가 잘못 생각한 게 아닐까 할 정도로 짧은 순간이었다.

모아나는 세이레나의 옆에 찰싹 붙어 속삭였다.

“단장님이라면 몇 년 전부터 이미 공작이었으니까 장부 정도는 볼 수 있을 거 아니야. 게다가 집안의 장부를 보고 알려 주는 데 결혼할 약혼자보다 더 좋은 사람이 어디 있어?”

“결혼 안 할 거라니까.”

아, 맞아. 그렇게 말했지. 모아나는 한숨을 내쉬었다. 대체 왜 결혼을 안 하려는 건데?

세이레나는 백작이 될 사람이고 백작은 작위를 물려줄 후계자를 낳아야 한다. 그레이윈드 공작과 결혼한다면 최소한 둘은 낳아야겠지. 공작 위를 물려줄 아이 하나, 백작 위를 물려줄 아이 하나.

하지만 모아나가 물어보려고 입을 여는 순간 애쉬가 먼저 훈련장을 돌아보며 말했다.

"잠깐 이야기할 게 있다."

불길한 기분이 든다. 세이레나는 저도 모르게 어깨를 움츠렸다. 짧아진 머리카락 끝이 그녀의 어깨에 닿았다.

'뭔데?' 하고 검을 휘두르던 기사들이 행동을 멈추고 애쉬를 쳐다봤다.

"공식적으로 곧 발표할 테지만 여기 있는 사람들에게 먼저 말하는 게 좋을 것 같아서."

애쉬는 그렇게 말하며 세이레나를 쳐다봤다. "윽." 하고 세이레나가 다시 어깨를 움츠렸다. 그녀는 반사적으로 뒤로 물러났지만 그걸 허락할 모아나가 아니다.

"벌써 발표하는 거야?"

모아나가 세이레나의 어깨를 꽉 잡으며 속삭였다.

"으으, 나도 몰라."

세이레나는 모아나에게서 벗어나려 애쓰며 속삭였다.

"올해 안에 발표할 거라고는 했어."

"그 이야기가 언제 나온 건데?"

세이레나의 눈알이 데굴 굴렀다.

"어제?"

"미쳤네."

모아나가 그렇게 말하는 것과 동시에 애쉬가 세이레나의 앞으로 걸어왔다.

"으악."

모아나가 재빨리 자기 입을 막았지만 이미 애쉬의 귀에 들린 다음이었다. 뿐만 아니라 데니스의 귀에까지 들렸다.

"갑작스럽겠지만 여기 헌터 경과 약혼하기로 했다."

훈련장 안이 조용해졌다. 따듯한 공기와 달리 순식간에 차갑게 얼어붙는 분위기에 세이레나는 입을 꾹 다물었다.

"어, 어째서입니까?"

제일 먼저 입을 연 건 유진이었다. 그는 믿을 수 없다는 듯 세이레나와 애쉬를 번갈아 쳐다보며 물었다.

"그러게."

세이레나가 나직하게 중얼거렸다. 이번에도 그 소리는 애쉬와 데니스, 모아나의 귀에 들렸다.

애쉬는 세이레나를 한번 쳐다보고 그녀의 어깨를 끌어안았다. 눈치 빠르게도 모아나는 재빨리 물러나 데니스의 옆으로 다가갔다.

"나도 미쳤다고 생각해."

데니스가 모아나에게 장난스럽게 속삭였다. 나만 그렇게 생각한 게 아니었어! 안도하는 모아나의 앞에서 애쉬가 유진에게 말했다.

"남녀가 약혼하는데 이유가 여러 가지 있나?"

뭐라고 하는 거야, 이 남자가? 세이레나의 시선이 휙 하고 애쉬를 향했다. 하지만 그는 덤덤하게 말을 이었다.

"그래서, 조만간 공식적으로 발표하기 전까지는 다들 알고만 있게. 소문내지는 말고."

그건 소문내라는 거나 마찬가지다. 적어도 훈련장의 기사들은 그렇게 이해했다.

순식간에 훈련장에 휙휙 하고 휘파람 소리가 나기 시작했다.

"뭐야, 둘이 그런 관계였어?"

누군가의 말에 기사들에게서 웃음이 터져 나왔다. 안 그래도 세이레나와 애쉬의 관계가 나빠 보여서 무슨 일이냐고 소문이 나던 차다.

"그럼 사랑싸움이었겠네."

장난기 어린 기사의 말에 세이레나는 입을 꾹 다물었다. 아니거든? 사랑싸움이 아니라 그냥 싸움이다! 마음 같아서는 검으로 애쉬를 찌르고 싶지만 그랬다간 약혼보다 사형을 먼저 받아야 할 거다. 죽지 않으려고 노력하고 있는데 그 노력이 엉뚱한 곳을 스칠 줄이야.

"공식 발표는 언제 합니까?"

누군가가 물었다. 애쉬는 세이레나의 어깨를 끌어안은 채 말했다.

"헌터 경과 협의 중이야. 그런 이유로, 헌터 경."

"네?"

세이레나는 자신의 어깨를 끌어안은 애쉬를 잊기 위해 필사적으로 딴생각을 하고 있었다. 싫어 죽겠는 남자가 상사인데 곁에 있는 거로 부족해서 자신의 어깨까지 끌어안고 있다.

그녀는 지금 이 순간, 숙부와 왕보다 애쉬가 더 싫다고 생각했다.

"잠깐 나 좀 볼까?"

애쉬의 말이 끝나기가 무섭게 기사들이 다시 휙, 휘익 하고 휘파람을 불기 시작했다. 뭔지 모르겠지만 여기서 빠져나갈 수 있다면 애쉬의 손을 잡아도 좋다. 세이레나는 고개를 끄덕였다.

"자, 그럼."

세이레나를 데리고 다시 자신의 사무실로 돌아온 애쉬는 책상에 기대고 서서 팔짱을 꼈다.

세이레나가 어깨를 털고 싶어 하는 게 표정에 보여서 그는 저도 모르게 웃었다. 왜 웃어? 세이레나는 픽 웃는 애쉬를 보고 저도 모르게 욱해서 말했다.

"이게 웃겨요?"

"울 일은 아니잖아."

"전 울 일인데요."

"나랑 약혼하는 게? 아니면 약혼 발표가?"

"둘 다겠죠."

"어느 쪽이 더 울 일이야?"

세이레나는 잠시 그가 농담을 하는 건가 하고 생각했다. 이런 사람이었나? 그녀가 기억하는 그레이윈드 공작은 늘 어딘지 모르게 거리가 느껴지고 차가운 사람이었다.

그야, 왕비인 그녀에게 거리가 느껴지게 행동하는 건 어쩔 수 없었을 테지만.

"약혼하는 게 더 울고 싶네요."

솔직한 세이레나의 말에 애쉬는 킬킬대고 웃었다. 그가 모든 여자에게 인기가 있을 거라는 생각은 하지 않았지만, 자신과 약혼하는 게 울고 싶은 일일 거라는 여자가 있을 거라고도 생각하지 않았다.

"어제 묻고 싶었는데, 왜 남자와 피부가 닿는 게 싫은지 물어봐도 돼?"

애쉬의 질문에 세이레나의 얼굴이 굳었다.

"그걸 왜 물어보려고 하는 건데요?"

"그야, 우린 이제 명실공히 약혼한 사이니까."

명실공히는 아닌데요, 라고 대꾸하려던 세이레나는 잠깐 입을 다물었다.

약혼은 약혼이지만 일시적인 계약이다.

"스물한 살이 되면 파혼해 주기로 했잖아요."

"그랬지."

애쉬는 고개를 기울이며 웃었다. 마치, '그거 거짓말이었어.'라는 듯한 태도에 세이레나는 저도 모르게 그에게 다가가며 물었다.

"파혼, 해 줄 거죠?"

"헌터 경. 우린 아직 약혼도 안 했어. 벌써 파혼을 말하기엔 너무 이르다고 생각하지 않아?"

세이레나의 표정이 날카로워졌다.

"일시적인 약혼인데 이르고 말고 할 것도 없죠."

그건 그렇지. 애쉬는 쓰게 웃으며 말했다.

"그래. 파혼해 줄게. 가능하면 스물한 살에."

가능하면? 세이레나의 미간에 주름이 생겼다. 그녀가 그게 무슨 말이냐고 묻기 전에 애쉬가 재빨리 덧붙였다.

"파혼이 그렇게 쉬운 게 아니잖아. 내가 파혼하고 싶다고 폐하께서 흔쾌히 허락해 주실 리도 없고. 그러니 시일이 걸리겠지만, 파혼은 해 주겠다는 말이야."

그것도 그렇다. 세이레나는 찝찝한 표정으로 고개를 끄덕였다.

스물한 살이 되면 파혼해 달라는 건 일종의 마지노선 같은 거였다. 그 나이가 되면 세이레나는 백작이 되고 후견인이 필요 없어진다. 그때라면 그녀는 자신의 미래를 온전히 자신의 손으로 만들어 갈 수 있을 거라고 생각했다.

"자, 그래서. 다시 원래 질문으로 돌아가지."

원래 질문? 애쉬의 말에 세이레나가 무슨 소리냐는 눈을 깜빡였다.

그럴 줄 알았다. 애쉬는 쓰게 웃으며 다시 말했다.

"남자와 피부가 닿는 게 싫어서 결혼하지 않을 거라면서. 싫어하는 이유라도 있어?"

"그건……."

있다. 하지만 없다.

말할 수 없다. 설령 말한다 해도 아무도 믿지 않을 것이다.

돌아오기 전 인생에서 세이레나는 왕과 결혼해 왕비가 되었고 때때로 왕과 잠자리를 했다. 그때의 끔찍한 기억은 왕이 죽은 다음에도 그녀를 사로잡았다.

세이레나는 그 후로도 남자를 가까이하지 않았다. 남편을 잃은 부인으로서의 몸가짐이라서가 아니라 그게 너무 끔찍해서.

"그냥 싫어요."

쥐어짠 듯한 세이레나의 대답에 애쉬의 눈이 가늘어졌다.

그는 혹시라도 세이레나를 괴롭게 한 자가 있다면 그를 당장 끌어다 죄를 자백하게 할 생각이었다.

"누구 때문이 아니라 그냥 싫은 거 확실해?"

책상에 기대고 서 있던 애쉬가 바로 서더니 세이레나에게 몸을 내밀었다. 그가 몸을 내밀자 순식간에 그의 큰 키가 현실적으로 다가왔다.

누구 때문이긴 하다. 하지만 그건 일어나지 않을 일이다. 일어나지 않게 할 거다.

세이레나는 애써 덤덤하게 말했다.

"그냥 싫어요."

정면에서 다가가는 건 괜찮군. 애쉬는 세이레나의 표정을 확인한 뒤 다시 책상에 기댔다. 그녀는 뒤에서 다가가는 건 싫어하지만 정면에서 다가오는 건 별다른 공포를 느끼지 않았다.

"네가 원하면 그 자식을 박살 내 줄 수도 있어."

생각지도 못한 거친 말에 세이레나의 눈이 동그래졌다. 그녀는 반사적으로 애쉬를 쳐다봤다.

애쉬의 검정색 눈동자와 세이레나의 자색 눈동자가 마주쳤다. 진심이다. 농담이 아니었다.

그의 진지한 눈빛에 세이레나는 저도 모르게 말했다.

"못 해요."

그리고 아차 하고 입을 다물었다.

실수했다. 세이레나의 표정이 굳었다. 가장 예리한 사람에게 실수를 해 버렸다.

애쉬의 눈동자가 가늘어졌다. 못 한다는 말은 그녀에게 트라우마를 남긴 자가 있다는 뜻이다. 그냥 싫다는 그녀의 말은 거짓말이었다는 말이 된다.

애쉬는 처음으로 격렬하게 분노했다. 누군가 세이레나를 뒤에서 공격했다. 그는 천천히 입을 열었다.

"이름만 말해."

조용한 어조에 분노는 느껴지지 않았다. 하지만 세이레나는 애쉬의 눈동자를 보고 그가 화가 났다는 것을 깨달았다.

어째서? 그녀는 예상하지 못한 그의 반응에 당황했다. 왜 이 남자가 화를 내는 거지?

"단장님……."

"애쉬."

네? 세이레나의 눈이 동그래졌다. 댁의 이름이 애쉬인 건 알고 있는데요. 그렇게 말하기 전에 애쉬가 말했다.

"이름 불러. 약혼한 사이니까."

하지만 곧 파혼할 건데. 우물우물하는 세이레나에게 애쉬가 다시 말했다.

"사람들이 이상하게 생각할걸? 우리가 왜 약혼한 건지 잊었어?"

반쯤 잊고 있었다. 다행히 그의 말에 반짝하고 세이레나의 머릿속에서 튀어 올랐다. 이상한 소문을 막기 위해서. 이건 그러니까 그레이윈드 공작에게는 일종의 벌이다.

"폐하는 왜 당신에게 벌을 내린 거죠?"

세이레나는 저도 모르게 그렇게 물었다. 이 약혼은 아무리 생각해도 애쉬에게는 벌이다. 그녀는 몰락하는 백작가의 영애고 곧 백작이 되어 가문을 일으켜야 한다는 짐을 가지고 있다.

하지만 애쉬는 아니다. 그는 왕의 조카고 전도유망한 기사단 단장이자 공작이다.

애쉬는 세이레나의 질문에 눈을 가늘게 떴다가 씩 웃었다. 그녀도 이게 벌이라고 생각할 줄은 몰랐다.

"글쎄. 아직까지 약혼도 하지 않은 조카가 걱정되신 모양이지."

농담처럼 넘기려 했지만 틀렸다. 세이레나는 고개를 저었다.

그녀는 왕을 안다. 그는 탐욕스럽고 변태적인 미치광이 개자식이다. 왕은 심지어 자기 자식조차 사랑하지 않았다.

그런데 조카를 걱정한다? 그녀가 왕비였을 때 왕은 그녀가 애쉬와 마주치는 것조차 싫어했다. 그때는 그저 젊은 부인이 또래의 조카와 바람이 날까 봐 걱정하는 거라고 생각했다.

생각해 보면 그때도 애쉬는 미혼이었다. 그제야 세이레나는 이상하다고 생각했다. 돌아오기 전 세이레나가 스물아홉이었으니 애쉬는 서른셋, 혹은 넷이었을 것이다. 공작이 그 나이까지 약혼녀조차 없다는 건 뭔가 이상하다.

모아나에게 했던 말대로 그녀는 이제야 세상을 다른 각도로 보기 시작했다.

"왜 약혼을 안 했어요?"

세이레나의 질문에 애쉬는 어깨를 으쓱해 보이며 아무렇지 않은 것처럼 말했다.

"했잖아."

너와.

그는 세이레나 헌터와 약혼했다. 왕의 명령으로. 하지만 세이레나가 말하는 건 그게 아니다.

"단장님이라면 이미 약혼자가 있어야 하잖아요."

"애쉬."

애쉬는 다시 나직하게 말했다. 애쉬라고 불러.

하지만 세이레나는 망설였다. 이름을 부르는 건 너무 친근한 느낌이 든다. 그리고 그녀는 그와 친근한 사이가 되고 싶지 않았다.

"그럴 필요까진 없을 것 같은데요."

뾰족한 말에 애쉬의 한쪽 눈썹이 올라갔다. 그는 좀 얄미운 표정으로 말했다.

"그럼 더 이상한 소문이 날 텐데?"

무슨 소문? 어리둥절해 하는 세이레나를 위해 애쉬가 천천히 설명했다.

"소문을 잠재우기 위해 약혼했으니 최대한 사이좋은 약혼자가 되는 게 좋겠지. 우리가 서로 성을 부르는 딱딱한 관계라면 사람들이 뭐라고 생각하겠어."

"집안끼리의 약혼이라고 생각하겠죠."

"그래?"

애쉬가 다시 한쪽 눈썹을 들어 올렸다.

젠장. 세이레나의 얼굴이 달아올랐다. 그가 무슨 말을 하는지 알겠다.

몰락한 백작 영애와 전도유망한 공작. 두 사람은 집안끼리의 약혼을 할 만한 부류가 아니다. 애쉬는 최대한 완곡하게 그걸 이야기하고 있었다.

"미리 약속했다고 하면……."

"그걸 이제야 발표했다고? 네 숙부는 어쩌고?"

이야기에 게일이 튀어나오자 세이레나는 입술을 깨물었다.

게일의 존재가 걸린다. 헌터 백작은 그레이윈드 공작과 자신의 딸을 약혼시켰다며 동생에게 반드시 이야기했을 것이다. 그렇다고 어쩔 수 없는 사정 때문에 왕의 명령으로 둘이 약혼했다는 이야기를 숙부에게 이야기하고 싶지도 않았다.

애쉬가 싫기는 하지만 그의 약점을 잡은 게일이 무슨 짓을 할지 세이레나도 모른다. 그녀는 애쉬가 싫은 것보다 게일에게 그가 이용할 만한 뭔가를 쥐여 주고 싶지 않았다.

"나는 폐하의 명령으로 약혼했다는 소문이 나는 걸 원하지 않아. 그건 우리 둘 모두에게 좋지 않을 테니까."

동감이다. 세이레나는 고개를 끄덕이며 말했다.

"나도 숙부에게 우리가 약혼한 이유를 말하고 싶지 않아요."

그리고 에즈라에게도.

생각이 에즈라에게까지 번지자 세이레나는 한숨을 내쉬며 말했다.

"애쉬."

이상한 기분이 들었다. 사는 동안 단 한 번도 불러 본 적 없는, 돌아오기 전의 인생에서는 생각조차 한 적 없는 그 이름을 입에 담자 세이레나는 어딘지 모르게 기묘한 느낌을 받았다.

"세이레나."

애쉬는 세이레나의 이름을 부르더니 씩 웃었다. 그리고 장난스럽게 말했다.

"아니, 세이렌이라고 부를까?"

싫다.

세이레나는 저도 모르게 애쉬를 노려봤다. 그녀가 왕비였을 때 사람들이 그녀를 그렇게 불렀다. 사치스러운 탕녀. 세이렌처럼 남자를 유혹하는 마녀.

"내 이름 끝은 레나예요. 렌이 아니라."

격렬한 반응에 애쉬의 눈이 가늘어졌다. 어릴 때 놀림이라도 받았나? 그는 곧 씩 웃으며 말했다.

"그럼 레나."

아니, 내 이름은 레나가 아니라 세이레나라니까. 하지만 세이레나가 뭐라 말하기도 전에 애쉬가 다시 말했다.

"좋아, 레나. 우리는 올해가 가기 전에 약혼 발표를 해야 해."

"아까 훈련장에서 발표했잖아요."

"그건 소란을 잠재우기 위해 한 거고."

기사들에게 아무 말도 없이 무턱대고 약혼을 발표하면 기사단이 들썩일 것이다.

애쉬는 그 점을 지적했다.

"전 언제 해도 좋아요."

세이레나는 덤덤하게 말했다. 어차피 가짜 약혼. 언제 발표를 해도 상관없다.

그때 애쉬가 말했다.

"네 생일에 할까? 일주일 뒤에."

응? 세이레나의 눈이 동그래졌다. 내 생일? 그녀는 멍하니 있다가 신음처럼 내뱉었다.

"아."

아? 애쉬의 한쪽 눈썹이 올라갔다. 몰랐다는 태도에 어이가 없었다. 하지만 생각해 보면 이번 달 들어서 그녀는 사건 사고가 많았다.

"정신없는 한 달이었지."

위로하는 듯한 애쉬의 말에 세이레나는 고개를 끄덕였다. 돌아왔을 때는 기억하고 있었는데 오히려 이런저런 일을 겪는 바람에 잊어버렸다.

부모님의 장례를 치렀고 숙부와 아드리아나가 왔다. 추모식을 열었고 유진과 대련도 했지. 그리고 머리카락을 잘랐다.

세이레나의 손이 자신의 짧아진 머리카락을 만졌다. 그 움직임을 따라 애쉬의 시선도 그녀의 머리카락을 향했다.

"아깝지 않아?"

애쉬의 질문에 세이레나는 잠시 무슨 소린가 하다가 대답했다.

"아뇨."

오히려 속 시원하다. 전에는 향유를 바르고 매일 밤 백 번씩 빗을 정도로 애지중지했다. 하지만 자르는 게 그녀에게 더 도움이 되었다.

애나가 그녀의 머리카락을 칭찬할 때마다 왕비일 때의 일이 떠올랐기 때문이다.

"네가 그렇다면."

애쉬는 그렇게 말하며 어깨를 으쓱했다. 사실 그는 아깝다고 생각했다. 세이레나의 머리카락은 눈에 확 띄었다. 그녀가 긴 머리카락을 늘어트리고 지나가면 다들 한 번씩은 쳐다볼 정도였으니까.

다들 아름답다거나 예쁘다고 말했다. 소리 내어 말한 적은 없지만, 그 역시 그렇게 생각했다. 하지만 그건 그녀의 머리카락이고, 자르고 말고는 세이레나의 자유다.

"아, 그리고."

세이레나가 사무실을 나가기 전에 애쉬가 다시 입을 열었다.

또 뭐? 그녀가 떨떠름한 표정으로 돌아보자 그는 씩 웃으며 말했다.

"진짜 벌 받아야지."

*　　*　　*

"어땠어?"

기사단 건물을 나온 세이레나에게 기다리고 있던 모아나가 물었다.

추웠을 텐데. 세이레나는 그녀의 팔짱을 끼며 말했다.

"안에서 기다리지 왜 여기 있어?"

"아, 안은 냄새나서."

한겨울에 창문도 열지 않고 땀 흘렸으니 냄새날 만도 하다.

쓰게 웃는 세이레나에게 모아나가 투덜거렸다.

"넌 거기서 어떻게 훈련하니?"

"익숙해지면……."

괜찮다는 말은 차마 나오지 않았다.

청소는 원래 페이지의 일이다. 하지만 이번에는 벌로 유진이 하고 있다. 그가 그리 깨끗하게 할 것 같지 않아서 세이레나는 주제를 바꿨다.

"그런데 왜 기다리고 있었어?"

"왜긴 왜야?"

모아나가 눈을 동그랗게 뜨며 세이레나를 쳐다봤다.

응? 어리둥절해 하는 그녀의 어깨를 찰싹 때리며 모아나가 말했다.

"궁금해서 기다렸지. 얘기해 봐. 무슨 이야기 했어? 단장님이 뭐라고 해?"

아, 그거. 세이레나는 그제야 모아나가 돌아가지 않고 자신을 기다린 이유를 깨달았다. 어쩐지 추운데 기다리고 서 있었다 했다.

"음, 벌 받았는데."

"벌?"

응. 세이레나는 고개를 끄덕였다.

모아나는 두 사람이 다정한 이야기라도 했다고 생각한 모양이지만 완전히 틀렸다. 그녀는 눈을 동그랗게 뜬 모아나를 보고 킬킬대며 말했다.

"얼마 전에 램버트 경과 대련하는 바람에 혼났잖아."

"대련하면 혼나?"

그러니까 벌을 받았겠지? 세이레나가 고개를 끄덕이자 모아나는 그건 몰랐다고 중얼거렸다. 그녀도 딱히 대련을 해 본 적이 없으니 혼나는지 몰랐다.

"그래서 램버트 경은 벌을 받았거든. 훈련장 청소."

"아, 어쩐지 얼마 전부터 냄새난다 했어."

모아나가 코를 감싸 쥐며 투덜거렸다. 그 큰 훈련장을 혼자 청소하려니 깔끔하게 하기 어려울 것이다.

램버트 경이 청소하는 동안에는 훈련장 근처에 얼씬도 하지 말아야지. 모아나는 그렇게 다짐하며 세이레나에게 물었다.

"너는 무슨 벌을 받아? 단장님이 벌을 주는 거지?"

"응. 뭐."

세이레나는 떨떠름한 표정을 지어 보였다. 그녀는 그게 벌인지 모르겠다. 하지만 벌이라고 하니까.

"무슨 벌인데?"

"서고 정리."

"서고 정리?"

어라? 모아나는 고개를 갸웃했다. 그녀의 갈색 머리카락이 그 움직임에 따라 가볍게 흔들렸다.

"우리, 서고가 있어?"

"그게 의문이야."

모아나도 세이레나도 둘 다 기사단에 들어와서 서고라는 걸 본 적이 없다. 그런 게 있는지도 몰랐다.

두 사람이 서고의 정체를 알게 된 건 그 이튿날의 일이었다.

"아, 여기."

이튿날, 기사단 본 건물을 찾은 세이레나는 행정 기사인 벨몬트 경의 안내를 받아 도착한 방 앞에서 저도 모르게 신음처럼 말했다.

어딘지 안다. 기사단 본 건물의 가장 구석에 위치한 곳.

"여기가 서고였어?"

궁금하다며 따라왔던 모아나의 경악이 이어졌다.

"서고 겸 창고죠."

벨몬트 경은 기사단 최고의 미녀 둘 앞에서 침착하게 말했다.

그렇지 않아도 헌터 경이 벌로 창고 아니, 서고를 정리한다는 말을 들었을 때부터 안됐다고 생각했다.

하지만 한 달 동안 훈련장을 혼자서 매일 청소해야 하는 램버트 경에 비하면 훨씬 나은 벌이다.

적어도 이 창고는 훈련장보다 작으니까.

"그리고 이걸."

세이레나는 벨몬트 경이 내민 것을 멍하니 쳐다봤다.

이게 뭐야? 귀족 영애인 그녀는 처음 보는 거다. 왕비로 살 때도 본 적이 없었다.

그런 그녀를 위해 벨몬트 경이 그것을 펼쳐 보이며 말했다.

"마스크입니다. 이 끈을 귀에 걸고 코와 입을 가리는 거죠."

"어째서 코와 입을 가려야 하는 건데요?"

다행히 모아나가 먼저 물었다.

벨몬트는 모아나에게 시선을 돌렸다가 세이레나를 보고 안 됐다는 듯 말했다.

"먼지가 많을 테니까요."

먼지가 많다면 얼마나 많다고?

한 번도 직접 청소해 본 적 없는 세이레나와 모아나는 몰랐다. 창고라는 게 얼마나 먼지가 쌓일 수 있는 곳인지를.

두 사람은 창고 문을 열고 안으로 들어갔다가 엄청난 먼지에 놀라 그저 눈을 깜빡였다.

그 뒤에서 벨몬트 경이 다시 안 됐다는 듯 말했다.

"마지막으로 정리한 게 올해 초였거든요."

"원래는 누가 청소하는데요?"

모아나는 고개를 돌렸다가 그녀의 시선을 피하는 벨몬트 경을 발견했다.

원래 창고 정리는 미카엘 벨몬트, 그가 해야 할 일이다.

"단장님은 이거 알아요?"

'미친 거 아니야? 이거 직무 유기야.'라는 말이 모아나의 목 끝까지 기어 나왔다.

미카엘은 눈을 꼭 감고 두 손을 모은 채 말했다.

"그래서 마스크까지 준비했습니다."

아, 이 마스크가 원래 주는 게 아니었어? 모아나와 세이레나의 시선이 다시 마스크를 향했다.

할 수 없다.

세이레나는 한숨을 쉬며 마스크를 받아 들었다.

"알았어요."

"알았어? 정말?"

모아나는 깜짝 놀라서 창고를 둘러보며 소리쳤다.

"이걸 너 혼자 정리해야 해. 한 달 내내 해도 안 끝나겠다!"

"어쩌겠어. 벌인데. 훈련장 청소보다는 낫잖아."

물론 그거보단 낫다.

모아나는 땀 냄새로 가득한 훈련장을 떠올리며 인상을 썼다. 그녀도 훈련장과 창고 정리 중 하나를 고르라고 한다면 창고를 선택할 것이다. 최소한 여긴 작고 건조하니까.

"가 보세요. 제가 할게요."

세이레나의 말에 미카엘이 재빨리 돌아섰다.

저, 저거, 저거. 혀를 차는 모아나에게도 그녀는 똑같이 말했다.

"너도 가."

"도와줄게."

"됐어. 벌인데 누가 도와줘 봐. 뭐라고 하겠어?"

"램버트 경에 비해 헌터 경은 인망 있다고 하겠지."

생각도 못 한 대답에 세이레나의 눈이 동그래졌다.

인망이라. 그녀와는 연이 없는 단어일 거라 생각했다. 왕비일 때, 그녀의 곁에는 아무도 없었다.

이상하기도 하지. 장난스러운 말에 기분이 좋아져서 세이레나는 빙그레 웃었다.

모아나는 웃자고 하는 말이겠지만 그녀는 그 순간 행복해졌다.

"내가 너 좋아하는 거 알지?"

느닷없는 고백에 모아나는 눈을 동그랗게 떴다. 응? 곧이어 그녀의 얼굴이 가볍게 달아오르자 세이레나는 마스크를 쓰며 말했다.

"고맙다고. 가서 네 일 해. 말만으로도 고마워."

모아나는 고개를 갸웃하며 돌아섰다. 내가 뭐라고 했길래 저렇게 행복해하지? 정작 그녀는 무엇 때문에 세이레나가 행복해졌는지 몰랐다.

창고는 좁고 먼지가 가득 쌓여 있었다. 더럽긴 하지만 그게 전부 먼지라는 점이 다행이라면 다행이다.

세이레나는 사다리 위로 올라가며 아래를 내려다봤다. 차갑고 먼지가 쌓인 바닥이니 쥐가 있다면 바로 알아차렸을 것이다. 먼지 위로 쥐의 발자국이 찍혔을 테니까.

적어도 쥐는 없는 모양이네. 그녀는 반사적으로 그렇게 생각한 뒤 몸을 떨었다.

쥐는 싫다. 길고 가느다란 꼬리를 질질 끌고 달려가는 걸 생각만 해도 진저리가 났다. 그리고 새까만 눈동자.

이상하게도 그 순간 세이레나는 애쉬가 떠올랐다. 그도 새까만 눈동자다. 새까만 눈동자에 새까만 머리카락. 그럼에도 이름은 애쉬 그레이윈드.

"안 어울려."

그녀는 그렇게 중얼거리며 아무렇게나 얹어진 책을 정리했다. 미카엘이 꺼냈다가 제대로 꽂지 않고 마구 얹어 놓은 게 분명했다.

"그레이윈드."

검은 머리카락과 눈동자를 가진 남자아이가 갖기엔 곤란한 성이다. 이름만 생각하면 애쉬는 왕족이 아닌 편이 좋았을지도 모른다.

"왜?"

그 순간 바로 밑에서 애쉬의 목소리가 들렸다.

어? 세이레나는 깜짝 놀라서 문으로 고개를 돌렸다.

"이쪽이야."

어느새 들어왔는지 애쉬는 사다리 바로 아래에 서 있었다.

깜짝 놀랐다. 세이레나는 저도 모르게 딱딱하게 말했다.

"뒤에서 접근하지 말라고 했을 텐데요."

그렇게 말할 줄 알았다. 애쉬는 씩 웃으며 문을 가리켰다.

"열려 있길래 슬쩍 들여다봤는데 나를 부르는 거 같길래."

"내가요?"

"그래. 그레이윈드라고 날 불렀잖아."

"내가요?"

애쉬의 표정이 이상해졌다. 그는 턱을 쓰다듬으며 말했다.

"아까 말했잖아. 그레이윈드라고. 여기서 그레이윈드는 나밖에 없으니, 날 말하는 거 아니야?"

아, 무슨 소리를 하는지 알겠다. 세이레나는 고개를 저었다. 그레이윈드를 말하긴 했지만 그를 부른 건 아니다.

"이상한 성이라고 생각했을 뿐이에요."

"이상한 성?"

"왕족에게 주어지는 성이잖아요."

"왕과 왕비, 왕자를 제외하고 말이지."

그래. 세이레나는 고개를 끄덕였다.

왕과 왕비, 왕자를 제외한 왕족에게 주어진 성이다. 그 셋은 타인머스라는 성을 쓴다.

"어째서 그런 걸까 하고 궁금했을 뿐이에요."

"아, 그거."

평소와 달리 반전된 시야에 애쉬는 뒷목을 손바닥으로 감쌌다.

늘 세이레나가 그의 시야 밑에 있었는데 이번에는 그녀가 그의 위에 있으니 기분이 묘했다.

“다섯 명의 기사 중 가장 강한 기사가 왕이 됐잖아.”

무슨 소리야? 잠시 어리둥절해 하던 세이레나는 애쉬가 건국 설화를 이야기하고 있다는 것을 깨달았다.

용을 물리친 다섯 기사. 그중 가장 강한 기사가 왕이 되었고 네 기사는 왕을 보필하는 네 귀족 가문이 되었다.

“네 기사 중 하나의 별명이 그레이윈드였다는군.”

“그래요?”

그건 몰랐다.

눈을 동그랗게 쓰며 신기해하는 세이레나의 모습이 어린아이 같아서 애쉬는 빙그레 웃었다. 그는 손을 뻗어 세이레나의 손을 잡으며 말했다.

“당시에는 결혼하면 무조건 여자가 남자의 성으로 바꿨던 모양이야.”

그것도 몰랐다. 세이레나는 눈을 동그랗게 뜬 채 애쉬의 말을 경청했다.

타인머스는 결혼할 경우 여자가 남자의 성을 따르지만 가주의 경우는 예외다. 기본적으로 첫째 아이가 작위와 가주 직을 물려받기 때문에 여성이 가주가 될 경우 배우자가 가주의 성을 따른다.

예를 들어 헌터가의 가주는 세이레나기 때문에 그녀가 아니라 그녀의 배우자가 헌터라는 성을 쓰게 된다. 하지만 가주에게는 반드시 후계를 낳아야 한다는 조건이 따른다. 그래서 세이레나는 에즈라가 스물한 살이 되면 가주와 백작 직을 에즈라에게 넘길 생각이었다.

“그런데 기사 중 하나가 여자였던 거지.”

그 이야기는 안다. 세이레나는 고개를 끄덕였다. 다섯 명의 기사. 그중 하나는 여성이었다.

“결혼하면 성이 바뀌는데 가문의 성을 바꿀 수는 없으니 당시 왕이 그녀에게 새로운 성을 준거지. 그레이윈드라는.”

“좀 재미있는 성이라고 생각했어요.”

세이레나의 말에 애쉬는 쿡쿡대고 웃었다.

“재미있는 게 아니라 웃긴 성이겠지.”

솔직히 말하면 그렇다. 하지만 그녀는 현명하게도 입 밖에 내지 않았다.

애쉬는 세이레나의 손을 잡은 채 말을 이었다.

“그 기사의 별명이 그레이윈드였대. 일각에는 다른 별명도 있었지만 기사가 그레이윈드를 더 좋아했다더군.”

그런 이야기도 있구나. 세이레나는 멍하니 고개를 끄덕였다. 그녀는 처음 들었다.

애쉬는 그녀의 손을 잡지 않은 반대쪽 손으로 사다리를 고정했다. 그는 이 작은 기사가 사다리에서 떨어질까 봐 걱정됐다.

“그리고 기사와 배우자 사이에서 태어난 딸이 왕자와 결혼해 왕비가 되었다더군. 딸이 왕비가 돼서 그레이윈드라는 가문이 일 대 만에 끊어지게 되자 대대로 왕이 되지 않은 왕자와 공주에게는 그레이윈드라는 성을 주게 된 거지."

애쉬의 이야기가 끝나자 서고 안이 조용해졌다. 건조한 겨울의 짧은 햇빛이 작은 창을 통해 창고 안으로 새어 들어오고 있었다.

세이레나는 저도 모르게 애쉬의 얼굴을 멍하니 쳐다봤다. 공중에 떠다니는 먼지가 천천히 두 사람 주위를 부유하는 장면이 몽환적으로 느껴졌다.

"퍼플아이."

애쉬는 세이레나의 손을 놓으며 나직하게 말했다. 마스크를 쓴 세이레나의 얼굴에서 보이는 건 오직 그녀의 자주색 눈동자뿐이었다.

"네?"

"퍼플아이였다더군."

뭐가? 세이레나의 눈동자에 의문이 어렸다.

"그 기사 말이야. 별명이 두 개였대. 그레이윈드와 퍼플아이."

아. 세이레나는 고개를 끄덕였다. 퍼플아이와 그레이윈드라. 퍼플아이보다는 그레이윈드가 낫다.

아니, 퍼플아이가 낫나? 어느 쪽도 선택하기 어려울 정도로 이상한 성이라 그녀는 자신이 애쉬를 향해 너무 가까이 몸을 내밀었다는 것도 잊고 물었다.

"그레이윈드라는 별명은 왜 붙은 건데요?"

애쉬는 씩 웃었다.

설마. 세이레나는 깜짝 놀라서 물었다. 그녀의 손이 그의 어깨에 닿았다.

"피부색이 회색이었다는 건 아니겠죠?"

"인간이었거든?"

인간도 피부가 회색일 수 있지! 투덜거리는 그녀에게 애쉬가 다시 말했다.

"검기가 회색이었다더군."

아. 세이레나의 입이 벌어졌다. 그럴 거라고 생각하긴 했다. 그러니까 검기의 색이 아니라 다섯 기사가 마스터라는 점에서.

마스터. 그중에서도 검의 정점에 오른 자를 소드 마스터라고 부른다. 소드 마스터는 검기를 사용할 수 있다. 그리고 마스터의 성격에 따라 검기의 색이 달라진다.

나도 검기가 나올 수 있을까. 세이레나의 생각이 그레이윈드에서 자신에게로 향했다. 어린 시절 그녀를 가르친 사람들은 모두 하나같이 소드 마스터가 될 재능을 가지고 있다고 말했다. 마스터가 되면, 슈발리에가 될 수 있다. 그러면 자작 위를 받는다.

작위를 원하는 건 아니지만 세이레나는 자신을 지킬 수단이 필요했다. 실력과 명예. 그리고 부. 그 모든 것이 있어야 한다. 마스터가 될 수 있다면 좋겠다. 그녀는 애쉬에게 물었다.

"당신이 마스터가 된 건 몇 살이었어요?"

나? 애쉬의 눈동자가 동그래지더니 다시 가늘어졌다.

이 남자, 어딘지 모르게 뭔가가 닮았다고 생각했는데 뭔지 알았다.

세이레나는 애쉬의 눈동자를 쳐다보며 생각했다. 고양이 같네. 검정색 눈동자를 담은 눈이 동그래졌다가 가늘어지기를 반복한다. 그게 꼭 검정색 고양이 같았다. 고양이라고 하기엔 너무 크지만.

"난 스물한 살."

애쉬는 턱을 쓰다듬으며 떨떠름하게 말했다. 그리 자랑스럽지 않다는 태도에 세이레나는 고개를 갸웃하며 물었다.

"되고 싶지 않았어요?"

글쎄. 애쉬는 다시 씁쓸하게 웃었다. 그가 마스터가 되자 왕은 더욱 그를 경계하기 시작했다. 스무 살쯤에 말이 나오기 시작했던 그의 약혼은 그가 마스터가 되자 왕이 손바닥 뒤집듯 없애버렸다.

"약혼할 사이니까 중요한 걸 알려 줄까."

애쉬가 다시 세이레나의 손을 잡으며 말했다. 그녀는 자연스럽게 그의 손을 잡고 사다리에서 내려왔다.

사다리에서 내려오자 세이레나의 키는 애쉬의 어깨까지밖에 닿지 않았다. 그의 손이 세이레나를 부축하기 위해 그녀의 허리에 닿았다가 떨어졌다.

"왕의 조카라는 건 능력을 드러내야 하지만 일정 이상으로 드러내서도 안 되는 자리거든."

알고 있다.

세이레나는 눈을 깜빡였다. 이 남자는 나를 순진한 백작 영애로 알고 있구나. 물론 사실이긴 하지만. 그녀는 순진한 표정으로 말했다.

"인기가 높아지면 왕의 자리를 위협할 수 있으니까요?"

생각만큼 어수룩하지는 않군. 애쉬는 씩 웃으며 말했다.

"그래. 왕자들의 자리를 위협할 수 있지."

세이레나 역시 씩 웃었다. 순진한 표정이 지워졌다. 그녀는 나직하게 말했다.

"왕이 걱정하는 건 왕자가 아닐 텐데요."

애쉬의 눈이 가늘어졌다. 그건 아무도 모르는 이야기다. 왕이 자기 자식들을 사랑하지 않는다는 걸 아는 사람은 없다.

애쉬조차도 몰랐다. 아니, 측근들은 눈치채고 있을지도 모르지.

"그걸……."

그가 그걸 어떻게 아느냐고 물어보려 했을 때였다. 누군가 복도에서 달려오는 소리가 들렸다.

'어?' 하고 두 사람이 고개를 돌렸을 때 열린 문으로 미카엘이 들이닥쳤다.

"단장님!"

다짜고짜 애쉬를 부른 그는 가깝게 붙어 있는 세이레나와 애쉬를 보고 멈칫했다. 응? 저 두 사람 왜 저렇게 붙어 있지? 그가 두 사람의 약혼 소식을 떠올린 것은 애쉬가 세이레나의 몸에서 손을 떼고 돌아섰을 때였다.

"뭔가."

"그, 어, 요청이……."

요청? 세이레나와 애쉬의 표정에 의문이 떠올랐다. 뭐라는 거야?

호리호리한 체형의 미카엘은 잠시 허우적거리더니 재빨리 자세를 바로 하고 말했다.

"수도 외곽에서 몬스터가 나타났습니다. 수가 많아서 지원을 요청한다고 합니다."

"몬스터? 어떤 종류?"

부드러웠던 분위기가 언제 그랬냐는 듯 싹 가셨다.

세이레나는 휙 하고 돌아서서 미카엘을 향해 성큼성큼 걸어가는 애쉬의 등을 멍하니 쳐다보다가 정신을 차렸다.

몬스터가 나타났다. 수도 외곽에도 몬스터들이 나타나고는 한다. 타인머스는 드래곤의 영지였기 때문이다. 전설의 기사들이 드래곤을 잠재우고 그 위에 나라를 세웠지만 여전히 이 땅 여기저기에 몬스터들이 살고 있다.

"동물형입니다."

"수는?"

"다섯 분단 정도입니다."

다섯 분단? 깜짝 놀라는 세이레나와 달리 애쉬의 걸음이 빨라졌다.

기사단의 한 분단은 열 명에서 열다섯 명 정도. 다섯 분단이라는 말은 몬스터가 오십 마리가 넘는다는 말이다. 어쩌면 공을 세울 수 있는 기회인지도 모른다.

세이레나는 그녀도 출동할 수 있다면 좋겠다고 생각했다. 그는 자기 사무실로 이동하며 계속해서 정보를 확인했다.

"누가 막고 있지?"

"제일 먼저 출동한 건 십 분단입니다. 그 뒤에 십이 분단이 합류했고요. 방금 팔 분단과 육 분단도 출동했습니다."

십이 분단.

애쉬와 미카엘의 걸음을 따라잡느라 거의 뛰어가던 세이레나는 자신의 분단이 출동했다는 소식을 들었다. 그녀는 대기실로 향하기 위해 그대로 몸을 돌렸다.

"세이레나!"

애쉬는 재빨리 세이레나를 불렀다.

"네?" 하고 뛰어가려던 자세 그대로 세이레나가 멈췄다.

"어디 가?"

애쉬의 질문에 세이레나의 얼굴이 일그러졌다. 어디 가긴 어디 가? 그녀는 급하게 대답했다.

"합류하러 갑니다."

합류한다고? 놀라운 대답에 미카엘은 눈을 동그랗게 떴다.

헌터 경은 출동하는 걸 그리 좋아하지 않는다. 평소 검을 휘두르고 피가 튀는 것 자체를 싫어한다는 느낌이었다.

그의 생각대로 원래 세이레나는 몬스터와 싸우는 걸 싫어했다. 다치는 것도 싫었고 피가 묻는 것도 싫었다. 하지만 이제는 다르다. 그녀의 피가 흐르지 않으려면 남의 피가 흘러야 한다. 그게 몬스터라면 다행이다.

"지금 가 봤자 합류 못 해."

그럼 어쩌라고? 세이레나는 욱해서 소리쳤다.

"창고 정리는 돌아와서 할게요."

"아니……."

그런 말이 아니었는데. 애쉬는 급해 죽겠다는 세이레나를 보고 픽 웃었다. 그도 나가야 할지 모른다. 그런 와중에서 분단과 합류해야 한다는 세이레나의 태도를 보자 웃음이 나왔다. 변한 그녀의 태도가 좋았다.

"마구간 앞에서 보지."

마구간? 왜냐고 묻기 전에 애쉬는 미카엘과 함께 성큼성큼 걸어서 사라졌다.

빠르기도 하다. 예전에는 별생각 없었는데 슈발리에가 되어야겠다고 다짐한 후부터 세이레나는 문득 키가 좀 더 컸으면 좋았겠다는 생각이 들곤 했다.

검은 체력 싸움이기도 해서 체격이 있는 쪽이 더 유리하다. 밑에서 올려치는 검보다 위에서 내려치는 검이 더 강하니까.

"빠르네."

잠시 뒤, 애쉬는 마구간 앞에서 초조함과 긴장으로 버무려진 표정을 짓고 있는 세이레나를 보고 말했다.

기사단의 모든 기사들이 말을 두기 때문에 라고말리 기사단의 마구간은 규모가 상당했다. 그중에서도 세이레나의 말은 십이 분단의 자리에 있어서 가지고 나오려면 시간이 걸린다. 그러나 세이레나는 이미 자기 말을 꺼내 고삐를 잡고 있었다. 그녀는 애쉬 뒤로 따라오는 일 분단 기사들을 보고 어깨를 움츠렸다가 재빨리 다시 폈다.

그녀가 왕비였을 때, 감옥으로 그녀를 끌고 간 자들이다. 아무 감정이 없다고 생각하면 거짓말이다.

"어, 뭐야? 요정도 따라가?"

애쉬의 뒤에서 금발 머리의 기사가 경박하게 말했다.

세이레나는 그의 이름을 떠올리려 애썼다. 몇 번 얼굴을 본 적이 있다. 왕비가 되기 전에도, 된 후에도.

"입 닥쳐, 티커."

데니스가 짤막하게 던졌다.

티커였구나. 이름을 들었던 것도 같다.

티커 그레이브스. 세이레나가 왕비였을 때는 그녀의 앞에서 아예 입을 열지 않았다. 그래서 그녀는 티커가 말을 경박하게 한다는 것을 처음 알았다. 하지만 그보다 그녀가 더 놀란 건 티커의 옷이었다. 갑옷 위로 걸친 망토의 색이 검정색이다.

세이레나의 시선이 애쉬를 향했다. 마구간에서 페이지들이 일 분단 기사들의 말을 끌고 나왔다. 말을 건네받는 애쉬의 등에 흰색 망토가 휘날렸다.

흰색 망토를 걸친 건 세 명뿐. 애쉬, 데니스. 그리고 붉은 머리카락의 여기사였다. 다른 자들은 모두 검정색 망토를 걸치고 있다. 그건 슈발리에가 셋뿐이라는 말이다.

세이레나의 기억에서 일 분단의 슈발리에는 모두 다섯 명이었다. 티커를 포함해서.

“레나.”

애쉬가 말을 끌고 다가와서 나직하게 말했다.

“네?” 하고 고개를 드는 그녀에게 애쉬가 걱정스럽다는 표정으로 말했다.

“대신 사과할게.”

뭘? 세이레나는 어리둥절한 표정을 지었다. 뭘 사과한다는 거지? 설마 그녀는 두고 가려는 건가? 다행히 그건 아니었다.

애쉬는 목소리를 낮춰 말했다.

“그레이브스 경이 말을 조금 가볍게 하는 경향이 있어.”

“아.”

무슨 소린지 알겠다. 예전이라면 요정이라고 부르는 것을 자존심 상해했을 것이다.

아닌가? 어쩌면 예전의 그녀라면 좋아했을지도 모른다. 기사단에 있는 걸 지긋지긋해 했으니까. 하지만 세이레나는 자신의 별명에 크게 개의치 않을 수 있게 되었다. 그것보다 더 심한 별명도 들었으니까.

"세이렌보단 나아요."

덤덤하게 말하며 말에 올라타는 세이레나를 보고 애쉬는 한 쪽 눈썹을 들어 올렸다.

어지간히 세이렌이라는 별명이 싫었던 모양이지. 그는 지난 밤에 한 자신의 농담을 떠올리고 고개를 저었다. 부하의 일을 사과할 때가 아니었다.

"막아! 십 분단!"

급하게 달려온 곳에 전투가 벌어지고 있었다. 세이레나는 아슬아슬한 곳까지 말을 달렸다.

저 여자가. 애쉬는 세이레나의 목덜미를 잡고 싶은 심정을 참으며 박차를 가했다.

제일 먼저 도착한 건 세이레나와 붉은 머리의 여기사, 로렌이었다. 남자들보다 가벼우니 말의 속도가 빠를 수밖에 없다.

"헌터 경!"

로렌은 몬스터 앞에서 뛰어내리는 세이레나를 보고 깜짝 놀라서 그녀를 불렀다. 저건 멍청하거나 겁이 없는 거다.

크르릉거리며 기사들을 공격하던 몬스터가 세이레나를 보고 고개를 돌렸다. 그 순간 세이레나가 뽑아 든 검으로 몬스터의 목을 찌르고 빠져나왔다. 휙 하고 누군가 휘파람을 불었다.

애쉬의 뒤를 따라 달려온 일 분단의 기사 중 하나가 세이레나의 겁 없는 행동에 반응한 것이다.

애쉬의 차가운 시선이 그를 향했다가 다시 세이레나에게로 돌아갔다.

"헌터 경! 돌아와!"

세이레나가 뒤로 구르는 순간 그녀의 뒤통수 바로 뒤에서 딱 하고 몬스터의 이빨이 부딪치는 소리가 들렸다.

진짜 아슬아슬했다. 세이레나는 뒷목에 소름이 돋고 손끝이 저릿저릿한 것을 느끼며 검을 고쳐 잡았다.

머리카락을 자르길 잘했네. 안 그랬다면 몬스터의 이빨에 그녀의 머리카락이 걸렸을 것이다.

"뒤로 빠져요!"

세이레나의 외침에 몬스터의 공격을 받던 기사들이 바닥에 쓰러진 기사를 끌고 물러났다.

세이레나를 타깃으로 잡은 몬스터가 이제는 그녀를 물기 위해 달려들었다.

크다. 그녀의 두 배는 되는 크기였다.

세이레나는 검을 휘둘러 몬스터의 코를 찔렀다.

"캥!" 하는 소리와 함께 그녀를 공격하던 몬스터가 물러났지만 그 소리에 다른 몬스터들이 반응했다.

"젠장, 세이레나!"

세 마리의 몬스터가 세이레나에게 덤벼드는 순간 애쉬가 끼어들었다. 그는 숨을 돌릴 새도 없이 검을 뽑아 가장 오른쪽 몬스터의 앞발을 자르고 세이레나의 허리를 끌어안았다.

"죽으려고 작정했어?"

화난 목소리에 세이레나의 어깨가 움츠러들었다. 그와 동시에 애쉬가 그녀를 끌어안은 채 뒤로 물러났다. 눈앞에서 몬스터의 앞발이 두 사람이 있던 자리를 내려쳤다.

흙먼지가 피어오르는 사이 애쉬는 세이레나를 놓아주며 말했다.

"명령 위반이야."

"합류하려고 했을 뿐이에요."

세이레나가 변명처럼 말했지만 거짓말이다. 공을 세우기 위해 덤볐다. 하지만 애쉬는 더 이상 듣고 있지 않았다. 그녀를 놓자마자 그는 그대로 몬스터를 향해 달려 나갔다.

"컹!" 하고 개를 닮은 몬스터가 짖자 세 마리가 애쉬를 향해 달려들었다.

세 마리지만 각각 머리가 두 개씩이라 총 여섯 개의 머리가 애쉬를 물어뜯으려 했다.

세이레나는 다시 검을 검쳐 쥐고 애쉬의 뒤에 달라붙었다.

"레나, 물러나!"

애쉬가 소리쳤지만 세이레나는 무시했다. 그녀는 애쉬의 팔을 물어뜯으려는 몬스터의 눈을 검으로 찔렀다가 물러났다.

"캥! 캑!"

눈을 찔린 몬스터가 고통스러워하며 물러나자 세이레나는 훗 하고 웃었다. 그녀가 유의미한 공격을 할 수 있다는 게 기분 좋았다. 이것 봐, 난 쓸모 있어. 그런 생각에 자신감이 조금씩 채워졌다.

"생각보다 괜찮은데?"

로렌은 데니스와 등을 댄 채 말했다.

"뭐?"

잘 들리지 않아서 고개를 숙였던 데니스는 그의 목을 물어뜯으려는 몬스터를 피하기 위해 로렌을 슬쩍 밀며 몸을 숙였다. 그의 신호를 알아차린 로렌이 앞으로 굴렀다가 다시 데니스와 등을 마주한 것은 그녀가 몬스터 두 마리를 처리한 다음의 일이었다.

"단장님 약혼녀 말이야. 생각보다 실력이 괜찮다고."

로렌의 말에 데니스의 시선이 세이레나를 향했다. 그녀는 데니스와 로렌이 하는 것처럼 애쉬와 등을 대고 있었다. 괜찮은 방법이다. 서로의 등을 지키면서 싸울 수 있으니까.

"그러게."

데니스는 어깨를 으쓱하며 대답했다. 헌터 경이 저렇게 잘 싸울 줄은 몰랐다. 늘 후방에서만 있었는데…… 뭐 그래도 무모하다는 평가는 따르겠지만.

애쉬가 오른쪽으로 돌며 몬스터를 향해 검을 휘두르자 세이레나가 한 박자 늦게 왼쪽으로 돌았다.

센스가 있군. 애쉬는 화를 눌러 참으며 생각했다. 검에 대한 감, 센스. 방금 세이레나를 구한 건 그것이었다. 간혹 무모하게 덤벼드는 기사도 있긴 하다. 원래 성격이 급하거나 무모한 녀석들. 하지만 세이레나는 아니다. 그가 아는 세이레나는 조용하고 수동적이었다.

"위."

애쉬는 세이레나의 어깨를 잡아당기며 검을 휘둘렀다. 뛰어오른 몬스터가 세이레나에게 발톱을 휘두르며 물러났다. 그가 잡아당기지 않았다면 어깨에 큰 상처가 생겼을 것이다.

"고……."

반사적으로 세이레나의 입에서 고맙다는 말이 나오려 했지만 그보다 먼저 애쉬가 그녀의 등을 감싸며 덤벼 오는 몬스터를 향해 검을 찔러 들어갔다.

"캥!" 하는 소리에 세이레나는 입술을 깨물었다. 그녀가 일방적으로 도움을 받고 있다.

실력의 차이가 너무 커서 애쉬는 세이레나가 처리할 수 있는 부분까지도 그가 처리하고 있었다. 고마움을 느껴야 마땅한 상황이었지만 그에 대한 감정 탓에 세이레나는 화가 났다.

싫은 남자. 하지만 이건 애쉬에게 고마워해야 한다는 걸 안다. 그게 더 화가 나서 세이레나는 거칠게 검을 휘둘렀다. 고마워해야 하는데 화가 나는 자신이 더 싫었다.

"저건 어쩔 수 없는 거지."

로렌은 한 바퀴 빙글 돈 다음 데니스와 등을 마주 대며 말했다. 훗 하고 웃는 소리가 들려서 데니스는 무슨 일인가 하고 고개를 돌렸다.

"헌터 경 말이야."

헌터 경? 데니스의 시선이 세이레나와 애쉬를 향했다. 아, 무슨 소린지 알겠다. 실력도 애쉬가 훨씬 높은데 팔도, 다리도 애쉬가 훨씬 길다. 애쉬는 세이레나를 향하는 몬스터까지 그녀의 검이 닿기 전에 먼저 치고 있었다.

"아, 저거 짜증 나지."

데니스의 동조에 로렌은 킬킬대고 웃었다. 다들 애쉬과 짝을 맞추지 않으려 하는 이유다.

파트너는 약간의 실력 차가 있어도 서로를 커버해 줄 수 있어야 한다. 하지만 상대가 애쉬 정도 되면 자신은 싸우는 게 아니라 보호받는 느낌이 들어 버린다.

그건 기사로서, 검사로서 불쾌한 일이다.

"고마운데 짜증 나는 그런 거."

로렌의 말에 데니스는 킬킬대고 웃으며 몸을 낮춰 몬스터의 다리를 노렸다. 예전에는 데니스도 그랬다. 지금의 실력이 되기 전에. 애쉬와 키와 체격이 비슷한 데니스도 그랬는데 작은 세이레나는 더 심할 것이다.

"캥!" 하고 다리를 찔린 몬스터가 물러났다.

이글거리는 두 쌍의 눈이 데니스를 노려보더니 펄쩍 뛰어올랐다. 데니스는 로렌을 밀어 보낸 뒤 검을 들었다. 푹 하고 검이 몬스터의 뱃가죽을 찢고 들어가는 게 느껴졌다. 그가 힘을 주어 검을 앞으로 당기자 "캑!" 하는 소리와 함께 몬스터의 몸이 축 늘어졌다.

“헌터 경이 얼마나 수련하느냐에 달렸지, 뭐.”

데니스는 피를 닦아 내며 말했다. 마찬가지로 한 마리를 죽이고 돌아선 로렌이 윽 하고 코를 감싸 쥐며 말했다.

“나 파트너 바꿀래.”

너무해. 데니스가 힘없이 어깨를 늘어트렸다.

“사상자 있나?”

끝이 없을 것 같던 몬스터가 물러났다.

애쉬는 몬스터의 시체 사이에 서서 소리쳤다. 오십 마리가 넘는 몬스터였지만 라고말리 기사단은 거의 처리했다. 도망간 건 고작해야 대여섯 마리 정도였다.

“육 분단, 경상 두 명, 사망자 없습니다!”

“팔 분단, 경상 한 명, 중상 한 명, 사망자 없습니다!”

“십 분단, 사망자 없습니다!”

“십이 분단, 경상 다섯 명, 사망자 없습니다!”

사망자가 없다. 차례대로 터져 나오는 보고에 세이레나는 안도의 한숨을 내쉬었다. 공을 세워야 한다는 생각에 참여한 전투긴 하지만 같은 십이 분단 사람들이 다치지 않길 바라기도 했다.

애쉬는 손을 들어 거칠게 얼굴을 문질렀다. 손끝에 핏방울이 묻어 나왔다. 그리 강한 몬스터는 아니었다. 하지만 수가 많았다. 그는 이어 소리쳤다.

“기사단으로 복귀한다!”

기사들이 일사불란하게 움직이기 시작했다. 다친 사람을 살피고 안전하게 옮기기 위해 즉석에서 부목이나 들것을 만들었다.

세이레나는 십이 분단으로 향하기 위해 몸을 돌렸다. 중상이 없다고는 하지만 경상이 다섯 명이나 된다는 게 신경 쓰였다. 싸우던 중간에 모아나가 멀쩡하게 뛰어가는 것을 봤지만 그래도 그녀가 걱정됐다.

"레나!"

하지만 애쉬가 그렇게 놔두지 않았다. 그는 재빨리 세이레나를 붙잡았다.

"네?"

모아나가 괜찮은지 확인하고 싶은데. 마음이 급한 세이레나 앞으로 애쉬가 천천히 다가왔다.

얼굴에 피가 몇 방울 튄 그와 달리 세이레나는 깨끗했다. 다른 기사들에 비하면 애쉬와 세이레나가 눈에 띌 정도로 깨끗한 것이기도 했다.

애쉬는 실력 때문에, 세이레나는 애쉬가 커버해 준 덕분에.

"이유가 뭐야?"

뭐가? 느닷없는 애쉬의 질문에 세이레나는 눈을 깜빡였다. 실제 살아 있는 상대를 향해 검을 쓴 건 처음이라 오랜만에 팔근육이 아팠다. 필요 이상으로 힘을 썼기 때문이다.

세이레나의 시선에 자기들끼리 상처에 부목을 대는 기사들의 모습이 들어왔다. 전투가 끝난 직후라 다들 지쳐 있었다. 하지만 그 와중에도 기사들 사이에서 전투에 이겼다는 승리감이 흐르고 있었다.

"이유요?"

다들 기분 좋아 보인다. 그런데 왜 이 남자만 이렇게 화가 났지? 세이레나 표정이 굳었다. 화낼 사람은 그녀다. 하지만 또 다른 이성이 속삭였다. 넌 저 사람한테 고마워해야 해.

"갑자기 몬스터 앞에 달려 나간 이유 말이야."

애쉬는 허리를 숙여 세이레나의 얼굴에 가까이 대고 나직하게 말했다. 으르렁대는 듯한 말투에 세이레나는 눈을 동그랗게 떴다.

"몬스터를 죽이러 온 거잖아요. 몬스터 앞에 가지 않고 어떻게 싸워요?"

"나와 함께 왔잖아. 혼자 앞으로 튀어나가다니, 제정신이야?"

제정신이다, 이 자식아. 그녀는 팔짱을 끼며 말했다.

"전 기사고 제 동료들이 위험에 처해 있었어요. 도와야 한다고 생각했을 뿐이에요."

거짓말이다. 세이레나의 양심이 따끔따끔하게 찔렸다. 그녀는 공을 세우고 싶었다. 하루라도 빨리, 아주 많은 공을.

애쉬의 눈이 가늘어졌다. 그는 천천히 허리를 펴고 세이레나를 내려다봤다. 마음 같아서는 그녀의 어깨를 잡고 탈탈 흔들면서 소리치고 싶었다.

'죽고 싶어? 그러다 네가 다치면?' 따위의. 하지만 그는 꾹 눌러 참았다.

세이레나도 기사다. 그리고 부하다. 다른 기사들 앞에서 그녀만 특별 취급할 수는 없다. 하지만 그럼에도 애쉬는 세이레나를 붙잡고 자기 뒤에 가둬 놓고 싶었다. 그녀가 말이 멈추기도 전에 뛰어내려 몬스터를 향해 달려갈 때는 욕이 튀어나왔다.

"네 동생은?"

차가운 목소리가 애쉬의 입에서 흘러나왔다.

동생? 세이레나가 무슨 소리냐는 표정을 짓자 애쉬는 다시 말했다.

"네가 죽거나 다치면, 네 동생은? 네 동료는? 친구는?"

세이레나의 얼굴에 핏기가 사라졌다. 하얀 얼굴에 자수정 같은 눈동자가 커다랗게 부풀어 오르는 것을 보고 오히려 당황한 건 애쉬였다.

에즈라를 잊고 있었다. 공을 세우고 싶은 마음이 급급해서. 울컥하고 뭔가가 목으로 치밀어 올라서 세이레나는 재빨리 고개를 숙였다. 그녀가 다치거나 죽으면, 에즈라는?

"자, 잘못했습니다."

이제 세이레나가 죄책감을 갖게 된 건 애쉬에서 에즈라로 넘어갔다. 애쉬의 말이 맞다.

젠장. 애쉬는 순식간에 풀이 죽은 세이레나의 어깨를 내려다보며 자신의 얼굴을 문질렀다. 전투 때문이 아니라 감정이 너무 피곤했다.

세이레나가 걱정돼서, 그다음엔 그녀에게 화가 나서, 그리고 지금은 풀이 죽은 세이레나를 보고 가슴이 아파서.

자신이 나쁜 놈이 된 기분이다. 이런 기분은 처음이라 애쉬는 잠시 가만히 있었다. 그는 살면서 처음으로 감정 때문에 피곤하다는 것을 경험하고 있었다.

"세이레나 헌터. 명령 불복종으로 일주일 근신이다."

"뭐?"

놀란 소리는 세이레나의 입에서 나온 소리가 아니었다. 두 사람이 한참이나 가만히 있자 무슨 일인가 하고 다가왔던 데니스와 로렌은 애쉬의 처벌을 듣고 눈을 휘둥그래 떴다.

명령 불복종으로 일주일이나 근신이라고? 그들은 세이레나가 무모하다고는 생각했지만 애쉬의 벌이 과하다고도 생각했다.

오늘 전투에서 세이레나는 훌륭하게 싸웠다. 어느 누구도 그녀의 능력을 부정할 수는 없을 것이다.

"미쳤냐?"

돌아서는 애쉬를 향해 데니스가 나직하게 물었다. 하지만 애쉬의 차가운 시선을 받고 입을 다물었다. 화났다. 진짜로. 그는 안됐다는 듯 세이레나를 쳐다보고 로렌에게 말했다.

"가자."

"잠깐, 단장은 왜 저러는 거야?"

"글쎄."

조용한 놈이 미치면 무섭다더니.

데니스는 다시 한 번 세이레나를 쳐다보고 애쉬의 뒤를 따랐다. 최소한 애쉬가 무엇 때문에 미쳤는지 알겠다. 아니, 누구 때문에.

"괜찮아요?"

멍하니 있던 세이레나는 다정한 목소리에 고개를 들었다.

붉은 머리의 여기사가 그녀를 내려다보고 있었다.

이 사람도 안다. 그녀는 멍하니 고개를 끄덕였다. 세이레나가 왕비였을 때 그녀를 호위할 일이 있으면 가장 가까운 곳에서 호위했던 기사다.

로렌 필립스. 현재 라고말리 기사단의 유일한 여자 마스터이자 슈발리에다.

세이레나는 그녀의 다정한 표정이 익숙하지 않았다. 왕비였을 때 로렌은 다정하지 않았다. 늘 조금은 쌀쌀맞았고 거리감 있게 행동했다.

로렌은 애쉬의 처벌을 지지하기 위해 말했다.

"좀 무모하긴 했어요."

그랬나. 세이레나의 어깨가 축 늘어졌다. 쓸모 있었다고 생각했다. 그리고 제법 나쁘지 않았다고도 생각했다. 하지만 애쉬뿐 아니라 로렌까지 무모했다고 한다면 확실히 무모했던 거다.

"하지만 잘했어요."

로렌은 늘어진 세이레나의 어깨를 부드럽게 다독이며 말했다. 이어서 데니스가 세이레나와 로렌의 말을 끌고 다가왔다. 둘 다 좋은 사람들이네. 그렇게 생각하는 세이레나에게 데니스가 농담처럼 말했다.
"원래 저런 놈이 아닌데, 누가 걱정돼서 미친 모양이죠, 뭐."
누가? 세이레나와 로렌의 눈이 동그래졌다. 어. 데니스는 이해하지 못하는 두 여자를 보고 머쓱해서 머리를 긁적였다.
"헌터 경은 그렇다 쳐도 로렌 너까지 못 알아들을 줄이야."
"무슨 소리야?"
"아, 됐다, 됐어. 이 둔탱이들아."
세이레나와 로렌의 눈이 마주쳤다. 잠시 시선을 마주치던 두 사람은 로렌이 먼저 픽 웃어 버리자 세이레나도 따라서 웃음을 터트렸다.
킬킬대며 말에 올라탄 로렌이 먼저 손을 내밀었다.
"로렌 필립스예요. 일 분단이죠."
"세이레나 헌터예요. 십이 분단이고요."
"알아요. 단장님의 약혼녀. 맞죠?"
별로 유쾌하지 않은 수식어다. 세이레나는 인상을 찡그리며 말했다.
"지금은 거부하고 싶지만요."
재미있는 사람이네. 로렌은 다시 킬킬대다가 말했다.
"실력이 좋던데요. 승단 시험 볼 거죠?"
세이레나의 실력은 십이 분단에 있기엔 아까운 실력이다. 그건 그녀가 일부러 승단하지 않았기 때문이다.
원래 세이레나의 실력이라면 최소한 팔 분단. 돌아온 뒤로 피나게 훈련한 덕분에 지금은 더 높은 분단도 가능할 것이다.

실제로 로렌은 세이레나가 오륙 분단도 가능할 것이라고 생각했다.

"네."

세이레나가 고개를 끄덕이자 로렌은 손뼉을 치며 말했다.

"와! 잘됐다! 나랑 친하게 지내요."

이런 사람이었나. 세이레나는 조금 당황해서 로렌을 쳐다봤다. 늘 쌀쌀맞은 표정을 짓고 있어서 어려운 사람이라고 생각했다. 게다가 세이레나가 왕비가 됐을 때 기사단에 남은 몇 안 되는 여기사기도 했다.

"아서라. 단장이 자기 약혼자한테 이상한 물들인다고 뭐라고 할걸?"

티커가 킬킬대고 한마디 하고 지나갔다.

모아나를 찾던 세이레나의 눈에 그리 멀지 않은 곳에서 멀쩡하게 말을 달리는 모아나의 모습이 들어왔다. 다행이다.

"입 닥쳐, 티커."

로렌은 앞지르는 티커의 등 뒤로 주먹을 휘둘렀다.

"자꾸 그러면 진짜 한 대 맞을 줄 알아!"

그녀의 고함에 주변에서 와 하고 웃음을 터트렸다.

세이레나 역시 사람들을 따라 웃었다. 생각보다 훨씬 재미있는 사람이었다.

왕비일 때는 이렇게 재미있는 사람이라는 걸 왜 몰랐던 걸까.

5

약혼

승단 시험이 얼마 남지 않았다. 이제 보름 앞으로 다가온 탓에 이른 아침부터 훈련장은 열기가 가득했다.

라고말리 기사단은 기사단일 뿐 아니라 교육장이기도 해서 일 분단 기사들은 돌아가며 승단 시험을 앞둔 기사들의 훈련을 봐 주고 있었다.

오늘 훈련을 봐 주는 기사는 티커와 로렌. 일 분단은 승단 시험을 보지 않는다. 대신 승단 시험 뒤에 있을 도전을 받아 줘야 한다.

"어, 뭐야? 헌터 경, 오늘도 안 나왔어?"

티커는 훈련장 끝까지 가서 생각났다는 듯 말했다. 이틀 전 몬스터와 전투 이후로 세이레나의 모습은 훈련장에서 보이지 않았다.

훈련장뿐 아니다. 기사단에서도 보이지 않는다. 다들 이렇게 열심히 훈련하는 와중에 이틀이나 훈련에 빠지다니, 다친 게 아니라면 시합을 포기한다는 말이다.

그럼 그렇지. 빠르게 세이레나에게 실망하는 티커에게 로렌이 말했다.

"근신이야, 멍청아."

"근신? 왜?"

로렌은 눈앞의 기사의 팔을 툭 쳐서 위로 올렸다. 팔을 너무 낮게 들고 있다. 기사는 윽 하고 신음했지만 그녀가 시키는 대로 팔을 올렸다.

"명령 불복종이라."

허? 티커의 입이 떡 벌어졌다. 명령 불복종으로 근신이라고? 그는 뒤에도 눈이 달린 것처럼 뒤에 있는 기사의 허리를 툭 쳐서 몸을 펴게 한 뒤 말했다.

"단장이 근신하라고 했다고?"

"그럼 누가 근신을 명령하겠냐?"

그야 그렇긴 하지. 아니, 데니스도 있잖아? 티커는 반사적으로 부단장을 떠올렸다가 머리를 긁적였다.

애쉬도 그렇지만 데니스도 명령 불복종으로 근신까지 명령한 적이 없다. 가장 심한 벌이 말을 이고 수도 외벽을 따라 한 바퀴 도는 거였다. 그것도 말을 검으로 찌르는 바람에 받은 벌이다.

"왜? 헌터 경이 무슨 명령을 불복종했는데?"

"지난번 전투 때 말이야."

로렌은 오른쪽 기사의 검을 자신의 검집을 들어 막았다. 아슬아슬하게 기사의 검 끝이 앞에 있는 기사의 눈앞에서 멈췄다.

"헉."

깜짝 놀란 기사가 뒤로 물러나는 순간 로렌은 재빨리 그의 옷깃을 잡아당겼다.

뒤에도 훈련하는 기사가 있는데 물러나면 부딪친다.

"이 정도로 놀라지 마, 이 멍청아."

거칠게 윽박지른 뒤, 기사의 옷깃을 놔준 로렌은 옆으로 돌아서며 말했다.

"단장이 멈추랬는데 몬스터 앞으로 달려 나갔잖아."

그러더니 바로 옆의 기사를 향해 호통쳤다.

"안전거리 몰라? 너 바보야?"

아, 그렇군. 티커는 로렌의 말 중에서 자신에게 하는 말만 골라 듣고 볼을 긁적였다.

그때의 세이레나는 무모할 정도긴 했다. 겨우 십이 분단 기사가 머리가 두 개인 몬스터 세 마리 앞으로 튀어 나갔다. 그가 모르는 사람이었다면 죽으려고 환장했다고 생각했을 것이다.

"근신 당할 만하네."

목숨이 한 일곱 개가 아니고서야 십이 분단 실력의 기사는 몬스터 세 마리 앞으로 튀어 나가면 안 되는 거다.

물론 세이레나의 실력은 십이 분단의 실력이 아니었지만. 게다가 단장이 가지 말라고 했다면 벌 받는 것도 당연하다.

하지만 이상하군. 티커는 몸을 돌려 반대쪽으로 걸어가며 고개를 갸웃했다. 그가 아는 애쉬라면 근신이 아니라 훈련장을 오십 바퀴를 뛰라고 했을 거다.

"근신이라고?"

"캉!" 하고 검이 부딪쳤다. 유진은 자신과 검을 마주한 기사를 똑바로 쳐다보며 말했다.

"일주일이래."

"와, 단장님이 좀 너무했는데."

"뭘 너무해? 명령 불복종이 근신 일주일이면 나쁘지 않지."

"야, 그래도 그렇지. 헌터 경 덕분에 그때 죽다 살아난 녀석만 다섯 명이야."

몬스터의 공격을 받아 쓰러진 기사는 중상이었다. 그 기사를 지키느라 맞서 싸우던 기사 넷은 모두 경상이었고. 그들이 도망칠 시간을 세이레나가 벌어 준 거다. 그 기사들에게 세이레나는 은인이나 다름이 없다.

유진은 그 사실을 떠올리고 인상을 썼다. 십이 분단의 실력이 아니었다.

최소한 팔 분단. 잘하면 육 분단까지도 올라올 수 있을 것이다. 그냥 운 좀 좋은 녀석이라고 생각했는데.

"그래서, 지금 기사단은 네 벌이 과하다와 그렇지 않다로 의견이 갈려 있다는 거지."

같은 시간, 세이레나는 근신 중인 친구를 방문한 모아나와 마주 앉아 차를 마시고 있었다. 손님에게 대접하는 차가 좀 저렴한 걸로 바뀌었다. 재정 때문이다.

"과하지 않다는 사람도 있어?"

세이레나의 질문에 모아나는 고개를 끄덕였다. 솔직히 말하면 과하지 않다는 쪽이 더 많다.

다들 근신 일주일이라는 말에 너무했다고 하다가 사유가 전투 중 명령 불복종이라는 걸 알게 되면 고개를 끄덕였다.

"전투 중이었니까."

윽. 세이레나는 일그러진 얼굴을 찻잔으로 가렸다. 기억하기 싫을 정도로 부끄러운 기억이다.

"게다가 약혼자라고 봐주지 않았다는 점에서 오히려 인기가 좋아졌는걸."

"흥."

두 사람이 서로 좋아서 약혼하는 거라면 그것도 말이 될 것이다. 하지만 세이레나와 애쉬는 서로를 좋아하지 않는다.

그녀는 왕의 명령으로 약혼한다는 사실을 숨긴 게 처음으로 안 좋은 결정이라는 생각이 들었다.

그렇다고 해서 이제 와서 사실은 왕의 명령이라고 밝힐 생각은 없지만.

"네 숙부는 어때?"

세이레나와 애쉬의 약혼이 왕의 명령이라는 것을 아는 몇 안 되는 사람 중 하나인 모아나가 재빨리 주제를 바꿨다.

왕의 명령이라고는 하나, 모아나는 세이레나가 단장과 약혼해서 다행이라고 생각했다.

세이레나에게는 후견인이랍시고 휘젓고 돌아다니는 저 기분 나쁜 게일 헌터에게서 세이레나를 보호해 줄 사람이 필요하다. 게다가 애쉬는 그녀의 작위를 위해 결혼을 스물한 살까지 미뤄 주겠다고도 했다.

세이레나가 파혼할 거라고 이야기하긴 했지만 모아나는 그게 어려울 거라 생각했다. 왕의 명령으로 하는 약혼이 그렇게 쉽게 파혼될 리가 없다. 게다가 두 사람이 결혼하면 그림 같은 부부가 될 거다.

"뭐, 평소와 같지."

세이레나는 찻잔을 테이블에 올려놓으며 쓰게 웃었다. 그녀가 근신 당했다는 것을 알자마자 게일은 부리나케 달려와서 기사단을 그만두라고 설득하기 시작했다.

"오늘은 안 왔나 봐?"

게일은 수도로 올라온 후로 매일 이 저택을 찾아와 형이 숨긴 금고가 없는지 온 집 안을 뒤지고 다녔다. 하지만 그가 찾아낸 건 이미 세이레나가 열어 돈이 될 만한 건 전부 파는 바람에 서류만 남고 텅 비어 버린 금고였다.

"왔었어."

오늘 오전에도 게일은 저택을 뒤지다가 결국 포기했는지 돌아갔다.

어디 은행에라도 가서 돈을 구할 방법을 찾고 있지 않을까.

세이레나는 그렇게 생각하게 피식 웃었다.

"그리고 여기서 더 긁어낼 게 없으니까 나갔지. 내일 또 그럴 리 없다고 생각해서 뒤지러 올지도 몰라."

냉소적이지만 담담한 말에 모아나는 한숨을 내쉬었다. 저런 것도 숙부라고, 후견인이라니, 친구가 불쌍했다. 하필 부모님이 돌아가셔서.

하지만 반대로 부모님의 사망으로 세이레나가 철이 든 게 보기 좋았다. 그녀는 어딘지 모르게 어른스러워진 친구가 우아하게 찻잔을 드는 것을 물끄러미 바라보다가 말했다.

"검술 훈련이 자세에 도움이 되나 봐."

"응? 왜?"

찻잔을 든 채 세이레나의 눈이 동그래졌다. 모아나는 다리를 꼬며 말했다.

"너 자세가 엄청 좋아졌거든. 우아해졌어."

분위기도 예전과 달라졌다. 예전엔 철없고 가벼운 백작 영애라는 느낌이었다면 지금은 어딘지 모르게 처연한 느낌이 들면서 우아한 부인처럼 보인다.

모아나의 칭찬에 세이레나는 눈을 동그랗게 떴다.

"그래?"

몰랐다. 그녀의 자세가 바뀐 줄은. 왕비로 있으면서 늘 허리를 꼿꼿하게 세우고 있어야 했기 때문이다.

'원래 어떻게 앉았지?'

의식하자 그녀의 자세가 무너졌다.

모아나는 킥킥대며 다시 주제를 바꿨다.

"단장이랑 약혼하는 건 어때? 준비 잘돼 가?"

"준비랄 것도 없어."

세이레나는 다시 허리를 펴며 말했다. 그녀가 준비하는 건 하나도 없다.

부모님의 사망 때문에 그녀는 아직도 검정색 드레스를 입고 있었다. 원래대로라면 약혼식은커녕 생일도 조용히 지나갔을 것이다.

"공작가에서 다 준비한다더라고."

"네 생일날 발표한다며. 숙부랑 사촌은 알아?"

헌터 백작 부부의 사망 때문에 헌터가에서는 아무것도 준비하지 않기로 했다. 내년까지 헌터가는 조용히 있는 게 좋다. 하지만 공작가는 다르다.

애쉬는 세이레나의 생일에 맞춰 자신의 저택에서 그녀의 생일 축하와 동시에 약혼을 발표하겠다고 말했다.

"아직."

아직? 모아나의 눈이 동그래졌다.

그레이윈드 공작가에서 작은 연회를 연다는 초청장이 이미 어제 각 집안에 도착했다. 갑작스러운 연회에 다들 무슨 일인가 하고 궁금해 했다.

초대받은 사람은 귀족들과 기사들. 갑작스러운 초대라 오는 사람은 그리 많지 않을 것이다. 아마 연회가 끝나고 바로 다시 연회에서 약혼을 발표했음을 알리는 편지를 보내겠지. 모아나는 그렇게 생각하며 말했다.

"네 숙부가 편지로 약혼 사실을 알면 뒤집어질텐데?"

"편지로? 연회에서 알걸?"

"아, 초대장을 봤구나."

그거 안 됐네. 모아나와 세이레나는 동시에 쓰게 웃었다.

그레이윈드 공작가에서 보낸 초대장을 발견한 게일은 상을 치른 세이레나가 아니라 그와 아드리아나가 가야 한다고 나섰다.

"그러라고 하지, 뭐."

세이레나는 무심하게 말했다. 그러거나 말거나 상관없다. 그녀는 지금 가장 위험한 선택지를 비켜났다. 왕비가 되는 것. 그녀가 가장 두려워하던 미래가 아이러니하게도 왕의 조카인 애쉬와 약혼함으로써 바뀌었다.

마음에 조금 여유가 생겼다. 다시 찻잔을 들어 올리는 그녀에게 모아나가 슬그머니 물었다.

"동생은 어때?"

찻잔을 들어 올리던 세이레나의 움직임이 멈췄다. 가장 아픈 곳이 찔렸다. 그녀는 굳은 표정으로 찻잔을 내려놓았다.

"아직도 방에서 안 나와?"

모아나의 질문대로 에즈라와는 아직 이야기를 하지 못했다.

아마 세이레나가 억지로 끌어내면 끌어낼 수 있을 것이다. 이 집안의 가주는 이제 그녀니까 집사에게 문을 열라고 하면 열 수 있다. 하지만 그녀는 매일 밤 에즈라의 방문 앞에 서서 망설이고 있었다.

지금 에즈라가 무슨 생각을 하는지, 문을 열면 어떤 얼굴로 그녀를 쳐다볼지 두려웠다. 하나뿐인 동생이, 그녀가 돌아오기 전 인생에서 잊어버리고 지켜 주지 못했던 죄책감만큼이나 누나인 그녀를 미워할까 봐 무서웠다.

"에즈라는 마음이 약하니까."

모아나는 그렇게 말하며 찻잔을 들어 올렸다.

그럴까. 세이레나는 물끄러미 자신의 찻잔을 내려다봤다.

단지 마음이 약하기 때문에 방을 나오지 않는 걸까. 세이레나가 마지막으로 본 에즈라는 증오에 찬 청년이었다. 사람을 몇 명이나 죽이고 누나를 노려보기만 했다.

"금방 나오겠지."

모아나는 위로처럼 그렇게 말하고 자리에서 일어났다. 슬슬 돌아갈 시간이었다.

모아나를 배웅하고 돌아온 세이레나는 서재에 들어가 책상 앞에 앉았다.

모아나 덕분에 쉬었으니 이제는 장부를 들고 머리를 싸맬 시간이었다.

근신의 장점이다. 장부를 잡고 끙끙댈 시간이 늘어났다. 그렇다고 검 훈련을 게을리하지도 않아서 그녀는 오늘 오전 내내 훈련장에서 검을 휘둘렀다. 훈련의 성과가 점점 눈으로 보이고 있었다. 돌아오고 나서 온몸에 조금씩 근육이 붙었다.

세이레나는 자기 팔을 내려다봤다. 잔 근육이 붙어 훨씬 강하고 단단해졌다. 돌아오기 전의 그녀의 몸 상태를 떠올리면 감개무량할 정도다. 게다가 매끄러운 피부. 세이레나는 소매를 걷고 자신의 팔을 쓸며 한숨을 내쉬었다.

소매를 걷을 수 있다는 게 기뻤다. 지난번 전투에서도 가벼운 상처가 생긴 모아나와 달리 세이레나는 긁힌 상처 하나 없었다.

애쉬 덕분이다. 인정하기 싫지만 그녀는 가까스로 그녀는 애쉬에게 고마워할 수 있게 되었다.

여전히 짜증 나지만 그건 실력 차이 탓이니까 그녀의 잘못이다. 그리고 등을 대고 싸웠기 때문에 실력의 격차를 실감할 수 있었다.

"엄청난 실력이었지."

최연소 마스터. 그저 대단하게만 생각했던 그 호칭의 진정한 의미를 알았다.

부럽다. 그리고 동시에 질투가 생겼다. 젊고 능력 있는 공작.

그런 인생을 산다는 건 아무것도 두려울 게 없을 것이다.

애쉬를 향한 이유 모를 혐오가 순식간에 질투로 바뀌었다.

"재수 없어."

세이레나는 혀를 차며 다시 장부로 시선을 던졌다. 몇 번이나 본 덕분에 이제 뭐가 수익이고 뭐가 지출인지는 알겠다. 문제는 이게 무슨 지출인지 모르겠다는 거다.

그때 누군가 문을 박차고 들어왔다.

"세이레나!"

"안 됩니다!"

여자의 뒤로 집사가 뛰어 들어왔다.

세이레나는 무슨 일인가 하고 고개를 들었다. 아드리아나가 씩씩대며 그녀의 앞에 서 있었다.

"너, 너, 이 나쁜 것!"

느닷없는 욕에 세이레나의 눈이 동그래졌다.

미쳤나? 그녀는 저도 모르게 튀어나올 뻔한 말은 삼키고 집사를 쳐다봤다. 그는 미처 아드리아나를 잡지 못한 것에 대한 죄책감과 면목 없음으로 새하얗게 질려 있었다.

"뭐죠?"

세이레나는 아드리아나를 무시하고 집사에게 물었다. '세 번째는 없을 거라고 했을 텐데요?'라는 의미가 담긴 그녀의 시선에 집사는 땀을 삘삘 흘리며 말했다.

"죄송합니다, 아가씨. 들어오시면 안 된다고 했는데 막무가내라…….”

“들어오면 안 되긴 뭐가 안 돼?”

아드리아나는 집사를 향해 빽 소리를 지른 뒤 허리에 손을 얹었다. 그렇지 않아도 외풍이 심한 집에서 지내느라 불편하기 그지없었다. 아빠가 분명 수도로 올라오면 헌터 저택에서 지낼 거라고 했는데! 하지만 그건 괜찮았다. 외풍이 심하지만, 어차피 게일이 곧 이 저택으로 들어갈 테니 참으라고 해서 참았다.

하지만 이건 참을 수 없다.

그녀는 세이레나 앞으로 성큼성큼 걸어갔다. 세이레나는 여전히 무슨 일이냐는 듯 그녀를 쳐다보고 있었다. 그것도 마음에 들지 않는다.

아드리아나는 세이레나가 깜짝 놀라서 튀어나와 그녀를 맞이하지 않는다는 사실이 기분 나빴다. 그녀와 아드리아나의 차이는 아버지가 백작이냐, 아니냐의 차이일 뿐이다.

아드리아나는 자신에게도 세이레나와 같은 것을 누릴 권리가 있다고 생각했다.

게일이 그렇게 말했으니까.

“나쁜 년! 네 짓이지?”

세이레나는 들고 있던 장부를 놓고 몸을 의자에 묻었다. 느긋한 태도를 취한 그녀는 씩씩대는 아드리아나에게 말했다.

“말조심 좀 해.”

“뭐?”

예상하지 못한 세이레나의 태도에 아드리아나의 눈이 커졌다.

얘가 미쳤나? 그녀가 아는 세이레나는 그녀가 화를 내면 어쩔 줄 몰라 했다.

어쩌다가 아드리아나가 나쁜 년이라거나 욕설을 내뱉으면 깜짝 놀라서 울상을 지었다.

귀하게 자라서 세상 물정도 모르는 순진한 멍청이.

세이레나에 대한 아드리아나의 평가는 딱 그거였다. 그에 비해 아드리아나는 시골에서 자라 험한 말을 사용할 줄 알고 남자들과 격의 없이 대화할 수 있는 자신이 더 낫다고 생각했다.

"못 알아들었니? 말조심하라고. 넌 이 집에 초대받지 않고 온 손님이고 난 주인이야. 내가 널 하인을 시켜 쫓아내야겠니?"

"뭐, 무슨……."

생각하지 못한 세이레나의 태도에 아드리아나는 멍하니 서 있었다.

얘가 지금 뭐라고 하는 거지? 그녀는 세이레나의 갑자기 변한 태도를 전혀 이해하지 못하고 있었다.

"거드윈."

세이레나는 멍청하게 서 있는 아드리아나를 무시하고 집사를 불렀다.

설마. 집사는 세이레나가 아무리 그래도 자기 사촌을 쫓아내지는 않을 거라고 생각했다. 그가 아는 한 세이레나는 늘 이 기세고 제멋대로인 사촌에게 휘둘렸다.

아드리아나의 실수를 그녀가 뒤집어쓴 것만도 열 손가락이 부족하다. 하지만 세이레나는 더 이상 뒤집어써 줄 생각이 없었다. 아니, 아드리아나의 건방진 행동을 용납해 줄 생각이 없었다. 그녀는 그대로 앉은 채 말했다.

"아드리아나를 데리고 나가요. 다음에도 아드리아나가 서재에 마음대로 들어오면 당신도 같이 나갈 준비하세요."

냉정한 말에 거드윈은 고개를 숙였다.

그때까지도 아드리아나는 멍하니 세이레나를 쳐다보고 있었다.

이게 그녀가 아는 세이레나가 맞나?

아드리아나는 집사가 다가와서 고개를 숙이자 정신을 차리고 소리쳤다.

"잠깐! 내 드레스는 어쩔 건데?"

드레스? 거드윈이 움찔하고 세이레나를 쳐다봤다.

다시 장부를 들춰 보려던 세이레나는 무슨 소리냐는 듯 물었다.

"네 드레스를 왜 나한테서 찾아?"

"나쁜 년! 네가……."

그 순간 세이레나는 거드윈에게 눈짓했다. 데리고 나가. 그 눈빛을 정확하게 읽은 거드윈이 다시 아드리아나에게 고개를 숙였다.

“아가씨.”

“자, 잠깐! 잠깐만. 미안해, 세이레나. 너무 화가 나서 그랬어, 응?”

“화가 난다고 네 가문의 가주에게 느닷없이 욕을 하는 건 말도 안 되지. 사람들이 너와 네 아버지를 얼마나 천박하게 보겠니.”

응? 아드리아나와 거드윈, 둘 다 세이레나의 말에 멈칫했다.

조용한 목소리라 거기 담긴 비난이 천천히 다가왔다. 세이레나는 다시 장부를 놓고 책상 위에 손을 얹었다. 천박하다는 말은 아드리아나가 늘 그녀에게 했던 말이다.

왕비가 된 세이레나가 유행하는 드레스를 입으려 하면 아드리아나는 사용인들 앞에서 큰 소리로 말하곤 했다.

“어머, 세이레나. 왕비가 천박하게 무슨 짓이니?”

그녀는 원래 생각이 짧고 사용인들을 사람으로 생각하지 않았다. 그러니 그런 짓이 가능했던 거다.

그런 거였군. 세이레나는 그녀가 한 말을 돌려줬다는 즐거움보다 아드리아나가 자신의 자존감을 깎아 내고 있었다는 것을 깨닫고 씁쓸한 표정을 지었다.

“하지만 이왕 왔으니까 무슨 소린지 설명할 기회는 줄게.”

아드리아나는 마치 큰 은혜를 베푸는 것 같은 세이레나의 태도에 눈을 깜빡였다.

이상하다. 세이레나가 이상했다. 그녀는 세이레나에게 다가가며 물었다.

"너 어디 아프니?"

"그럼 갈래?"

마치 기다렸다는 듯 나오는 대답에 아드리아나는 허둥지둥 고개를 저었다. 그녀는 자신이 공손한 태도로 섰다는 것도 모른 채 입을 열었다.

"드레스가, 드레스를 맞췄는데, 의상실에서 네가 지불을 거절했다고 해서……."

끝으로 갈수록 작아지는 아드리아나의 말을 듣고 세이레나는 아, 하고 입을 벌렸다.

무슨 말인지 알겠다. 수도에 올라오자마자 아드리아나는 의상실로 돌진해서 열 벌이 넘는 드레스를 맞췄다.

의상실에서 옷을 만들 때는 비용의 반을 착수금으로 주고 완성되면 남은 반을 주게 되어 있다. 하지만 이름 있는 귀족의 경우 그 착수금까지 완성 후에 지불하기도 한다.

아드리아나는 헌터 백작가에서 지불할 거라며 착수금도 주지 않았고 의상실은 완성이 되자 당연히 세이레나에게 지불을 요청했던 거다.

"응. 거절했는데."

세이레나는 당연하다는 듯 말했다.

당연하다. 헌터 백작가와 헌터가는 다르다. 귀족은 형제자매를 부양해야 할 의무가 있지만 세이레나의 형제자매는 에즈라뿐이다.

게일 헌터를 부양해야 하는 의무는 세이레나의 부모님이 사망하면서 사라졌다.

"어째서!"

아드리아나가 발칵 화를 내며 책상을 탕 하고 내리쳤다.

세이레나의 시선이 차가워졌다. 아직도 정신을 못 차렸네. 그녀는 집사에게 눈짓한 뒤 말했다.

"그걸 내가 왜 내줘야 하는데? 네가 입을 거잖아. 숙부님께 내달라고 해야지."

"하지만 아빠가 너한테 달아 두라고 했단 말이야!"

그럴 줄 알았다. 세이레나의 눈이 가늘어졌다. 그녀가 바뀐 만큼 게일과 아드리아나도 달라지지 않을까. 그렇게 생각했던 게 무색해졌다.

"실례합니다."

그때 하인이 서재 문을 두드렸다. 세 사람의 시선이 하인을 향했다. 집사는 서둘러 하인에게 다가가 물었다.

"무슨 일인가?"

"기사단에서 손님이 오셨습니다."

손님?

거드윈의 시선이 세이레나를 향했다. 눈빛에 담긴 '어떻게 할까요?'라는 의미에 세이레나는 한숨을 내쉬었다.

어쩔까. 아무도 만나고 싶지 않다. 하지만 기사단에서 왔다니까 누군지 궁금하기도 했고 아드리아나에게 보여 주고 싶기도 했다. 그녀에게 아드리아나는 기사단에서 온 잘 모르는 사람의 방문을 맞이하기 위해 쫓아낼 정도로 보잘것없다는 것을.

그녀는 자리에서 일어나며 말했다.

"들어오시라고 해요. 그리고 아드리아나, 네 옷은 숙부님께 내달라고 해. 거드윈."

마지막에 거드윈을 부른 것은 아드리아나를 끌고 가라는 의미였다. 거드윈은 손님을 들이기 위해 나가는 하인을 불러 세웠다.

"여기 헌터 양을 밖으로 안내해 드리게. 손님은 내가 안내하지."

귀찮은 일은 자기보다 아랫사람에게 맡기는 거다.

거드윈의 명령에 하인은 잠깐 울상을 지었다. 이 아가씨는 대하기 귀찮은데.

세이레나는 후 하고 한숨을 쉬며 다시 의자에 앉았다.

아드리아나가 믿을 수 없다는 표정으로 세이레나를 쳐다봤다.

"가시죠, 헌터 양."

"잠깐, 세이레나! 너 이 나쁜 년!"

그 순간 세이레나가 눈동자만 움직여 아드리아나를 쳐다봤다. 그 태도에 아드리아나가 움찔했다.

"내보내요."

단호한 말에 하인이 아드리아나의 옆에 가까이 섰다. 나가지 않으면 끌어내겠다는 태도에 아드리아나는 세이레나를 노려봤다.

"아빠가 아시면 널 가만두지 않으실 거야!"

아드리아나의 철딱서니 없는 협박에 세이레나는 저도 모르게 피식 웃었다.

"아빠가 아니라 아버지겠지."

아드리아나의 얼굴이 달아올랐다. 그녀는 팔을 휘둘러 하인을 떨쳐 내고 쿵쿵대며 서재를 나가 버렸다.

세이레나는 어휴 하고 한숨을 내쉬며 눈을 감았다. 장부를 보느라 머리가 지끈지끈했는데 아드리아나 때문에 더 골치가 아팠다.

"피곤한 모양이네."

갑자기 익숙한 목소리가 들려왔다.

어? 깜짝 놀라 세이레나가 눈을 뜨자 애쉬가 책상 앞에 꽃다발을 들고 서 있었다.

"어떻게 여길, 잠깐."

기사단에서 왔다는 손님이 이 남자였어?

세이레나의 눈이 동그래졌다.

애쉬는 평소와 달리 기사복을 입고 있지 않았다. 검정색 기사복 때문에 딱딱해 보였던 그의 인상이 갈색 조끼와 재킷 때문에 부드러워 보였다.

"집사가 들어가라고 해서 들어왔는데."

애쉬는 놀라는 세이레나의 태도에 변명처럼 말했다. 마치 쉬고 있던 그녀를 그가 방해한 느낌이다. 쉬는 건 아니었겠지. 그는 방금 전까지 손님이 있었던 게 분명한 서재를 둘러보며 생각했다.

세이레나와 다른 향수 냄새가 가득했다. 여자 손님이었던 모양이지.

"아, 맞아요. 무슨 일이에요?"

세이레나는 자리에서 벌떡 일어나며 딱딱하게 물었다.

근신 중인 기사에게 기사단장이 무슨 일로 왔을까? 혹시 제대로 근신하고 있나 확인하려고?

이어지는 좋지 않은 생각에 세이레나의 미간에 주름이 생겼다.

애쉬는 그녀의 생각을 정확하게 알아차렸다.

"약혼자로서 온 거야."

그는 세이레나에게 꽃다발을 내밀며 말했다.

단장으로서 왔다면 기사복을 입고 왔겠지.

아닌가. 아닐 것이다. 그는 자신이 마찬가지로 옷을 갈아입고 왔을 거라고 생각하며 꽃다발을 멀뚱멀뚱 쳐다보기만 하는 세이레나에게 말했다.

"선물이야."

"알아요."

당황해서 말이 뾰족하게 나온다. 세이레나는 그렇게 말하고 꽃다발을 받아 들었다.

꽃다발을 받은 건 처음이다. 생각해 보니 진짜 그랬다. 지금까지 그녀는 백작 위를 이어받기 위해 약혼도 하지 않았고 데이트도 한 적이 없다.

돌아오기 전 인생에서는 게일이 재빨리 왕비로 바쳤기 때문에 누구에게도 꽃다발을 받을 기회가 없었다.

"예쁘네요."

태어나서 처음 받는 꽃다발에 세이레나는 약간 목이 잠겨서 가까스로 말했다. 이 겨울 어디에서 꽃을 구한 걸까. 색도 화려한 꽃인 게 이 근방에서 구한 건 아니었다.

세이레나가 예상보다 훨씬 좋아하는 바람에 애쉬는 농담을 던질 기회를 놓쳐 버렸다. 이 정도로 감격할 줄은 몰랐는데. 그는 이틀을 달려 꽃다발을 공수해 오라고 하길 잘했다고 생각했다.

"이제 앉아도 돼?"

장난스러운 애쉬의 질문에 하인에게 꽃을 넘기던 세이레나는 깜짝 놀라서 말했다.

"네. 앉으세요."

그리고 아차 하는 표정을 지었다. 왜 왔냐고 물어보고 바로 보냈어야 했다. 지금 당장 그녀가 싫어하는 사람을 꼽자면 그는 당당하게 다섯 손가락 안에 든다.

내가 왜 싫어하는 남자와 내 서재에서 마주 앉아 있어야 하는 거지.

세이레나가 그렇게 생각할 때쯤 하인이 차를 가져왔다.

"근신은 어때?"

하인이 찻잔에 차를 따르고 물러나자 애쉬가 물었다. 어색한 정적이 가득하던 서재 안에 터진 그의 질문에 세이레나는 화를 내야 할지 말아야 할지 고민하며 대답했다.

"그냥 그래요."

"훈련하긴 춥지 않고?"

날이 좀 따듯해져서 괜찮다. 하지만 곧 다시 추워질 것이다. 그녀의 생일쯤에는 늘 어마어마하게 추워졌으니까.

"훈련장이 다 그렇죠, 뭐."

화났다는 게 표 나는 대답에 애쉬는 들어 올린 찻잔 뒤에서 슬며시 웃었다.

"이 집 훈련장, 춥잖아."

"어……."

어떻게 아니야는 질문은 가까스로 멈췄다.

세이레나는 추모식 날, 모아나가 애쉬와 데니스 앞에서 이야기한 것을 떠올렸다. 그래서 그녀는 재빨리 대답을 바꿨다.

"그 정도로 춥진 않아요."

거짓말. 애쉬의 눈동자가 그렇게 말해서 세이레나는 그의 시선을 피했다.

불편하다. 저 검정색 눈동자가 그녀가 품은 질투를 읽어 낼 것만 같았다.

"너무 추운 곳에서 훈련하면 근육이 상해."

그럼 근신을 명하지 말든가. 당연한 벌이라는 걸 알지만 빈정상한다.

세이레나는 재빨리 주제를 바꿨다.

"그런데, 무슨 일이에요?"

"아."

애쉬는 찻잔을 내려놓고 목을 한번 가다듬고 말했다.

"네 생일 말이야."

이제 겨우 나흘 남았다. 세이레나의 시선이 달력으로 향했다.

나흘 뒤가 그녀의 생일.

세이레나는 드디어 스무 살이 된다. 그래도 후견인이 필요 없어지려면 일 년이 더 있어야 하지만.

"혹시 받고 싶은 게 있나 궁금해서."

받고 싶은 거? 세이레나의 눈동자가 한 바퀴 굴렀다.

"선물이라도 주려고요?"

"음. 그래야 하지 않을까?"

그렇다면 그렇다고 아니면 아닌 거지 그래야 하지 않을까는 뭐람? 세이레나는 차를 마시며 뾰로통하게 말했다.

"우리, 그렇게 친하지 않을 텐데요."
그럴 줄 알았다.
다양한 세이레나의 표정이 어쩐지 예뻐서 애쉬는 빙그레 웃었다.
검정색 눈동자가 기분 좋다는 듯 휘어져서 세이레나가 저도 모르게 움찔할 정도였다. 그는 찻잔을 들어 올리며 당연하다는 듯 말했다.
"약혼자의 생일인데?"
아. 그제야 세이레나는 그날, 그레이윈드 공작의 저택에서 그녀의 생일 축하 겸 약혼을 알리기로 했다는 것을 깨달았다.
아, 젠장. 입고 갈 드레스가 있던가? 거의 잊어버리고 있었다.
어차피 그녀는 상중이니까 꼭 좋은 드레스가 아니어도 된다. 하지만 십 년을 살고 돌아온 그녀는 자신이 가지고 있는 드레스가 기억나지 않았다.
"작은 걸로 주세요."
"갖고 싶은 건 없고?"
없다. 세이레나는 없다고 말하려다가 피식 웃으며 말했다.
"새 훈련장이라도 주든가요. 근신 중에 훈련할 수 있도록."
"아, 그럴까."
응? 그게 무슨 소리야? 세이레나가 눈을 동그랗게 뜬 순간 "쾅!" 하고 요란한 소리가 났다.
깜짝 놀란 세이레나가 벌떡 일어났을 때 애쉬가 그녀의 머리를 끌어안았다.

"헉."

어느 쪽에 더 놀라야 할지 모르겠다.

세이레나는 큰 소리에 놀라야 할지 자신의 머리를 끌어안은 애쉬의 태도에 놀라야 할지 몰라 멍하니 서 있었다.

애쉬는 세이레나의 머리를 감싸고 주변을 살폈다. 이어서 쿵쾅쿵쾅하는 소리가 나더니 멀어졌다.

발소리? 애쉬는 한쪽 눈썹을 들어 올리고 혹시 모를 다음 상황을 대비하려 했다.

"집이 무너지지는 않을 거 같네요."

그의 가슴 쪽에서 세이레나의 목소리가 흘러나왔다.

아. 애쉬는 그녀의 머리를 놓아주며 자세를 고쳤다. 그의 가슴팍에 하얗게 화장이 묻어 있었다.

"그러게."

애쉬는 씩 웃으며 다시 자리에 앉았다. 갑자기 큰 소리가 나서 놀랐다. 하지만 그보다 집이 무너지거나 천장이 떨어져서 세이레나가 다칠까 봐 반사적으로 행동했다.

세이레나는 그게 마음에 들지 않았다. 이 남자는 지난번 전투에서도 그랬지만 필요 이상으로 그녀를 보호하려 한다.

세이레나는 단호하게 말했다.

"절 보호하려 할 필요는 없어요."

"필요와는 상관없는 문제야."

애쉬는 어깨를 으쓱해 보였다. 필요하다거나 필요하지 않다거나와는 상관없다. 그는 반사적으로 움직였을 뿐이다.

하지만.

세이레나는 못마땅해서 다시 입을 열었다. 누가 그녀를 보호하려 하는 게 싫다. 그녀가 약하다는 걸 재인식 당하는 느낌이다.

세이레나가 그렇게 말하려 했을 때 서재의 문이 벌컥 열렸다.

"누나!"

이번에도 손님이 함부로 들어오는 거면 정말로 집사를 자르려고 했다.

세이레나는 단호한 표정을 지었다가 뛰어 들어오는 소년의 모습에 깜짝 놀라서 일어났다.

"에즈라?"

세이레나와 같은 금발의 소년이 뛰어 들어와서 세이레나의 허리를 끌어안았다.

저 친구가 에즈라군.

반사적으로 일어났던 애쉬는 에즈라라는 이름에 눈을 가늘게 떴다. 둘 다 어머니 쪽을 닮은 모양이다. 에즈라는 세이레나처럼 작았다.

세이레나는 평균이고 에즈라는 평균보다 작은 거지만 애쉬의 눈에는 둘 다 똑같이 작은 것처럼 보였다. 에즈라는 열세 살이라는 것을 모르고 만난다면 열 살 정도라고 생각할 정도로 작았다. 그리고 말랐다.

이 정도면 꼴찌라도 기사단에 입단한 게 대단한 수준인데.

애쉬는 그렇게 생각하며 세이레나가 자신을 소개해 주는 것을 기다렸다.

"나, 나, 잘할 테니까, 나 버리지 마, 응?"

응? 세이레나의 눈이 동그래졌다. 그녀는 자신의 검정색 드레스에 얼굴을 묻고 울먹이는 동생의 머리를 쳐다봤다.

이게 무슨 소리야?

뒤이어 열린 문으로 애나가 얼굴을 내밀었다.

"죄송합니다. 도련님, 올라가요. 손님이 계시잖아요."

"누나, 누나, 나 버리지 마. 응?"

"내가 널 왜 버려?"

세이레나는 애나를 향해 손을 들어 보이고 다시 소파에 앉았다.

에즈라는 마치 생명줄이라도 되는 것처럼 세이레나의 목을 끌어안고 달라붙었다.

세이레나를 꽉 끌어안은 에즈라와 달리 세이레나는 조금 불편했다. 거의 십 년, 왕비로 살면서 그녀는 타인과 신체 접촉이 거의 없었다.

대부분 악수. 그것도 장갑을 낀 상태였고, 때때로 어깨만 닿는 포옹을 하곤 했다. 엉덩이를 뒤로 뺀.

"에즈라."

세이레나는 훌쩍이는 동생을 조심스럽게 불렀다. 지켜 주지 못한 것에 대한 미안함. 죄책감. 보상해 줘야 한다는 마음만큼이나 그녀는 에즈라가 조금 어려웠다.

거의 십 년.

세이레나와 에즈라는 이야기를 나눈 적이 없었다. 왕비는 친정 식구를 거의 만날 수 없다. 게일뿐 아니라 왕궁의 시녀들까지 그렇게 말했다.

그래도 작위가 있는 가족이라면 입궁이 가능하지만 그녀가 왕비가 됐을 때 에즈라는 열네 살. 누군가 데려오지 않으면 입궁이 불가능한 나이다. 그때까지도 세이레나는 에즈라를 미워하고 있었다. 너 때문에 부모님이 돌아가셨어, 그런 생각을 했다.

그리고 그 후에는…… 세이레나는 한숨을 내쉬며 다시 동생을 불렀다.

"에즈라."

게일은 에즈라가 잘 지내지만 누나가 왕비라는 걸 믿고 사고를 친다고 말했다.

게일과 아드리아나뿐 아니라 다른 사람들도 그렇게 말했다.

에즈라가 사소한 사고를 치고 있다고. 그리고 세이레나는 에즈라를 마지막으로 만났을 때 사람들이 말한 의미를 알았다.

적의와 분노만 가득한 눈동자.

에즈라는 깡마른 스무 살의 청년이었다. 그는 그 눈으로 세이레나를 노려보며 아무 말도 하지 않았다.

나를 미워하는구나.

에즈라가 말하지 않아도 그 눈빛과 표정으로 세이레나는 동생이 자신을 증오하는 것을 알았다.

"무슨 일이야?"

에즈라가 세이레나의 목을 끌어안은 채 떨어지려 하지 않자 그녀는 애나에게 물었다.

손님이 계시는데. 안절부절못하던 애나는 애쉬의 눈치를 살피고 세이레나에게 다가와 말했다.

"방금 헌터 양이 와서……."

아드리아나? 세이레나의 표정이 심각해졌다. 애나는 어쩔 줄 몰라 하며 말했다.

"아가씨가 도련님도 이 집에서 쫓아낼 거라고 소리치고 갔어요."

그 나쁜 것이. 그냥 보내서는 안 됐다.

그녀는 이를 갈다가 에즈라에게 시선을 돌렸다. 당장 뛰어나서 아드리아나의 머리채를 휘어잡고 싶지만 그것보다 에즈라가 먼저다.

"에즈라, 누나 좀 봐 봐."

세이레나의 말에도 에즈라는 훌쩍이며 그녀의 목을 꼭 끌어안고 있었다. 그 팔과 몸이 작고 가늘어서 세이레는 충격받았다. 그녀가 기억하는 분노에 찬 에즈라가 아니었다. 그녀가 기억하는 누나를 증오하는 에즈라가 아니었다.

뭐지? 세이레나는 자신에게 의지하는 에즈라를 보며 당황스러웠다. 동생이 자신을 미워한다고 생각했는데 버리지 말라고 애원하고 있다니.

내가 뭘 잘못하고 있었던 거지?

세이레나는 혼란스러운 표정으로 조심스럽게 말했다.

"에즈라, 나 너랑 안 헤어질 거야."

훌쩍이던 소리가 멈췄다.

세이레나는 에즈라의 몸을 꽉 끌어안고 계속해서 말했다.

"네가 싫다고 할 때까지 너와 함께 있을 거야. 이제 우리 둘밖에 없으니까."

에즈라는 쭈뼛거리며 고개를 들었다. 파란색 눈동자가 눈물에 젖어서 그렁그렁했다.

마지막으로 봤을 때보다 훨씬 어린 얼굴에 세이레나는 저도 모르게 울컥했다.

이렇게 작았다니.

그 눈에 담긴 건 증오가 아니라 누나를 향한 절실함이었다. 생각도 못 했다. 그저 에즈라가 그녀를 미워한다고 생각했다.

"정말?"

훌쩍이면서 에즈라는 절박하게 물었다.

아드리아나는 에즈라의 방문을 열려다 열리지 않자, 있는 힘껏 문을 걷어찬 뒤 소리쳤다.

"조심하는 게 좋을걸? 세이레나가 너도 곧 쫓아낼 테니까!"

어떻게 하지. 에즈라는 침대에 엎드려 있다가 깜짝 놀라서 고개를 들었다.

누나는 그를 미워한다.

부모님의 사망 소식을 들은 세이레나는 동생 때문이라는 듯이 에즈라를 노려봤다. 소년 역시 자기 때문이라고 생각했다. 헌터 백작 부부가 사망한 건 에즈라를 입단 시험에 데려다주고 돌아오는 길이었다.

기사단 같은 건 들어가고 싶지도 않았다.

에즈라는 자신이 누나에 비해 재능이 없다는 걸 이미 알고 있었다. 그를 가르친 검사들이 하나같이 말했다. 누나인 세이레나 헌터는 그의 나이에 이미 성인 남자와 대련이 가능했다고.

누나보다 부족한 재능과 훨씬 어린 나이.

에즈라는 귀족이라면 자신의 형제를 부양해야 할 의무가 있다는 것을 알지만 과연 자기 때문에 부모님이 돌아가신 다음에도 누나가 자신을 부양해 줄지 두려웠다.

"당연하지. 우린 가족이잖아. 오히려 언젠가 네가 날 짜증 난다고 생각할걸?"

조금 여유 있어진 세이레나가 농담처럼 말했다.

다행이다. 에즈라는 다시 세이레나의 목을 꽉 끌어안았다.

당장 짐을 챙겨 시골로 꺼지라고 할까 봐 무서웠다.

문을 열고 나오면 너 때문에 부모님이 돌아가셨다고 비난할까 봐 두려웠다.

"다행이다."

에즈라는 세이레나의 목에 얼굴을 묻은 채 중얼거렸다. 누나와 헤어지고 싶지 않다. 세이레나의 말대로 이제 그녀와 에즈라, 둘뿐이다.

눈물을 흘리는 바람에 훌쩍이면서 에즈라가 말했다.

"난 누나랑 헤어지고 싶지 않아."

맙소사. 에즈라가 날 좋아해. 세이레나는 다시 울컥해서 에즈라를 끌어안았다. 그녀를 미워한다고 생각했다. 그녀가 부모님의 죽음을 에즈라의 탓으로 돌린 것을 원망하고 있다고 생각했다.

"미안해. 미안해, 에즈라."

어쩌다가 에즈라가 그렇게 변했던 걸까. 이렇게 누나를 좋아하는 애가 왜 스무 살이 됐을 땐 증오에 찬 눈으로 아무 말도 없이 노려보기만 했던 걸까.

애쉬는 조금 떨어진 곳에서 남매의 화해를 바라보고 있었다. 봐선 안 될 것 본 것 같은 느낌에 불편해진 그가 서재를 나가려 했을 때 세이레나가 말했다.

"에즈라, 소개해 줄 사람이 있어."

소개받을 수 없을 거라고 생각했는데. 애쉬는 쓰게 웃었다. 그는 세이레나와 에즈라의 대화를 듣고 두 사람의 관계를 대충 예상했다.

나이 차이가 많은 남매. 게다가 귀족이다. 서로 활동 영역이 달라지기 마련이다. 누나는 기사단으로, 동생은 가정 교사에게. 그는 사촌인 두 왕자를 떠올리며 그래도 헌터가는 낫다고 생각했다.

왕족은 귀족보다 더해서 아주 어릴 때도 어미가 다르면 서로 형제라고 소개만 받을 뿐 어울려 놀지 않는다.

애쉬가 아는 한, 두 왕자가 서로 만난 건 일 왕자가 열 살이 넘은 다음이다. 형제라고 해서 애틋한 감정이 있을 리가 없다.

그는 가슴팍에 묻은 화장을 털어 내며 한 걸음 앞으로 나섰다.

"이쪽은 애쉬 그레이윈드 공작님이야. 기사단의 단장님이시고."

세이레나의 소개에 애나의 표정이 변했다. 이 자식이 우리 아가씨 머리카락을 잘라 간 난봉꾼이었어? 멀쩡한 외모길래 세이레나에게 데이트 신청하러 온 남자인지도 모른다고 기대하고 있었는데 애나의 기대감이 푸시시하고 꺼졌다. 그녀는 대신 적의 어린 눈으로 애쉬를 쳐다보기 시작했다.

"애쉬, 이쪽은 제 동생이에요. 에즈라 헌터."

"만나서 반가워."

애쉬는 에즈라 앞에 허리를 숙이며 손을 내밀었다. 손님이 있는 줄 몰랐던 탓에 에즈라는 크게 당황해서 세이레나를 쳐다봤다.

“아, 그리고.”

이건 말해야겠지. 세이레나는 좀 망설이다가 쥐어짜는 듯한 미소와 함께 말했다.

“우리 약혼할 거야.”

“네에?”

에즈라의 눈이 동그래졌다. 하지만 비명 같은 소리는 그가 낸 것이 아니다.

모든 사람의 시선이 애나를 향했다. 애나는 저도 모르게 꽥 소리를 낸 뒤 손으로 자기 입을 막던 참이었다.

“어, 어, 추, 축하드려요.”

애쉬는 한쪽 눈썹을 들어 올렸고 세이레나는 억지로 웃음을 참았다.

이 남자를 싫어하는 게 나뿐만이 아니었군.

볼이 씰룩이는 세이레나를 애써 무시하며 애쉬는 에즈라를 향해 말했다.

“맞아. 네 누나와 약혼할 거야. 네가 허락해 준다면.”

이번에는 세이레나의 눈이 동그래졌다. 그런 말을 할 줄은 몰랐는데. 그녀는 문득 에즈라가 허락을 할지 안 할지 궁금해졌다. 에즈라가 싫다고 하면 정말 무효로 돌릴 수 있을까?

에즈라는 세이레나와 애쉬의 얼굴을 번갈아 쳐다보다가 물었다.

“누나랑 헤어져야 해요?”

“아니. 네 누나가 스물한 살이 될 때까지 약혼만 할 거야. 그 후에도 같이 살아도 되고.”

왜 그런지는 에즈라도 안다. 소년은 고개를 끄덕이며 말했다.

“누나의 작위 때문이죠?”

애쉬는 씩 웃었다. 그래. 그의 대답에 용기를 낸 에즈라가 다시 물었다.

“누나를 좋아해요?”

세이레나는 에즈라의 질문에 자신이 긴장했다는 것을 깨달았다. 애나 역시 눈에 불을 켜고 애쉬를 지켜보고 있었다. 두 여자의 관심을 한 몸에 받으면서도 애쉬는 능숙하게 말했다.

“네 누나가 날 좋아하는 것보다 훨씬 많이.”

거짓말은 아니다. 능청스럽기도 하지. 세이레나는 고개를 흔들었다.

누가 들으면 애쉬가 그녀를 엄청나게 좋아하는 것처럼 들릴 대답이다.

세이레나에게는 통하지 않은 그 대답이 에즈라에게 통했다. 그리고 애나에게도.

어머, 세상에. 애나의 한숨 같은 소리를 들은 세이레나는 저도 모르게 쓰게 웃었다.

에즈라는 눈을 반짝이더니 애쉬의 손을 잡았다.

“나와 같네요.”

방금 전까지 누나의 목에 매달려 훌쩍이던 소년이 하기엔 건방진 대답이었지만 애쉬는 그저 빙그레 웃었다.

분위기가 풀어졌다.

덕분에 에즈라의 눈에 그렁그렁하던 눈물도 말랐다. 어른 대접을 받은 덕에 에즈라는 어느새 의젓해져 있었다.

에즈라에게 모범이 될 남자 어른이 필요했구나. 세이레나는 뼈아프게 인정했다.

숙부는 에즈라에게 전혀 도움이 되지 않았을 것이다. 그리고 돌아온 지금도 똑같다.

"도련님, 아가씨가 손님과 대화하실 수 있도록 올라가요."

애나가 에즈라를 향해 이리 오라는 듯 손을 내밀며 말했다.

그래. 세이레나가 놓아주자 에즈라는 애나에게 다가갔다.

세이레나는 애쉬의 표정을 응시하고 있었다. 귀찮았는데 잘 됐다거나, 피곤하다는 표정이 스치기라도 할까 싶어서. 하지만 애쉬는 그저 빙그레 웃고 있었다.

막 서재를 나가던 에즈라가 뒤를 돌아보며 물었다.

"누나랑 약혼하면 우리 집에서 같이 사는 거예요?"

"아니."

"네가 그래도 된다고 하면."

세이레나의 대답과 애쉬의 대답이 동시에 나왔다.

세이레나는 어이가 없어서 애쉬를 쳐다봤고 그는 세이레나를 힐끔 쳐다보더니 에즈라에게 다시 말했다.

"여긴 너와 네 누나의 집이니까, 둘 다 허락해야지."

그렇구나. 에즈라는 눈물 자국이 남은 얼굴로 의젓한 표정을 짓더니 말했다.

"나는 허락할게요."

맙소사. 문이 닫히자마자 세이레나는 저도 모르게 한숨을 내쉬었다. 그사이에 애쉬는 씩 웃고 있었다.

"애한테 거짓말하지 말아요."

"거짓말 아닌데."

다 식은 차를 마시며 애쉬는 능청스럽게 말했다.

아, 젠장. 세이레나는 에즈라가 그를 좋아할 거라는 것을 직감했다.

남자아이들은 자기보다 나이 많은 남자를 따라 하기 마련이다.

애쉬는 그런 면에서 완벽했다. 젊은 공작이고 잘생겼으며 키도 컸다. 게다가 최연소, 천재라는 수식어가 붙는 소드 마스터이기도 하지.

세이레나는 마찬가지로 식은 차를 마시며 에즈라가 소드 마스터인 애쉬를 동경하는 게 동생을 위해 좋은 일인지 나쁜 일인지 고민했다.

* * *

"왜 혼자 와?"

세이레나의 생일, 그레이원드 저택 앞에서 만난 모아나는 마차에서 혼자 내리는 세이레나를 보고 인상을 쓰며 물었다.

처음엔 애쉬가 데리러 간 줄 알았다. 그녀에게 함께 가자고 하지 않아서. 그런데 그레이원드 저택에 오자 애쉬는 사람들을 맞이하고 있었다.

동생과 함께 오려고 그러나? 그래도 같이 가자고 하지.

좀 아쉬워하면서 기다리는 모아나 앞에 세이레나가 혼자 도착한 것이다.

"응? 그럼 누구랑 와?"

정말로 모아나와 함께 와야겠다고 생각하지 않았던 거다.

얘 왜 이래? 한 달 전까지만 해도 어디를 가더라도 혼자 가는 건 싫다고 하던 애다.

하지만 세이레나는 왕비로 구 년을 살았고 혼자 다니는 것에 훨씬 익숙해져 있었다.

젊은 왕자 둘은 새어머니를 등한시했고 늙은 왕은 돌아다니는 것을 좋아하지 않았다. 너무 젊은 왕비는 사교계에서도 그리 환영받는 존재가 아니었다.

"에즈라는?"

모아나는 차마 자신과 함께 오지 그랬냐는 말을 하지 못하고 물었다.

세이레나의 약혼 날이니까 당연히 에즈라도 올 줄 알았다.

하지만 세이레나는 눈을 동그랗게 뜨며 말했다.

"에즈라는 열세 살이야. 걔가 어떻게 여길 와?"

"뭐?"

모아나의 미간에 주름이 생겼다. 얘 왜 이래? 그녀는 허리에 손을 얹으며 물었다.

"너 왜 갑자기 할머니처럼 구니?"

"할머니?"

사교계 규범상 어른들의 파티에 참석이 허락되는 건 사교계 데뷔를 마친 사람뿐이다. 데뷔 나이는 최소 열일곱 살부터.

그러니 에즈라가 그레이윈드 공작의 파티에 참석하지 못하는 건 당연하다.

하지만 그건 어디까지나 규범의 이야기. 나이 많은 사람들과 왕궁에서나 지키는 규범일 뿐이다.

젊은 사람들과 하위 귀족들은 열일곱 살이 되지 않은 아이들도 보호자와 함께 잠시 머물게 하곤 했다.

하물며 여기는 누나의 약혼을 발표하는 곳이 아닌가.

"누나가 약혼하는데 동생이 안 온다는 게 말이 돼?"

"하지만 왕궁에서는……."

왕궁? 모아나는 무슨 소린가 하는 표정을 지었고 세이레나는 아차 했다.

왕궁에서 열리는 연회나 파티에서 에즈라가 온 적이 없다. 심지어 세이레나가 여는 연회에도 에즈라는 없었다. 왕비를 모시는 몸종은 그게 당연한 거라고 했다. 규범상 데뷔하지 않은 사람은 참석할 수 없다고.

"마부!"

세이레나는 허둥지둥 마차를 불러 세웠다.

"에즈라를 데려와요. 당장!"

에즈라가 오면 큰일 나는 줄 알았는데, 그게 아니었다.

"고마워."

세이레나는 다시 모아나에게 돌아와 한숨을 내쉬며 인사했다.

모아나가 없었다면 또 큰 실수를 할 뻔했다.

간신히 에즈라와 매일 인사를 할 정도가 됐는데 다시 퇴보할 수는 없다.

"그건 됐고, 옷은 왜 또 검정색인데?"

모아나는 친구가 좀 정신이 없는 모양이라고 생각했다.

부모님이 돌아가신 지 한 달이 채 안 됐으니 그럴 만도 하다. 하지만 오늘 세이레나가 입은 검정색 드레스는 아쉬웠다.

생일인 데다가 오늘 약혼 발표까지 하는데 좀 밝은 걸 입고 오지!

"나 상중이야."

덤덤한 세이레나의 대답과 동시에 모아나의 시선에 붉은색 드레스를 입고 저택 안을 들어오는 아드리아나의 모습이 들어왔다.

모아나는 어이가 없어서 말했다.

"네 사촌은 아닌가 봐."

"걘 친척이지 자식이 아니잖아."

그렇게 따지면 그렇긴 하다. 쳇.

모아나와 세이레나를 발견한 아드리아나의 표정이 굳었다. 그녀는 턱을 들어 올리더니 이야기하던 남자에게 잠시 다른 사람과 인사하고 온다는 말도 없이 세이레나 쪽으로 다가오기 시작했다.

"상중인데 뭐 하러 왔어?"

세이레나의 손이 움찔했다. 이 계집애가 에즈라를 건드려? 마음 같아서는 뺨을 때리고 싶지만 여기선 그럴 수 없다. 그녀는 자신의 옷을 아래위로 훑어보는 아드리아나의 시선을 모른 척하고 말했다.

"주인이 꼭 오라고 해서."

세이레나는 단순한 검정색 드레스를 입고 있었다. 가슴 바로 밑에서 뚝 떨어지는 디자인과 부드러운 재질의 천이 그녀의 작은 몸을 감싸고 있어서 평소보다 청초하고 처연한 분위기가 풍겼다.

쇄골이 드러나는 네크라인임에도 목걸이나 귀걸이는 아무것도 하지 않았다. 대신 짧은 그녀의 금발이 얼굴 주변으로 부드럽게 웨이브 졌다. 그게 오히려 화려하게 차려입은 사람들 사이에서 사람들의 시선을 모았다.

허리를 졸라매고 스커트가 넓게 퍼지는 드레스를 입은 아드리아나가 곁에 서자 세이레나가 묻힐 것 같았지만 그녀의 금발과 자주색 눈동자 때문에 오히려 세이레나는 요정처럼 보였다.

"어머, 헌터 양과 헌터 경은 사촌인데 전혀 닮지 않았네."

누군가 나란히 선 아드리아나와 세이레나를 보고 나직하게 말했다.

사람들의 시선이 두 사람에게 향했다.

"붉은 드레스를 입은 쪽이 헌터 경이죠?"

체구가 작은 데다가 검정색 드레스를 입은 탓에 세이레나의 모습은 기사로 보이지 않는다.

누군가 재빨리 정정했다.

"검정 드레스 쪽이 헌터 경이에요."

"왜 검정 드레스를 입고 있는 거죠?"

"상중이잖아요."

상중이라고? 사람들은 곧바로 헌터 백작 부부가 사망했다는 것을 떠올렸다. 그들의 시선이 동시에 붉은색 드레스를 입은 아드리아나를 향했다.

"저쪽이 헌터 양인 거군요."

"조카니까 굳이 검정색 드레스를 입을 필요는 없지만, 참……."

나이 지긋한 남자가 가볍게 혀를 찼다.

세이레나가 없었다면 아드리아나의 붉은색 드레스는 크게 문제 되지 않았을 것이다. 하지만 심플한 검정색 드레스를 입은 세이레나와 나란히 서니 아드리아나의 옷차림은 과하게 느껴졌다.

"주인? 공작님이 너한테 꼭 오라고 했다고?"

아드리아나는 눈을 동그랗게 뜨고 묻더니 곧 말도 안 된다는 듯 말했다.

"지나가는 말로 오라고 한 걸 순진하게 믿은 거 아니야?"

"그렇게 따지면 넌 초대받은 적도 없을 텐데."

세이레나는 저도 모르게 빈정거렸다.

아드리아나의 얼굴이 붉어졌고 모아나는 풋 하고 웃음을 터트렸다.

맞는 말이다. 초대장은 세이레나가 사는 집으로 왔다. 그 말은 세이레나와 에즈라가 초대받았다는 말이다.

그걸 발견한 게일이 자신이 대신 가겠다고 우겼으니 아드리아나와 게일은 초대받은 게 아니다.

아드리아나는 애써 입을 열었다.

"우리가 대신 온다고 했는데 네가 오면 우리는 뭐가 되겠어?"

"뭐가 되긴, 초대도 안 받았는데 온 사람이 되겠지."

이어지는 세이레나의 빈정거림에 아드리아나는 할 말이 없어서 입을 다물었다. 여기가 둘만 있는 집이었다면 발을 구르며 소리라도 질렀을 텐데 그럴 수도 없었다. 그녀는 새빨개진 얼굴로 나직하게 윽박질렀다.

"자꾸 건방지게 굴어 봐. 아버지가 널 가만두지 않으실 거야."

"그래. 아빠가 아니라 아버지라고 말해야지. 이제 애도 아닌데."

덤덤하게 받아치는 세이레나의 말에 놀란 건 오히려 모아나였다. 그녀는 아드리아나가 세이레나를 괴롭히면 가만두지 않겠다는 결심으로 지켜보다가 친구의 대꾸에 깜짝 놀라서 입을 딱 벌렸다.

"와, 세이레나, 너, 와."

아드리아나가 씩씩대며 물러나자 모아나는 눈을 동그랗게 뜨고 세이레나의 손을 잡았다.

처음 봤다, 세이레나의 이런 모습. 그녀는 아드리아나가 여름에 수도에 올라오면 늘 그녀에게 휘둘리곤 했다.

모아나는 지난여름, 극장에서 재미없다며 나가자는 아드리아나 때문에 어쩔 줄 몰라 하다가 결국 따라 나가던 세이레나를 떠올렸다.

"엄청 변했어."

모아나의 말에 세이레나는 쓰게 웃었다. 그건 절대 칭찬이 아니었다. 그 정도로 그녀가 멍청했다는 뜻이기도 했다.

"나, 그 정도로 답답했어?"

세이레나의 질문에 모아나는 으음 하고 입을 다물었다. 솔직히 말하면 그랬다.

'바보같이 왜 저래?' 싶을 정도로 답답했다.

아드리아나와 게일은 자신들이 백작과 백작 영애인 것처럼 굴었고 세이레나는 사촌과 숙부라는 이유만으로 두 사람에게 쩔쩔맸다. 그건 세이레나의 아버지가 동생을 끔찍이 아꼈기 때문이기도 했다.

"지금 아니면 됐지."

모아나는 세이레나의 팔을 끌어안으며 말했다. 어차피 헌터 백작 부부가 살아 있었을 때는 이렇게 할 수 없었을 것이다. 헌터 백작은 늘 동생에게 빚을 진 것처럼 굴었고 자신의 딸에게도 같은 태도를 요구했으니까.

"안녕, 레나."

애쉬는 이번에도 소리 없이 나타났다. 그래도 최소한 뒤에서 나타나지는 않았다. 그는 세이레나 쪽에서 나타나 그녀에게 먼저 인사를 건네고 모아나에게도 인사를 건넸다.

"와 줘서 고마워, 쿨린 경."

레나가 누구야? 모아나는 애쉬의 인사에 무슨 소린가 하다가 세이레나를 쳐다보고 입을 딱 벌렸다.

"어, 설마 세이레나한테 레나라고 부르신 거예요?"

그런데? 애쉬는 뭐 잘못됐냐는 표정을 지었고 세이레나는 눈동자를 굴렸다. 마음 같아서는 그녀가 원한 게 아니라고 말하고 싶지만 보는 눈이 있어서 그럴 수는 없다.

모아나는 세이레나와 애쉬를 번갈아 보다가 말했다.

"그럼 나도 레나라고 부……."

"안 되지."

애쉬는 부드럽게 모아나의 말을 끊고 들어왔다.

응? 세이레나와 모아나의 시선이 그를 향했다.

애쉬는 품에서 작은 상자를 꺼내며 말했다.

"그건 내 거야."

"어." 하고 모아나의 눈이 동그래졌다. 동시에 세이레나는 입을 딱 벌렸다.

"무슨, 뭐, 무슨 소리예요?"

당황해서 더듬거리는 세이레나를 보며 애쉬는 빙그레 웃었다. 그건 그의 것이다. 그만 부를 수 있다.

어, 뭐야. 모아나는 슬쩍 한 발짝 뒤로 물러났다. 친구를 보는 상사의 시선이 심상치 않다. 왕의 명령이라고 했는데. 그녀는 과연 애쉬가 왕의 명령을 어떤 마음으로 들었는지 궁금해졌다.

애쉬는 상자를 열어 반지를 꺼냈다.

심플한 플래티나 링에 작은 자수정이 박혀 있었다. 그는 능숙하게 세이레나의 왼손을 잡았다.

"급하게 만드느라."

세이레나의 눈이 동그래졌다. 반지까지? 그녀는 반지는 생각도 못 했다.

약혼반지가 애쉬의 손에 의해 세이레나의 네 번째 손가락에 쏙 끼워졌다.

"딱 맞네."

입 다물고 지켜보던 모아나가 신음처럼 말했다.

반지 사이즈를 어떻게 알았지? 세이레나와 모아나의 머릿속에 동시에 의문이 떠올랐다.

"자, 그럼 약혼 선언하러 가 볼까."

애쉬가 세이레나의 손을 잡으며 가벼운 어조로 말했다.

잠깐. 세이레나는 그의 손을 당기며 말했다.

"에즈라가 와야 해요."

애쉬의 검정색 눈동자가 가늘어졌다.

"같이 안 왔어?"

"어, 네. 그, 열일곱 살이 아니니까, 규범에 어긋나서……."

세이레나의 목소리가 점점 작아지자 애쉬는 한쪽 눈썹을 들어 올렸다. 전에도 느꼈지만 세이레나는 가끔 엄청나게 고리타분한 소리를 할 때가 있다.

"이 집이 왕궁도 아닌데 뭐 하러?"

애쉬의 말에 세이레나의 얼굴이 달아올랐다. 십 년 가까이 왕궁에서 살았으니 어쩔 수 없다. 하지만 그걸 애쉬에게 말할 수도 없는 노릇이라 그녀는 아무 말도 할 수가 없었다.

"오라고 사람 보낸 거야?"

"네. 아까 마차를 보냈어요."

그럼 곧 오겠군. 애쉬는 세이레나의 손을 자신의 팔에 얹으며 말했다.

"기다리자."

다행이다. 안도의 한숨을 내쉬던 세이레나는 문득 애쉬에게 경고하지 않았다는 것을 떠올렸다.

여기에 아드리아나와 게일도 와 있다. 그 두 사람은 아직 세이레나와 애쉬의 약혼을 모른다. 이곳에 오기 전에 알게 되면 무슨 방해를 할지 몰라서 일부러 알리지 않았다.

"약혼하기 전에 알려 줄 게 있어요."

애쉬는 에즈라가 오면 바로 이쪽으로 데려오라고 집사에게 말하다가 고개를 기울였다.

뭔데? 그런 태도에 세이레나는 숨을 깊이 내쉬고 말했다.

"내 숙부 말이에요. 당신이 나와 약혼한 걸 알면 당신한테, 그러니까……."

뭔가 뜯어내려 할지도 모른다.

그 말을 좀 완곡하게 표현하고 싶었다. 하지만 세이레나가 말을 잇기 전에 애쉬가 입을 열었다.

"알아."

"네?"

세이레나의 눈이 다시 동그래졌다.

안다고? 뭘? 당황하는 그녀에게 애쉬가 씩 웃어 보였다.

"골치 아픈 친척을 둔 게 너뿐만이 아니라는 말이지."

그제야 세이레나는 그도 그녀처럼 젊은 가주라는 것을 떠올렸다.

세이레나처럼 후견인이 필요 없는 나이에 공작이 되어서 그렇지 그에게도 게일과 같은 친척이 있었을 것이다.

때마침 집사가 문을 여는 게 보였다. 사람들 사이로 어리둥절한 표정을 짓는 에즈라의 모습에 세이레나는 저도 모르게 달려나갔다.

"누나, 나 여기 와도 돼?"

"응. 미안해, 에즈라."

하녀들이 부랴부랴 갈아입힌 옷과 정돈된 머리를 한 에즈라의 시선이 애쉬를 향했다.

와, 멋있다. 소년의 감탄에 애쉬는 씩 웃으며 말했다.

"잘 먹어야 키가 큰다? 너 채소 안 먹지?"

에즈라의 도착과 함께 집사가 사람들을 모았다.

"잠시 여러분께 말씀드릴 게 있습니다."

집사의 말에 사람들이 고개를 갸웃하며 모여들었다.

"무슨 발표가 있나 봐."

사람들이 나란히 선 세이레나와 애쉬를 보고 '어라?' 하는 표정을 지었다.

애쉬는 반대쪽 손으로 에즈라의 손을 잡고 있었다. 검정색 연미복을 입은 애쉬와 검정색 드레스를 입은 세이레나는 마치 맞춰 입고 온 것처럼 어울렸다.

사람들은 애쉬의 손 위에 세이레나의 손이 올라가 있는 것을 보고 그들이 전해 들을 소식을 예상했다.

"설마."

집사의 안내에 따라 술을 마시다 온 게일은 세이레나와 애쉬의 모습에 눈을 휘둥그레 떴다. 그건 아드리아나도 마찬가지였다.

두 사람은 자신들이 생각하는 소식이 아닐 거라고 애써 희망을 가지려 했다.

"날이 많이 추운데 와 주셔서 감사합니다."

애쉬는 세이레나의 손을 잡은 채 천천히 인사를 시작했다. 갑작스러운 초대에도 개의치 않고 참석해 줘서 고맙다는 인사가 이어졌다.

약혼 발표는 언제쯤 하려나. 세이레나는 바짝 긴장한 채 그의 옆에 서 있었다.

"좋지 않은 상황이지만 오히려 이럴 때라서 더 가까이에 있고 싶어 세이레나 헌터 경과 약혼하기로 했습니다."

게일과 아드리아나의 입이 떡 벌어졌다. 말도 안 된다. 게일이 한마디 하려 했을 때였다. 그의 뒤에서 머리 하나가 큰 남자가 소리쳤다.

"약혼 축하합니다."

데니스였다. 그는 사람들을 선동해서 박수를 치기 시작했다.

게일과 아드리아나가 뭐라 말하기도 전에 사람들의 축하 인사가 잇따랐다.

젠장. 게일은 들고 있던 술을 홀짝 마시고 돌아섰다. 아드리아나가 씩씩대며 따라왔다.

"어떻게 된 거예요? 아빠가 허락했어요?"

그랬을 리가 없다.

게일도 지금 처음 들었다. 어떻게 그레이윈드 공작과 약혼을 한 거지? 아무리 생각해서 세이레나와 애쉬의 접점은 기사단밖에 없었다.

"내가 기사단에 들어가라고 했지!"

욱하고 화가 치밀어 올라서 게일은 아드리아나에게 나직하게 윽박질렀다.

아드리아나도 세이레나처럼 적당히 입단해서 거기 있는 괜찮은 귀족 남자를 꼬셨어야 했다.

하지만 아드리아나는 귀족이 아니기 때문에 들어갈 필요가 없었고 본인도 들어가고 싶지 않다고 떼를 썼다.

게일 역시 굳이 그럴 필요 없다고 생각했다. 그때는. 그는 자신이 얼마든지 아드리아나를 귀족 가문에 시집보낼 수 있다고 생각했다.

물론 게일도 귀족이 아니다. 그는 백작의 동생이지 귀족이 아니다. 그럼에도 게일은 기사단에 입단했었다.

헌터 백작가의 맹세 때문에. 그리고 세이레나가 열세 살이 되어 기사단에 입단했을 때에야 기사단을 그만둘 수 있었다.

"왜 나한테 그래요? 아빠가 기사단에 안 들어가도 재보다 더 좋은 집안이랑 결혼하게 해 준다면서요?"

게일은 화가 나서 아드리아나를 쏘아봤다.

애쉬는 왕의 조카에 공작이다. 그보다 더 좋은 집안은 왕자밖에 없다. 왕자라니! 그는 분통을 터트렸다. 언감생심 말도 안 된다.

저 자리에 있는 게 세이레나가 아니라 아드리아나였어야 했다. 그는 자신이 동생으로 태어난 게 분해서 주먹을 쥐었다.

그가 형으로 태어났어야 했다. 그랬다면 그가 백작이 될 수 있었을 텐데!

헌터가의 맹세를 지키기 위해 그는 거의 일생을 기사단에 묶여 있었다. 그가 고생한 것의 보상을 받아야 했다.

헌터 백작이 살아 있을 때는 괜찮았다. 그는 형이 부탁한 일을 조금씩 해 주었고 그걸로 형에게 당연한 보답을 받았다.

헌터 백작은 동생에게 미안함과 고마움을 동시에 품고 있었다. 해 달라는 것은 뭐든 다 해 주었다. 게일은 작위만 없을 뿐 풍요로운 삶을 누리고 있었다.

그러다가 얼마 전 그의 형이 사망하면서 곤란한 일이 일어났다. 귀족은 형제를 부양해야 할 의무가 있지만 부모의 형제는 아니다.

"멍청한 것!"

게일은 아드리아나에게 다가가 나직하게 윽박질렀다.

"그 입 다 물고 있어. 세이레나에게 또 헛소리하기만 해 봐."

얼마 전에도 세이레나에게 쫓아가서 한바탕하다가 쫓겨났다는 말을 들었을 때 게일은 거의 뒤로 넘어갈 뻔했다.

이런 멍청한 것이 내 딸이라니!

게일은 형의 죽음이 전혀 기회가 되지 않을지도 모른다는 사실에 주먹을 부르르 떨었다. 세이레나의 후견인이 돼서 백작가를 그의 손에 넣을 기회라고 생각했는데!

"폐하의 명령으로 약혼했다는 건 말 안 하기로 한 거야?"

모아나는 세이레나가 사람들에게 둘러싸여 충분히 축하를 받을 때까지 기다렸다가 물었다.

애쉬가 마음껏 먹고 즐기라고 말한 덕분에 사람들은 술과 음식으로 떠나 버린 뒤였다.

세이레나는 에즈라에게 곧 집으로 돌아가서 자야 하니까 너무 많이 먹지 말라는 말과 함께 놓아주었다.

술을 마셔 볼 수 있을지도 몰라! 에즈라는 신이 나서 달려 나갔다.

"응. 서로한테 별로 좋을 게 없어서."

그게 무슨 소리야? 모아나는 눈을 동그랗게 떴다.

왕의 명령으로 결혼한다는 게 세이레나에게는 좋을 게 없는 말일지 몰라도 애쉬에게도 그런가?

그때 애쉬가 잔을 들고 다가왔다.

"음료 필요한 사람?"

그렇지 않아도 목이 말랐다.

모아나와 세이레나가 고개를 번쩍 들자 애쉬는 쿡쿡대며 잔을 나눠 주었다.

손이 크니까 한 손에 두 잔씩 들 수 있구나. 세이레나가 가볍게 감탄하며 음료를 마셨을 때였다.

"응? 뭐야? 이거 그냥 주스잖아요?"

먼저 음료를 마신 모아나가 말했다.

애쉬는 한쪽 눈썹을 들어 올리며 말했다.

"맞아."

"이런 날은 술을 마셔야죠."

재미없게 이게 뭐냐는 말에 애쉬는 씩 웃었다. 그의 시선에 세이레나를 향했다.

"안타깝게도 내 약혼자가 아직 스무 살이라."

타인머스국은 스물한 살부터 음주가 가능하다. 그렇다고 해도 이럴 때는 보호자의 관리하에 한두 잔 정도는 마실 수 있기 마련이다.

모아나의 인상이 일그러졌다. 약혼자가 주는 거면 마실 수 있는데!

스물한 살부터 술을 마실 수 있지만 보통 스무 살쯤 되면 보호자 허락하에 마실 수 있다.

그녀는 억울하다는 듯 외쳤다.

"전 스물한 살이거든요?"

공작가에서 열린 연회니까 분명 엄청나게 비싼 술을 준비해놨을 거라고 기대했는데! 그녀가 투덜거릴 때 갑자기 술 냄새가 훅 하고 끼쳐 왔다.

"두 사람, 지켜야 할 도리가 있지 않을까?"

게일이 술잔을 든 채 끼어들었다.

윽 하고 모아나의 얼굴이 일그러졌다. 술 냄새. 코를 감싸 쥐지 않은 건 훈련장의 냄새로 단련한 덕분이었다.

"무슨 도리 말입니까?"

애쉬는 전혀 궁금하지 않다는 듯 물으며 자세를 고쳤다.

아, 또 이러네. 세이레나는 그의 자세가 게일이 세이레나를 공격하려 할 경우 그녀를 보호하려는 것임을 알아차렸다.

"후견인인 제게 먼저 허락을 구했어야 하는 거 아닙니까?"

명백하게 불쾌하다는 말투와 시비였다.

세이레나는 당신이 무슨 상관이냐고 말하려 했다. 하지만 그보다 먼저 애쉬가 말했다.

"어째서입니까?"

응? 세이레나와 모아나의 시선이 애쉬를 향했다. 그는 침착한 표정이었고 여유 있어 보였다.

하지만 게일의 말이 맞다. 술에 취하긴 했지만 그의 지적은 타당했다.

게일은 세이레나의 후견인이고 모든 청혼자는 게일을 거쳐야 한다. 물론 애쉬도 그 사실을 잘 알고 있었다.

"어? 그야, 내가 이 계, 아니, 얘의 후견인이니까 말이오."

계집이라고 말하려 했다. 그 사실을 알아차린 세이레나의 표정이 굳었다.

하지만 애쉬는 여전히 침착하게 말했다.

"후견인이 부모보다 우선합니까?"

응? 모여 있던 사람들의 표정에 의문이 떠올랐다.

무슨 소리야, 이거? 게일은 눈을 깜빡이다가 말했다.

"아니, 그건 아닌데, 얘 부모가 지금 죽었으니까……."

"있을 때 이야기가 됐습니다만."

애쉬는 게일의 횡설수설을 듣기 싫다는 듯 말을 잘랐다.

뭐? 세이레나는 깜짝 놀라서 애쉬를 쳐다봤다.

오히려 다른 사람들은 그럴 줄 알았다는 표정이었다. 갑작스러운 약혼이라 다들 애쉬와 죽은 헌터 백작 사이에 이야기가 오고 갔다고 생각했다.

그렇지 않다는 것을 아는 세이레나와 모아나는 이게 무슨 소린가 했고 데니스는 그럴 줄 알았다는 듯 휘파람을 불었다.

"이, 있을 때?"

"지난달에 이미 말씀드렸고 허락도 받았습니다만. 제가 보낸 청혼서가 있을 텐데요."

있어? 세이레나의 눈이 동그래졌다. 이 남자, 뭘 믿고 이렇게 거짓말을 뻔뻔하게 하지?

게일의 눈도 휘둥그레졌다.

애쉬는 덤덤하게 말했다.

"양가 허락이 있었으니 폐하께서도 허락을 하신 거고요. 설마, 헌터 경. 제가 폐하의 허락도 없이 약혼을 추진했다고 하시는 겁니까?"

그야 그 폐하의 명령이 있었으니까 가능했던 거다.

세이레나는 게일이 청혼서를 봐야겠다고 우기면 어쩌나 하고 고민하고 있었다. 청혼서를 잃어버렸다고 해야 하나.

"청, 청구서 아니, 청혼서를 받았다고?"

당황한 게일의 말이 꼬였다.

애쉬는 세이레나의 손을 잡으며 말했다.

"보냈습니다. 제가 반해서, 결혼해 달라고 졸랐습니다. 세이레나가 허락하지 않아서 헌터 백작님께 청혼서도 몇 번이나 보냈고요."

그랬어? 게일의 시선이 세이레나를 향했다. 그녀는 반사적으로 턱을 들어 보였다. 마치 그게, 사람들의 눈에는 맞다는 것처럼 보였다.

"숙부님은 제가 그레이윈드 공작님과 약혼하는 게 마음에 들지 않으세요?"

세이레나가 말했다. 그녀는 애쉬 앞으로 몸을 내밀었다. 하지만 애쉬가 한 팔로 슬쩍 그녀의 몸을 감쌌다.

게일 헌터는 여기서 두 사람의 약혼에 시비를 걸면 안 된다는 것조차 잊어버릴 정도로 취해 있다. 그러니 세이레나에게 손을 올릴 수도 있다고, 애쉬는 생각했다.

설령 세이레나가 그 공격을 막을 수 있다고 하더라도 애쉬는 그녀가 공격을 받는 것 자체가 마음에 들지 않았다.

"뭐? 아니, 아니, 내가 언제 마음에 들지 않다고 했어? 응?"

취한 탓에 게일의 목소리가 높아졌다. 그 소리에 조금 떨어져 있던 사람들조차도 이 소동을 알아차렸다.

"뭐야? 무슨 일이야?"

"헌터 경이 조카의 약혼이 못마땅한 모양인데."

"왜?"

"부모님 장례식을 치르고 한 달도 안 됐는데 약혼이라니, 너무 급하지 않아요?"

여자의 말에 사람들이 뒤를 돌아보았다. 붉은 드레스를 입은 아드리아나가 눈을 빛내며 서 있었다.

잘됐다, 이년. 그녀는 너무 즐겁다는 티를 내지 않으려 애쓰며 말을 이었다.

"솔직히 사촌으로선 창피해요. 백부님이 제게 얼마나 잘해 주셨는데. 세이레나가 저렇게 빨리 약혼하는 걸 말렸어야 했는데."

몇몇 사람들은 그녀의 말에 넘어갔다.

그러게. 부모님이 돌아가신 지 한 달도 안 됐는데 벌써 약혼을 발표할 필요가 있어? 사람들의 머릿속에 의문이 떠올랐다.

그때 소란을 본 에즈라가 뛰어왔다.

"누나."

어떻게 하지? 소년은 누나의 손을 잡고 어찌해야 할지 몰라 주변을 두리번거렸다.

누나를 도와주고 싶은데 어떻게 해야 할지 모르겠다.

안타깝게도 에즈라는 세이레나를 지켜 줄 수 있을 만큼 강하지도, 말주변이 좋지도 않았다.

에즈라는 눈을 꽉 감고 말했다.

"제, 제가 하라고 했어요."

소심한 에즈라로서는 엄청난 용기였다.

새빨갛게 달아오른 얼굴에 애쉬는 씩 웃고 소년의 머리를 쓰다듬었다. 잘했어. 그런 태도에 에즈라가 고개를 들어 애쉬를 쳐다봤다.

"헌터 백작께도 허락을 받았고, 들으신 것처럼 동생에게도 허락을 받았습니다."

애쉬는 사람들을 돌아보며 말했다. 그는 세이레나의 손을 잡고 반대편 손으로 한 번 더 감싼 뒤 그녀를 내려다보며 미소 지었다.

"추모식에 혼자 서 있는 게 너무 가슴 아파서, 그래서 곁에 있어 주고 싶어서 강행했습니다. 세이레나는 마지막까지 반대했는데 혼자 있을 그녀가 가여워서 제가 억지를 좀 부렸습니다."

모든 비난은 자신이 받겠다는 애쉬의 태도에 모아나와 데니스의 눈이 반짝였다. 하지만 세이레나는 모든 비난을 애쉬가 받는다는 걸 상상만 해도 불편했다. 그녀는 재빨리 입을 열었다.

"약혼을 알리는 중요한 자리인데 검정색 드레스를 입고 와도 된다고 해 줘서 제가 애쉬에게 감사하죠."

사람들의 시선이 세이레나의 검정색 드레스로 향했다. 그녀의 드레스가 상중이기 때문이라는 것을 깨닫지 못한 사람들도 덕분에 알아차렸다.

"보기 좋은 커플이네."

사람들의 눈에 애쉬와 세이레나가 서로 자신의 잘못이라고 말하는 게 상대방을 아껴서 그러는 것처럼 보였다. 두 사람은 사랑에 빠진 젊은 연인이었다. 그 모습에 모여든 사람들의 얼굴에 미소가 떠올랐다.

하지만 나이가 지긋한 사람들은 웃는 것으로 끝나지 않았다.

그들의 시선이 세이레나의 검정색 드레스와 아드리아나의 붉은색 드레스로 번갈아 향했다.

세이레나의 검정색 드레스와 대비되는 화려한 붉은색 드레스.

불편함을 느꼈던 사람들은 슬프다는 아드리아나가 정작 검정색 드레스를 입은 적이 없다는 것뿐만 아니라 추모식에도 보이지 않았다는 것을 떠올렸다.

"헌터 양, 추모식에는 안 보이던데."

"검정색 드레스가 없어서 빠졌다는 말이 있던걸?"

사람들의 수군거림에 아드리아나의 얼굴이 달아올랐다. 쳇. 그녀는 주춤주춤 뒤로 물러났다.

세이레나는 어이가 없어서 픽 웃었다. 대체 무슨 생각을 하길래 저러는 걸까.

"원하시면 헌터 백작님 서재에 제가 보낸 청혼서가 있을 겁니다. 그걸 확인해 보시죠."

"그, 그렇군. 청구서를 확인해 보고 다시 이야기하지."

애쉬의 말에 게일도 주춤주춤 물러났다.

이야기하긴 뭘 이야기해. 애쉬는 픽 웃었다.

술이 깨긴 했어도 당황했는지 게일은 여전히 청혼서를 청구서라고 잘못 말하고 있었다.

청혼서? 세이레나는 애쉬의 팔을 잡아당겼다. 도와준 건 고맙지만 걱정된다. 그의 거짓말이. 그녀는 애쉬에게 속삭였다.

"도와줘서 고마워요."

"도와준 게 아니야. 당연히 해야 할 일이지."

그는 씩 웃으며 말을 이었다.

"내 약혼자가 저런 멍청이한테 당하게 두고 볼 수는 없잖아."

저런 멍청이라는 숙부를 향한 호칭에 세이레나는 눈을 깜빡였다.

남이 보기에도 게일이 멍청하게 보이나? 그녀는 숙부가 싫지만 그건 그녀가 당한 게 있기 때문이다. 그리고 그건 아직 일어나지 않을 일이지.

세이레나는 잠시 머뭇거리다가 말을 바꿨다.

"청혼서는 어쩌려고요?"

"뭘 어째?"

"만약 숙부가 서재를 뒤지면……."

없다는 걸 알 거다. 없어졌다고 거짓말하면 되려나.

세이레나는 말하다 말고 생각에 잠겼다.

아버지가 받는 걸 봤다고 그녀가 우기면 될까. 하지만 청혼서가 없다면 게일이 무슨 소리를 할지 모른다. 그녀는 무시하면 되지만 그녀 때문에 도와준 애쉬가 욕을 먹는 건 미안하다.

애쉬는 진지하게 고민하는 세이레나를 보고 씁쓸하게 웃었다. 그는 그녀가 거짓말하게 할 생각도 없었다.

"아, 이건 사과해야 할 거 같은데."

애쉬가 뒷 목을 문지르며 말했다.

뭘 사과해? 세이레나가 그를 쳐다보자 애쉬는 고개를 기울이며 나직하게 속삭였다.

"네 집에 방문했을 때 놓고 나왔거든."

"어, 뭘요?"

"청혼서 말이야."

세이레나의 머릿속에 며칠 전 그가 방문했던 게 떠올랐다.

응? 그녀의 눈이 동그래졌다. 놓고 나왔다고?

사람들은 게일의 행동과 갑자기 나온 아드리아나의 이야기로 삼삼오오 꽃을 피우고 있었다.

젊은 여자들 사이에서 누군가 생각났다는 듯 말했다.

"아! 나 의상실에서 헌터 양을 본 적이 있어."

"어디?"

"은방울꽃 의상실에서. 신년 드레스 맞추러 갔는데 있더라고."

은방울꽃 의상실? 사람들의 시선이 모였다. 거긴 수도에서 가장 비싼 곳이다.

"언제였어?"

"한 달 안 됐을걸?"

"헌터 경과 헌터 양이 수도에 올라온 지 한 달이 안 된 거로 아는데."

올라오자마자 의상실로 달려갔다는 소문이 사실이었구나.

사람들은 어이가 없어서 혀를 찼다. 그래 놓고 정작 추모식에는 검정색 드레스가 없어서 빠졌다고?

"밝은 아가씨라고 생각했는데."

나이 지긋한 그룹에서도 말이 나왔다.

"너무 밝았군요."

이쯤에서 끊어야겠다고 애쉬는 생각했다. 사람들이 아드리아나와 게일이 어떤 행동을 했는지 아는 건 좋지만 그들은 세이레나의 친척이다. 너무 나쁜 이야기는 세이레나에게도 안 좋을 수 있다. 그는 세이레나의 손을 잡은 채 말했다.

"술은 모든 분이 밤새 드셔도 될 만큼 준비했지만 부디 밤새 드시지는 않으셨으면 좋겠습니다. 금주령의 원인이 되고 싶지는 않거든요."

사람들의 웃음소리가 터져 나왔다.

애쉬는 씩 웃고 세이레나와 함께 물러났다.

"잠깐, 청혼서를 저한테 말도 없이 놓고 나왔다고요?"

"음. 말하려고 했는데 갑자기 그……."

애쉬는 말 대신 시선을 돌렸다. 그의 시선 끝에 데니스와 장난치는 에즈라가 있었다.

세이레나는 그가 말하려는 게 에즈라의 난입임을 깨달았다.

"아."

신음처럼 내뱉는 세이레나에게 애쉬가 물었다.

"동생은 어때?"

"그냥, 뭐. 네."

형언할 수 없는 감정 때문에 세이레나는 말을 잇지 못했다. 부끄럽기도 하고 에즈라에게 미안하기도 했다.

애쉬는 농담처럼 말했다.

"형제가 다 그렇지, 뭐."

"당신은 외동이잖아요."

뭘 아느냐는 듯한 말에 애쉬는 씩 웃었다. 뭘 아냐고? 그는 두 왕자의 사이가 그리 좋지 않다는 것을 안다. 데면데면해 보이지만 이 왕자는 일 왕자를 좋아하지 않고 일 왕자는 이 왕자를 껄끄러워한다.

하지만 그는 말을 바꿨다.

"동생과 많이 닮았네."

"둘 다 어머니를 닮았죠."

그의 생각이 맞았다. 둘 다 금발이고 체구가 작다.

애쉬는 빙그레 웃으며 말했다.

"눈동자는 어느 쪽이야?"

"에즈라는 어머니요. 전 아마……."

아마? 애쉬의 시선에 세이레나는 잠시 망설이다가 말했다.

"격세 유전이라더군요."

부모 중 어느 쪽도 자주색 눈동자가 아니었다. 아버지 쪽 어딘가 자주색 눈동자가 나타났었다는 말을 들었다.

헌터 백작은 그걸 네 기사의 후손이라는 증거라고 말했다.

"재능은 아버지를 닮은 모양이야."

"네?"

"검술 말이야. 너도 그렇고 에즈라도 그렇고. 둘 다 재능이 있는 걸 보니까 아버지를 닮은 부분도 있다고."

그럴까. 세이레나는 고개를 갸웃했다. 재능이 있다는 말은 들었지만 아버지도 그런지는 모르겠다.

헌터 백작은 기사단에 오래 머물지 않았다. 게다가 에즈라도? 안타깝게도 에즈라는 너무 뛰어난 누나 때문에 재능이 없다는 평가를 받고 있었다.

그녀는 솔직하게 물었다.

"에즈라도요?"

"체격을 봐."

작은데. 세이레나는 에즈라에게 시선을 던졌다. 그녀처럼 작다. 그리고 돌아오기 전 인생에서도 작았다.

스무 살의 에즈라는 비쩍 말랐었다. 그래서 세이레나는 늘 에즈라가 굶지 않도록 신경 썼다. 그리고 신경질적으로 보이는 외모. 지금의 에즈라를 보면 어떻게 그렇게 자라는 걸까 하는 의문이 생길 정도다.

"저 체격으로 기사단에 들어왔잖아."

그렇군. 세이레나는 고개를 끄덕이며 말했다.

"그랬으면 좋겠네요."

"내 말을 믿어. 네 동생도 너도 훌륭한 기사가 될 거야."

가볍게 어깨를 툭 치며 하는 말에 세이레나는 반사적으로 말했다.

"훌륭한 기사는 필요 없어요. 전 강한 기사가 되고 싶을 뿐이지."

아무도 그녀를 건드릴 수 없는 강한 기사가 되고 싶다.

에즈라와 집안을 지킬 수 있도록.

아무도 그녀의 것을 빼앗을 수 없도록.

그건 힘과 다른 문제다. 강한 기사가 되어도 그녀의 것을 빼앗길 수 있다. 하지만 세이레나는 그 사실을 몰랐고 당장 실력 있는 기사가 되는 게 가장 확실한 방법이라고 생각했다.

작위가 약속된 슈발리에. 그게 세이레나가 가장 원하는 것이다.

강한 기사라. 애쉬의 눈이 커졌다가 다시 가늘어졌다. 그는 세이레나가 무슨 이유로 다짐했는지 몰랐지만 그녀의 변화는 마음에 들었다.

"도와줄까."

애쉬는 허리 위에 손을 얹으며 말했다. 그녀가 거절할 거라는 생각은 전혀 하지 않았다. 그는 기사단의 단장이고 소드 마스터다.

"마스터에게 개인 과외를 받을 수 있는 좋은 기회. 약혼자일 때만 얻을 수 있습니다."

이상한 광고 문구를 중얼거리며 애쉬는 씩 웃었다. 하지만 세이레나는 망설이고 있었다.

형식적이나마 약혼했고 방금 도움도 받긴 했지만 그녀는 애쉬가 좋지 않다.

여전히 불편하고 싫었다. 그에게 도움을 받으려면 단둘이 붙어 있어야 한다는 말이고 그건 그리 즐겁지 않았다. 그때 애쉬가 말했다.

"아, 검 휘두를 때 자세가 좀 잘못됐더라."

"네? 어디 가요?"

눈을 동그랗게 뜨고 바짝 붙어오는 세이레나를 보고 애쉬는 씩 웃었다. 그는 이런 사람이 좋았다.

검술에 관심이 있는 사람.

강해지기 위해 노력하는 사람.

"내일 가면 되지?"

젠장. 세이레나는 애쉬의 말을 듣고 뒤로 물러났다. 넘어갔다. 여기서 싫다고 말하면 되지만 궁금했다. 잘못될 것도 없잖

아. 어차피 싫어하는 사람. 더 싫어하게 되는 것밖에 더 있을까.

그것도 숙부를 싫어하는 것보다 더 싫어하기도 어려울 것이다.

그녀는 애쉬처럼 허리에 손을 얹으며 물었다.

"얼마나 강하게 만들어 줄 수 있는데요?"

"너한테 달렸지."

그렇다면. 세이레나는 당당하게 말했다.

"당신의 기록을 갈아 치우고 싶어요."

건방진 말에 애쉬는 한쪽 눈썹을 들어 올렸다. 그는 스물한 살에 소드 마스터가 됐다.

세이레나는 이제 스무 살.

남은 기간은 일 년.

"좋아."

애쉬는 세이레나에게 손을 내밀었다. 원한다면 얼마든지 단련시켜 줄 수 있다. 그게 그가 기사단에서 하는 일이니까.

세이레나는 애쉬의 커다란 손을 쳐다봤다. 저걸 잡으면 더 빠르게 강해질 수 있다. 하지만 애쉬와 가까워져야 한다. 그 단점을 상쇄할 만한 값어치가 있을까.

얼마든지.

세이레나는 애쉬의 손을 잡았다. 인생을 바꾸기 위해 마법사에게 영혼을 팔 각오도 했다. 그녀는 아직도 자신의 무엇을 마법사가 가져갔는지 모르지만 그게 영혼이 아니라면 이번엔 강해지기 위해 팔 생각이었다.

“강해지게 해 주세요.”

세이레나의 다짐 같은 말에 애쉬는 빙그레 웃었다. 그는 엄하고 혹독하게 가르친다. 그걸 따라올 수 있다면 강해질 것이다.

“네 노력에 달렸지.”

하지만 스무 살에 소드 마스터가 되는 건 그의 실력 밖의 일이다.

“어, 헌터 경. 에즈라가 졸리다는데.”

데니스가 에즈라를 데리고 다가왔다.

세이레나는 졸린 눈을 한 동생을 보고 재빨리 시간을 확인했다. 열세 살짜리가 침대에 누울 시간이 훌쩍 지나 있었다.

“가자, 에즈라.”

세이레나의 말에 술을 가지고 오던 모아나가 실망해서 외쳤다.

“벌써?”

“응. 에즈라 자야지.”

“에즈라만 보내고 넌 남아 있어.”

그럴까.

세이레나의 시선이 잠시 동생을 향했다.

에즈라가 눈을 비비며 말했다.

“응, 누나. 나 혼자 갈 수 있어.”

“아니야.”

역시 안 되겠어서 세이레나는 고개를 저었다.

아까 술에 취한 게일이 신경 쓰인다.

집사에게 저녁 식사 시간 이후에는 아무도 들이지 말라고 했지만 혹시 모르니까.

"가자, 에즈라."

아드리아나가 에즈라의 방문에 한 짓도 있어서 세이레나는 에즈라의 손을 잡았다. 낮에는 가정 교사가 함께 있지만 이 시간에는 가정 교사도 잘 것이다.

세이레나가 집에 있는 게 좋을 것 같았다.

"데려다줄게."

애쉬는 세이레나의 손에서 에즈라의 손을 떼어 내며 말했다. 졸음에 겨운 동생을 데려가기엔 세이레나가 너무 작아 보인다. 그는 그리 힘들이지 않고 에즈라를 안아 들었다.

"하지만 여긴 당신 집이고……."

이건 당신 파티잖아요. 세이레나가 그렇게 말하려 했지만 애쉬는 한 손으로 에즈라를 안고 한 손으로 세이레나의 손을 잡았다.

세상에. 힘도 세네. 깜짝 놀라는 세이레나와 함께 걸어가며 애쉬가 데니스에게 말했다.

"잠깐 대타 좀."

"아, 이런 대타 싫다니까."

데니스는 툴툴대면서도 애쉬의 빈자리를 채우기 위해 돌아섰다.

뭐야, 주인공 둘이 빠지는 거야? 모아나는 애쉬와 세이레나를 쳐다보다가 데니스에게 다가가며 말했다.

"도와줄까요?"

데니스의 시선이 모아나를 향했다.

모아나 쿨린. 쿨린 자작의 딸이라 작위도 영지도 없지만 기사단에 들어온 덕에 경이 되었다.

"귀족 노인네들 다루는 법 알아?"

데니스의 물음에 모아나가 씩 웃으며 말했다.

"자작 클럽 알아요?"

데니스 역시 씩 웃었다. 안다. 자작 클럽은 자작 이하의 귀족들만 출입할 수 있는 클럽이다. 소드 마스터에 부단장이라 그는 남작직을 얻었고 자작 클럽에 들어갈 수 있다.

"가 본 적은 별로 없어. 워낙……."

나이 든 사람들만 모여 있어서.

데니스가 가면 분명 자신들 젊었을 때 이야기를 하며 귀찮게 굴 게 분명하다.

데니스가 차마 말하지 못하는 것을 알아차린 모아나가 고개를 돌리며 말했다.

"그거, 우리 아버지 거예요."

응? 데니스의 눈이 동그래졌다. 자작 클럽의 창시자가 쿨린 자작이었어? 그는 떨떠름하게 말했다.

"그거 창시자는 어느 슈발리에라고 들었는데."

"최대 투자자시죠."

잠깐. 데니스는 떨떠름한 표정을 지었다. 자작 클럽의 최대 투자자에 대해 이야기 들은 적이 있다. 평민이었지만 자작 클럽에 엄청난 금액을 투자하면서 자작 위를 얻었다고 들었다.

이유가 뭐였더라. 그는 잠시 기억을 더듬었다.

'나이 든 슈발리에들의 모임 장소를 제공함과 동시에 하급귀족들의 결집력을 도와준 공로를 인정해서.'였다.

하지만 아버지가 돈으로 작위를 샀다는 말을 하면서도 모아나는 눈썹 하나 까딱하지 않았다. 그게 사실인데 뭐. 그녀는 아버지는 아버지고 자신은 자신이라고 생각했다.

어쨌거나 그녀는 기사단에 입단을 성공했고 십이 분단이긴 하지만 잘 다니고 있다.

"어, 그럼 노인네들과 대화는 잘하겠네."

데니스의 말에 모아나는 깔깔대며 대답했다.

"귀족 노인네들이 가장 좋아하는 타입이잖아요? 돈 많은 집의 예쁜 딸."

6

승단 시험

“헌터 경!”

세이레나의 근신이 풀린 날은 날이 약간 따듯했다.

오랜만에 기사단에 출근한 세이레나는 자신을 부르는 목소리에 깜짝 놀라서 뒤돌아봤다.

저 멀리서 같은 십이 분단 기사 몇 명이 뛰어오고 있었다.

“좋은 아침.”

세이레나는 페이지에게 그녀의 말을 맡기고 돌아섰다.

어느새 그녀의 앞에 도착한 기사들이 자기들끼리 눈빛을 교환하고 있었다.

뭐지? 그녀는 저도 모르게 어깨를 움츠렸다. 꼭 그녀가 오기만을 기다린 것 같다.

내가 뭘 잘못했나? 그녀는 왕비가 되기 전에도 된 후에도 기사들과 대화한 적이 별로 없었다.

그들이 그녀에게 말을 건 적도 별로 없었고.

왕비였을 때 그녀를 쳐다보던 기사들의 차가운 시선이 떠올랐다. 그리고 유진과 대련할 때 빈정거리던 기사들의 목소리도.

"뭐, 뭔데?"

세이레나는 애써 어깨를 펴고 물었다.

기사들은 서로 눈치만 살피다가 여기사가 먼저 입을 열었다.

"지난번 전투에서 우릴 구해 주느라 벌 받았다고 들었어."

어? 뜻밖의 말에 세이레나의 눈이 동그래졌다.

여기사는 쑥스럽다는 듯 다른 기사들을 돌아보더니 한 번 헛기침 하고 다시 말했다.

"도와줘서 고마워."

잠깐, 세이레나는 숨 쉬는 것을 잊었다. 누군가에게 도와줘서 고맙다는 인사를 받을 줄은 몰랐다. 그녀는 눈을 동그랗게 뜬 채로 얼어붙어 있었다.

"덕분에 살았어, 헌터 경."

"도와줘서 고마워. 그리고 음, 우리 때문에 벌을 받아서 안됐다고 생각해."

기사들이 그녀에게 고마워하고 있었다. 그리고 그녀의 근신을 안됐다고 생각했다.

세이레나는 그것만으로 근신 받은 게 전혀 기분 나쁘지 않았다.

"어, 아니, 나는."

뭐라고 말을 해야 하는데 뭐라고 말을 해야 할지 모르겠어서 세이레나는 잠시 말을 멈췄다.

순간 욱하고 목이 메어 왔다. 도움이 됐다. 누군가에게. 그녀에게 진심으로 고맙다고 생각하는 사람이 있다. 그것만으로도 세이레나는 잠시 행복했다.

왕비였을 때 보석 같은 것들을 가져오며 다음에도 잘 부탁한다는 사람들에게 감사를 받는 것보다 훨씬 행복했다.

"다들 무사해서 다행이야."

목이 메서 세이레나는 간신히 그렇게 말하고 고개를 숙였다.

그녀는 공을 세우기 위해 돌진한 것뿐이다. 그걸 이렇게 감사를 받을 줄 몰랐다.

"승단 시험, 잘 봐."

여기사가 마지막으로 세이레나의 어깨를 툭 치며 말을 건넸다.

다른 기사들이 따라서 응원했다.

"십이 분단에 있기는 아깝더라."

"잘할 거야."

세이레나는 가까스로 어깨를 끄덕이고 그들과 함께 본건물을 향해 걷기 시작했다.

긴장했던 분위기가 누그러지자 기사들과 말하는 게 한결 편해졌다.

모아나는 슬슬 세이레나가 올 거라 생각하고 그녀를 맞이하기 위해 건물 밖으로 나오던 중이었다.

마구간에서 오는 길에 한 무리의 기사들이 떠들썩하게 웃으며 다가오는 게 보였다.

“세이레나!”

기사들 가운데에 세이레나가 있었다. 그녀의 부름에 고개를 돌린 세이레나가 환하게 웃으며 뛰어왔다.

“모아나!”

“마중 나가려고 했는데 이미 마중 나간 사람들이 있었잖아.”

아쉽다는 듯한 모아나의 말에 세이레나는 쑥스럽다는 듯 웃었다. 돌아와서 모아나가 아닌 다른 기사들과 격의 없이 대화한 건 처음이다.

세이레나를 둘러쌌던 기사들도 킬킬대며 말했다.

“시내에 괜찮은 찻집 생겼다더라, 쿨린 경도 같이 가자.”

찻집? 거기까지 이야기했어? 모아나는 눈을 동그랗게 뜨고 세이레나를 돌아봤다가 킬킬대며 물었다.

“어딘데?”

“그레이윈드 공원 앞에 새로 생겼더라.”

가장 끝에 있던 기사가 대답했다.

그레이윈드 공원이면 시내 중심부에서 약간 벗어난 곳이다.

좋아. 모아나는 세이레나와 팔짱을 끼며 고개를 끄덕였다.

"십이 분단 오프 날 다 함께 가자."

시간을 교환한 기사들이 뿔뿔이 흩어지자 모아나는 세이레나를 돌아왔다.

"어떻게 된 거야?"

"음, 마구간으로 날 데리러 왔더라고."

"걔들이?"

모아나는 가끔 이야기한 적이 있지만 세이레나는 아니다. 그녀는 어딘지 모르게 즐거워 보이는 세이레나의 얼굴을 쳐다봤다.

"응. 그, 전투 때. 내가 도와줘서 고맙다고."

"아."

무슨 소린지 알겠다. 모아나는 세이레나와 팔짱을 낀 채 훈련장을 향해 걸어가며 말했다.

"너 그때 잘 싸우더라."

오면서도 칭찬을 들었지만 세이레나는 여전히 칭찬이 부끄러웠다. 그녀는 얼굴을 붉히며 물었다.

"그래?"

"응. 너 없는 동안 다들 대단하다고 난리였어."

뒤늦게 합류한 십이 분단의 기사가 몬스터 앞으로 몸을 날렸으니 기사단에 소문이 날 만도 하다.

게다가 그걸로 다섯 명이나 구하고도 명령 불복종으로 벌을 받았다.

애쉬의 벌도 타당했다는 평가지만 벌과 별개로 기사들은 세이레나가 용감하다고 말했다. 혹은 무모하다거나.

"그날 이후로 네 숙부는 어때?"

모아나는 세이레나의 손을 토닥이며 물었다.

애쉬와 약혼을 발표한 뒤 게일과 아드리아나는 그대로 헌터 하우스로 돌아가 버렸다.

세이레나는 어깨를 으쓱하며 말했다.

"몰라."

"몰라?"

분명히 세이레나를 귀찮게 굴었을 줄 알았는데. 모아나의 걱정 어린 표정을 본 세이레나는 가볍게 웃음을 터트렸다. 진짜 모른다. 그녀는 친구의 걱정을 잠재워 주기 위해 이어 말했다.

"저택에 공사를 시작해서 시끄럽거든."

"공사? 무슨 공사?"

"아, 훈련장 보수 공사. 단장님이 생일 선물로 해 준대."

"엥? 보석이나 옷이 아니라?"

모아나의 반응에 세이레나는 쓰게 웃었다. 보석이나 옷이라면 안 받았을 것이다. 그건 팔 수 있으니까.

세이레나가 그런 사치품을 가지고 있다면 그녀가 팔거나 게일이 팔거나 둘 중 하나가 될 거라는 걸 세이레나 본인은 잘 알았다. 게다가 지금 당장 그녀에게 필요한 건 보석이나 옷이 아니다.

그녀를 강하게 만들어 줄 것들이다.

훈련장이나 검 같은 것들.

세이레나는 깊이 이야기하고 싶지 않아서 주제를 돌렸다.

"어쨌든 그래서 숙부가 와도 금방 간다고 하더라고."

하더라고? 그녀가 겪은 게 아니라 들었다는 말이다.

설명해! 모아나의 독촉에 세이레나는 별로 말하고 싶지 않았던 사실을 이야기했다.

"사실 근신 동안 단장님 집으로 출퇴근했거든."

"단장님?"

모아나의 목소리가 커졌다. 쉿. 세이레나는 저도 모르게 모아나의 입을 막았다.

"아, 왜? 비밀이었어?"

비밀인가? 모아나의 질문에 세이레나는 눈을 깜빡였다. 애쉬와 이미 약혼 발표도 했고 혼자 간 것도 아니니 상관없다. 하지만 남자의 집에 갔다는 사실 자체가 불편해서 그녀는 미간에 주름을 만들었다.

돌아오기 전에 매일 밤 남자를 들인다는 소문이 돌았기 때문이다. 그래서 이런 쪽으로는 필요 이상으로 경계하게 된다.

"그건 아닌데."

세이레나는 모아나의 입에서 손을 떼며 말을 이었다.

"근신 중에 단장님이 내 검술을 봐주셨거든."

오. 모아나의 눈이 반짝였다.

그래? 근신 중에 단둘이 열기를 내뿜었단 말이지?

하지만 세이레나는 바로 그녀의 생각을 부인하듯 말했다.

"에즈라랑 같이."

아, 뭐야. 그럼 단둘이 아니잖아. 아니, 상관없나? 모아나는 연회에서의 애쉬와 세이레나를 떠올렸다.

"단장은 너한테 마음이 있나 봐."

"뭐?"

모아나의 별생각 없는 말에 세이레나는 깜짝 놀라서 멈춰 섰다. 팔짱 끼고 있던 터라 모아나도 앞으로 나가다가 걸려서 멈췄다. 그녀는 세이레나를 돌아보고 그게 그렇게 놀랄 말인가 하고 생각했다.

"너한테 개인 과외해 주는 것도 그렇고……."

"그건 내가 강해지고 싶어서……."

"약혼을 알릴 때도 그랬고."

"약혼 알릴 때 뭐?"

진짜 모른다는 세이레나의 태도에 모아나는 어라 하고 고개를 기울였다.

이른 아침이라 건물 안은 한산했다. 하지만 건물 밖으로 한 무리의 기사들이 지나가는 것을 보고 모아나는 세이레나는 벽 쪽으로 끌고 갔다.

"단장이 너한테 반해서 쫓아다니다가 약혼한 거라고 했잖아."

세이레나는 굳은 표정으로 고개를 끄덕였다. 왕의 명령으로 약혼한 거라는 걸 숨기기 위해서는 그게 가장 타당한 설명이라고 생각했기 때문에 지금까지 별생각이 없었다.

"폐하의 명령이라는 걸 말하지 않으려고 그런 거야."

세이레나의 말에 모아나는 고개를 끄덕였다. 알아. 그녀가 애쉬가 세이레나를 마음에 들어 한다고 생각한 건 그것 때문이다.

"단장은 폐하의 명령이라는 걸 왜 숨겨야 하는데?"

"그야……."

그야. 세이레나의 말이 멈췄다. 애쉬는 소문 때문에 결혼한다는 걸 숨기고 싶어서 그런다고 했다. 하지만 그런 일 때문에 결혼하는 사람은 적지 않다.

몇 년 전에는 결투하다가 지는 바람에 이긴 여기사가 상대인 남기사를 책임져 준다며 결혼한 적도 있었다.

그러게. 왜 그런지 모르겠다.

애쉬가 숨기고 싶다고 말했을 때 세이레나는 자기 생각에만 너무 가득 차 있어서 그냥 받아들였다. 하지만 지금 생각해 보니 왕의 명령으로 약혼한다는 사실을 숨겼을 때 이득을 얻는 건 세이레나뿐이다.

"애쉬가 날 위해서 그랬다는 거야?"

그렇지 않을까? 모아나는 손을 들어 보였다. 그녀는 적어도 그렇게 생각했다.

폐하의 명령으로 공작과 결혼하게 된 몰락한 백작 영애.

이것보다는 공작이 몰락한 백작 영애에게 반해 쫓아다니다가 약혼을 발표한다는 게 세이레나에게는 더 나은 이야기니까.

"어, 괜히 이야기했나?"

세이레나가 안다고 생각했다. 모아나는 당황해서 다시 세이레나의 팔을 끌어안았다. 그녀는 애쉬가 세이레나에게 반해서 청혼을 조르다 약혼에 성공했다는 말이 완전히 거짓은 아니라고 생각했다. 그래서 모아나는 그녀의 말에 세이레나가 기뻐할 거라고 생각했다. 약혼자가 자신을 마음에 두고 있다는 사실을 싫어할 사람은 없을 테니까.

두 사람은 다시 훈련장을 향해 걷기 시작했다. 하지만 이번에는 아무도 말하지 않았다. 세이레나는 생각하느라, 모아나는 그녀의 눈치를 살피느라.

세이레나는 애쉬가 자신을 좋아할지도 모른다는 모아나의 말에 당황하고 있었다.

그런가? 세이레나는 곰곰이 생각하며 훈련장의 문을 열었다.

훅 하고 여전히 더운 공기가 쏟아져 나왔다. 윽 하고 코를 감싸 쥐는 모아나보다 한 발짝 먼저 안으로 발을 디딘 세이레나는 자신을 쳐다보는 기사들의 시선에 당황해서 멈췄다.

뭐지? 그녀가 머뭇거리는 순간 기사들이 박수를 치기 시작했다.

"어?"

세이레나는 그녀의 뒤에 누가 따라 들어오나 싶어서 뒤를 돌아보았다. 하지만 뒤에는 모아나밖에 없다. '모아나를 향해서 박수를 치는 건가?' 하고 생각했지만 모아나는 싱글벙글 웃으며 세이레나를 돌려세웠다.

"어서 와, 무모한 기사."

로렌이 킬킬대며 세이레나의 어깨를 두드렸다.

응? 날 보고 하는 말인가? 눈을 동그랗게 뜬 세이레나에게 기사들이 휘익 하고 휘파람을 불어 댔다.

"다시 봤어, 헌터 경!"

"조그마한 게 겁도 없더라!"

칭찬인지 욕인지 헷갈리는 말이었지만 세이레나는 곧 그들이 그녀를 칭찬하고 있다는 것을 깨달았다.

이런 환대는 처음이다. 세이레나는 당황해서 어찌할 바를 몰랐다. 모든 사람에게 미움받던 인생에서 돌아온 탓에 그녀는 오히려 겁이 났다.

"안녕, 쿨린 경. 헌터 경."

모아나의 뒤에서 데니스가 나타났다. 그리고 애쉬도. 뒤돌아본 세이레나와 애쉬의 시선이 부딪쳤다.

"안녕."

애쉬가 빙그레 웃으며 인사를 건넸다. 그 순간 훈련장 안은 폭발했다.

"약혼자다!"

"우와아아아아!"

엄마야. 모아나는 깜짝 놀라서 세이레나를 끌어안았다.

뭐야, 뭔데? 세이레나 역시 눈을 동그랗게 떴다.
기사들의 함성 때문에 훈련장이 폭발한 줄 알았다.
"입 닥쳐, 멍청이들아!"
로렌이 몇 번이나 소리치고 나서야 함성이 가라앉았다.
어휴, 진짜. 로렌은 어쩔 수 없는 멍청이들이라는 표정을 짓더니 세이레나에게 말했다.
"미안해, 세이. 다루기 힘든 멍청이들이라니까."
세이? 로렌의 입에서 나온 애칭에 모아나의 눈이 동그래졌다.
"너 필립스 경이랑 언제부터 친해진 거야?"
모아나가 세이레나에게 질문을 퍼붓는 사이 애쉬와 데니스가 훈련장 안으로 들어갔다.
"파티에 참석한 사람도 있겠지만 헌터 경과 약혼했다. 그렇다고 헌터 경이 기사가 아니게 되는 건 아니니 쓸데없는 생각 말고 훈련이나 하도록."
냉정할 정도로 담담한 애쉬의 말에 기사들이 조용해졌다.
엥? 겨우 이거야? 하다못해 키스해 정도는 하려고 했는데 이래서야 김이 샌다.
그때 유진이 나섰다.
"약혼자라서 특혜를 받지는 않는다는 말씀이시죠?"
애쉬와 세이레나의 시선이 유진을 향했다. 애쉬는 픽 웃었다.
건방지지만 애쉬는 유진이 싫지 않았다. 강해지려고 노력하는 게 마음에 든다. 물론 그 노력이 과할 때가 있지만. 그는 성실한 단장답게 열심히 훈련하는 기사가 예쁘게 보였다. 그중에서 가장 예쁜 건 세이레나지만, 유진도 나쁘지 않다. 과도한 경쟁심만 좀 버리면 좋을 텐데.

특혜. 세이레나는 유진의 말에 제일 먼저 애쉬의 개인 과외를 떠올렸다.

그거 특혜지. 어쩌면 고작 며칠 만에 그만둬야 할지도 모른다는 생각이 들었다.

아깝긴 하지만 애쉬가 이 많은 사람들을 전부 봐줄 수도 없는 노릇이다.

"흠."

애쉬는 턱을 쓰다듬으며 유진을 쳐다봤다. 그리고 훈련장을 돌아보며 말했다.

"약혼자의 검술을 따로 봐주고 있긴 한데. 이것도 특혜라고 할 수 있겠지."

그걸 특혜라고 볼 수 있나? 세이레나와 애쉬의 생각과 달리 기사들은 별생각 없었다.

그렇게 따지면 소드 마스터를 부모로 둔 자 역시 특혜고 집이 부유해서 소드 마스터에게 개인 교습을 받는 것도 특혜다. 이런 것들은 어쩔 수 없는 문제다. 하지만 유진의 생각은 달랐다.

그건 특혜다. 그는 허리에 손을 얹고 특혜가 맞다고 말하려 했다. 하지만 그보다 먼저 애쉬가 말했다.

"원하는 사람은 퇴근 후에 내 집으로 오게. 봐주지."

윽. 기사들은 전부 반사적으로 싫다는 표정을 지었다. 상사를 퇴근 후에도 봐야 하다니, 절대 싫다. 심지어 상사의 집이라고? 거기에 누가 가겠어? 다들 똑같이 생각했다.

딱 두 명, 세이레나와 유진을 빼고.

"진짜로 올 줄 몰랐는데."

그날 저녁, 퇴근 후 그레이윈드 공작의 저택으로 찾아온 유진을 보고 애쉬는 쓰게 웃었다.

유진을 훈련장으로 안내한 집사가 물러나자 애쉬는 그에게 말했다.

"검은 저기 있는 걸 쓰게."

훈련장 안에는 세이레나와 금발의 소년이 있었다.

세이레나만 있을 거라 생각한 유진은 에즈라의 존재에 놀라 잠시 멈칫했다.

"내가 선배예요."

에즈라가 턱을 들어 보이며 말했다.

무슨 소리야? 어리둥절해 하는 유진를 대신해서 세이레나가 나섰다.

"에즈라, 무례하게 굴지 마. 램버트 경은 기사단에서 네 선배잖아."

"하지만 여기선 내가 선배잖아."

아, 그런 이야기였군. 유진은 팔짱을 끼며 삐딱하게 말했다.

"나한테 하는 그대로 기사단에서 해 주지."

순식간에 에즈라의 기가 죽었다.

그렇군. 세이레나는 그 모습을 보고 유진이 어떤 사람인지 알았다.

열세 살짜리와 똑같은 수준.

"램버트 경, 검을 들라고 했을 텐데."

애쉬가 세 사람 사이에 서며 말했다. 그 말에 세이레나의 표정이 변했다.

좋아, 해 보자고. 유진은 벽에 걸린 검을 집어 들며 생각했다. 그렇지 않아도 저 계집애가 마음에 들지 않았다.

세이레나 역시 검을 들었다. 그녀는 내심 유진이 와서 다행이라고 생각하고 있었다. 아침에 모아나에게 들은 말이 신경 쓰여서 애쉬의 얼굴을 쳐다보기가 힘들었다.

"베기 백 번."

응? 애쉬의 말에 유진은 무슨 말인가 하고 고개를 들었다.

이건 기본 중에서도 기본이다. 검을 처음 배울 때 배우는 것 중 하나. 이걸 굳이 여기까지 와서 배워야 하는 이유가 뭔데?

하지만 그의 옆에서 세이레나와 에즈라가 검을 휘두르기 시작했다.

설마 나한테만 안 가르쳐 주려고 이러는 건 아니겠지? 유진의 머릿속에 의혹이 솟았다.

하지만 애쉬는 그런 사람이 아니다.

"해 보지, 뭐."

그는 다시 자세를 고치고 검을 휘두르기 시작했다. 설령 그에게는 가르쳐 주지 않으려 이러는 거라 해도 그가 끝까지 따라붙으면 어쩔 수 없을 것이다.

유진은 그렇게 생각했다.

* * *

"야, 유진."

날이 점점 추워졌다. 해가 바뀌고 승단 시험이 성큼 앞으로 다가오자 기사들의 경쟁이 눈에 보일 정도로 불타오르기 시작했다.

근무를 마치고 퇴근하는 유진은 자신을 부르는 소리에 고개를 돌렸다가 낯익은 기사들이 서 있는 것을 보고 다가갔다.

"뭐야? 왜 다들 거기 서 있어?"

"너 아직도 단장님 댁으로 가냐?"

단장님 댁? 유진은 무슨 소린가 하다가 그들이 애쉬에게 훈련받고 있는지를 물어본다는 것을 깨달았다.

아, 그거. 유진은 머리를 긁적이며 말했다.

"아니, 이젠 안 가는데."

"며칠 안 됐잖아? 벌써?"

"응. 뭐, 딱히 별게 없더라고."

유진의 말에 기사들의 눈이 빛났다. 별게 없다고? 그들은 마치 포위망을 좁히듯 유진에게 다가가며 물었다.

"어땠는데?"

유진의 머릿속에 애쉬의 집에서 받은 훈련이 떠올랐다. 고작 삼 일 갔지만 그는 곧 애쉬가 세이레나에게 대단한 비법을 전수해 주는 게 아니라는 것을 알았다.

"첫날은 베기만 줄창 하고 왔고……."

응? 기사들의 표정이 일그러졌다. 베기라면 기본 중의 기본이잖아?

유진은 그들의 표정이 이해된다는 듯 고개를 끄덕이며 말을 이었다.

"둘째 날은 찌르기만 줄창 하다 왔다."

"그것뿐이야? 뭐 다른 거 없어? 단장님과 대련을 한다거나."

"아니, 전혀."

그도 그렇게 생각했다. 하다못해 단장님과 합을 맞춰 볼 수 있는 기회가 있지 않을까 하는. 하지만 전혀 없었다.

세이레나와 에즈라는 애쉬가 뭘 하라고 하면 말없이 그걸 했다.

"베기."라고 말하면 애쉬가 그만하라는 말을 할 때까지 검을 휘둘렀다.

고작 삼 일이었지만 가장 먼저 나가떨어지는 건 에즈라였고 그다음은 유진이었다.

"너 우릴 속이는 거 아니겠지?"

"아, 속이긴 뭘 속여?"

안 그래도 짜증 나는데! 유진은 울컥해서 기사들을 떨쳐 내며 뒤로 물러났다.

애쉬의 집에서 본 세이레나의 모습은 독하다는 말밖에 나오지 않았다. 팔이 올라가지 않을 때까지 검을 휘둘렀으니까.

독하다. 그것도 재능이라면 재능일 것이다. 뭔가에 독하다고 할 정도로 몰두할 수 있다는 게.

나름대로 노력한다고 생각했는데 유진은 세이레나의 훈련을 보고 자신이 느긋했다는 것을 깨달았다. 같은 베기 자세만 숨 쉴 틈도 없이 천 번씩 하는 사람은 처음 봤다.

"그럼 헌터 경이 널 이긴 게 실력이었단 말이야?"

그게 궁금한 거였군.

유진은 팔짱을 끼며 삐딱하게 생각했다. 실력이 맞다. 세이레나의 연습을 본 지금은 알겠다. 그건 실력이었고, 운이 좋은 게 아니었다. 하지만 그렇다고 말하기엔 자존심이 상한다.

"그럴 수도 있겠지."

뭐야. 유진의 대답을 들은 기사들의 표정이 변했다. 그들은 서로를 쳐다보더니 다시 유진에게 물었다.

"헌터 경이 얼마나 승단할 것 같아?"

"그걸 나한테 왜 물어봐?"

"최소 십 분단 이상으로는 갈 것 같아?"

우씨, 유진은 생각할 필요도 없는 대답이라고 생각했다. 세이레나의 실력은 최소 팔 분단. 제대로만 한다면 육 분단도 가능할 거다.

어쩌면 그 위도 가능할지도 모르지만 유진은 반사적으로 그렇게 생각하기를 거부했다. 그의 목표가 오 분단이다. 세이레나는 십이 분단에서 오 분단까지 올라갈 수 있을지도 모르겠지만 유진의 자존심이 그걸 생각하는 것 자체를 거부했다.

"적어도 팔 분단까지는 갈걸."

결국 유진은 그가 타협할 수 있는 수준을 입 밖에 내뱉었다. 그가 본 세이레나의 실력은 육 분단까지도 가능할 것 같지만, 그건 그가 너무 과대평가한 거인지도 모른다.

그러니까 팔 분단, 딱 거기까지만이라고 하자.

"팔 분단?"

기사 중 하나가 말도 안 된다는 듯 소리쳤다. 팔 분단 소속 기사다.

유진은 팔짱을 풀고 돌아서며 말했다.

"너희도 쓸데없는 소리 하지 말고 연습이나 해."

여기 모인 기사들은 전부 세이레나에게 이기지 못할 것이다.

유진은 들으란 듯 혀를 차고 기사단 건물을 나섰다. 멍청한 녀석들. 훈련도 제대로 안 하면서 승단 시험을 앞에 두고 불안해진 모양이다.

한 분단당 기사는 열 명에서 열다섯 명. 너무 많은 수가 승단 되면 승단 시험을 치지 않는 기사들은 하위 분단으로 재편성된다.

계속 자기 실력을 갈고닦지 않으면 도태되는 것이다. 그리고 훈련한 기사나 훈련하지 않은 기사나 모두 긴장하는 승단 시험 날이 다가왔다.

세이레나는 이제는 완전히 익숙해진 근육통을 즐기며 옷을 갈아입었다.

최소한 팔 분단까지는 올라가야 한다. 그녀는 자신이 벌어야 할 돈을 생각하며 다짐했다. 그래야 이 집을 유지할 수 있다.

"돈 걱정을 하며 살게 될 줄은 몰랐는데."

문득 자신의 처지가 우스워서 세이레나는 피식 웃으며 계단을 내려갔다.

아버지가 살아 계실 때는 풍족해서가 아니라 관심이 없었기 때문에 몰랐다. 수도에서 귀족들이 한 달에 사용하는 돈이 얼마 정도인지.

왕비가 된 다음에는 풍족했다. 나중에 그녀는 게일과 아드리아나가 그녀의 이름으로 보석과 돈을 빼돌리고 있다는 사실을 알고 놀랐다. 그렇게 빼돌렸음에도 그녀는 부족함이 없었기 때문이다.

"아가씨."

계단을 내려온 세이레나에게 집사가 다가왔다. 오늘 저녁은 먹고 올 거다. 애쉬가 승단 시험 후 그의 집에서 저녁을 먹자고 했다. 그녀도 할 말이 있었기 때문에 승낙했다. 세이레나는 집사에게 저녁을 먹고 올 테니 그녀의 몫은 준비할 필요 없다고 말하려다가 그의 표정을 보고 멈췄다.

"뭐죠?"

"헌터 경께서."

헌터 경? 숙부? 세이레나의 표정이 굳었다. 그녀가 자신의 숙부를 더 이상 좋아하지 않는다는 것을, 그동안 게일과 아드리아나의 태도를 본 집사는 어쩔 줄 몰라 했다.

"바쁘다고 하라고 했을 텐데요."

세이레나는 늘 그렇듯이 게일의 면담을 거부했다. 하지만 집사가 말하기도 전에 게일의 목소리가 나왔다.

"세이레나!"

애쉬의 연회에서 흉한 꼴을 보인 뒤로 게일과 아드리아나는 세이레나에게 모습을 보이지 않았다. 그건 세이레나가 바쁘다는 핑계로 두 사람을 피한 이유도 있지만 두 사람 역시 그녀를 피한 이유도 있었다. 그러던 것이 갑자기 저렇게 친한 척이다.

세이레나는 싱글벙글 웃으며 두 팔을 벌리고 다가오는 게일을 덤덤하게 쳐다보고 있었다.

설마 그녀가 예전처럼 그에게 달려가 안길 거라고 생각한 건 아니겠지?

세이레나가 돌아오기 전에 왕비로서 겪은 일은 없는 일이라 하더라도 게일이 애쉬의 집에서 보인 추태는 세이레나가 냉담하기에 충분하다.

"내 귀여운 조카."

게일이 세이레나를 끌어안으려 했기 때문에 그녀는 슬쩍 한 걸음 물러나며 물었다.

"아침부터 취하셨어요?"

이것이. 게일의 표정이 잠시 굳었다가 원래대로 돌아왔다. 그는 헛기침을 한 번 하고 말했다.

"취했다니. 내가 언제 그렇게 취했다고."

지난번 연회에서 엄청나게 취했었잖아. 세이레나는 표정만으로 그렇게 말했다. 굳이 이야기해서 그와 말을 섞고 싶지 않았다.

"무슨 일인데요?"

"내 형님 서재 말이다."

게일은 일부러 세이레나의 아버지가 아니라 자신의 형님이라고 지칭하며 말을 이었다.

"들어가 봐야 하는데 집사가 영 안 된다고 난리지 뭐냐."

에잉, 쯧쯧. 게일이 거드윈을 보며 혀를 찼다. 세이레나는 집사에게 잘했다는 표정을 지어 보였다.

"영수증 정리하는 중인데 혹시라도 분실할까 봐 아무도 들이지 말라고 했어요. 청혼서 때문에 그러시는 거라면 가져다드리라고 할게요."

청혼서 때문이 아니다. 게일은 고개를 저었다. 그는 세이레나의 약혼을 걸고넘어지지 않기로 했다. 어차피 세이레나가 애쉬와 약혼한 것은 전 사교계가 알게 됐으니 그가 더 어떻게 할 수 있는 게 없다. 그가 원한 건 다른 거였다.

"아니, 아니다. 청혼서는 상관없어. 후견인으로서 헌터가의 재정을 확인할 의무가 있잖니."

세이레나의 미간에 주름이 생겼다. 사실이다. 게일은 후견인으로서 세이레나가 스물한 살이 될 때까지 헌터가의 재정을 관리할 의무가 있다.

거부할 방법이 없을까. 세이레나는 잠시 생각했지만 방법이 없다는 것을 깨달았다.

할 수 없지. 그녀는 거드윈을 향해 말했다.

"숙부님 곁에서 도와드리세요."

그 말은 게일이 허튼짓을 하지 못하도록 감시하라는 의미다.

거드윈은 알겠다고 고개를 숙인 뒤 게일을 서재로 안내했다.

아, 불길한데. 세이레나는 그 뒷모습을 쳐다보다가 기사단으로 향했다.

기사단은 승단 시험과 여기사들을 독려하기 위해 왕비가 참관하러 오는 탓에 어수선했다.

애쉬는 다시 한 번 일정을 확인한 뒤 인상을 쓰며 일어났다. 왕비가 온다. 그는 오늘 일정을 물어볼 때의 세이레나를 떠올렸다. 그녀는 왕비가 오는 행사가 있냐고 했다. 그 전에 그와 약혼하면 왕비가 못 되는 거냐고도 물었다.

뭐였을까, 그건. 세이레나가 왕비를 죽이고 왕비가 되려는 건…….

거기까지 생각한 애쉬는 스스로의 생각이 어이가 없어서 피식 웃었다. 말도 안 된다. 왕비가 되려는 사람이 그렇게 열심히 검술을 훈련할 리가 없다.

게다가 세이레나는 평생 결혼할 생각이 없다고 했다. 남자와 피부가 닿는 게 싫다고도 했지.

그렇다면 왜 왕비가 오는 걸 물어봤던 걸까.

골똘히 생각하며 복도를 걷는 애쉬 앞에 데니스가 나타났다.

그렇지 않아도 애쉬를 부르러 가던 차다. 그는 "여." 하고 손을 들어 보이더니 말했다.

"왕비님 오셨어."

왕비가 도착했다. 기사단 건물 앞에 왕족의 문양이 달린 마차가 멈추자 지나가던 기사와 시종들이 모두 그 자리에 멈추고 마차에서 내릴 사람을 기다렸다.

마차 문이 열리기 전에 마차 주변을 에워싸고 있던 기사들이 문 앞에 일렬종대로 모여들었다. 그 선두에 로렌이 있었다.

"방문해 주셔서 감사합니다, 왕비 전하."

애쉬는 마차 문이 열리고 부축을 받아 마차에서 나오는 왕비에게 인사를 건넸다.

금발을 틀어 올린 왕비는 젊고 잘생긴 왕의 조카를 발견하고 고개를 끄덕했다.

"내가 괜히 방문해서 그대들을 귀찮게 하는 게 아닌지 모르겠군."

"그럴 리가요, 전하. 기사단의 영광입니다."

목까지 촘촘하게 감싼 옷을 입은 왕비는 고개를 끄덕이며 애쉬의 안내를 따라 가사단 안으로 걸음을 옮겼다.

여름에도 목까지 올라오는 드레스를 입는 왕비는 타인의 접촉을 즐기지 않는 것처럼 호위하는 기사는 물론 애쉬와도 한 걸음 떨어져서 걷고 있었다.

왕비는 원래 이랬다. 곁에 누가 있는 것을 불편해 했다. 그래도 여기사는 좀 나아서 그녀의 호위는 늘 여기사들이 담당했다.

"여기가 훈련장입니다."

더 이상 유진이 청소하지 않기 때문에 한결 깨끗해진 훈련장이 애쉬와 왕비를 맞이했다.

승단 시험은 여기사를 독려하기 위한 왕비의 검술 대련으로 시작한다. 대련이라고 해도 대단한 건 아니다. 여기사와 대련용 검을 들고 한두 합 정도 맞추는 것뿐이다.

애쉬는 페이지가 가져온 대련용 검을 집어 들었다.

"이게 전하께서……."

그가 검을 내민 순간 왕비가 눈에 띄게 움찔하고 몸을 떨었다.

어라? 애쉬는 눈을 크게 떴다.

“괜찮으십니까?”

로렌이 왕비에게 물었다.

왕비는 굳은 표정으로 검을 쳐다보다가 로렌에게 말했다.

“아, 아무것도 아닐세. 잠깐 다른 생각을 했다네. 미안하군.”

“아닙니다.”

그렇게 말하면서도 애쉬는 이상하다고 생각했다. 방금 왕비는 다른 생각을 한 게 아니었다. 검을 보고 놀랐다. 움찔하고.

문득 애쉬는 세이레나를 떠올렸다. 그녀와 비슷했다.

“레나.”

승단 시험을 위해 훈련장으로 향하던 세이레나는 자신을 부르는 낮익은 목소리에 고개를 돌렸다. 구석에 검은 그림자가 그녀를 쳐다보고 있었다.

힉 하고 놀라는 순간 애쉬가 말했다.

“이야기 좀 하지.”

이 남자는 진짜 기척이 없구나. 세이레나는 놀란 가슴을 쓸어내리며 그를 노려봤다.

“뭐 하는 거예요? 놀랐잖아요.”

이건 정말 억울하다.

애쉬는 그저 거기에 조용히 서 있었을 뿐이다. 그는 억울하다는 듯 어깨를 으쓱해 보이고 말했다.

“시험 전에 물어볼 게 있어.”

좀 평범하게 물어보면 안 되나. 세이레나는 약간 짜증을 내며 말했다.

"해요."

그 순간 애쉬가 그녀를 끌어당겼다. 세이레나가 버텼지만 소용없었다. 눈 깜짝할 사이에 그녀는 애쉬와 나란히 서 있었다.

아, 힘은 이길 수가 없구나. 허탈해하면서도 그녀는 자신과 애쉬 사이에 주먹 하나가 들어갈 정도의 틈이 있다는 것을 발견했다.

남자와 피부가 닿는 게 싫다던 그녀의 말을 애쉬가 기억하고 있었던 거다

"그냥 평범하게 말하면 안 되는 거였어요?"

툴툴거리는 세이레나에게 애쉬가 빙그레 웃어 보였다.

"남들이 듣지 않았으면 해서."

이렇게 하면 연인이 남들 눈을 피해 밀회를 즐기는 것처럼 보인다.

애쉬는 약간 허리를 숙여 세이레나의 얼굴에 자신의 얼굴을 가까이 댔다. 그의 얼굴이 가까워지자 세이레나의 눈이 커지는 게 애쉬의 눈에도 보였다.

태양 같은 머리카락과 자수정 같은 눈동자. 그는 이런 순간순간 세이레나가 얼마나 아름다운지 다시 한 번씩 깨닫곤 한다.

"왕비님과 아는 사이야?"

"아뇨."

"왕비님과 만난 적은?"

세이레나의 머리가 좌우로 흔들렸다. 없다. 그녀의 머리카락이 살랑거리면서 세이레나의 냄새가 풍겼다.

애쉬의 눈이 잠깐 가늘어졌다가 원래대로 돌아왔다.

"그럼 유스 백작은 알아?"

이어진 질문에 세이레나가 눈을 깜빡이며 물었다.

"유스 백작이면 왕비님의 남동생이요?"

"그래."

아나? 애쉬가 이 궁금증의 돌파구가 생길지도 모른다고 기뻐하려는 순간 세이레나가 말했다.

"아뇨."

그럼 뭐지? 그의 미간에 주름이 생겼다.

잘생긴 남자는 얼굴을 찡그려도 잘생겼군. 세이레나는 애쉬의 얼굴을 쳐다보며 생각했다.

새삼 깨달았는데 잘생기긴 했다. 어쩐지 비현실적인 느낌이라 그녀는 애쉬의 미간에 생긴 주름을 눌러 보고 싶었다. 미화된 초상화 같은 느낌이라 눌러 보면 평평할 것 같다.

"그럼……."

애쉬는 잠시 생각하다가 입을 열었다. 그럴 리 없다. 그럴 리 없다고 생각한다. 하지만 그는 기사단장이고 세이레나의 이상한 질문이 마음에 걸렸다.

"왕비님을 암살하려는 건 아니겠지?"

느닷없는 질문에 세이레나의 입이 딱 벌어졌다. 누굴 암살해?

내가? 그녀는 잠시 굳어 있다가 말했다.

"내가 왕비님을 암살할 수 있는 실력이라고 생각하는 건 고마운데요."

"가능할 수도 있지."

말도 안 된다. 세이레나는 픽 웃으며 말했다.

"당신을 꺾고요?"

"그건 별로 어렵지 않을걸."

이 남자, 웃기는 소리도 잘하네. 세이레나는 농담이라고 생각하고 웃었지만 애쉬는 진심이었다. 그는 아마도 자신이 세이레나에게 검을 들기는 어려울 거라고 생각했다. 그리고 그녀의 실력이 좀 더 는다면 언젠가 그가 가르치는 입장이 아니라 동등하게 검을 맞댈 수 있겠지.

"게다가 내가 왕비님을 암살할 이유가 없잖아요?"

구석에서 빠져나오며 세이레나가 물었다. 애쉬는 그녀가 나오기 쉽도록 동상을 옆으로 밀어 기울이고 있었다.

"그건 그렇지."

세이레나가 왕비를 암살할 이유가 없다. 그녀뿐 아니라, 현 왕비는 암살할 필요가 없는 사람이다. 왕은 늙었고 왕자들은 둘이나 있다.

왕위 계승이 1위인 일 왕자는 현 왕비의 소생이 아니지만 그를 도와줄 왕자비가 있다.

적국이 타인머스를 혼란스럽게 하기 위해 왕비를 암살하려

한다면 모르지만.

거기까지 생각한 애쉬가 농담을 던졌다.

"다른 나라로 이주하려는 건 아니지?"

그 생각도 하긴 했다. 세이레나는 씩 웃어 보였다.

돌아온 날 밤, 그녀는 침대에 앉아 밤새 생각했다.

이대로 재산을 전부 보석으로 바꿔서 이웃 나라로 도망가면 어떨까.

하지만 그러기엔 에즈라가 걸렸다. 그녀는 원하지 않는다지만 에즈라도 이 나라에 사는 것을 원하지 않는다는 보장이 없다.

게다가 세이레나는 에즈라에게 주고 싶었다. 돌아오기 전 인생에서 그가 잃었던 것들을. 그가 가졌어야 마땅한 지위와 재물을.

"나는 그냥 걱정하는 거예요."

세이레나는 애쉬와 함께 훈련장을 향해 걸으며 말했다. 그녀는 왕비를 암살할 생각이 없다. 그렇기는커녕 왕비가 오래오래, 아주 오래 살길 바란다.

애쉬와 약혼했다고는 하나 아직도 그녀는 왕이 두려웠다. 돌아오기 전 인생에서 세이레나는 왕이 죽었을 때 드디어 살았다고 생각했다.

살았다. 살아남았다. 그렇게 생각했다.

하지만 십 년 전으로 돌아오자 왕은 아직 살아 있었고 그 사실은 그녀를 공포에 질리게 만들었다. 심지어 그녀는 아직도 때때로 악몽을 꾼다.

"뭘?"

애쉬의 질문에 세이레나는 조금 고민하다가 말했다.

"사고가 날까 봐서요. 왕비님이 대련을 하신다면서요. 혹시나 하는 거죠."

"그렇군."

세이레나의 말은 애쉬는 의심을 풀지는 않았지만 고개를 끄덕였다. 왕비를 좀 지켜봐야 할 필요가 있다. 그녀가 보였던 반응과 세이레나의 반응.

애쉬는 자신이 세이레나에 대해 모르는 것이 많다는 것을 깨달았다.

"승단 기대하지."

애쉬는 훈련장으로 들어가며 세이레나의 어깨를 툭 치고 말했다.

세이레나는 분명 엄청나게 성장할 것이다. 그녀의 재능뿐 아니라 그 노력 때문에.

그는 세이레나와 대등하게 검을 맞댈 날이 기대됐다.

"네."

애쉬의 응원에 세이레나는 씩 웃어 보였다.

저럴 때는 웃어 주는군. 애쉬는 픽 웃었다. 좀 더 자주 웃어 줬으면 좋겠다.

"전하."

일정이 시작됐다.

왕비는 로렌이 가져다주는 검을 물끄러미 쳐다봤다. 대련용이라 날을 없앤 검이지만 맞으면 아프다.

혹시나 하는 걱정에 왕비의 수행원들은 그녀에게 갑옷을 입혀 놓았다.

"잘 부탁드립니다."

왕비의 맞은편에서 기사가 말했다. 갈색 머리를 높이 올려 묶은 여기사였다.

여자라면 좀 괜찮다. 왕비의 얼굴에 미소 비슷한 것이 떠올랐다.

"시작."

애쉬의 말에 여기사는 검을 들어 왕비의 공격을 대비했다. 그녀는 방어만 하기로 되어 있다. 왕족에게 감히 검을 들이댈 수는 없는 노릇이라 왕비가 검을 휘두르면 거기에 맞춰 기사가 검을 갖다 대는 것을 연습했다.

왕비는 검을 들어 올렸다. 반질반질하게 광이 나는 검날에 그녀의 얼굴이 비쳤다. 오랜만에 잡는 검이다.

그녀도 젊었을 때 기사단에 있었다. 귀족이기에 지켜야 할 의무라 오 년을 버티자마자 뛰쳐나왔지만.

"뭐지?"

왕비가 검을 든 채 가만히 서 있기만 하자 지켜보던 기사들이 수군거리기 시작했다.

모아나 역시 나란히 앉은 세이레나에게 속삭였다.

"왜 가만히 있지?"

글쎄. 세이레나는 왕비의 얼굴을 응시하고 있었다. 왕비의 푸른 눈동자가 검을 응시하는 게 보인다.

"아."

그 순간 세이레나는 저도 모르게 신음했다. 저 표정을 안다. 검에 대한 공포. 두려움. 그런 한편으로 느껴지던 유혹. 이걸로 찌르면 좀 편해질까, 하는 그런 생각.

"세이레나, 괜찮아?"

모아나는 세이레나를 돌아봤다가 그녀의 얼굴이 새하얀 것을 보고 놀라서 물었다. 유령이라도 본 것 같은 표정이다.

"응. 아니, 응. 괜찮아."

순간적으로 숨쉬기가 힘들어서 세이레나는 고개를 숙였다. 지금 왕비의 마음을 안다. 검이 피부 위를 그어 대던 감각이 떠올라서 그녀는 자신의 몸을 끌어안았다.

"잠깐 바람 쐴래?"

모아나는 하얗게 질리다 못해 숨을 헐떡이는 친구의 모습에 놀라서 물었다.

괜찮아. 세이레나는 그렇게 말하고 싶었지만 색색하고 숨을 몰아쉬느라 말할 수가 없었다.

"세이레나."

"괜찮아."

가까스로 대답한 세이레나는 자신을 향해 말했다.

"난 약혼했어."

그녀는 약혼했다. 왕이 아무리 미친놈이라 해도 조카와 약혼한 여자에게 손을 대지는 않을 것이다. 게다가 왕비가 있다.

세이레나는 고개를 들어 왕비를 쳐다봤다. 그녀가 있는 한 나는 안전해.

"뭐?"

세이레나의 말에 모아나는 무슨 소린가 하고 눈을 깜빡였다. 숨을 몰아쉬는가 싶더니 갑자기 약혼했댄다. 누구한테 하는 말이지? 그녀는 주위를 둘러보고 세이레나에게 다시 물었다.

"너 괜찮겠어?"

세이레나는 왕비를 쳐다보고 있었다.

진득한 눈으로 검을 응시하던 왕비가 정신을 차렸는지 검을 고쳐 들었다.

"응. 괜찮아."

"물이라도 마실래?"

모아나가 그렇게 물은 순간 누군가 끼어들었다.

"내가 가져다줄게."

애쉬는 조금 떨어진 곳에서 세이레나를 지켜보고 있었다. 그녀의 얼굴이 새하얘지더니 세이레나가 숨을 헐떡이는 게 보였다.

"뭐지?"

반사적으로 세이레나에게 향하는 애쉬를 막은 건 데니스였다. 그는 자리를 이탈하려는 애쉬의 어깨를 잡으며 물었다.

"어디 가?"

"레나 아니, 헌터 경에게."

"어이, 정신 차려."

왕비의 대련이 시작됐는데 어딜 간단 말인가. 지금은 자리를 비울 수 없다.

데니스는 그 사실을 주지시키며 말했다.

"갈 거면 왕비님 순서 끝나고 가."

기사단 단장으로서 그는 그래야 할 것이다.

애쉬는 차마 움직이지 못하고 멀리 떨어진 세이레나를 쳐다봤다. 그녀가 고개를 숙이고 숨을 몰아쉬더니 조금 나아진 얼굴을 드는 게 보였다.

무슨 일일까. 여전히 세이레나의 얼굴은 핏기가 없었지만 아까보다는 나았다.

애쉬의 시선이 이어 왕비에게로 향했다. 세이레나는 왕비와 아무 관계가 아니라고 했지만 그렇다면 어째서 저렇게 놀라는 걸까.

그 순간 왕비가 검을 휘둘렀다.

"탕!" 하고 기다리던 기사가 갖다 댄 검에 왕비의 검이 부딪쳤다.

"잘 바꿨어?"

문득 생각나서 애쉬는 데니스에게 물었다. 데니스는 왕비와 그녀의 검에 시선을 고정한 채 말했다.

"음. 아까 바꿔 놨어."

"원래 검은 어때?"

"금 가 있더라."

애쉬의 눈이 가늘어졌다. 왕비의 검이 금 가 있던 게 아니었다.

왕비의 상대를 하는 기사의 검이 금이 가 있었다. 이번 행사를 위해서 기사단에서 대련용 검을 두 자루 준비했다.

겉보기에는 똑같은 검이지만 왕비가 사용할 검은 좀 더 가벼운 검이다. 그리고 그건 특별히 엄중하게 보관했다.

왕비의 상대를 할 기사가 사용할 검은 별도로 구매하지 않았다. 기존에 기사단에서 대련용으로 사용하던 검 중에서 가장 깨끗한 것을 사용했다.

전날 페이지가 가장 깨끗한 검을 골라 손잡이와 날을 깨끗하게 닦았을 뿐이다.

"핫!"

왕비가 가벼운 기합과 함께 검을 휘둘렀다. 다시 한 번 "탕!" 하고 두 검이 부딪치는 소리가 들렸다.

만약 미리 알아차리고 검을 교체하지 않았다면 저렇게 세게 부딪친 순간 기사의 검이 부러졌을 것이다.

그리고 부러진 검날이 왕비를 찌르기라도 한다면.

애쉬는 끔찍한 생각에 이맛살을 찌푸리며 세이레나를 향해 고개를 돌렸다. 그녀는 마치 사고가 일어날 것을 알고 있는 것처럼 굴었다.

"여기, 헌터 경."

세이레나에게 물을 가져다주겠다고 한 기사가 컵을 내밀었다.

"고마워."

세이레나는 그렇게 말하며 손을 내밀었다. 그 순간 기사가 엇하더니 컵을 떨어트렸다.

"으아."

세이레나는 반사적으로 컵을 잡았지만 이미 물은 엎질러진 뒤였다.

젠장. 세이레나는 두 팔뿐만 아니라 무릎까지 다 젖자 인상을 쓰며 기사를 쳐다봤다.

"미안, 나 수건 가지고 있어. 내 거 빌려줄게."

하필이면. 세이레나는 무릎의 물을 털어 내며 일어났다.

그래도 물이라 다행이다. 음료였다면 짜증을 냈을 것이다.

"같이 갈까?"

"됐어. 젖은 데만 닦고 올게."

세이레나는 따라오겠다는 모아나를 앉혀 두고 기사의 뒤를 따라 훈련장 밖으로 나갔다.

마지막으로 "탕!" 하는 소리와 함께 왕비와 기사의 검이 부딪치고 심판이 외치는 소리가 들렸다.

“그만!”

“수고하셨습니다!” 기사의 우렁찬 인사가 복도까지 흘러나왔다.

으, 추워. 세이레나는 젖은 팔을 문지르며 기사의 뒤를 따랐다. 분단마다 대기실이 있는데, 그 기사는 자신의 대기실에 수건을 가져다 놓은 듯했다. 너무 멀리까지 안 갔으면 좋겠는데. 그렇게 생각하며 그녀는 앞서가는 기사에게 물었다.

“어느 분단이야?”

“나? 난 팔 분단.”

* * *

“얘 왜 안 와?”

승단 시험이 시작됐다.

모아나는 열리지 않는 훈련장 문을 힐끔거리며 투덜댔다.

세이레나가 젖은 옷을 닦겠다며 나간 지 벌써 한 시간이 지났다.

세이레나의 순서는 이미 지났다. 그래도 시험 시간이 끝나기 전에라도 오면 시험을 볼 수 있다.

모아나는 이미 반쯤 진행된 시험을 구경하다가 슬쩍 일어났다.

옷을 만들어 오나. 그녀가 투덜거리며 훈련장 밖으로 나갔을 때 애쉬도 따라 나와서 물었다.

"레나는?"

세이레나가 나가는 것을 보긴 했다. 하지만 애쉬는 그녀가 아직도 들어오지 않았으리라고는 생각하지 못했다.

모아나는 복도 저편을 바라보며 건성으로 대답했다.

"옷이 젖어서 말리러 갔어요."

"아직도?"

애쉬의 한쪽 눈썹이 올라갔다. 세이레나의 옷이 젖는 건 그도 봤다. 컵을 엎지른 녀석을 보고 멍청한 놈이라고 혀를 찼으니까.

거의 한 시간이나 지났다. 애쉬는 시계를 확인해 보고 다시 물었다.

"어디로 갔는지 기억하나?"

"엎지른 애가 수건을 빌려준댔으니까 그쪽 대기실로 가지 않았을까요?"

문제는 그 기사가 어느 분단인지를 모른다는 점이지만.

두 사람이 어디부터 찾아야 할지 고민하고 있을 때 데니스가 안쪽에서 고개만 내밀고 물었다.

"애쉬, 뭐해? 어? 쿨린 경?"

둘이 뭐해? 데니스의 눈빛에 모아나가 재빨리 설명했다.

"세이레나가 안 와서요."

"그래?"

데니스는 안쪽을 한번 돌아보고 밖으로 나오더니 문을 닫고 말했다.

"나간 지 한 시간쯤 되지 않았어?"

"두 분 다 세이레나가 나간 시간을 잘 알고 있네요?"

시합 내내 세이레나만 지켜봤나. 신기하다는 말투에 데니스는 머리를 긁적이며 말했다.

"애쉬 때문에."

내가 뭐? 애쉬가 어리둥절한 표정을 지었다.

모른다 이거지? 데니스는 씩 웃고 말았다. 그의 친구는 모든 정신이 헌터 경을 향해 있다. 그걸 본인만 모른다면 그것도 재미있는 일이다.

"쿨린 경은 저쪽을 찾아봐, 난 이쪽을 찾아보지."

이대로 있다간 시험 시간이 지나 승급의 기회조차 없어진다.

애쉬는 모아나에게 명령하고 반대쪽을 향했다.

뭐? 데니스가 물었다.

"잠깐, 찾으러 가게?"

"찾아야지. 잠깐 내 대타 좀 해 줘."

아, 그거 진짜 싫은데. 데니스는 머리를 긁적이며 다시 안으로 들어갔다.

양쪽으로 흩어진 모아나와 애쉬는 다 빠른 걸음으로 복도를 걸으며 세이레나를 찾기 시작했다.

“이거 안 열어?”

“탕!” 하고 문이 흔들렸다.

발로 걷어찬 모양이군. 로딘은 한숨을 내쉬었다. 헌터 경이 작아서 다행이다. 자신보다 컸다면 그의 몸도 같이 흔들렸을 것이다.

“너 가만 안 둘 거야!”

세이레나는 다시 한 번 문을 걷어찼지만 문은 꿈쩍도 하지 않았다. 빌어먹을 자식. 죽여 버릴 테다. 그녀의 몸에서 살기가 뿜어져 나왔다.

반대편에서 문을 막고 선 로딘은 흠칫 몸을 떨고 슬쩍 떨어졌다.

수건을 빌려준다더니 갑자기 여기에 밀어 넣고 문을 닫아 버렸다. 세이레나는 숨을 가라앉히며 주변을 둘러봤다.

문을 여는데 도움이 될 만한 게 있을까 했지만 여기는 청소 도구함. 그런 게 있을 리가 없다.

세이레나의 시선이 위에 달린 작은 창문을 향했다. 저기로 나갈 수 있을까. 무리일 것 같다. 높은 곳에 달려 있기도 했지만 너무 작아서 아무리 그녀라고 해도 나가기 힘들 것이다.

“젠장.”

세이레나는 머리를 감싸 쥐었다. 걸레에서 나는 쉰 냄새와 먼지. 어둡고 좁은 곳은 감옥을 떠올리게 했다. 그녀가 마지막으로 갇혀 있던 곳. 그때보다 좁다는 게 더 나쁘다.

세이레나는 나쁜 생각을 하지 않으려 애썼다.

"다른 생각, 다른 생각."

그녀는 머리를 흔들며 중얼거렸다.

다른 생각을 하자. 뭔가 집중할 수 있는 것. 시험. 시험을 봐야 한다.

지금 그녀는 십이 분단. 십이 분단의 봉급은 적다. 이걸로는 헌터 저택을 유지하기 어렵다. 이 문만 열면 되는데.

세이레나의 눈동자가 문을 향했다. 이 문만 열면 된다. 하지만 밖에서 잠겨 있어서 열 수가 없었다. 로딘이 열쇠로 문을 잠가 버렸다.

"열쇠까지 준비한 게 완전 계획적이잖아?"

세이레나는 이를 갈며 말했다. 그 자식 죽여 버릴 테다. 이 문만 연다면 주먹으로 후려칠 거야.

아니, 주먹으로는 부족하다.

그녀는 주변을 둘러보다가 대걸레를 집어 들었다. 이걸로 흠씬 두들겨 패 줄 테다.

대걸레는 검 손잡이와 비슷했다.

세이레나는 습관적으로 검을 쥘 때처럼 그것을 잡았다. 문을 열어야 한다. 이 문만 열리면 된다. 그러면 저 녀석을 후려갈기고 훈련장으로 뛰어가는 거다.

"문만 부수면 돼."

세이레나는 그렇게 중얼거리며 집중했다. 검을 들어서 휘두른다. 거대한 나무를 베는 느낌으로. 되돌아와서 매일 몇 시간씩 연습했다. 물집이 생겼다가 터지고 다시 생겼다.

애쉬는 그러지 말라고 했다. 이 정도로 무모하게 훈련하는 건 오히려 좋지 않다고.

하지만 그녀는 계속했다. 이제는 꽤 단단해진 손으로 대걸레를 들어 올린 그녀는 문을 응시했다.

"직각으로 들어 올려서……."

애쉬가 말했다. 팔꿈치를 직각으로 하라고. 그녀는 그의 가르침대로 팔을 들어 올렸다. 늘 그녀가 드는 것보다 조금 더 들어 올린다는 느낌으로.

"벤다!"

놀라울 정도로 부드럽게 대걸레가 문을 통과했다. 당연히 "쾅!" 하고 부딪칠 줄 알았다.

어? 세이레나는 당황해서 대걸레를 놓았다.

"거기."

복도를 성큼성큼 걸어가던 애쉬는 청소 도구를 넣어 두는 곳 앞에서 남자가 서 있는 것을 발견했다.

기사복을 입고 있는 것으로 보아 시종이 아니라 기사인 게 분명했다.

낯익은 얼굴. 그가 다가가면서 상대가 어느 분단인지 떠올리려 하는 사이 로딘은 애쉬를 보고 헉하고 문에서 물러났다.

세이레나를 가둔 것을 하필이면 단장에게 들키다니. 끝장이다. 그는 어쩔 줄 몰라하며 문을 쳐다봤다. 지금 세이레나가 문을 두드린다면 끝장이다.

그레이윈드 공작은 엄격한 단장이고 검에 있어서 자비가 없다. 검술 대련을 하다가 장난친 페이지들을 양쪽 부모님까지 불러와 혼낸 사건은 유명하다. 그 정도는 그는 검술에 한해서 단호했고 검술에 진지한 사람을 좋아했다.

하물며 이 안에 있는 사람이 시험을 치러야 하는 그의 약혼자라면? 생각하고 싶지도 않다.

"혹시 헌터 경을 못 봤나?"

애쉬는 로딘이 세이레나를 가뒀을 거라고는 꿈에도 생각하지 못하고 물었다. 그의 기준에서 시험 때문에 누군가를 가둔다는 건 말도 안 되는 일이다.

로딘은 뭔가 핑계를 대기 위해 애쉬에게 다가갔다.

그 순간.

애쉬의 눈이 가늘어졌다. 로딘의 등 뒤에서 뭔가가 쑥 튀어나왔다. 아니, 로딘의 등 뒤에서 튀어나온 게 아니다. 그는 문을 뚫고 뭔가가 튀어나온 것을 보고 다가갔다.

"여기……."

'누가 있나?'라는 애쉬의 질문이 끝나기도 전에 문을 뚫고 나온 것이 파스스 부서지기 시작했다.

음? 애쉬는 그게 얇은 봉이라고 생각했다. 하지만 얇은 봉이 왜 문을 뚫고 나오지?

아니, 어떻게 뚫고 나오는 거지?

애쉬가 문고리를 잡는 순간 로딘이 앞으로 뛰어 나갔다. 아니, 뛰어 나가려 했다. 그는 어느새 자신의 옷깃이 애쉬의 손에 잡혀 있는 것을 깨닫고 멈췄다. 주륵하고 식은땀이 흘렀다.

"안녕, 레나."

애쉬는 팔을 뻗어 로딘을 잡은 채 문에 난 구멍을 통해 인사를 건넸다.

빙그레 웃는 그의 미소에 세이레나는 멍하니 있다가 정신을 차렸다.

"어, 어, 애쉬?"

너무 당황한 나머지 '어떻게 여기에?'라는 질문은 나오지 않았다.

그녀는 자신이 한 일에 넋이 나가 있었다. 이게 내가 한 일이 맞나? 방금 자신이 한 일이지만 믿기 어렵다.

나무로 된 문이 동그랗게 구멍이 나 있었다. 동그랗다기보다는 타원형이지만, 어쨌거나 구멍이 나 있다.

세이레나는 그 사이로 보이는 애쉬의 얼굴을 보고 숨을 들이켰다. 그의 검정색 눈동자가 부드럽게 휘어졌다.

"쿨린 경이 찾고 있어."

애쉬의 말에 세이레나는 정신이 번쩍 들었다. 모아나! 그리고 시험! 큰일 났다. 시간이 얼마나 지났지?

허둥지둥하는 세이레나에게 애쉬가 시계를 들어 보이며 말했다.

"괜찮아. 아직 시간은 남아 있으니까. 그러니……."

애쉬는 문손잡이를 잡으며 말했다.

"열쇠."

뒷목이 선뜻할 정도로 차가운 목소리에 로딘의 몸이 얼어붙었다. 그는 쭈뼛거리며 주머니에 손을 넣었다.

열쇠를 꺼내자마자 로딘은 몸을 돌려 고개를 숙이며 애쉬에게 내밀었다.

"죄……."

"나가."

죄송하다는 말을 입에 올리기도 전에 애쉬가 말했다. 네? 로딘은 무슨 소린가 하고 고개를 들었다.

애쉬는 로딘에게 시선도 두지 않고 문을 열었다. 달칵 하고 문이 열리자마자 세이레나의 몸이 튀어나왔다. 그녀는 두리번거리다가 로딘을 발견하고 소리쳤다.

"야, 이 개……."

"헌터 경."

질펀하게 욕을 발사하려는 순간 애쉬가 세이레나를 불렀다.

아차. 세이레나는 상관 앞이라는 것을 깨닫고 어깨를 움츠렸다. 젠장, 애쉬만 아니었으면 이 자식을 죽기 직전까지 두드려 팰 수 있었는데.

하지만 애쉬는 로딘을 때리지 못하게 막은 게 아니었다.

"시험 보고 다시 해."

시험. 세이레나의 눈이 동그래졌다. 분노로 잠시 잊고 있었다. 시험을 봐야 한다.

애쉬는 세이레나의 손을 잡고 뛰기 시작했다. 그녀가 훈련장에서 나온 지 한 시간이 훌쩍 넘었다.

데니스에게 대타를 부탁하긴 했지만 모든 기사의 순서가 끝나면 시험도 끝날 수밖에 없다.

"사, 살았다."

로딘은 한숨을 내쉬며 주저앉았다. 애쉬의 살기에 짓눌려 죽는 줄 알았다. 그는 뛰어가는 애쉬와 세이레나의 뒷모습을 바라보다가 일어났다. 그의 시선이 세이레나가 갇혀 있던 문으로 향했다.

"이거, 어떻게 한 거지?"

타원형의 구멍이 깔끔하게 나 있었다. 뭐로 이렇게 한 거지?

그는 뒤돌아 있느라 문에서 봉이 튀어나오는 것을 보지 못했다.

꼭 톱으로 썰어 낸 것 같다. 그럴 리가 없지만.

로딘은 구멍 안으로 손가락을 넣어 표면을 만졌다. 사포로 공들여 갈아 낸 것처럼 매끄럽다. 이렇게 매끄러운 단면을 그는 딱 한 번 봤다.

소드 마스터가 시범을 보였을 때. 검기를 실어 나무를 잘라

내는 것을 보여 줬었다. 그때 나무의 표면이 이렇게 매끄러웠다.

"거짓말."

* * *

세이레나가 훈련장에 도착한 건 아슬아슬하게 시험이 끝나기 전이었다. 맙소사. 시험을 마치고 그대로 주저앉은 세이레나에게 애쉬가 다가갔다.

"잘했어."

"글쎄요."

잘했는지 모르겠다. 이상하게 피곤했다. 평소보다 몸이 무거워서 검의 궤적이 좀 둔했다. 아까 너무 문을 두드려서 그러나. 세이레나가 고개를 갸웃할 때 애쉬가 말했다.

"피곤할 테니 저녁은 내일로 미루자. 오늘은 들어가서 쉬어."

"괜찮……."

괜찮지 않다. 애쉬는 괜찮다고 말하려는 세이레나의 말을 막았다.

"넌 들어가서 쉬어야 해. 엄청난 일을 했으니까."

엄청난 일이 뭔데? 세이레나의 눈이 동그래졌다.

오늘 시험은 그저 그랬기 때문에 그녀가 원하는 결과를 기대하기란 어려웠다. 컨디션이 좋지 않았기 때문이다.

애쉬는 세이레나를 일으켜 세웠다. 그녀가 피곤할 거라는 걸 안다. 그도 그랬으니까. 마음 같아서는 일 분단으로 데려오고 싶지만 그럴 수 없다는 것도 안타까웠다.

시험을 보는 세이레나의 검은 좀 둔했다. 십이 분단에서 많이 뛰어오르긴 하겠지만 일 분단으로 오는 건 무리일 것이다.

"아까 문을 뚫은 거 말이야. 뭐였어?"

애쉬의 질문에 세이레나는 새삼 그 일을 떠올렸다. 대걸레를 들고 휘둘렀더니 봉이 나무를 뚫었다.

어떻게 그럴 수 있지? 그녀가 생각해도 꿈이 아닌가 싶을 정도로 믿기 어려운 일이었다.

"음, 대걸레요."

"대걸레?"

애쉬는 한쪽 눈썹을 들어 올리더니 곧 쿡쿡대고 웃기 시작했다.

아, 왜? 눈을 동그랗게 뜨는 세이레나 앞에서 애쉬는 배를 잡고 킬킬대다가 말했다.

"역대 최초일걸?"

"뭐가요?"

"처음으로 검기를 만들어 낸 무기가 대걸레인 사람 말이야."

응? 그게 무슨 소리야? 세이레나는 애쉬의 말을 이해하지 못하고 멀뚱멀뚱 서 있었다. 처음으로 뭘 만들어 내?

"축하해, 레나."

한참을 웃은 애쉬가 세이레나에게 손을 뻗었다.

왜 축하를 해? 그때까지 그녀는 애쉬의 말을 이해하지 못하고 있었다.

"어, 하지만 그건 대결레였고, 검기는 검에서만 나오는 거잖아요?"

"아니야."

아무래도 설명이 부족했던 모양이다.

애쉬는 턱을 쓰다듬으며 자신이 검기에 대해 전혀 이야기하지 않았다는 사실을 떠올렸다. 그렇군. 세이레나에게는 이야기하지 않았다.

사실 검기를 사용할 수 있는 수준까지 올라오는 사람의 수 자체가 그리 많지 않아서 이야기할 일이 없기도 하다.

"검기가 '검'기라고 해서 검에서만 나오는 건 아니야. 가장 내기 쉬운 게 검이라 검기일 뿐이지."

예를 들면.

애쉬는 페이지들이 무기를 정리하는 쪽으로 다가가서 걸어둔 방패를 집어 왔다. 꽤 무거울 텐데 그는 그걸 한 손으로 가볍게 들었다.

"잘 봐."

애쉬가 방패를 내밀며 말했다.

방패를? 세이레나가 방패를 보는 순간 방패를 감싼 검은 오라 같은 것이 나타났다.

"어?"

"이게 검기야."

"하지만 이건 방패잖아요."

애쉬는 어깨를 으쓱하며 말했다.

"말했잖아. '검'기라고 해서 검으로만 나오는 게 아니라고."

검이 가장 쉽게 때문에 주로 검을 이용해 내보내서 그렇지 검기는 엄밀히 따지면 마법이다.

"일정 수준 이상 단계에 다다른 사람은 마나를 사용할 수 있는 거지. 마법사가 지팡이나 보석을 이용해서 마법을 쓰는 건 알지?"

세이레나는 고개를 끄덕였다. 그녀가 왕비였을 때 마법사들이 마법을 사용하기 위해서는 순도 높은 보석이 필요하다고 했다. 그래서 그녀는 한 마법사에게 보석을 하나 주었다.

순도 높은 커다란 보석은 어마어마하게 비싸다. 보석을 받은 마법사는 언젠가 보답으로 그녀의 소원을 하나 들어주겠다고 했다.

"마법사가 수련을 하면 몸 안에 마나가 쌓이는 것처럼 검사도 그렇거든."

검사뿐 아니다. 검이 좀 더 쉬울 뿐이지 활이나 창도 가능하다.

"그 마나를 검으로 내보내서……."

애쉬는 그렇게 말하며 다시 방패를 들어 보였다. 다시 방패 주변에 검정색 오라가 일어났다.

"검기라는 걸 만들어 내는 거지. 이게 검이라면 어지간한 건 다 자를 수가 있고 방패라면……."

애쉬는 씩 웃으며 방패를 내렸다. 방패를 감싸던 검정색 오라는 훅하고 초가 꺼지는 것처럼 사라지고 없었다.

"어지간한 건 다 막을 수 있는 거지."

"어."

세이레나는 눈을 동그랗게 뜨고 애쉬를 쳐다봤다. 그렇다면. 그녀는 믿기지 않는다는 표정으로 물었다.

"그럼 내가 대걸레로……?"

"검기를 사용한 거지."

"어, 그럼 대걸레가 바스러진 건……."

"검기를 감당할 수 있는 금속은 아주 비싸거든."

마법사도 그랬다. 마나를 감당할 수 있는 보석은 아주 비싸다고.

세이레나는 입을 딱 벌렸다. 말도 안 돼! 그녀는 믿을 수 없다는 듯 외쳤다.

"내 첫 검기가 대걸레였단 말예요?"

쿡 하고 애쉬가 다시 웃음을 터트렸다.

아, 젠장.

아아, 젠장.

세이레나는 두 손에 얼굴을 묻었다.

말도 안 돼!

처음으로 검기를 뽑아내는 순간이 엄청나게 거창할 거라고 기대하진 않았다.

하지만 대걸레라니!

하필이면 대걸레라니!

“아직 만들어지지 않은 몸으로 만들어 낸 거라 피곤할 거야. 가서 푹 쉬어.”

그래서 피곤했구나.

억울한 마음에 얼굴이 달아오른 세이레나가 한숨을 내쉬었다. 그래도 검기에 대한 낭만이 있었다.

처음으로 검기를 사용하게 된 검은 장식해 두고 싶었는데…….

그녀는 먼지가 되어 사라진 대걸레를 떠올리며 신음했다. 으으, 젠장.

그래도 왜 이렇게 컨디션이 안 좋은지는 알겠다.

세이레나는 돌아가서 쉬라는 애쉬의 말에 고개를 끄덕이며 돌아섰다. 몸이 무거웠다. 진짜로 가서 자야겠다. 그렇게 생각하며 걷던 세이레나는 문득 생각나서 물었다.

“왕비님의 대련은 어땠어요?”

애쉬의 눈이 가늘어졌다. 그는 한 걸음 만에 세이레나가 세 걸음 간 거리를 따라잡으며 나직하게 물었다.

“검에 금이 가 있었다는 걸 어떻게 알았어?”

“검에 금이 가 있었어요?”

몰랐다.

새로운 사실에 세이레나의 눈이 동그래졌다. 그녀는 애쉬에게로 완전히 몸을 돌리며 물었다.

"왕비님은 무사해요? 아무 일도 없었던 거죠?"

아무 일도 없었다. 검을 교체했으니까.

애쉬는 세이레나의 표정을 눈을 가늘게 뜨고 지켜보고 있었다. 연기를 하는 걸로는 보이지 않는다. 그녀는 진심으로 왕비가 무사하길 바라고 있었다.

"넌 왕비가 사고를 당할까 봐 걱정된다고 했지."

으음. 세이레나는 입을 다물었다. 사실이다. 돌아오기 전의 인생에서 왕비는 사고로 사망했다. 어떤 사고인지는 모른다. 상처가 악화돼서 죽었다고 들었다.

검에 금이 가 있었다면 그게 깨져서 왕비의 몸에 찔렸을 수 있다.

어라. 세이레나는 이상한 것을 깨닫고 물었다.

"왕비님의 검, 이번 행사 때문에 구입한 거 아니에요?"

평소에 기사들이 대련할 때 사용하는 검이 아니었다. 그건 새로 샀다는 말이다.

세이레나의 질문에 애쉬는 고개를 끄덕였다.

"그래. 하지만 금 간 건 그게 아니었어."

"그럼……."

무슨 검이 금이 갔었냐고 물어보려던 세이레나의 눈이 커졌다. 대련 상대의 검이 금이 가 있었다는 말이다. 그건 말도 안 된다.

그녀는 애쉬에게 물었다.

"그 기사는 검에 금이 간 걸 몰랐대요?"

"그녀는 대련하기 전까지 자신이 어떤 검을 쓰게 될지 몰랐어."

그럼, 페이지는? 검을 골라서 깨끗하게 닦을 때 금이 간 걸 몰랐을 리가 없다.

세이레나의 표정을 읽은 애쉬가 다시 말했다.

"멀쩡했다더군."

그래도 혹시 몰라서 검을 정리한 페이지들은 전부 모아 놨다. 지금쯤 데니스가 이야기하고 있을 것이다. 미카엘이 페이지들의 집안을 다시 재조사하고 있다. 흔하게 있을 수 있으면서 어딘가 찝찝한 일이었다.

검에 금이 가 있는 일은 흔하다. 대련용 검이면 더 험하게 쓰기 때문이다. 게다가 뭘 베거나 찌르는 게 아니라 서로 부딪치기 때문에 금이 가기 더 쉽다.

"설마."

세이레나의 얼굴이 핼쑥해졌다. 애쉬는 무슨 일인가 하고 한쪽 눈썹을 들어 올렸다.

"사고가 아니면요?"

고개를 번쩍 든 세이레나가 말했다. 만약 사고가 아니라면?

그녀는 사고라고 생각했다. 그렇게 들었으니까. 무슨 사고인지는 몰라도 사고가 일어났고 그 상처가 심해져서 왕비가 사망했다고만 들었다.

하지만 사고가 아니라면?

누군가 왕비를 죽이려 한다면?

애쉬의 표정이 굳었다. 그는 턱을 쓰다듬으며 물었다.

“왕비가 죽어야 할 이유가 있는 사람이 없어.”

아무리 생각해도 당장 왕비가 죽으면 이득을 얻을 사람이 없다. 이 왕자는 당연하고 일 왕자도 굳이 지금 왕비를 죽일 필요가 없다.

세이레나는 입을 벌렸다가 닫았다.

왕이라면?

그 미친 왕이 왕비에게 싫증 나서 그녀를 죽이려 한 거라면?

평범하게 생각하면 그럴 리 없다. 하지만 정말 그럴 리 없을까?

세이레나는 휙 돌아서며 물었다.

“왕비님은 출발하셨나요?”

“방금 전에, 잠깐!”

애쉬는 그의 대답을 듣기도 전에 뛰어 나가는 세이레나를 보고 깜짝 놀라서 뒤따랐다. 이번에도 그는 세이레나를 쉽게 따라잡았다.

“넌 사고가 아니라고 생각하는 거야?”

바로 옆에서 물어오는 애쉬를 보고 세이레나는 인상을 썼다. 젠장. 키만 좀 더 컸으면 좋았을 텐데!

"몰라요. 그냥……."

그녀의 불안이다.

그녀의 인생은 이미 바뀌었다.

그렇다면 남의 인생도 바뀔까?

그럴 거라고 생각했다. 그게 사고라면.

하지만 사고가 아니라면?

누군가의 의도로 일어난 범행이라면?

세이레나는 문득 수도 외곽에 나타난 몬스터가 이전의 시간에서도 있었던 일인지 떠올렸다.

외곽에 다섯 분단의 몬스터가 나타났다면 수도가 떠들썩했을 것이다. 하지만 세이레나는 듣지 못했다.

그건 게일 탓일까, 아니면 원래는 일어나지 않았던 일인 걸까.

"어, 뭐야?"

맨 선두에서 왕비의 마차를 호위하던 티커의 눈이 가늘어졌다.

전방에 뭔가가 다가오고 있었다. 이건 왕족의 문양이 달린 마차다. 정면에서 저렇게 달려오는 경우라면 두 가지 이유밖에 없다.

꼭 알려야 할 중요한 소식이 있거나…….

"멈춰."

티커는 손을 들어 보였다. 맨 뒤에서 따라오던 로렌이 무슨 일인가 하고 다가왔다.

"무슨……."

일이냐는 말은 끝까지 나오지 못했다. 선득한 느낌에 로렌은 몸을 숙였다. 그녀의 바로 뒤에 있던 기사가 쓰러졌다.

"습격이다!"

티커의 고함과 함께 기사들이 전열을 가다듬었다. 양옆에서 활이 쏟아지기 시작했다.

"왕비님을 보호해!"

기사들은 왕비의 마차를 보호하며 화살을 피하려 애썼다. 화살이 퍽 하고 마차에 꽂히자 왕비의 비명 소리가 이어졌다.

"아아악!"

젠장. 로렌은 검을 휘두르며 물러났다. 마차를 끌고 피하기란 어렵다. 그녀는 마차 문을 열고 외쳤다.

"괜찮으십니까?"

왕비는 부들부들 떨다가 고개를 들었다. 그녀의 옆에 앉아 있던 여 시종이 화살에 맞아 피를 흘리고 있었다.

로렌은 왕비의 몸에 피가 묻지 않은 것을 확인하고 그녀에게 손을 내밀었다.

"피하셔야 합니다."

세이레나가 애쉬와 함께 말을 달려 마차를 따라잡은 것은 로렌이 왕비를 자신의 말에 태워 물러났을 때였다.

왕비가 빠져나오는 것을 본 적들이 로렌에게 달라붙었다.

"어떤 미친놈들이야?"

티커가 이를 갈며 소리쳤지만 대답하는 자는 없었다. 당연하다. 전부 복면을 하고 있어 얼굴을 알아보기도 어려웠다.

"필립스 경!"

애쉬의 부름에 로렌은 고개를 들었다가 애쉬와 세이레나를 발견했다. 살았다. 안도하는 것도 잠시, 화살이 그녀를 향해 날아왔다. 검을 휘두르기엔 늦었다.

로렌은 팔을 뻗어 왕비의 얼굴을 보호했다. 퍽 하고 화살이 그녀의 팔에 꽂혔다.

"크."

비명이 나올 정도로 고통스러웠지만, 로렌은 어금니를 물며 참았다. 그녀가 비명을 지르면 보호해야 할 왕비가 겁을 집어먹는다.

"로렌!"

세이레나는 이번에도 정신없이 로렌에게 말을 달렸다. 공을 세우겠다는 욕심으로 달렸던 지난번과는 달랐다. 왕비를 보호해야 한다. 그리고 로렌을 도와야 한다.

"레나!"

애쉬는 세이레나를 지원하기 위해 검으로 화살을 쳐 내며 소리쳤다. 근신으로는 부족하다. 이번에는 그의 집에 가둬 놔야겠다고 이를 갈며 애쉬는 세이레나의 뒤를 따랐다.

"세이레나, 왕비님을!"

로렌은 달려온 세이레나에게 소리쳤다.

세이레나가 와서 살았다. 다행히 검을 들지 않은 손으로 왕비를 보호한 덕에 로렌의 검을 든 팔은 멀쩡했다. 그녀는 날아오는 화살을 검으로 쳐 내며 세이레나의 말에 왕비가 옮겨 타는 것을 보호했다.

"레나! 이쪽으로!"

애쉬가 소리쳤다. 정신이 하나도 없다. 세이레나는 쉑 하고 화살이 날아오는 소리에 어깨를 움츠렸다가 왕비의 몸을 끌어안았다. 왕비는 거의 그녀만큼이나 작았다.

왕비는 덜덜덜 떨고 있었다. 전투에 겁을 집어먹은 게 분명했다.

"애쉬!"

세이레나는 말을 달리며 소리쳤다. 그녀의 뒤에 바짝 붙은 애쉬가 세이레나를 향해 날아오는 화살을 쳐 냈다. 문득 조용해졌다고 생각한 순간 검을 든 자들이 세이레나와 애쉬를 향해 달려왔다.

"달려!"

애쉬의 말과 동시에 세이레나는 말에 박차를 가했다. 여기서 빠져나가야 한다. 왕비를 보호해야 했다. 그녀는 왕비를 끌어안은 채 말고삐를 세게 잡았다. 품 안에서 왕비가 숨을 헐떡이는 게 느껴졌다.

"티커!"

로렌의 고함에 남자들과 싸우던 티커가 고개를 들었다. 그의 말은 어디론가 도망가고 없었다. 어차피 기사단이나 그의 집으로 돌아올 것이다.

"이리 와!"

이어진 로렌의 말에 티커는 반사적으로 손을 뻗었다. 말이 없으니 누군가 그를 태워 줘야 한다.

로렌의 손을 잡는 순간 그는 땅을 박차고 말 위로 올라갔다. 두 사람이 탄 말이 애쉬의 뒤를 쫓기 시작했다. 그 사이에 몇 명의 복면을 쓴 남자들이 끼어들었다.

"저리 안 가?"

티커는 낮게 윽박지르며 검을 휘둘렀다. 선두에서 세이레나의 말이 정신없이 달리는 게 보였다.

"왕비님, 괜찮아요."

세이레나는 왕비를 끌어안은 채 말했다. 품 안에서 덜덜 떠는 왕비가 얼마나 약한지 느껴졌다. 늘 기사단에서 그녀보다 큰 사람들과 어울리다 보니 세이레나는 에즈라를 제외한 누군가를 지켜야 한다는 생각이 들지 않았다. 하지만 왕비는 확실히 지켜야겠다는 생각이 들 만큼 약했다.

왕비가 겁에 질려 숨을 몰아쉬는 게 들렸다.

"지켜 드릴게요."

세이레나는 그렇게 말하며 다시 한 번 박차를 가했다. 상대적으로 가벼운 두 사람이 탔지만 말의 속도가 점점 느려지는 게 느껴졌다.

"힘내!"

세이레나는 말을 향해 말했다. 애쉬는 그녀의 바로 뒤에서 그들을 쫓는 남자들의 공격을 막아 내고 있었다.

"죽기 싫으면 물러나."

으르렁거리는 듯한 그의 말에 남자들이 멈칫했다. 그 틈을 타서 맨 뒤에 쫓아오던 티커와 로렌이 검을 휘둘렀다.

말을 달리는 세이레나 뒤로 기사들과 남자들의 싸움이 이어졌다.

"생포해!"

애쉬가 소리쳤지만 이미 늦었다. 전투의 승패가 기울자 살아남은 자들은 크게 다친 자들을 버려두고 달아나기 시작했다. 심지어 달아나기 전에 다친 자를 죽이고 달아나는 자도 있었다.

애쉬는 로렌보고 쫓으라고 하려다 말았다. 로렌의 말에 티커까지 타고 있어서 기동력이 떨어진다. 그렇다고 그가 쫓기엔 세이레나가 걱정됐다.

"왕비님, 따돌린 것 같아요."

세이레나는 주변이 조용해지자 나직하게 말했다. 애쉬와도 떨어졌다는 게 불안했지만 눈앞에 기사단이 보였다. 여기까지 왔으면 왕비는 안전하다.

"왕비님?"

그녀는 왕비를 부르며 왕비의 얼굴을 살피려 했다. 기절했나? 몸이 축 늘어지지 않은 걸 보면 기절한 건 아닌 거 같은데.

"괘, 괜찮네."

왕비는 가까스로 대답했다. 충격 탓에 머리가 멍했다. 피와 비명. 그리고 번쩍이는 검들. 공포에 왕비의 몸이 굳었다.

"나, 날 좀……."

데려다 달라고 하려던 왕비의 말은 이어지지 못하고 끊어졌다. 어디로? 그녀는 왕궁도 안전하지 않다고 느꼈다.

세이레나는 고개를 돌려 뒤따라오는 자들이 없는 것을 확인하고 말했다.

"단장님이 오시면 다시 왕궁으로 모시겠습니다."

"아니!"

왕비의 목소리가 높아졌다.

엇. 깜짝 놀란 세이레나가 굳은 사이 왕비가 횡설수설하기 시작했다.

"아니, 아니야, 왕궁은, 왕궁은 아니야. 다른 곳……."

다른 곳 어디가 있을까.

왕비는 미친 듯이 눈알을 굴리며 그녀가 안전한 곳을 떠올리려 했다. 어디가 안전할까.

세이레나는 왕비의 태도에 놀라 잠시 굳어 있다가 눈을 깜빡였다. 왕궁이 안전하지 않다고 느끼는 건가?

그녀의 머릿속에 왕의 미친 짓이 떠올랐다. 그는 대외적으로는 조용한 사람처럼 보였다. 하지만 세이레나와 단둘이 있을 때는 미친 사람처럼 변하곤 했다.

왕비도 왕이 두려운 걸까.

"전하, 혹시 폐하께서……."

"폐하? 폐하께서 동의하신 일인가?"

응? 세이레나는 왕비의 반응에 놀라 멈칫했다.

무슨 소리야? 이 사건의 배후가 누군지 왕비는 눈치채고 있는 건가? 그게 왕이 아니고?

세이레나의 머릿속이 빠르게 돌았다. 하지만 왕비가 자신이 실수했다는 것을 깨달은 다음이었다. 아차. 왕비는 입을 다물었다. 두 사람 사이에 어색한 침묵이 흘렀다.

"전하, 혹시 이번 일의 배후가 누구인지 아십니까?"

왕비는 아무 말도 하지 않았다. 실수했다. 패닉을 일으킨 탓에 말실수를 했다. 그녀가 아무 말도 하지 않자 세이레나는 말에서 내려 왕비를 올려다봤다.

"전하, 이제 안전합니다."

화들짝 놀라던 왕비는 뒤를 돌아보고 걱정된다는 듯 물었다.

"확실한가?"

기사단에서 무슨 일인가 하고 기사들이 나오는 게 보였다.

세이레나는 고개를 끄덕이며 말했다.

"네. 하지만 전하께서는 계속 타고 계시는 게 좋겠습니다."

더 이상 소리가 들리지 않았지만 세이레나는 왕비의 안전을 위해 계속 말 위에 있기를 권했다.

곧이어 왕비와 세이레나를 알아본 기사가 사람들을 불러 모았다.

기사들이 몰려나오는 것을 보면서 세이레나는 왕비의 반응를 떠올렸다. 이 일을 왕도 동의한 거냐고 물었다. 그렇다면 이번 일은 왕과는 관계없다는 뜻이다. 혹은 관계있어도 왕비가 모르거나. 그리고 다른 사람이 이 일의 배후에 있다는 것과 그 배후를 왕비가 안다는 것처럼 들렸다.

왕비에게 다시 물어봐야 하나. 세이레나가 그렇게 고민하고 있을 때 기사단에서 빠져나온 기사들이 두 사람 앞에 도착했다. 뒤따르듯 애쉬도 두 사람을 따라잡았다.

"전하, 괜찮으십니까."

애쉬는 세이레나를 쳐다본 뒤 왕비에게 물었다. 세이레나는 겉보기에는 전혀 다친 곳이 없어 보였다. 그녀가 보호한 왕비 역시 마찬가지였다.

왕비는 허리를 펴고 언제 겁에 질렸냐는 듯 꼿꼿한 태도로 말했다.

"괜찮네. 자네들 덕분에 무사했다네. 고맙군."

"과찬이십니다."

애쉬와 세이레나가 고개를 숙였을 때 로렌과 티커를 태운 말도 도착했다.

왕비는 기사들의 도움을 받아 세이레나의 말을 탄 채 기사단으로 돌아갔다. 다시 왕비를 모시고 왕궁으로 돌아갈 호위가 편성될 것이다.

애쉬는 한숨을 내쉬며 그 뒷모습을 보다가 세이레나를 내려다봤다.

"괜찮아?"

세이레나는 멀쩡했다. 다친 곳도 없었다. 애쉬의 물음에 그저 고개를 끄덕해 보였다. 그녀는 자신이 알게 된 사실을 애쉬에게 말해야 할지 고민하고 있었다.

"잠시 들어가서 경위서 작성하고 가야 해. 피곤하겠지만……."

애쉬가 말을 끝맺기도 전에 세이레나가 말했다.

"잘못했어요."

시무룩한 목소리에 그는 자신이 뭘 잘못 들었다고 생각했다.

뭐? 그의 눈이 동그래졌다.

세이레나는 고개를 숙인 채 자신의 소매를 만지작거리며 말을 이었다.

"명령이 없었는데, 움직여서. 죄송합니다."

그녀가 먼저 사과해 올 줄은 몰랐다. 애쉬는 어안이 벙벙해서 물끄러미 세이레나를 내려다보고 있었다.

애쉬는 그를 올려다보는 작은 얼굴의 커다란 눈동자에서 죄책감이 그렁거리는 걸 보고 저도 모르게 숨을 들이켰다.

잠깐, 그는 세이레나가 기사단에 입단했을 때를 떠올렸다. 그때도 세이레나는 애쉬가 살면서 본 사람 중 가장 아름다운 사람이었다. 가느다란 어깨와 등을 감싼 화사한 금발과 하얀 얼굴 위로 도드라지는 자수정 같은 눈동자. '저런 여자가 검을 든다고?' 하는 의문은 곧이어 박살 났다.

재능은 생김새와 상관없다는 것을 애쉬에게 가장 강렬하게 알려 준 것이 그녀였다. 그는 입단 시험을 치르는 세이레나를 보며 검의 요정이나 여신 같은 존재가 있다면 바로 저렇게 생겼을 거라고 생각했다.

"단장님?"

세이레나는 애쉬가 아무 말도 하지 않자 고개를 들었다. 또 근신인가? 근신은 싫은데. 차라리 뛰라고 하면 좋겠다. 그건 운동이라도 되니까.

처음 세이레나를 봤을 때처럼 애쉬는 이번에도 가까스로 세이레나에게서 벗어났다. 그는 저도 모르게 헛기침한 뒤 말했다.

"크흠, 이번에는 눈감아 줄 테니 다음부터는 그러지 마."

이번에야말로 가둬 둔다고 이를 갈던 것도 무색하게 애쉬는 그렇게 말하며 돌아섰다. 그리고 그런 애쉬의 심정도 모르는 세이레나는 무슨 일인가 하고 기사단에서 달려 나오는 모아나를 향해 달려가며 외쳤다.

"모아나! 나 안 혼났다!"

"너 또 뭐 했어?"

깜짝 놀라는 모아나와 신나 하는 세이레나를 바라보는 애쉬에게 데니스가 다가왔다.

어이구. 그는 혀를 차며 말했다.

“잡혔네, 잡혔어.”

“뭘 잡혀?”

“아주 그냥 꽉 잡히셨어.”

무슨 소리야? 애쉬의 한쪽 눈썹이 올라갔다.

바로 왕비를 왕궁으로 모셔 갈 호위가 다시 편성되었다.

애쉬는 첫 번째보다 더 많은 기사를 편성했다. 왕비가 남자 기사를 거북해하지만 어쩔 수 없었다. 이미 첫 번째 호위에서 여기사 대부분을 넣었기 때문이다. 전투로 다치거나 지친 기사들은 모두 경위를 구두로 받고 집으로 돌려보냈다.

“고맙소.”

왕비는 마차 안으로 오르기 전에 애쉬를 보며 미소 지었다. 겁에 질렸던 모습은 온데간데없었다. 그녀는 애쉬의 옆에 있는 세이레나에게 시선을 돌리더니 다시 미소 지었다.

“헌터 경이라 했던가.”

“네, 전하.”

“고맙네.”

왕비는 세이레나에게 손을 내밀었다. 고맙다는 감사의 인사에 세이레나는 허리를 펴고 그 손을 잡았다.

"헌터 경뿐만 아니라 여기 있는 모든 기사들에게 고맙다고 말하고 싶군."

왕비의 말에 남아 있던 기사들이 자랑스러운 표정을 지었다. 그녀는 기사들을 돌아보며 말했다.

"내 곧, 자네들에게 감사의 표시를 하라고 하겠네."

그 순간 환호성이 울려 퍼졌다. 간단한 식사겠지만 그것만으로도 기사들은 만족했다.

왕비는 갑자기 울려 퍼진 환호성에 깜짝 놀라 세이레나의 손을 뿌리쳤다가 미안하다는 표정을 지어 보였다.

괜찮습니다. 그런 표정을 지으며 세이레나는 두 손을 가지런하게 모았다.

이 자리에 로렌도 있어야 하는데. 그녀의 공이 가장 크다. 하지만 로렌은 팔에 맞은 화살을 빼기 위해 실려 갔다. 실려 가는 게 보기 흉하다고 몸부림쳤지만 소용없었다.

그때, 고개를 숙인 세이레나의 시선에 왕비의 손이 들어왔다. 꼼꼼하게 손목까지 올린 장갑이 세이레나의 손을 뿌리치면서 걸리는 바람에 조금 벗겨져 있었다.

"그럼."

세이레나의 시선을 눈치챈 왕비는 허둥지둥 장갑을 올리며 돌아섰다. 하지만 세이레나는 이미 봤다. 손목에 난 상처를.

"레나?"

애쉬는 하얗게 질린 세이레나의 표정을 보고 놀라서 그녀에게

다가왔다.

왕비의 손목에 흉터가 있었다. 자해 흔적이 아니었다. 그녀도 익히 아는, 그런 흉터였다.

"괜찮아?"

"아니……."

뭐라 말하기 어려운 감각에 세이레나는 입을 막았다. 속이 뒤집혀서 토할 것 같았다. 토하면 안 돼.

세이레나는 뒤집히는 속을 찾기 위해 고개를 숙였다. 여기서 토했다간 애쉬가 무슨 일인가 하고 놀랄 것이다.

"괜찮……."

"치료사!"

말을 잇지 못하는 세이레나를 보고 애쉬가 깜짝 놀라서 치료사를 불렀다.

오늘 그녀는 완전히 지칠 만했다.

태어나서 처음으로 검기를 사용했고 시험을 쳤으며 왕비를 구하기 위해 전속력으로 말을 달렸다.

"괘, 괜찮아요."

세이레나는 애쉬의 소매를 잡고 숨을 헐떡이며 말했다. 괜찮다. 진짜로 괜찮다. 그녀는 계속해서 자신에게 속삭였다. 괜찮아. 그건 일어나지 않을 거야. 일어나지 않을 일이야.

"잠깐, 실례."

애쉬는 하얗게 질린 얼굴로 괜찮다고 말하는 세이레나를 안아 들었다. 주위에 선 기사들이 휙 하고 휘파람을 불었지만 그런 거에 신경 쓸 때가 아니다.

그는 치료사를 데리고 자신의 사무실로 들어가서 세이레나를 내려놓았다.

"어디 다친 건 아닙니다. 뭔가 충격적인 일이 있었던 모양이군요."

잠시 뒤, 세이레나의 상태를 살핀 치료사가 말하자 애쉬의 눈이 가늘어졌다.

충격적인 일이 뭘까. 그는 의자에 기대고 앉은 세이레나의 얼굴을 내려다봤다.

기진맥진해 있지만 아까보다는 훨씬 혈색이 돌아와 있다.

"잠깐 앉아 있어. 데려다줄게."

"괜찮……."

"괜찮지 않아."

육체적으로 그리고 정신적으로 지친 거다.

오늘 세이레나는 태어나서 처음으로 검기를 사용했고 승단 시험을 쳤으며 암살로부터 왕비님을 구해 냈다.

애쉬는 자신의 책상으로 돌아와 재빨리 퇴근 준비를 했다. 봐야 할 보고서와 작성해야 할 보고서가 있지만 그는 그것을 이틀날과 데니스에게 미뤘다.

"레나……."

이제 가자. 애쉬는 그렇게 말하려다가 멈칫했다. 맞은편 의자에 앉은 세이레나의 숨소리가 고르게 들려왔다.

"흠."

완전히 지쳤던 모양이다. 세이레나는 의자에 기댄 채 그대로 잠들어 있었다.

7

장점

"세이레나 헌터. 오 분단."

휙 하고 휘파람이 들려왔다. 세이레나는 가슴을 펴고 일어나서 나갔다.

시험이 끝나고 며칠 뒤. 단장이 조정한 분단을 발표하고 있었다. 시험을 본 사람들은 대부분 올랐다. 그 이야기는 시험을 보지 않은 사람들 중에서 하위 분단으로 떨어진 사람도 있다는 말이다.

하지만 놀라울 정도로 일 분단은 변화가 없었다. 다만 시험이 끝나고 분단이 조정되는 기간 동안 기사들은 일 분단의 기사들에게 도전할 수 있다.

도전을 성공하면 일 분단으로 올라갈 수 있다. 이번에도 다섯 명 정도가 도전했지만 성공한 사람은 아무도 없었다.

"잘했어."

로렌은 팔에 붕대를 한 채 세이레나를 쳐다보고 빙그레 웃었다. 상위 분단으로 올라올수록 여기사의 수가 줄어들기 때문에 그녀는 세이레나의 승단이 기뻤다.

"유진 램버트. 오 분단."

유진은 머쓱한 표정으로 일어나 세이레나 옆으로 다가갔다. 시험 날 이후로 그는 세이레나를 피하고 있었다. 죄책감 때문에 그녀의 얼굴을 쳐다보기가 힘들었기 때문이다.

대부분 유진처럼 바로 위 분단으로 승단했다. 십이 분단에서 오 분단으로 훌쩍 뛰어오른 사람은 세이레나 하나였다.

생각보다 괜찮은 결과다. 세이레나는 팔 분단 정도는 쉽게 오를 거라고 생각했지만 오 분단까지 오를 거라고는 생각하지 못해서 약간 얼떨떨한 상태로 서 있었다.

하지만 애쉬와 로렌은 그럴 줄 알았다는 표정을 짓고 있었다. 그들은 그동안 본 세이레나의 훈련 강도와 실력으로 육 분단 정도는 무난하게 올라올 수 있을 거라고 생각했었다. 그러니 오 분단은 당연한 결과다.

세이레나는 또 물집이 잡힌 손을 말아 쥐었다. 최근에 또 무리하게 훈련한 탓에 물집이 다시 생겼다. 그리고 애쉬에게 혼났다. 하지만 이것도 곧 터지고 아물면 단단해질 것이다.

"이상."

호명이 끝나자 애쉬는 자기 분단을 찾아 다시 줄을 서라고 말했다. 재정비된 분단대로 기사들이 줄을 찾아 서는 사이 유진이 세이레나에게 말했다.

"헌터 경."

응? 세이레나는 바로 뒤에 선 유진에게 힐끔 시선을 던졌다. 왜? 세이레나에게 죄책감을 가진 유진과 달리 그녀는 그에게 아무 감정이 없었다. 그와 대련했을 때도 그때만 조금 화가 났을 뿐 이제는 까맣게 잊어버렸다.

하지만 유진은 아니었다.

"저기, 미안해. 사과하고 싶어."

시비를 걸어서 대련한 걸? 세이레나는 눈을 동그랗게 뜨고 그를 돌아보다가 말했다.

"대련해서 둘 다 벌 받았으니 상관없는 일 아니야?"

"뭐? 아니, 그거 말고."

그럼 뭔데? 세이레나의 표정에 유진은 머뭇거리다가 나직하게 말했다.

"로딘 말이야. 널 가둔 녀석."

로딘이 누구지? 세이레나는 그녀를 가둔 녀석이라는 말에 가까스로 시험 날 자신을 가뒀던 멍청한 남자를 떠올렸다. 팔 분단 기사라고 했다.

그녀가 알아듣는 표정을 짓자 유진은 더욱 시무룩해서 말했다.

"그거, 나 때문이라서. 미안해."

"네가 가두라고 했어?"

"뭐? 아니야!"

당황한 유진이 고함을 질렀다.

뭐야? 줄을 맞추던 기사들이 무슨 일인가 하고 돌아보자 유진의 얼굴이 달아올랐다.

세이레나는 자신과 상관없다는 표정을 짓고 있었다.

"시험 전에 내가, 그, 헌터 경이라면 최소한 팔 분단까지는 올라올 거라고 했거든."

"그런데?"

"아무래도 그 말 때문에 널 가둔 게 아닌가 싶어서."

싶은 게 아니라 그게 맞다. 하지만 맞다는 건 유진도 몰랐고 세이레나도 몰랐다.

그런가?

세이레나는 고개를 갸웃하며 시험 이튿날을 떠올렸다. 아침에 눈을 떴을 때 그녀는 자신의 침대에 누워 있었다.

집까지 온 기억이 없는데? 어리둥절해 하는 그녀에게 누나의 침실에 난입한 에즈라가 말했다.

"누나, 공작님이 누나 안고 왔다?"

그 일에 대해서 애쉬는 아무 말도 하지 않았다. 기사단에 출근한 세이레나에게 그는 그저 그녀를 가둔 멍청한 녀석을 쫓아냈다고 말했을 뿐이었다.

"그게 램버트 경 때문은 아니지."

세이레나는 건조하게 대답하고 고개를 돌렸다. 나쁜 놈이 나쁜 짓을 하는데 이유는 필요 없다. 그녀는 그 사실을 잘 알았다.

상황이 바뀐다면 다른 이유를 들어 그는 그녀를 가뒀을 것이다. 그녀의 숙부처럼.

"하지만 내가 빌미를 제공한 거니까. 미안해. 사과하고 싶어."

건조한 세이레나의 반응에도 유진은 필사적으로 말했다. 그는 공평한 조건으로 동등한 기회를 얻고 싶었을 뿐이지 세이레나가 잘못되기를 바란 게 아니다.

자신의 말 때문에 로딘이 세이레나를 가뒀다고 생각했을 때, 괴로워서 견딜 수가 없었다. 검이 손에 잡히지 않았을 정도니 말다 했다.

"뭐, 갇히지 않았다면 실력 발휘를 좀 더 잘할 수 있었을지도 모르지."

세이레나는 그렇게 말하면 타원형으로 구멍이 난 문을 떠올렸다. 검기는 그날 이후로 나오지 않는다.

애쉬가 원래 그렇다고 말했다. 어느 순간 검기가 나오고 다시 사용하려고 하면 나오지 않는다.

꾸준하게 실력을 키워 나가다 보면 다시 검기를 사용할 수 있게 된다고 했다. 그 실력을 키우는 시간이 사람마다 달라서 짧게는 일 년, 길게는 십 년도 걸린다는 말에 세이레나는 매일 몇 시간씩 훈련에 매달렸다.

"미안해."

세이레나의 말에 유진이 고개를 숙였다. 죄책감이 가슴을 따끔따끔하게 찔렀다.

"됐어."

이미 지나간 일인데 뭐. 할 수 없다.

세이레나는 담담하게 말했다. 그때 그녀가 검기를 사용하지 않았다면 시험 결과가 더 좋았을지도 모른다. 하지만 검기를 사용한 덕분에 그녀는 할 수 있다는 희망이 생겼다.

그녀가 언젠가 소드 마스터가 될 수 있다는 희망. 고작 한 계단뿐이지만 그건 소중한 경험이 되었다. 플러스 마이너스 제로. 그렇게 생각하자.

세이레나가 마음을 굳혔을 때 유진이 다시 말했다.

"내가 빚을 하나 진 거야."

"응?"

"언젠가 갚을게."

그럴 필요 없다는데도.

하지만 곧 애쉬가 앞으로의 일정에 대해 말하기 시작하는 바람에 세이레나는 입을 닫았다.

"안됐다."

그날 저녁, 헌터 저택의 응접실에서 세이레나와 마주 보고 앉은 모아나가 한숨을 내쉬며 말했다.

세이레나는 잔을 들어 올리며 피식 웃었다.

"난 괜찮은데. 오히려 좋아."

"뭐가 좋아. 신년 파티에 너 혼자 서 있게 생겼는데."

"나 혼자는 아니거든?"

매년 초면 왕궁에서 모든 귀족을 대상으로 파티가 열린다. 그 귀족에 공작이나 백작뿐 아니라 경도 포함된다.

당연히 세이레나도 초대를 받았고 모아나도 초대를 받았다.

애쉬는 매년 기사단을 반으로 나눠 신년 파티가 열리는 장소를 호위하게 했다. 작년에 짝수였으니 올해는 홀수 분단이 하게 된다.

"너도 참 운도 없다. 작년에는 짝수라 경호를 서더니 올해는 홀수라 또 서니."

안됐다는 말에 세이레나는 쓰게 웃었다. 괜찮다니까. 오히려 신년 파티의 경호는 수당을 받아서 더 좋다. 게다가 그녀는 작년에 경호를 선 기억이 가물가물했다.

그녀로서는 십 년이나 전의 일이니 당연하다. 하지만 모아나는 아니다.

모아나는 눈을 가늘게 뜨고 백팔십도 달라진 친구를 쳐다봤다. 달라졌다. 사람을 대하는 태도나 훈련에 열중하는 것뿐만이 아니다. 그녀는 왕궁 파티에 열광하지 않는 세이레나의 태도를 지적했다.

"작년에는 어떻게든 빠지고 싶어서 난리였으면서 올해는 전혀 다르네."

"그랬어?"

그랬다. 모아나는 고개를 끄덕였다. 세이레나가 파티 호위에서 빠지고 싶어서 방법을 강구하던 게 생각난다.

아픈 척할까? 팔 하나 부러지면 어때? 그 방법들은 전부 그녀의 소심함 때문에 이뤄지지 못했다.

"음, 뭐. 지금은 상황이 다르니까. 솔직히 홀수가 아니었어도 지원했을 거야."

세이레나의 대답에 모아나는 눈을 크게 떴다. 그 정도로 안 좋나? 친구의 입에서 재정 상태가 비슷하게라도 나온 것은 처음이라 모아나는 찻잔으로 시선을 내렸다. 그동안 모른 척했지만 확실히 저렴한 차를 내왔다. 끝 맛이 떫은 게 저렴하다는 증거다. 손님에게 내오는 차는 무리를 해서라도 좋은 차를 내오기 마련이다.

"많이 어려워?"

모아나는 조심스럽게 물었다.

다른 집의 재정 상태를 묻는 건 예의가 아니지만 그녀가 도울 수 있는 건 뭐든 돕고 싶었다.

"나랑 에즈라가 먹고살 만큼은 돼."

세이레나는 픽 웃으며 말을 이었다. 당장 조금 힘들긴 하겠지만 오 분단으로 올라왔고 삼 년만 더 있으면 에즈라도 기사가 되어 녹봉을 받을 것이다.

"쓸데없이 나가는 돈이 없다면 별문제 없는데, 혹시 모르니까."

세이레나의 말에 모아나는 게일과 아드리아나를 떠올렸다. 아드리아나가 의상실에 주문한 드레스 값을 치르지 못하고 있다는 말을 들었다.

"네 친척은 아직도 그래?"

누구? 세이레나는 모아나가 말하는 친척이 게일인지 아드리아나인지 궁금했다. 하지만 곧 둘 다를 말하는 것임을 깨닫고 쓰게 웃었다.

"음, 뭐. 아드리아나는 그날 이후로 본 적 없고, 숙부는……."

아드리아나는 약혼 발표 이후로 세이레나의 앞에 나온 적이 없다.

그리고 숙부는.

세이레나는 이 층으로 시선을 던졌다.

"아버지 서재를 뒤지고 있지."

그래? 모아나는 덤덤하게 찻잔을 들어 올렸다.

세이레나가 약혼했다고는 하나 아직은 게일이 후견인이다. 후견인의 가장 큰 권한인 세이레나의 결혼을 좌지우지할 기회는 사라졌지만, 형의 서재를 살필 권리 정도는 있다.

"뭐 가져가는 거 아니겠지?"

확 낮아진 숙부에 대한 평가에도 세이레나는 눈 하나 깜빡하지 않았다. 그녀는 찻잔을 들어 올리며 말했다.

"안 그래도 거드윈한테 지켜보라고 했어."

거드윈? 모아나는 그가 헌터 백작가의 집사라는 것을 떠올리고 물었다.

"거드윈은 뭐래?"

"하루 종일 아버지 장부와 일기를 살핀다던걸."

"너도 본 거야?"

"장부는."

일기는 아직 다 못 봤다. 솔직히 말하면 그녀는 아버지가 일기를 쓰는 줄도 몰랐다.

"일기는 왜 보는 거지?"

모아나가 고개를 갸우뚱하며 물었다. 딱히 세이레나를 향한 질문은 아니었다. 하지만 세이레나는 모아나의 말에 아버지의 일기장에 신경이 쓰이기 시작했다.

"백작님이 일기장에 돈을 숨겨 두신 건 아니겠지."

말도 안 돼. 세이레나는 친구의 의혹에 킥킥대며 웃었다. 그걸 어떻게 숨겨 둬? 금화나 은화가 책 사이에 끼어 있으면 당연히 그녀가 눈치챘을 거다.

"일기장에 누가 빌려 간 돈 같은 거 적으셨을 수도 있지."

모아나는 킥킥대며 말했다. 장부가 있지만 그건 받을 돈이다. 받지 않을 돈이라면 일기에 적어 놨을 수도 있다.

글쎄. 세이레나는 잠시 생각에 잠겼다. 모르겠다. 일기장을 살핀다는 말에 크게 신경 쓴 적이 없는데 문득 이상하다는 생각이 들었다.

진짜 아버지가 일기장에 빌려준 돈을 적어 두기라도 했나?

"헌터 경은 어때요?"

모아나가 돌아간 뒤 세이레나는 거드윈에게 물었다.

하루 종일 게일을 따라다녔으니 그가 뭘 했는지 알 것이다.

"오늘도 서재에서만 계셨습니다."

"여전히 장부와 일기장만 봤고요?"

네. 집사가 고개를 끄덕였다.

흠. 이쯤 되면 일기장에서 뭘 찾는 것 같은데. 그녀는 혹시나 해서 물었다.

"서재에서 뭘 가져간 건 없죠?"

"네. 없습니다."

그렇다면 진짜 일기장과 장부만 봤다는 말이 되는데. 그녀는 서재로 향하며 말했다.

"헌터 경이 뭘 봤는지 알려 줘요."

그녀도 확인해야겠다는 생각이 들었다. 아버지의 비밀 금고라도 찾는 걸까. 어쩌면 헌터 백작이 가족들에게 이야기하지 않은 투자가 있다거나. 그런 게 있다면 투자금을 반환해 달라고 게일이 쫓아갈 수도 있다.

"이것들입니다."

세이레나는 거드윈이 꺼내 주는 장부와 일기를 보고 눈을 깜빡였다. 전부 책장에 꽂혀 있었다. 그녀는 집사에게 물었다.

"당신이 정리한 건가요?"

"아닙니다. 헌터 경께서 나가기 전에 정리하고 가셨습니다."

숙부가? 세이레나의 미간에 주름이 생겼다. 그럴 사람이 아니다.

자신이 본 것을 정리해서 원상태로 돌려놓았다는 것은 자신이 뭘 봤는지 알리고 싶지 않다는 것처럼 보인다.

그녀는 책상 앞에 앉으며 말했다.

"차 한잔 가져다주세요. 에즈라에게도 저 기다리지 말고 먼저 자라고 전해 주시고요."

돌아온 뒤로 세이레나는 최대한 에즈라와 이야기하는 시간을 가지려 했다. 기사단 일과 백작가 일을 배우고 살피느라 시간이 통 나지 않았지만 그녀는 나름대로 애를 쓰고 있었다.

"알겠습니다."

집사는 고개를 꾸벅하고 물러났다.

에즈라가 아쉬워할 것이다. 할 수 없지. 아침에 에즈라의 방으로 가야겠다고 생각하면서 세이레나는 아버지의 일기장을 읽기 시작했다.

우선 가장 최근 것부터.

* * *

“레나, 괜찮아?”

이튿날 아침, 수면 부족인 세이레나의 얼굴을 본 애쉬가 깜짝 놀라서 다가왔다.

윽. 세이레나는 저도 모르게 뒷걸음질 치다가 멈췄다. 불편한데. 여전히 자신의 약혼자가 불편한 세이레나는 뾰로통하게 말했다.

“네.”

잠이 부족해서 말이 뾰족하게 나온다.

하지만 애쉬는 개의치 않는 것처럼 손을 들어 세이레나의 이마를 짚었다.

“뭐 하는 거예요?”

“열이 있나 보려고.”

열 따윈 없다. 그냥 수면 부족일 뿐이니까. 하지만 서늘한 커다란 손이 기분 좋아서 세이레나는 잠시 가만히 있었다.

애쉬의 손날이 눈꺼풀까지 닿아서 충혈된 눈이 시원했다.

“열은 없는데.”

애쉬는 걱정스럽다는 듯 말했다. 어디 안 좋은 건가? 그는 고개를 숙여 세이레나의 얼굴을 살피려 했다.

그만. 세이레나는 스윽 내려오는 그의 얼굴에 당황해서 한걸음 뒤로 물러나며 말했다.

“그냥 수면 부족이에요.”

"숙부 때문에?"

세이레나의 시선이 애쉬를 향했다. 가족의 치부를 남에게 들킨다는 건 부끄러운 일이다. 그녀가 애쉬를 좋아하고 싫어하고와는 상관없이.

그녀는 고개를 돌리며 말했다.

"아뇨."

"그럼? 에즈라 때문에?"

에즈라가 사고를 쳤을 것 같진 않은데. 애쉬는 세이레나의 동생을 떠올리며 생각했다. 누나와 친해져서 행복해진 소년은 세이레나가 있을 때만 조금 건방져질 뿐이고 혼자 있을 때는 얌전했다.

세이레나가 잠을 못 자고 수습해야 할 정도로 큰 사고를 쳤을 것 같진 않다.

끙. 세이레나는 애쉬의 질문이 불편해서 인상을 썼다. 숙부가 아버지 일기장을 보고 또 어디서 긁어낼 돈이 있나 볼까 봐 미리 선수 친다고는 입이 찢어져도 말하고 싶지 않다.

그녀는 적당히 둘러댔다.

"장부 때문에요."

"장부?"

"아직 장부를 읽는 게 어려워서 그래요."

이것도 거짓말이 아니다.

세이레나의 변명에 애쉬의 표정이 누그러졌다. 아, 그런 거였어? 그는 나직하게 물었다.

"장부 읽는 거라면 도와줄 수 있는데."

응? 세이레나의 눈이 동그래졌다. 문득 모아나의 말이 떠올랐다. 장부 읽는 법을 배우고 싶다면 가장 잘 아는 사람이 곁에 있지 않느냐고 했다.

"어, 음."

세이레나가 망설이는 기색을 보이자 애쉬가 재빨리 덧붙였다.

"우리, 이야기할 것도 있잖아?"

그 순간 세이레나의 머릿속에 다시 모아나의 말이 퐁 하고 떠올랐다.

애쉬가 그녀를 좋아하는 게 아니냐던. 아, 그렇군. 그녀는 고개를 끄덕이며 말했다.

"그렇게 좋은 식사는 준비 못 해요."

식사를 기대하고 가는 게 아니다. 애쉬는 빙글 웃었다.

그날 저녁, 헌터 저택은 공작을 저녁 식사에 초대했다는 세이레나의 말에 한바탕 뒤집어졌다.

잠깐 와서 차를 마시고 가는 것과 저녁 식사에 초대한 건 완전히 다르다.

요리사가 아껴 둔 재료를 탈탈 털어 요리하는 사이, 거드윈도 재빨리 저택 대청소를 감행했다.

"맛있는데."

애쉬는 잘 차려진 식탁에 앉아 말했다. 아무래도 내 의도가 잘못 전달된 모양인데. 세이레나는 떨떠름한 표정으로 음식을 쳐다보고 있었다.

구운 오리 고기에 곁들인 으깬 감자. 호박파이와 커스터드 푸딩이 후식으로 나왔다.

그녀는 그저 그레이윈드 공작이 저녁때 그녀와 이야기하러 올 테니 간단한 식사를 준비해 달라고 말했을 뿐이다.

그 이야기를 거드윈과 요리사가 결혼 이야기로 착각하는 건 당연한 일인지도 모른다.

세이레나가 이렇게 잘 대접할 필요 없었다고 생각하고 있을 때 에즈라가 말했다.

"단장님, 우리 누나랑 언제 결혼할 거예요?"

헉. 세이레나의 눈이 동그래졌다. 하지만 그녀가 에즈라에게 한마디 하기도 전에 애쉬가 빙글 웃으며 말했다.

"레나가 하자고 하면."

그러나 그녀가 먼저 그에게 결혼하자고 할 일은 없을 것이다.

잘 피해 가네. 세이레나는 애쉬가 능청스럽다고 생각하며 떨떠름한 표정을 지었다.

에즈라가 이어서 물었다.

"사람들이 누나가 스물한 살이 된 다음에 결혼할 거라던데, 진짜예요?"

"음. 네 누나가 스물한 살이 되기 전까지는 확실하게 결혼은 안 할 거야."

"누나가 작위를 받지 않을 거라면 더 빨리 결혼했을 거죠?"

"에즈라!"

세이레나는 깜짝 놀라서 에즈라에게 호통쳤다. 하지만 애쉬는 씩 웃었다. 그런 소문도 났을 것이다. 세이레나 헌터의 백작위가 탐난 그레이윈드 공작이 결혼을 미루고 있다는.

조금만 생각해 보면 말도 안 된다는 걸 알지만 사람의 욕심이란 어디까지 뻗을지 모르는 거니까. 사람들이 그레이윈드 공작이 욕심이 많다고 수군거리는 것도 어쩔 수 없다.

애쉬는 입 안에 넣은 고기를 재빨리 삼키고 말했다.

"아니, 에즈라. 내가 일 년을 기다리는 건 네 누나의 작위가 탐나서가 아니야."

"그럼 왜 기다리는 거예요?"

애쉬의 눈동자가 세이레나를 향했다. 그는 그대로 그녀를 응시하며 말했다.

"네 누나가 원할 때까지 기다리는 거지."

검정색 눈동자가 꿰뚫어 보는 것 같아서 세이레나는 고개를 숙였다.

에즈라가 이어 물었다.

"누나가 원하지 않으면요? 막, 결혼하기 싫다고 하면요?"

"에즈라!"

다시 세이레나가 호통쳤지만 애쉬는 신경 쓰지 않는다는 듯 웃으며 말했다.

"그럼 안 해."

"진짜로요? 평생 약혼만 할 거예요? 누나가 결혼 안 한다고 하면?"

에즈라의 파란 눈동자가 동그래졌다. 다들 작위 때문에 기다리는 거라고 했다.

세이레나가 스물한 살이 되자마자 그레이윈드 공작은 결혼을 감행할 거라고. 하지만 정작 그 그레이윈드 공작이 누나가 원하지 않으면 결혼하지 않는다니 충격으로 다가왔다.

애쉬는 고기를 한 점 포크로 찍으며 말했다.

"응. 기다릴 거야."

으으, 불편하다.

식사를 마친 뒤 애쉬와 함께 서재로 들어온 세이레나는 집사가 차를 가져올 때까지 기다렸다가 입을 열었다.

"그렇게까지 안 해도 됐어요."

차를 마시던 애쉬가 눈동자만 들었다. 찻잔 너머로 보이는 검정색 눈동자에 세이레나는 저도 모르게 시선을 피했다.

"뭐가?"

"에즈라 말예요. 그렇게 좋게 말 안 했어도 된다고요."

좋게? 무슨 소린지 몰라서 애쉬는 한쪽 눈썹을 들어 올렸다.

세이레나는 한숨을 내쉬고 다시 말했다.

"결혼이요. 날 기다린다거나, 그렇게 말하지 않았어도 됐다고요. 적당히 언젠가 하겠다는 식으로 말해도……."

"그건 안 돼."

애쉬가 세이레나의 말을 잘랐다. 뭐가 안 돼? 그는 눈을 동그랗게 뜨는 세이레나에게 말했다.

"에즈라에게 거짓말하고 싶지 않거든."

"거짓말이 아니라……."

"에즈라는 열세 살이야. 지금 우리가 하는 말을 다 이해하고 기억해. 나중에 돌아보고 그때 내가 거짓말했다고 생각하게 하고 싶지 않아."

그 말이 옳다. 에즈라도 다 아는 나이다. 그녀는 자신의 동생이 가장 좋아하는 어른이 애쉬라는 게 마음에 들지 않았지만 에즈라가 좋아하는 어른이 애쉬라 다행이라는 생각이 들었다.

하지만…….

다시 애쉬를 향한 반발이 울컥 튀어나와서 세이레나는 고개를 숙이고 입술을 깨물었다.

어차피 일 년만 버티면 그녀는 애쉬와 파혼할 거다.

"당신과 에즈라가 친하게 지내도록 두는 게 좋은 일인지 모르겠네요."

한숨 쉬는 세이레나의 말에 애쉬는 눈을 동그랗게 떴다.

"내가 에즈라와 친하면 안 돼?"

"곧 헤어질 사람인데 친해지면 상처받을 거 아니에요?"

세이레나의 말에 애쉬는 씩 웃었다. 동생을 극진히 생각하는 그녀의 마음 씀씀이가 보기 좋았다. 하지만 곧 그녀가 고개를 들자 언제 웃었냐는 듯 무표정한 얼굴로 말했다.

"헤어진다고 에즈라와 내가 영영 못 만나는 것도 아니잖아. 저 애가 기사단에 있는 동안은 계속 보게 될 테고."

그것도 그렇다. 세이레나는 책장에서 장부와 일기장을 꺼내며 다시 한숨을 내쉬었다. 마음 같아서는 에즈라가 애쉬와 어울리는 걸 말리고 싶다. 하지만 애쉬가 불편하다는 감정 외에는 말릴 이유가 없다. 그는 좋은 본보기고 좋은 어른이다. 에즈라에게 가장 필요한 남자 어른이 되어 줄 것이다.

"이거예요."

세이레나의 말에 애쉬는 집사가 함께 가져다준 비스켓을 먹다가 재빨리 입 안에 집어넣고 손을 털었다.

엄청 잘 먹네. 방금 혼자 오리 한 마리와 호박파이 한 조각, 푸딩 하나를 먹어치운 사람 맞나?

세이레나는 사소한 사실에 감탄하며 장부를 펼쳤다.

"어디 봐."

애쉬가 세이레나 쪽으로 몸을 기울이며 말했다.

좋은 냄새가 나서 세이레나는 눈을 깜빡였다. 매일 기사단 훈련장에서 기사들의 땀 냄새만 맡다가 청결한 냄새를 맡자 기분이 묘했다.

"이게 지출이고, 이건 수입."

수입에 비해 지출이 많다.

애쉬는 혀를 차지 않으려 애썼다. 헌터 백작은 집안의 재정에 대해서는 영 소질이 없었던 모양이다. 그리고 관심도.

애쉬는 슬쩍 세이레나를 훔쳐봤다가 다시 장부로 시선을 돌렸다. 작위를 물려받을 딸에게 장부 보는 법을 가르치지 않았다니, 안일하다는 말로는 부족하다.

"이건 어디로 빠지는 거야?"

애쉬의 질문에 세이레나는 고개를 내밀었다가 덤덤하게 말했다.

"용돈이요."

"몇 명한테 가는 용돈인데?"

으음. 세이레나가 머뭇거렸다.

뭐지? 애쉬는 고개를 돌렸다가 그녀의 표정을 보고 혹시나 해서 말했다.

"숙부?"

"음, 네."

너무 많다. 애쉬의 눈이 가늘어졌다. 형제자매에게 이 정도 용돈을 보내는 집안이 있기는 하다. 하지만 그들의 재정은 이것보다 훨씬 풍족하다.

"설마 이번 달도 받아 가진 않았겠지."

애쉬의 말에 세이레나는 고개를 끄덕였다. 헌터 백작 부부가 사망했으니 게일은 더 이상 헌터 백작가에서 돈을 받을 자격이 없다.

"하지만 후견인이니까요."

수고료 명목으로 뜯어내려 할 것이다.

세이레나의 말에 애쉬는 고개를 끄덕였다. 후견인이 되면 수고료 명목으로 일정 금액을 가져갈 수 있다. 그러나 어디까지나 그 집안의 재정에 따라 달라지기 때문에 얼마라고 딱 정해져 있는 건 아니다.

"이건 뭐야?"

애쉬가 장부의 수입을 따라 쭉 훑다가 물었다. 영지민들이 낸 세금이라거나 투자가 성공해서 배분받은 금액들 사이에서 출처가 불분명한 금액이 있었다.

"뭔데요?"

세이레나는 애쉬 쪽으로 몸을 기울이며 물었다. 그의 손가락이 가리킨 곳에 꽤 큰 금액이 적혀 있었다.

그녀도 본 거다. 금액 앞에 출처를 적는 곳에 〈2〉라고 적혀 있었다.

세이레나는 고개를 갸웃하며 말했다.

"두 번째 영지에서 나온 세금이 아닐까 했는데요."

"이게 두 번째 영지 아니야?"

애쉬의 손이 좀 더 위에 있는 금액을 짚었다. 바로 옆에 두 번째 영지의 이름이 적혀 있다.

어, 그러네. 문득 세이레나는 그가 어떻게 두 번째 영지의 이름을 아는지 놀라서 물었다.

"어떻게 알았어요?"

"뭘?"

"영지 이름 말예요."

그러고 보니 그는 알려 주지 않았는데도 그녀의 생일도 알았다.

애쉬는 고개를 기울이며 말했다.

"기사들은 전부 신상을 조사하게 돼 있잖아."

신상 기록을 봤다는 말이다.

세이레나의 표정이 날카로워지자 애쉬는 두 손을 들어 보이며 말했다.

"나 단장이거든?"

그렇군. 세이레나는 첫 하고 고개를 숙였다. 그는 언제든지 기사단 기사들의 신상 기록부를 볼 수 있다.

"그럼 이건 뭘까요?"

"글쎄. 아버지가 네게 뭔가 말한 거 없어?"

날짜를 보니 아버지가 돌아가시지 한 달쯤 전에 들어온 수입이다. 있었어도 그녀에게는 십 년 전의 일이다. 강렬한 경험이 아니라면 기억날 리가 없다.

"흠."

애쉬는 턱을 쓰다듬었다. 그럼 이건 뭐지? 앞에 써 둔 숫자 〈2〉는 뭘까. 그는 다시 장부를 밑으로 내리다가 눈을 깜빡였다.

"그대로 나갔네."

"돈이요?"

"응."

헌터 백작이 사망하기 한 달 전에 들어왔던 금액과 똑같은 금액이 지출로 적혀 있었다.

어디 보자. 애쉬는 날짜를 확인했다.

"돌아가시기 일주일 전에 사용하셨는데."

이것도 기억나지 않는다.

애쉬는 턱을 쓰다듬으며 말했다.

"이 정도 금액으로 뭔가를 샀다면 꽤 비싼 물건이었을 텐데."

헌터 백작에게 선물 받은 게 없냐는 말이다. 하지만 세이레나는 아무리 생각해도 그런 게 없었다. 혹시 어머니의 보석을 샀던 걸까? 세이레나는 애쉬에게 고개를 기울이며 물었다.

"어디에 지출했는지도 안 나와 있어요?"

세이레나의 금발이 살랑거리며 애쉬의 팔에 닿아서 그의 눈이 가늘어졌다. 엄청나게 부드러울 것 같다. 만져 보고 싶은 마음에 손이 움찔했지만 이건 누가 봐도 훌륭한 변태라 애쉬는 꾹 눌러 참았다.

"있군."

애쉬는 손가락으로 쭉 따라가며 말했다. 이번에도 〈2〉라고만 적혀 있다. 대체 이게 뭘까. 그는 세이레나를 향해 장부를 밀며 말했다.

"기억나는 거 없어?"

세이레나는 이번에도 고개를 저었다. 아까 몰랐던 게 지금 뿅 하고 알게 될 리가 없다.

"좋아, 그럼 이건 미뤄 두고."

애쉬는 손가락을 밑으로 훑어 내리며 설명했다.

"이건 세금. 겨울은 토지가 비기 때문에 세금이 적어."

"수확물이 적기 때문이죠."

그래. 애쉬는 고개를 끄덕인 뒤 그다음 것을 가리키며 말했다.

"이건 아마 투자 회수금 같은데."

그는 장부를 팔랑팔랑 넘겨 확인한 뒤 고개를 끄덕이며 말을 이었다.

"맞아. 아마 이 투자라면 앞으로 두 번 더 회수금이 들어올 거야."

"같은 금액이요?"

"무역이라 금액은 매번 달라."

무역과 금액이 다른 게 무슨 상관이야? 세이레나의 얼굴에 의문이 떠올랐다.

애쉬는 씩 웃으며 다시 설명했다.

"쉽게 말하면 무역상들이 투자금을 모아서 팔 물건을 사 온다고 생각하면 돼. 여러 가지 위험 요인이 있지."

애쉬가 허리를 펴며 손을 들었다. 세이레나 역시 그의 시선을 따라 허리를 세웠다.

"첫 번째로 무역상들이 돈을 꿀꺽할 수 있고."

아, 그건 안다. 세이레나는 고개를 끄덕였다.

왕비였을 때, 간혹 무역상들이 투자금을 받아 타 대륙으로 가서 잠적해 버리는 바람에 병사를 보내 달라는 탄원서가 올라왔었다. 그녀가 처리한 건 아니지만 무역상이 잠적했다는 이야기를 들었었다.

"배가 공격을 받아 침몰할 수 있고."

"왜 침몰해요?"

"바다에는 몬스터도 있고 해적도 있지. 그게 아니더라도 풍랑을 만날 수 있고."

아. 세이레나는 다시 고개를 끄덕였다. 바다란 생각보다 위험한 곳이었구나.

애쉬는 경청하는 세이레나의 얼굴을 보고 빙그레 웃었다.

"세 번째로 가지고 온 물건이 생각보다 수익이 부진할 수도 있지."

그럴 수도 있구나. 고개를 끄덕이는 세이레나에게 애쉬가 다시 말했다.

"물론 세 번째는 거의 가능성이 적어. 가능성대로만 하면 두 번째가 가장 크고 그다음이 첫 번째쯤 될까."

"그럼 이건 무사히 가져와서 무사히 판매를 했다는 말이네요."

"그렇지. 헌터 백작께서 재투자를 하신 모양이야."

세이레나의 시선이 다시 장부를 향했다.

애쉬는 장부를 앞으로 넘겨 다시 숫자를 가리켰다.

"이건 회수가 된 투자고."

그러면서 최근에 기록된 페이지로 돌아와 가리켰다. 이게 회수된 금액.

그렇군. 세이레나는 인형처럼 고개를 끄덕였다. 몰랐다. 그녀의 아버지는 그녀에게 전혀 알려 주지 않았다. 어째서였을까.

"이게 수익금으로 다시 투자를 하신 거."

애쉬의 손이 다시 장부를 넘겼다. 거의 세 달 전 기록으로 거슬러 올라가자 지출 항목에 금액이 있었다. 이게 수익금으로 투자한 거라는 말이군.

세이레나는 문득 이상한 생각에 입을 열었다.

"세 달이나 지났는데 아직도 회수가 안 된 건가요?"

"어느 무역상에게 투자했는지 확인해 봐야겠지만 해상으로 오고 가는데 최소 반 년쯤 걸려."

"하지만 드럼란리그로 가는데 편도 두 달이면 충분하다고 하던데요?"

응? 애쉬는 무슨 소리냐는 듯 세이레나를 쳐다봤다. 그럴 리가. 드럼란리그는 대륙 반대쪽에 있는 나라다. 그는 턱을 쓰다듬으며 말했다.

"무역으로 가려면 넉 달은 걸릴 텐데? 두 달밖에 안 걸릴 리가. 해군이면 모를까."

아차. 세이레나의 표정이 굳었다. 해군과 무역상의 배가 다르구나. 그녀의 표정에 애쉬가 눈을 가늘게 뜨며 물었다.

"해군을 말하는 거였어?"

"어, 아뇨. 그, 예전에 이야기 들은 적이 있거든요. 두 달이면 된다고요."

그럴싸한 대답이다. 하지만 애쉬는 어딘지 모르게 걸렸다.

"전에 왕비님의 공격도 예상했었지."

조금 무뚝뚝해진 목소리에 세이레나는 저도 모르게 고개를 들었다.

애쉬는 장부를 내려다보고 있었다.

"예상한 건 아니에요. 그냥……."

"여자의 감 같은 거?"

그런 건 없다. 세이레나는 여자의 감을 가장 믿지 않는 사람이다. 하지만 그저 고개를 끄덕이는 수밖에 없었다.

"비슷하죠."

"왕비님의 사고도 예상했지."

"그것도……."

"감이라고?"

감이 너무 많다. 애쉬는 그런 시선으로 세이레나를 쳐다봤다. 불편한 마음에 세이레나는 저도 모르게 그의 시선을 피했다가 고개를 들었다. 피하면 안 된다, 그런 생각이 들었다.

"레나."

애쉬는 한숨 섞인 목소리로 그녀를 불렀다. 바로 옆에 앉아 있는데 멀리 있는 것 같다.

"나한테 숨기는 거 있어?"

세이레나의 눈동자가 한 바퀴 돌았다. 숨기는 거? 많다. 아주 많지. 하지만 전부 애쉬에게 말할 수 있는 게 아니다.

"우리 집 재정 상태 말고요?"

귀여운 대답에 애쉬는 피식 웃었다. 물론 세이레나는 전혀 귀여워 보이려고 한 대답이 아니었지만.

"그건 이미 알고 있는걸."

애쉬는 다시 장부로 시선을 던지며 말했다. 대충 알 것 같다. 헌터 백작은 재정을 엉망으로 관리했다. 들어오는 돈에 비해 나가는 돈이 많았고 전혀 미래를 대비하지 않았다. 후계자인 세이레나에게 장부 보는 법을 가르치지 않았다는 점도 한몫했다.

이래서야 저금이 없을 거라는 소문이 사실이겠군. 그는 조심스럽게 물었다.

"빚은 어때?"

"빚이요?"

세이레나는 멍하니 되묻다가 정신을 차렸다. 다행히 주제가 왕비님에서 헌터가의 재정으로 돌아와 있었다.

"아, 없어요."

"없어?"

"다 갚았어요."

"그건 은행 빚을 말하는 거지?"

"네."

그거 말고 또 있나? 어리둥절해 하며 고개를 끄덕이는 세이레나에게 애쉬가 조금 머뭇거리다가 물었다.

"사채가 없는 건 확인했어?"

그게 뭐야? 세이레나의 얼굴에 의문이 떠올랐다.

이런. 애쉬는 그녀가 사채가 뭔지 모른다는 것을 깨달았다.

"은행에서 빌리는 게 아니라 개인에게 빌리는 걸 말하는 건데……."

개인에게 돈을 빌리는 거? 세이레나는 애쉬의 말을 끊고 말했다.

"친구분들에게 소소하게 빌리신 건 있는데 전부 갚지 않아도 된다고 하셨어요."

"아니, 그게 아니라."

애쉬는 자신의 뒷 목을 만지며 말을 이었다.

"은행에서 돈을 빌릴 수 없는 사람들에게 좀 더 높은 이자를 받고 빌려주는 사람들이 있거든."

"얼마나 높은데요?"

"그건 모르지."

왜 몰라? 고개를 갸웃하는 세이레나에게 애쉬가 다시 설명했다.

"백 퍼센트인 경우도 있거든."

세이레나의 눈이 동그래졌다.

"그게 가능해요?"

"뭐, 강도짓도 불법이지만 가능하잖아?"

덤덤한 말에 세이레나는 잠시 말을 잃었다. 그럴 리가 없다고 생각하고 싶다. 아무리 아버지라 해도 사채에 손을 대지는 않았겠지.

하지만.

세이레나는 문득 떠오른 가설에 놀라 애쉬의 팔을 잡았다. 응? 애쉬가 몸을 내밀자 세이레나와 거리가 가까워졌다.

"그거, 다른 사람이 아버지 이름으로 빌렸을 수도 있어요?"

"빌릴 수는 있지만 그렇게 용감한 녀석이 있을 것 같진 않은데."

거기까지 말한 애쉬가 턱을 쓰다듬으며 말했다.

"숙부에 대해 걱정하는 거라면 글쎄. 설령 네 숙부가 네 아버지의 이름으로 빌렸다고 해도 아버지가 빌린 게 아닌 이상 갚는 건 숙부가 될 거야."

덤으로 속인 것도 계산하겠지. 애쉬는 그 부분은 속으로만 생각하기로 했다.

세이레나의 얼굴이 하얗게 질려 있었기 때문이다.

"왜 그래?"

"숙부가 빌린 걸 아버지가 갚을 일은 없다는 거죠?"

애쉬는 다시 턱을 쓰다듬었다. 아. 그는 그녀가 무엇을 걱정하는지 알아차렸다.

이걸 말해도 되나. 애쉬는 잠시 고민하다가 말했다.

"보증인이 헌터 백작님이라면 백작님이 갚아야 할 수도 있지만……."

애쉬가 말을 끝내는 것을 기다리지 못한 세이레나가 끼어들었다.

"그걸 어떻게 알아요?"

"보통 계약서를 보증인도 가지고 있지."

그걸 찾았던 거구나! 세이레나는 서재를 뒤지던 게일을 떠올리며 벌떡 일어났다.

서재에 하루 종일 앉아 일기장과 장부를 본다고 했다. 혹시라도 남는 돈이 있나 긁어내려 한다고 생각했지만 아니었던 거다.

그녀는 허둥지둥 책상으로 돌아가 서랍을 뒤지기 시작했다.

"레나."

애쉬는 그녀의 표정으로 보고 일어났다. 세이레나는 정말로 겁에 질려 있었다. 그는 세이레나처럼 책상으로 돌아가 그녀의 옆에 서서 말했다.

"하나 더 고백할 게 있는데."

"뭔데요?"

세이레나는 책상 서랍을 뒤지며 건성으로 물었다. 지금 애쉬가 사람을 죽였다 해도 넘어갈 것 같다. 그것보다 그녀가 더 급하니까.

"네 아버지는 헌터 경의 보증을 선 적이 없어."

"아, 괜찮, 네?"

뭐든 괜찮다고 대답하려던 세이레나는 가까스로 애쉬의 말을 알아듣고 고개를 들었다.

애쉬는 어딘지 모르게 미안한 표정을 짓고 있었다.

"네 아버지는 누군가의 보증을 선 적이 없다고."

"그걸 어떻게 알아요?"

그것도 신상 기록에 나오나? 어리둥절해 하는 세이레나에게 애쉬가 머뭇거리며 말했다.

"조사했거든."

"뭘 조사해요?"

"네 아버지와 너에 대해서."

그게 무슨 소린지 몰라서 세이레나는 멍하니 애쉬를 쳐다봤다. 나와 아버지를 조사했다고? 뭘? 아니, 왜?

애쉬는 세이레나가 알아듣지 못하는 것을 확인하고 천천히 말했다.

"폐하께서 너와의 결혼을 명하셨을 때, 헌터가의 평판에 대해 조사했거든."

귀족끼리의 결혼이라면 당연한 조사다. 하지만 애쉬는 세이레나에게 그 사실을 말하는 게 미안했다. 그리고 그런 조사를 했다는 것에 죄책감을 느꼈다.

"어, 평판이요? 그거랑 아버지가 보증을 서지 않은 거랑 무슨 상관인데요?"

"평판 나쁜 사람들과 어울리지 않는지도 확인해야 하니까."

아, 맙소사. 세이레나는 그대로 바닥에 주저앉았다.

"레나?"

깜짝 놀란 애쉬가 그녀를 따라서 무릎을 꿇었지만 그게 신경 쓰이지 않을 정도로 그녀는 안심하고 있었다.

다행이다. 그녀가 생각도 못 한 문제가 튀어나온 줄 알았다. 머릿속에 돈과 에즈라만 생각났다. 여기서 그녀가 해결할 수 없는 돈 문제가 생기면 곤란하다. 아니, 곤란한 정도가 아니다.

후. 세이레나는 얼굴을 두 손에 묻고 한숨을 내쉬었다. 진짜 놀랐다.

"미안."

애쉬는 미안한 표정으로 말했다. 그녀의 평판을 조사했다는 게, 그리고 놀라게 했다는 게 미안했다.

하지만 세이레나는 안도하고 있었다. 그녀는 고개를 들고 물었다.

"확실한 거죠? 아버지가 보증 선 적이 없다는 거요."

"그래."

"또 뭐 조사했어요?"

애쉬의 표정이 묘해졌다. 사실 몇 개 더 있다. 헌터 백작은 사망하기 전까지 뒷골목을 주기적으로 오갔다. 하지만 잠깐 들렀다가 나왔을 뿐이다. 범죄를 저지르거나 범죄자와 어울렸다는 말은 없다. 그는 어깨를 으쓱하며 세이레나에게 말했다.

"없어."

"우리 집 재정 상태라거나."

"그런 건 풍문으로만 추측하는 거지."

"그 풍문은 어떤데요?"

애쉬의 눈이 가늘어지더니 그의 눈동자가 다른 곳을 향했다.

시선을 피하는군. 세이레나는 한숨을 내쉬며 말했다.

"어느 정도 예상은 하고 있어요. 몰락한 백작가. 그레이윈드 공작가와 약혼해서 구사일생. 맞죠?"

현실적이군. 애쉬는 씩 웃었다. 전에도 느꼈지만 허황된 생각을 하는 타입은 아니다. 좀 고리타분한 부분이 있긴 하지만 기본적으로 영리한 편이다.

그러고 보니 고리타분한 주제에 무모한 구석이 있다니 신기하군. 애쉬는 그렇게 생각하며 말했다.

"비슷해."

어휴. 세이레나는 다시 한숨을 내쉬었다. 달가운 소문은 아니지만 어쩔 수 없다. 그게 사실이니까. 헌터가뿐 아니다. 세이레나 자신도 애쉬와 약혼한 덕분에 구사일생이다. 그녀는 주저앉은 채 애쉬를 올려다보며 말했다.

"고마워요."

애쉬의 한쪽 눈썹이 올라갔다. 화낼 줄 알았는데? 귀족가의 결혼에서 당연한 일이라고 해서 당하는 사람이 기분 나쁘지 않다는 건 아니다.

"조사한 게?"

"그건 아니고요."

세이레나는 픽 웃으며 말을 이었다.

"이것저것 고마워서요. 장부 보는 법도 알려 줬고 새 훈련장도 고맙고요."

그리고. 세이레나는 내키지 않지만 인사해야 한다고 생각하는 점을 말하기 시작했다.

"에즈라한테 잘해 줘서 고마워요. 음, 지난번 전투에서 날 몇 번이나 도와준 것도 고맙고요."

떠올리다 보니 계속해서 생각났다. 세이레나는 "어어?" 하고 당황하면서 말했다.

"그리고 검술 봐주는 것도 고맙고, 음, 약혼 발표할 때 도와준 것도 고맙고. 그리고……."

애쉬의 눈이 점점 커졌다. 늘 툴툴대던 사람이 갑자기 고맙다고 하니까 당황스럽다. 그는 저도 모르게 몸을 뒤로 빼며 물었다.

"어디 아픈 건 아니지?"

고맙다고 해도 이러네. 세이레나의 눈이 새쭉해졌다.

"감사와 호의는 표하는 게 좋다고 생각했을 뿐이에요."

그렇긴 하지. 애쉬는 떨떠름한 표정을 지었다. 꿈을 꾸는 것 같군. 그는 세이레나를 내려다보고 말했다.

"약혼자니까. 도와줄 수 있는 건 뭐든지."

그래. 그거. 세이레나는 다시 모아나의 말을 떠올렸다. 단장님이 널 마음에 두고 있는 거 아니냐고 했다. 생각이 충분히 돌기 전에 그녀의 입이 움직였다.

“애쉬, 저와 친밀한 사이가 되고 싶어요?”

생각하지 못한 말에 애쉬의 눈이 커졌다. 말과 말에 담긴 뜻 중에 어느 쪽에 더 놀라야 하는 걸까. 그의 검정색 눈동자가 부풀어 오르는 것을 세이레나는 멍하니 쳐다봤다. 그는 지금 고양이 같다.

“가끔 노인네 같은 소릴 한단 말이야.”

애쉬는 픽 웃으며 중얼거렸다. 몇십 년 전, 노인들이 젊었을 때 사교계에서 하던 소리라고 알고 있다. 하지만 요즘은 “제게 관심이 많으시군요.”라고 말한다.

두 사람보다 어린 사람들은 “너 나 좋아해?”라고 말한다고 들었다.

애쉬는 확인을 위해 물었다.

“그 말은 내가 너를 좋아하냐고 묻는 거지?”

그 순간 세이레나의 얼굴이 달아올랐다. 그런 의미긴 하다. 하지만 애쉬가 말하는 것처럼 직설적으로 말할 생각은 아니었다.

“그 뜻이겠지. 우린 이미 약혼 관계니까.”

그래서 지금은 거의 사용하지 않는다. 굳이 쓴다면 결혼한 사람들이 정부에게 하는 소리다.

"다른 뜻도 있어요?"

의문이 떠오른 세이레나의 얼굴에 애쉬는 빙그레 웃었다. 역시 모르고 있었군. 그는 그녀에게 몸을 기울이며 말했다.

"만약 네가 이미 결혼을 했고, 내가 너와 결혼하지 않았다면."

"않았다면?"

"그건 내게 너의 정부가 돼 달라는 말이지."

그 순간 세이레나의 눈에 애쉬가 검정색 고양이가 아니라 거대한 흑표범으로 보였다.

힉. 세이레나는 저도 모르게 뒤로 물러나려다 넘어질 뻔했다. 애쉬는 재빨리 그녀의 어깨를 잡아 부축하더니 바로 손을 놓았다.

"그, 그런 의미는 아니었어요."

당황하는 것도 같고 화내는 것도 같다. 충격받은 것도 같고.

애쉬는 세이레나를 내려다보며 말했다.

"그래. 호감이 있지."

"네?"

깜짝 놀란 세이레나가 고개를 들었다. 어째 자기가 무슨 소리를 한 건지 알아차렸을 때보다 더 놀란 것 같은데.

애쉬는 역시 이상한 사람이라고 생각하며 말했다.

"우린 약혼했으니까, 약혼자에 대한 호감이 있지."

"하지만 파혼할 거잖아요!"

애쉬의 한쪽 눈썹이 올라갔다. 그는 완전히 바닥에 주저앉으며 말했다.

"그게 무슨 상관이야?"

"어차피 파혼할 건데 호감을 가질 이유가……."

없잖아요. 세이레나의 목소리는 뒤로 갈수록 작아졌다. 이건 왕의 명령으로 어쩔 수 없이 해야 하는 약혼이고 오래 유지할 이유가 없다. 하지만 애쉬의 생각은 달랐다. 그는 픽 웃으며 말했다.

"내 마음인데 그게 무슨 상관이야."

"난 불편해요."

"내가? 아니면 누가 널 좋아하는 게?"

세이레나의 눈이 커졌다.

누가 날 좋아한다고? 그럴 리가. 아무도 그녀를 좋아할 리가 없다.

왕비였을 때 그녀를 좋아한 사람이 없었다.

그녀보다 예쁜 사람은 많다. 똑똑한 사람은 더 많다. 쓸모도 없어. 그럼 착하기라도 해야 하는데 착하지도 않아.

게일과 아드리아나가 언제나 그렇게 말했다.

세이레나는 그들의 말이 틀렸을 거라고 생각하지만 마음 한 구석은 그들의 말이 어느 정도는 맞다고 생각했다.

십 년 가까이 게일과 아드리아나는 세이레나의 자존심을 깎아내렸다. 거기엔 왕도 일조했다.

돌아온 뒤에 세이레나는 착한 건 어쩔 수 없지만 쓸모없는 건 아니라는 것을 보여 주고 싶었다.

게일과 아드리아나가 아니라 그녀 스스로에게.

"둘 다요."

세이레나의 눈동자가 흔들리는가 싶더니 다시 단단하게 자리 잡았다.

애쉬는 그것을 지켜보며 이상하다고 생각했다. 누군가에게 사랑받을 자격이 없다고 생각하는 것 같다. 하지만 그럴 리가. 백작 영애가 그 정도로 자존심이 없다는 건 이상하다.

"나는 네게 호감이 있어."

세이레나의 눈동자가 다시 크게 흔들리는 걸 보면서 애쉬는 그녀의 마음을 편하게 해 줘야겠다고 생각했다. 그는 그녀가 겁먹고 도망치기 전에 재빨리 말을 이었다.

"훌륭한 약혼자로서, 그리고 기사단 단원으로서."

아, 그거.

세이레나의 눈동자가 다시 고요해졌다. 다행이다. 그러니까 애쉬는 그녀를 동료와 부하 직원으로서 좋아하는 거구나. 안도가 되는 한편으로 세이레나는 어딘지 모르게 섭섭한 느낌이 들었다.

아니, 섭섭하지 않아. 그녀는 재빨리 고개를 젓고 말했다.

"저도요. 에즈라에게 잘해 줘서 고맙다고 생각해요."

그것뿐이야? 애쉬의 한쪽 눈썹이 올라갔다. 세이레나는 재빨리 일어나며 몸을 털었다.

"시간이 너무 늦었네요."

가라는 소리에 애쉬는 군말 없이 일어났다. 커다란 그의 몸이 유연하게 움직였다.

애쉬는 서재 문을 열다가 돌아서서 물었다.

"내일도 오면 되지?"

뭘? 멍하니 애쉬를 쳐다보던 세이레나의 눈이 커졌다. 그녀의 시선이 펼쳐 둔 장부와 일기장으로 향했다.

"전 좋지만……."

그가 오지 못하게 할 핑계를 대려는 것 같아서 애쉬는 재빨리 말했다.

"어차피 검술 훈련도 하니까. 왔다 갔다 하는 것보다 낫지."

계속 올 생각이구나. 세이레나는 고개를 끄덕였다.

죄책감이 들었다. 이렇게 좋은 사람인데 그녀는 왜 애쉬가 불편한 걸까.

* * *

"요새 약혼자와 사이가 좋다던데?"

기사단 마구간 앞에서 세이레나를 만난 모아나가 다짜고짜 물었다.

무슨 소리야? 마구간 담당 페이지에게 말을 맡기고 돌아서던 세이레나는 깜짝 놀라서 물었다.

"누가 그래?"

얘 반응 왜 이래? 모아나는 고개를 갸웃하며 말했다.

"사람들이. 매일 밤 그레이윈드 공작님이 헌터 백작가에 찾아간다던걸."

나쁜 기억이 떠올라서 세이레나의 얼굴이 하얗게 질렸다.

매일 밤, 남자들이 찾아온다던 소문. 끔찍한 기억에 그녀는 손이 하얗게 되도록 주먹을 쥐었다.

"그냥, 날 좀 도와주시려고, 그래서 오시는 거야. 이상한 일은 없었어."

얘 진짜 왜 이래? 모아나는 세이레나의 심상치 않은 태도에 눈을 휘둥그레 떴다.

"진정해. 다들 그냥 두 사람 사이가 좋다고 생각하는 것뿐이야. 이상한 생각은 안 할걸?"

"하지만……."

"그리고 좀 하면 어때? 어차피 약혼자인데."

"모아나."

세이레나는 울고 싶은 마음에 모아나의 손을 잡았다.

"그런 말 하지 마. 파혼할 거라고 했잖아."

괜히 오라고 했다. 그렇지 않아도 백작가로 온다는 애쉬의 말에 그러라고 하지 말걸 하고 후회하던 차다.

모아나는 세이레나의 표정을 보고 깜짝 놀랐다. 공포에 질린 것 같다.

그녀는 세이레나의 손을 마주 잡고 물었다.

"왜 그래? 단장님이 또 무슨 짓 했어?"

또, 라고 하기엔 애쉬가 한 짓이 없지만. 모아나는 말한 다음에야 그걸 떠올렸다.

"그건 아닌데."

세이레나는 고개를 저었다.

애쉬는 그녀에게 잘해 주었다. 그녀뿐 아니라 에즈라에게도 너무 잘해 주고 있다. 매일 에즈라는 세이레나에게 오늘 애쉬가 얼마나 멋있었는지 이야기했다.

오죽하면 애나가 공작님과 사랑에 빠진 건 세이레나가 아니라 에즈라 도련님이라고 할까.

"그런 소문은 평판에 나쁘잖아."

세이레나의 말에 모아나는 고개를 갸웃했다.

"평판을 걱정하는 거라면 파혼이 더 나쁠걸?"

심지어 세이레나는 파혼의 이유를 그녀의 잘못으로 소문내도 상관없다고 했다.

아, 그렇지. 세이레나는 저도 모르게 입술을 깨물었다. 이러니 저러니 해도 어차피 파혼하면 세이레나의 평판은 나빠질 것이다.

"요새 약혼자와 사이가 좋다던데?"

출근 길에 애쉬를 만난 데니스가 인사처럼 건넸다. 데니스가 따라붙자 두 사람의 말이 나란히 걷기 시작했다.

응? 애쉬는 느닷없는 말에 한쪽 눈썹을 들어 올렸다가 담담하게 말했다.

"약혼자와 사이가 좋아야지."

"매일 밤 헌터 백작가를 찾아간다면서?"

뉘앙스가 그리 좋지 않은 느낌이라 애쉬의 눈초리가 날카로워졌다. 그는 데니스를 힐끔 쳐다보며 물었다.

"그런데?"

그냥 그렇다고. 어깨를 으쓱해 보인 데니스가 다시 물었다.

"매일 가서 뭐해?"

"검술 훈련도 하고, 재정 관리도 하고."

"네가? 헌터가의 재정을?"

비슷하다.

애쉬는 헌터 백작의 장부를 떠올리며 말했다.

"장부 읽는 법을 가르쳐 주고 있지."

"헌터 경에게?"

헌터 경은 모른대? 애쉬는 데니스의 입에서 그런 질문이 튀어나올까 봐 잠시 긴장했다.

하지만 데니스도 평민 출신이고 영지가 없다. 귀족이라면 열다섯 살 정도에 배우기 시작한다는 걸 알 리가 없다.

데니스는 싱긋 웃으며 말했다.

"그런 건 보통 아버지가 가르쳐 주는 거지?"

"그렇지."

"약혼자가 아니라 완전 아버지 취급인데?"

데니스의 말에 애쉬의 시선이 다시 차가워졌다.

"기분 나쁜 소리 하지 마."

아버지라니, 기분 나쁘다.

애쉬의 반응에 데니스는 어깨를 으쓱하며 말했다.

"폐하의 명령이라더니 헌터 경이 마음에 드나 봐?"

"왜?"

"아버지라니까 펄쩍 뛰길래."

아. 애쉬는 잠시 입을 다물었다. 그렇군. 적당한 호감 정도라면 그렇게 펄쩍 뛸 리가 없다. 애쉬의 태도는 그가 세이레나를 마음에 두고 있다는 증거나 마찬가지다.

어떤 남자가 저렇게 아름다운 여자를 마음에 두지 않을 수 있을까. 훈련을 게을리하고 기사단을 땡땡이치고 싶어 하던 예전의 세이레나라면 애쉬는 마음에 두지 않았을 것이다. 하지만 지금은 안다. 그녀가 얼마나 동생을 아끼고, 성실하고, 노력하는 사람인지.

애쉬는 잠시 생각하다가 데니스에게 말했다.

"방금 그거 레나에겐 말하지 마."

"뭐? 아버지라니까 펄쩍 뛰었다는 거?"

"그다음 거."

데니스는 고개를 갸웃했다. 헌터 경이 마음에 든다는 거? 그걸 왜 말하지 말라는 거지?

"왜? 그걸 기분 나빠 하진 않을 거 같은데."

"기분 나빠 하기만 하면 다행이게."

세이레나라면 도망칠 거다. 그는 자신이 호감을 갖고 있다고 하자 거의 공포에 질렸던 세이레나의 얼굴을 떠올렸다. 이유는 모르겠지만 그녀는 누군가 자신을 좋아하는 것을 두려워한다.

혹은 믿지 않거나.

어느 쪽이라도 좋지 않다.

이상한 소리를 하네. 데니스는 애쉬가 농담한다고 생각하고 그를 쳐다보다가 애쉬의 진지한 표정에 멈칫했다.

"어, 정말?"

애쉬는 진심으로 헌터 경이 자신이 그녀를 여자로 본다는 것을 알았을 때를 걱정하고 있었다.

"뭐, 여러 가지 사람이 있으니까."

쓰게 웃으며 말하는 애쉬에게 데니스가 말했다.

"헌터 경이 파혼하고 싶어 해서 그러는 거야?"

"뭘?"

"음, 그러니까."

애쉬가 세이레나를 마음에 두는 것을 숨기려는 게 두 사람이 언젠가 파혼할 관계라 그러는 건가?

데니스의 머리가 빠르게 돌았다.

"헌터 경을 혼란스럽게 하지 않으려고 그러는 거냐고."

"뭐, 비슷하지."

와, 어이가 없네. 데니스는 투덜거리며 말 속도를 늦췄다.

기사단 마구간 앞에 도착했다. 페이지들이 두 사람의 말을 받기 위해 달려 나왔다.

"그 배려를 나한테 좀 해 줘 봐라."

"배려?"

애쉬가 이상하다는 듯 데니스를 쳐다봤다.

데니스가 말에서 뛰어내리며 말했다.

"혼란스럽게 하지 않으려고 배려하는 거 아니야?"

다가온 페이지들을 의식해서 주어를 없앤 말을 잘도 알아들은 애쉬가 씩 웃었다. 글쎄. 그걸 배려라고 해야 하나.

"아닌데."

애쉬는 말고삐를 페이지들에게 넘기며 웃었다. 배려로 보일 수도 있겠군. 하지만 절대 배려가 아니다. 그는 남을 그리 배려해 본 적이 없다.

"그럼 뭔데?"

기사단 건물로 들어서자 미카엘이 복도 저편에서 뛰어오는 게 보였다.

복도에서 뛰지 말라고 했을 텐데. 애쉬는 인상을 쓰며 말했다.

"그래야 안심할 테니까."

그게 배려와 무슨 차이인데? 고개를 갸웃하는 데니스를 두고 애쉬는 미카엘에게 물었다.

"뭔가?"

벨몬트 경의 표정이 심상치 않았다. 그는 애쉬 앞에서 속도를 줄이더니 재빨리 말했다.

"수도 외곽에 몬스터가 나타났습니다."

겨울이라 몬스터의 습격이 잦다. 먹이가 줄어들기 때문이겠지.

애쉬는 고개를 끄덕이며 물었다.

"누가 출동했지?"

이번 달, 낮 순찰은 홀수 분단이다. 당연히 지난달은 짝수 분단이었다.

"칠 분단이 먼저 막았습니다. 그 뒤로 구 분단이 출동했고요."

"수는?"

애쉬는 사무실로 돌아가며 정보를 확인했다. 미카엘이 뒤따르며 말했다.

"일곱 분단 정도라고 합니다."

"뭐?"

놀란 소리는 애쉬가 아니라 데니스의 입에서 튀어나왔다. 어디서 몬스터가 칠십여 마리나 튀어나온 건데? 뒤돌아 선 애쉬와 데니스의 시선이 부딪쳤다.

"종류는?"

"동물형인데……."

인데? 애쉬는 성큼성큼 걷다 말고 뒤돌아봤다.

미카엘은 애쉬와 데니스를 따라오느라 숨을 헐떡이고 있었다.

"괴조입니다."

미카엘의 말이 끝나기가 무섭게 데니스가 뛰어 나갔다.

애쉬 역시 재빨리 자기 사무실로 향하며 소리쳤다.

"홀수 분단 전부 전투 지역으로 보내."

밤 근무인 짝수 분단도 소집해야 할 것이다. 그들이 전투하는 홀수 분단을 대신해서 순찰을 해야 하니까.

덩달아 페이지들도 바빠졌다. 훈련 중이던 그들은 정신없이 뛰어나와 애쉬의 명령을 전달하기 위해 달리기 시작했다.

* * *

에쉬가 부하들을 끌고 전투 지역으로 달려갔을 때 전투는 처음 발생지에서 훨씬 떨어져 있었다.

"젠장."

수도 안으로 들어온 괴조의 모습에 데니스가 욕을 내뱉었다. 제일 골치 아픈 몬스터다. 하늘에서 공격하기 때문에 막는 것도, 공격하는 것도 어렵다.

"다들 눈 조심해라."

애쉬는 일 분단이라면 모두 이미 알고 있는 사실을 소리쳤다. 괴조는 공격하려는 상대의 눈을 쪼아 버린다. 상대가 실명하면 더 쉽게 죽일 수 있기 때문이다.

"으아악!"

이미 어깨를 괴조에 잡혔던 기사가 공중에 가볍게 떴다가 떨어졌다.

말 위에서 떨어져 구르는 그를 보호하기 위해 다른 기사들이 몰려들었다.

제일 처음 출동한 기사들 중에 방패를 소지하지 않은 사람이 많았기 때문에 괴조의 공격에 속수무책이었다.

"오 분단! 칠 분단을 보호한다!"

애쉬는 검을 뽑아 들며 소리쳤다. 싸우던 기사들이 그의 명령에 따라 일사불란하게 움직였다.

"다친 사람들은 뒤로 빠진다! 구 분단! 다친 사람을 보호하고!"

애쉬의 명령을 덮어 버리듯 괴조가 소리쳤다.

"키에에에엑!"

귀를 찢을 것처럼 거슬리는 소리에 사람들의 눈살이 찌푸려졌다. 사람의 얼굴에 입 대신 부리만 달린 형상이 소리만큼이나 기괴했다.

"십일 분단! 사람들을 대피시켜!"

데니스가 이어서 소리치며 달렸다. 낮게 날며 기사들을 공격하던 괴조가 애쉬와 데니스를 발견하고 달려들었다.

"키에에에엑!"

제일 먼저 날아와 애쉬를 공격하던 괴조가 발이 잘려져 나갔다. 고통스럽게 울부짖던 괴조가 멀리 도망치자 가라앉았던 기사들의 분위기가 높아졌다.

"세이!"

로렌은 금발의 여기사를 발견하고 소리쳤다.

세이레나는 칠 분단이 빠져나갈 수 있는 시간을 벌기 위해 괴조와의 싸움 한가운데에서 싸우고 있었다.

세이레나는 괴조가 그녀를 움켜쥐려는 것을 눈치채고 방패를 들어 막았다. 그 순간.

텅!

괴조의 발이 세이레나의 방패를 치고 지나갔다. 상대적으로 작은 체구의 그녀는 말 위에서 그대로 휘청했다.

낙마하면 안 돼! 세이레나는 허벅지 힘만으로 말 위에서 버티려 했지만 소용없었다.

"세이!"

아슬아슬하게 로렌이 세이레나의 몸을 어깨로 받쳤다. 넘어지려던 세이레나는 가까스로 말 위에서 떨어지지 않을 수 있었다.

한 손에는 검을, 한 손에는 방패를 잡고 있어서 고삐를 잡을 손이 없다. 로렌은 그녀가 말 위에 자세를 잡을 때까지 옆에서 괴조의 공격을 막아 주었다.

"고, 고마워."

"다음에 차 한잔 사!"

로렌이 밝게 대꾸하고 달려가자 세이레나는 저도 모르게 빙그레 웃었다.

언젠가 나도 도움이 돼야지. 그렇게 생각하는 그녀에게 애쉬가 다가왔다.

"레나, 뒤로 빠져."

뭐? 세이레나의 눈이 동그래졌다. 어째서? 반사적으로 싫다고 말하려던 그녀는 애써 꾹 참고 물었다.

"어째서요?"

"너에겐 위험해."

세이레나의 눈이 동그래졌다. 내가 지금 제대로 들은 거 맞지? 그녀는 확인을 위해 다시 물었다.

"제가 도움이 안 된다는 건가요?"

"그게 아니라……."

그 순간 다시 괴조가 세이레나를 공격했다. 하지만 그녀가 방패를 들어 막는 순간 애쉬가 검을 휘둘렀다.

"키에에엑!"

괴조의 발이 눈 깜빡할 사이에 썰려 나갔다. 피를 흩뿌리며 고통스러워하는 괴조를 향해 애쉬가 말 위에서 일어서며 검기를 뿌렸다.

"헉."

애쉬가 다시 말 위에 앉는 것과 동시에 괴조의 날개 한쪽이 깨끗하게 잘렸다.

세이레나는 자신을 공격하려 한 괴조가 추락하는 것을 지켜보며 입술을 깨물었다. 방금 그건 그녀는 도저히 할 수 없는 능력이다. 어디까지, 얼마나 훈련해야 저 단계에 도달할 수 있을까.

"레나……."

뒤로 빠지라고 애쉬가 다시 말하려 고개를 돌렸을 때 세이레나가 말 위에서 일어났다.

앉아!

애쉬가 소리치기도 전에 세이레나가 뛰어올랐다. 저 여자가! 애쉬는 반사적으로 세이레나를 쫓아 말을 달렸다.

"키에에엑!"

괴조가 세이레나를 움켜잡기 위해 발을 내밀자 세이레나는 재빨리 검을 바깥쪽으로 크게 휘둘렀다.

"키에에엑!"

검의 궤적이 괴조의 몸을 깊게 갈랐다. 잠시 퍼덕이던 괴조가 바닥으로 추락하는 것보다 조금 늦게 세이레나의 몸도 추락하기 시작했다.

"젠장!"

애쉬는 검을 검집에 꽂고 팔을 벌렸다. 아슬아슬하게 세이레나의 몸이 그의 품으로 떨어졌다.

"죽고 싶어서 환장했어?"

세이레나의 눈에 화가 머리끝까지 난 애쉬의 얼굴이 보였다. 하지만 화난 건 그만이 아니다.

세이레나는 애쉬의 품에서 벗어나려 하며 냉정하게 말했다.

"안 죽어요."

"방금 그게?"

"그럼 단장님은요?"

왜 안 놔주는 거야? 세이레나는 그녀의 몸을 끌어안고 있는 애쉬의 손을 떼어 내려 애쓰며 말을 이었다.

"저한테 왜 뒤로 빠지라고 하신 건데요?"

"그야……."

그야. 애쉬는 그대로 입을 다물었다. 그녀가 다칠까 봐서. 세이레나가 위험하니까. 다른 오 분단 기사들은 자기 자리에서 자기 일을 하고 있지만 세이레나는 안전한 곳에 숨어 있기를 바랐다.

천천히 세이레나를 안고 있던 애쉬의 손이 풀어졌다.

"제가 못 미더워요?"

세이레나는 애쉬를 똑바로 응시하며 물었다. 그건 아니다. 그건 절대로 아니다. 그래서 애쉬는 그녀의 시선을 피하지 않을 수 있었다. 아마 다른 질문을 했다면 눈을 피했을지도 모른다.

"아니."

"그럼 싸우게 해 주세요."

애쉬가 아무 대답도 하지 않았지만 세이레나는 그의 품에서 벗어났다. 그녀가 말에서 내리자마자 괴조들이 달려들었다.

"키에에엑!"

공격이다! 세이레나가 검을 고쳐 잡는 순간 애쉬가 괴조를 향해 검을 휘둘렀다.

"켁!"

괴조는 고통스러운 단말마와 함께 땅으로 툭 떨어졌다.

눈을 동그랗게 뜨는 세이레나에게 애쉬가 소리쳤다.

"가!"

말! 내 말 어딨지? 애쉬가 백업하는 사이 세이레나는 재빨리 그녀의 말을 찾아 올라탔다.

빠르군. 애쉬는 말에 올라타 자세를 고치는 세이레나를 보고 쓰게 웃었다.

세이레나는 몸집이 작은 만큼 재빠르고 날렵하다. 그는 날개를 퍼덕이며 괴성을 지르는 괴조를 향해 검을 찌르고 빠져나왔다.

세이레나에게 뒤로 빠지라고 한 건 그녀가 못 미더워서가 아니었다. 그녀는 충분한 실력을 가지고 있고 점점 성장하고 있었다. 재능만큼이나 노력도 훌륭해서 기사단의 본보기가 될 정도였으니까.

"뭐한 거야?"

데니스가 그에게 다가가 물었다.

애쉬는 방패를 들어 괴조의 공격을 막으며 씩 웃었다.

"멍청한 짓."

"멍청한 짓?"

무슨 멍청한 짓? 고개를 갸웃하며 데니스 역시 검을 높이 휘둘렀다. 그의 뒤에 있는 기사를 노리던 괴조가 발을 맞고 괴성을 지르며 도망쳤다.

"티 내면 안 되는데 티 낼 뻔했지."

무슨 소리야? 데니스가 다시 묻기 전에 애쉬가 말을 달렸다. 그는 괴조들이 모인 한가운데로 들어가 검을 휘두르기 시작했다.

"막아!"

몇 시간 동안이나 전투가 이어졌다.

"켁!"

추락한 괴조의 목에 세이레나의 검이 꽂혔다. 그녀는 괴조가 죽는 것을 확인한 뒤 숨을 헐떡이며 그대로 검에 기댔다.

주변을 둘러보자 피범벅이 된 기사들이 여기저기에 지친 채 서 있었다.

그들의 발아래 괴조의 시체가 쌓여 있는 것은 말할 것도 없다.

"전원 무사하나?"

애쉬가 소리치자 세이레나의 고개가 그쪽으로 향했다. 다른 기사들 역시 고개를 들어 소리쳤다.

"네!"

애쉬는 주변을 둘러보고 한숨을 내쉬었다. 그의 주변은 괴조의 시체로 산을 이루고 있었다.

젠장. 지난번 전투보다 다친 사람이 훨씬 많았다. 이건 좋지 않다. 그나마 세이레나가 멀쩡하게 서 있는 게 보였다. 가서 확인하고 싶다. 다친 곳은 없는지. 피범벅이라 세이레나가 다쳤는지 안 다쳤는지 알 수가 없었다.

"분단장! 확인해!"

애쉬의 명에 따라 분단장이 자기 단원들을 모으기 시작했다.

세이레나 역시 남은 힘을 긁어모아 괴조의 시체에서 자기 검을 뽑아 오 분단을 향해 가기 시작했다. 아무래도 검은 버려야 할 것 같다. 괴조의 발톱과 부리 때문에 이가 나가 있었다. 새로 사야겠는데.

세이레나의 표정이 어두워졌다. 검 값이 꽤 드는데. 아직 이번 달 봉급이 나오지 않았다.

"로렌."

애쉬는 얼굴에 묻은 피를 닦아 내며 다가오는 로렌을 불렀다.

왜? 붉은 머리의 여기사는 심각한 대장의 표정에 잔뜩 긴장해서 다가갔다.

"미안한데……."

미안한데? 로렌의 눈이 동그래졌다.

"오 분단에 가서 헌터 경이 다친 곳 없나 봐 줄래?"

"왜 네가 안 가고?"

약혼자니까 그가 확인해도 될 거다. 다들 오히려 재미있는 놀림거리로 생각하겠지.

애쉬는 뒷 목을 문지르며 곤란한 표정을 지었다. 그가 가면 세이레나가 또 자신을 못 미더워해서 그런다고 생각할 거다.

"약간 신뢰에 문제가 있어서."

"헌터 경이 널 못 믿어?"

"아니, 그게 아니고."

애쉬는 쓰게 웃었다. 생각해 보니 그게 틀린 말은 또 아니다. 어떤 신뢰냐에 따라서 세이레나는 그를 신뢰하지 않기도 하고 신뢰하기도 한다. 스승이나 실력에 관해서라면 신뢰하지만 약혼자나 대장으로는 신뢰하지 않는다.

애쉬는 대답 대신 말했다.

"그냥 다친 곳 없는지나 확인해 줘. 내가 부탁했단 말은 하지 말고."

이건 무슨 신종 연애인가? 사랑의 전령 같은 거? 다른 사람 연애라면 내키지 않지만 세이레나니까.

로렌은 그렇게 생각하며 돌아섰다.

"헌터 경."

유진이 세이레나를 뒤에서 불렀다. 그 순간, 세이레나의 주먹이 날아왔다.

"으악."

아슬아슬하게 유진이 주먹을 피하자 세이레나는 그대로 주저앉았다.

아, 맙소사. 그녀는 숨을 헐떡이며 유진을 노려봤다.

피곤해서 죽을 것 같다. 온몸에 묻은 피와 오물 냄새에도 불구하고 세이레나는 이대로 머리를 대면 잠들 것 같았다. 그리고 그건 다른 기사들도 마찬가지라 다들 조금씩 날이 서 있었다.

"미쳤어?"

유진이 빽 소리를 지르자 세이레나는 차갑게 말했다.

"뒤에서 말 걸지 마."

피곤해서 유진이 다가오는 걸 깨닫지 못했다. 보통 때 세이레나가 그녀의 뒤에 다가오는 것을 깨닫지 못하는 건 애쉬뿐이다.

그리고 가끔 데니스와 로렌도.

어지간히 피곤한 모양이지. 세이레나가 그렇게 투덜거리며 다시 돌아서자 유진은 허리에 손을 얹으며 말했다.

"오늘 엄청 잘 싸웠다고. 그냥 그걸 말하고 싶었을 뿐이야."

세이레나의 뒤에 선 탓에 유진의 눈에 피가 묻은 짧은 금발 밑으로 시원하게 드러난 세이레나의 가는 목이 보였다.

이렇게 작은데 엄청나게 잘 싸웠다. 때로는 무모하다는 생각이 들 정도로. 그는 더 이상 세이레나가 노는 것만 좋아하는 기사라고 생각하지 않았다. 십이 분단에서 오 분단으로 훌쩍 뛰어올랐다. 그건 운이라고 치부할 수 없는 실력이다.

예상하지 못한 말에 세이레나는 다시 고개를 돌렸다. 유진이 허리에 손을 얹고 그녀를 바라보고 있었다.

"어, 그래. 고마워."

유진에게 칭찬받을 줄은 몰랐다. 세이레나의 하얀 얼굴이 발그레하게 달아오르자 순식간에 화사해졌다.

"안녕, 세이."

그때, 로렌이 두 사람이 사이를 끼어들며 인사를 건넸다.

"로렌!"

세이레나의 얼굴에 미소가 피어났다. 좋아하는 사람을 만나는 반가운 마음이 얼굴에 고스란히 드러나자 유진의 눈이 동그래졌다.

"오늘 잘 싸우더라. 엄청났어."

"고마워."

자신보다 로렌에게 훨씬 기뻐하는 세이레나의 얼굴을 유진은 잠시 멍하니 쳐다봤다.

로렌은 그런 유진을 힐끔 쳐다보고 세이레나의 얼굴에 묻은 오물을 닦아 내며 말했다.

"몸이 가볍던걸."

"그래? 좋은 거야?"

"그럼. 좋은 거지. 네 장점이잖아."

그렇구나.

세이레나는 고개를 끄덕였다.

내 장점.

어딘지 모르게 기분이 좋았다.

〈다음 권에서 계속〉